ZERBROCHEN

MILLIARDÄR LIEBESROMANE

JESSICA F.

INHALT

Zusammenfassung   1

1. Zerstör mich   3
2. Gegenwart   6
3. Drei Jahre zuvor ... East Village   7
4. Gegenwart ... Lenox Hill Hospital, Manhattan   12
5. Vergangenheit ... Lenox Hill Hospital   15
6. Vergangenheit ... Friedmans Lunch in der 9ten,   20
7. Gegenwart... Lenox Hill Hospital   23
8. Vergangenheit ... Abendessen, East Village, Manhattan   27
9. Gegenwart ... Lenox Hill Hospital   34
10. Gegenwart ... Lenox Hill Hospital   39
11. Vergangenheit ... Mickeys Bar, Manhattan   41
12. Gegenwart ... Lenox Hill Hospital   46
13. Gegenwart ... Lenox Hill Hospital   50
14. Gegenwart ... Lenox Hill Hospital   53
15. Gegenwart ... Lenox Hill Hospital   59
16. Vergangenheit ... Greenwich Village, Manhattan   64
17. Vergangenheit ... Woods, Carnegie Compound, Westchester   67
18. Gegenwart ... Lenox Hill Hospital   73
19. Vergangenheit ... Upper East Side   77
20. Gegenwart ... Upper East Side   80
21. Vergangenheit ... Upper East Side   82
22. Gegenwart ... Rikers Island, New York City   85
23. Lehn dich an mich   90
24. Westchester   92
25. New York City   97
26. Seattle   101
27. Manhattan   105
28. San Juan Island, Washington State   119
29. Manhattan   123
30. San Juan Island, Washington State   129
31. Manhattan   134

32. San Juan Island 136
33. Manhattan 140
34. San Juan Island 143
35. Manhattan 145
36. Manhattan 156
37. Atme Mich 159
38. Washington State 161
39. Manhattan 169
40. San Juan Island 175
41. Seattle 179
42. „Dr. Applebaum?" 182
43. Seattle 190
44. Seattle 192
45. Manhattan 202
46. Seattle 205
47. Manhattan 208
48. Seattle 213
49. Manhattan 218
50. San Juan Island 222
51. Seattle 225
52. San Juan Island 230
53. Upper East Side, Manhattan 235
54. Manhattan 238
55. Bleib bei mir 241
56. Hawaii-Inseln 250
57. Manhattan 256
58. Seattle 260
59. Manhattan 264
60. Seattle 268
61. Manhattan 273
62. Seattle 276
    Epilog 320

Veröffentlicht in Deutschland:

Von: Jessica F.

© Copyright 2021

ISBN: 978-1-64808-947-3

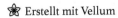 Erstellt mit Vellum

ZUSAMMENFASSUNG

Zwei Tage vor ihrer aufwendigen Hochzeit in der Upper East Side, wird die Künstlerin Lila Tierney von einem Unbekannten mit einem Messer attackiert und einfach sterbend zurückgelassen. Als sie im Krankenhaus aufwacht, ist sie am Boden zerstört, als sie herausfindet, dass ihr Verlobter Richard wegen Mordes verhaftet wurde.

18 Monate später, nach einer langen und schmerzhaften Rehabilitation, ist Lila in ihre Heimat Seattle zurückgekehrt, um ihr Leben wiederaufzubauen. Mit Hilfe ihres ältesten Freundes, des Polizeidetektivs Charlie Sherman, wird ihr schnell klar, dass das Leben, das sie geführt hatte, eine Lüge war und dass sie wieder da ist, wo sie hingehört. Sie lernt wieder zu vertrauen und beginnt eine zaghafte Beziehung mit dem gutaussehenden Arzt Noah, nachdem er ihr bei ihrer Genesung hilft. Sie ist erstaunt über die neue Welt der erotischen Freuden, die er ihr eröffnet.

Bald verliebt sie sich in ihn, aber ihr Glück steht vor dem Abgrund, als Richard von ihrem versuchten Mord freigesprochen wird und jemand beginnt, sie in Seattle zu stalken, und Lila klar macht, dass er sie umbringen will.

Lila beginnt in Todesangst, jede Beziehung in ihrem Leben zu hinterfragen, als ihr Leben auseinanderfällt und der Mörder seine Hände nach ihr ausstreckt ...

1

ZERSTÖR MICH

Gegenwart ... Upper East Side

Lila trat aus dem Kleid und lächelte, als die Assistentin den Stoff nahm und sie fragend ansah. Lila nickte. „Es ist perfekt, danke. Es tut mir leid, dass du diese Änderungen vornehmen musstest, aber Richards Mutter ist viel schlanker als ich."

Die Assistentin Tess – sie waren in den Monaten, seit sie sich kennengelernt hatten, gute Freunde geworden – rollte mit den Augen. „Oh hör schon auf. Ich würde für deine Kurven töten."

Lila wurde rot und bedankte sich, als Tess sich zum Gehen wandte. Lila blickte in dem großen Spiegel auf ihre Reflexion. Das war *wirklich* geschehen. Lila Tierney, Künstlerin, Waise, gebürtig in Seattle, Washington, heiratet in eine der ältesten und reichsten New Yorker Familien ein. Sie, die viele Nächte in ihrem Auto geschlafen hatte, weil sie keine Miete bezahlen konnte oder eine ganze Woche lang von einer Tüte Reis leben musste. Die mit ihrem besten Freund Charlie Äpfel von den Bäumen des Nachbarn gestohlen hatte, als sie Kinder im Kinderheim waren.

. . .

RICHARDS ANTRAG WAR JETZT SCHON achtzehn Monate her und sie konnte den Wirbelwind, der ihr Leben durcheinandergeweht hatte, immer noch nicht ganz glauben. Jetzt war sie hier, in der exklusivsten Brautboutique in Seattle – eine, in die man *nur* auf Einladung hineinkam – und probierte Kleider für ihre Hochzeit an. Zum Glück hatte Delphine – Richards ewig schicke Mutter – ihr eigenes Hochzeitskleid angeboten, und obwohl Lila skeptisch gewesen war, war es perfekt, einfach, leicht, bequem, aber klassisch.

Lila schüttelte den Kopf. Himmel, was auf Erden war mit ihr geschehen? Sie war nicht der Typ für Tradition – oder gar Ehe –, aber die Freude, die sie in Richards Augen gesehen hatte, als sie sich bereit erklärt hatte, ihn zu heiraten ... sein Glück machte sie glücklich. Und seine Familie – gar nicht die Snobs von der Upper East Side, die sie erwartet hatte – hatte sie mit offenen Armen aufgenommen, vor allem Delphine, die die schüchterne Lila unter ihre Fittiche genommen hatte, damit sie sich als Teil ihrer Familie fühlte. Delphine, die Mutter von fünf Kindern, verwöhnte und bevorzugte nicht ihre eigenen Kinder, sondern deren Partner; Lila war ihre Freundin, ihr Kamerad und Lila war sehr angetan von der älteren Frau.

Ihr Handy summte. Eine Nachricht von ihrem besten Freund Charlie. *Wie geht es weiter?*

Sie rief ihn zurück, Wärme breitete sich in ihrer Brust aus, als sie seine tiefe, liebevolle Stimme hörte. „Delphines Kleid ... es ist perfekt, nicht zu übertrieben, sondern einfach nur ... ich."

„Ich bin froh zu hören, dass du nicht zu sehr zur Upper East Side für mich wirst."

Sie lächelte in das Telefon. „Hey, die Westküste, ist immer die beste Küste."

„Ich freue mich, das zu hören. Hör mal, ich könnte kommen und mich mit dir treffen, dich zum Mittagessen ausführen. Ich könnte in fünf Minuten dort sein."

Sie gab ihm die Adresse. „Ich bin am Verhungern, also beeile dich."

„Wann bist du nicht hungrig, kleiner Mops?"

Sie streckte dem Telefon lachend ihre Zunge raus und legte vor sich hin grinsend auf.

Sie kleidete sich eilig an, nahm ihre Haarbürste und fuhr damit durch ihr wirres, schulterlanges dunkles Haar. Ihr schlichtes Baumwollkleid war rosa und ließ ihre goldene Haut leuchten, ihre großen violetten Augen waren weit offen und glänzten. Sie lächelte ihr Spiegelbild an. In letzter Zeit schien ihr Gesicht immer gerötet zu sein vor Aufregung, und Lila entschied, dass es zu ihr passte.

Sie suchte ihre Sachen zusammen, schnappte sich ihre Handtasche und schob den Vorhang der Garderobe zur Seite. Sie wollte gerade hinaustreten, als sie einen Mann sah, dessen Gesicht von einer Skimaske bedeckt war und der direkt vor der Kabine stand. Als er eine Hand über ihren Mund legte und sie an die Wand der Umkleidekabine drückte, sah sie es. Sein Messer. Ohne zu zögern, trieb ihr Angreifer ihr die Klinge immer wieder in den Bauch.

Schmerzen. Unvorstellbare Schmerzen.

SELBST WENN SIE es hätte tun können, hatte Lila keine Zeit zu schreien.

2

GEGENWART

Zwinkern.

Schmerzen. Jemand schreit. Sie konnte Blut riechen.

Zwinkern.

Jemand spricht mit ihr. Lila? Schatz, kannst du mich hören? Charlie. Hilf mir.

Zwinkern.

Sie verliert zu viel Blut; wir müssen sie jetzt ins Krankenhaus bringen. Schnell, schnell.

Zwinkern.

Wer würde so etwas tun?

Zwinkern. „Wir betäuben dich jetzt, Lila, entspanne dich einfach."

Wer hat das getan?

Zwinkern.

Wer würde das tun?

Wer?

Augen schließen sich jetzt, Dunkelheit.

Wer?

... und warum?

DREI JAHRE ZUVOR ... EAST VILLAGE

L ila wischte die Bar ab, als Mikey, der Barbesitzer, die Türen verriegelte. Es war ein Samstagabend – eigentlich war es bereits Sonntag, dachte Lila als sie einen Blick auf die Uhr warf. Drei Uhr morgens und sie hatte noch eine letzte Aufgabe zu erledigen und dann rief ihr Bett nach ihr. Mikey lächelte sie dankbar an.

„Im Ernst, Lila, wenn du dich nicht freiwillig gemeldet hättest, hierzubleiben und mir beim Aufräumen zu helfen, wäre ich bis Dienstag hier. Was für eine Nacht."

„Nun, wenn du Bier zum halben Preis anbietest ..."

„Warte ... was?"

Sie grinste ihn an. „War nur ein Scherz. Ich habe ganz eigennützige Gründe ... Charlie und ich haben darüber nachgedacht, für eine Woche nach Seattle zu gehen. Unser altes Zuhause besuchen. Besteht die Chance, dass ich bald eine Woche frei bekommen könnte?"

Mikey überlegte. „Solange wir jemanden finden, der deine Arbeit in der Zeit übernimmt, wüsste ich nicht, warum nicht. Ich werde sogar eine Woche Urlaubsgeld im Voraus drauflegen."

Lila schmiegte sich an ihn, ihre großen violetten Augen weit offen. „Ernsthaft?"

Mikey grinste, als er die Stühle auf die Tische stapelte. „Natürlich, denkst du, ich bin ein Tyrann?"

„Das tue ich nicht. Ich denke, du bist der Beste, danke."

„Gern geschehen. Also sag es mir noch einmal ... Warum bist du nicht mit Charlie zusammen? Abgesehen davon, dass er der gruseligste Hundesohn auf dieser Seite des Hudson ist."

Lila rollte die Augen. Seit sie hier vor einem Jahr angefangen hatte, als Nebenjob, um ihr Studium an der School of Visual Arts zu finanzieren, hatte sie sich in das lebhafte und ständig quirlige New York verliebt. Ihr bester Freund Charlie, der Junge, dem sie seit dem Kinderheim am nächsten stand, war jetzt ein Polizeidetective und mit ihr zusammen aus Seattle versetzt worden, sehr zu ihrer Überraschung und Dankbarkeit. Sie hatten sich für ein paar Wochen eine Wohnung geteilt, bevor Lila sich durchrang zu sehen, ob sie allein klarkommen würde. Charlie hatte Verständnis gehabt, hatte ihr sogar beim Auszug geholfen, und sie war froh, dass ihre Freundschaft so stark war wie eh und je.

Charlie, der mit seinen vierunddreißig Jahren ein paar Jahre älter war als sie, war schwierig für jeden, der ihn nicht so gut kannte wie Lila. Doch obwohl er ein ernster Mann war, konnte er sich dennoch nicht über einen Mangel an weiblicher Aufmerksamkeit beschweren – Grund dafür war sein dunkler, fast gefährlicher Blick. Seine letzte Freundin hatte sich widerwillig von ihm getrennt, als sie merkte, dass er ihr nie einen Antrag machen würde, und seitdem war er der König der One-Night-Stands. Die meisten Nächte aber hing er mit Lila ab, glücklich, fernsehen zu können, während sie lernte, und kochte sogar für sie.

Lila vergötterte Charlie, hatte dies getan, seit sie jung waren und im Kinderheim in Seattle gelebt hatten. Er war vierzehn und sie ein kleines Kind gewesen, als er sie unter seine Fittiche genommen hatte. Als sie neunzehn Jahre alt war, half sie ihm, seinen dreißigsten Geburtstag zu feiern, indem sie (illegal) viel zu viel Tequila trank – es war das einzige Mal, dass ihre Beziehung sexuell geworden war. Lila verlor in dieser Nacht ihre Jungfräulichkeit an Charlie, und obwohl es eine wunderbare, sinnliche Nacht war, hatten sie es nie wiederholt. Zu viel Vergangenheit und Lila hatte außerdem Angst, ihre Freundschaft zu verlieren.

Als sie nun ihren Chef anlächelte, schüttelte sie den Kopf. „Freundeszone 101. Und er ist nicht gruselig, er ist nur sehr zurückgezogen. Zugegeben,", lachte sie, „er ist der König des *mürrisch wirkenden Gesichts*. Aber, Mikey, wenn du ihn kennst ... er ist der freundlichste, liebste Mensch aller Zeiten."

Mikey räusperte sich. „Ich nehme dich beim Wort."

Es klopfte an der Tür, was sie beide überraschte. Mikey schaute aus dem Fenster und kicherte. „Da wir gerade vom Teufel sprechen ..."

Charlie nickte, als Mikey ihm die Tür öffnete. „Danke, Mann." Seine Züge wurden weich, als er Lila sah. „Hey Kleine. Da du Nachtschicht hast, dachte ich, ich komme einfach her und fahre dich nach Hause."

„Das kann sie gut gebrauchen", murmelte Mikey und Lila wurde rot und ging dann zu Charlie. „Du bist mein Lebensretter."

Draußen grinste Charlies Partner Riley Kinsayle, ein fröhlicher blonder Detective, sie an. „Hey Schöne. Immer noch Single?" Riley, der Lila vergötterte, ließ sich nie die Chance entgehen, mit ihr zu flirten. Er war die absolute Antithese zu Charlie – offen, gesellig, unheimlich niedlich, mit seinem wild wuchernden blonden Bart und dem breiten Grinsen. *Wenn er nicht Charlies Partner wäre*, sagte sich Lila, *wäre ich mit Sicherheit mit Riley zusammen*, aber es war das ‚man lässt sich nicht auf eine Beziehung mit den Freunden seines besten Freundes ein' – Ding. Gelegentlich, wenn sie nachts allein war, schlich sich Riley in ihre Fantasien ein – und manchmal, grinste sie, Riley *und* sein Zwillingsbruder Woods –, der zugegebenermaßen umwerfend gut aussah, aber auch echt anstrengend war.

Sie schob diesen Gedanken beiseite, als sie hinten in das Auto kletterte. Riley drehte sich um. „Hey, willst du vorn fahren? Auf meinem Schoß?"

Sie lachte und küsste seine Wange. „Ich komme später darauf zurück."

„Das hoffe ich doch."

Charlie glitt in den Fahrersitz und grinste beide an. *Siehst du? Gar nicht gruselig,* dachte Lila liebevoll.

„Willst du, dass ich diesen Kerl wegen Belästigung festnehme?", sagte er zu Lila, wobei seine Stimme eine tiefe, tonlose Note hatte.

Sie grinste. „Auf keinen Fall. Wenn er aufhört, *dann* kannst du ihn wegen Nicht-Belästigung festnehmen."

Riley lachte und klatschte ihre Hand ab, als Charlie grinste. „Das ist nicht strafbar, weißt du."

Er lenkte das Auto auf eine – für New Yorker Verhältnisse – ruhige Straße und bog dann in Richtung Brooklyn Bridge ab. Sie plauderten, bis Charlie plötzlich auf die Bremse trat und mit gezogener Waffe aus dem Auto stieg. Riley öffnete die Autotür. „Bleib hier, Schöne."

Lila setzte sich alarmiert auf. Charlie und Riley liefen zu einer Gasse, wo sie eine Gruppe von Männern sehen konnte, die sich um jemanden auf dem Boden versammelt hatten. Sie beobachtete, wie sich die beiden Polizisten näherten, dann, wie sich die Gruppe eilig auflöste und Charlie ihnen hinterherjagte, während Riley dem half, der am Boden lag. Als Riley die Gestalt näherbrachte, sah sie, dass es sich um einen jungen Mann handelte, der mit Blut bedeckt war und sich kaum auf den Beinen halten konnte. Lila öffnete die Tür und stieg aus.

„Jesus ... hier, Riley, leg ihn auf den Rücksitz, und ich werde mich um ihn kümmern. Geh Charlie helfen."

Riley nickte grimmig, obwohl er offensichtlich nicht glücklich darüber war, sie mit dem Verletzten allein zu lassen. Er legte ihn auf den Rücksitz des Autos und Lila stieg neben ihm ein, zog ihr Hemd aus und benutzte es, um etwas Blut aus den Augen des Mannes zu wischen. Er war offensichtlich benommen, Blut strömte aus Wunden im Gesicht und am Kiefer. Er blinzelte, als sie sanft sein Gesicht berührte.

„Ich glaube, du hast dir das Jochbein gebrochen", sagte sie sanft,

„nicht, dass ich ein Experte bin. Wir bringen dich ins Krankenhaus, sobald die Jungs zurückkommen, versprochen."

Sie hatte das Blut, so gut sie es konnte, entfernt, ohne ihm noch mehr wehzutun. Nach einer Weile sah sie, wie er sie anstarrte und sie anlächelte.

„Du bist wirklich schön", sagte er mit gebrochener Stimme, und sie kicherte.

„Und wir werden dich auch auf eine Gehirnerschütterung überprüfen lassen", scherzte sie, obwohl eine Gehirnerschütterung in diesem Fall eine sehr reale Möglichkeit war.

Er lächelte. Er war gut aussehend, selbst mit dem zerschundenen Gesicht, hatte dunkle wellige kurze Haare und tief schokoladenbraunen Augen, die im Moment voller Schmerzen waren, sodass sie nicht anders konnte, als sein Lächeln zu erwidern und ihr Herz begann, ein winziges bisschen schneller zu schlagen. „Wie heißt du, Engel?" Seine Stimme, immer noch gebrochen, war voll und warm.

„Lila", sagte sie, „Lila Tierney. Und wer bist du?"

Der Mann hob eine Hand und legte sie sanft an ihre Wange. „Lila ... Ich freue mich sehr dich kennenzulernen ... Ich bin Richard ..."

4

GEGENWART ... LENOX HILL HOSPITAL, MANHATTAN

„Lila? Lila, Liebes, ich möchte, dass Sie jetzt aufwachen ... es ist okay, öffnen Sie einfach Ihre Augen."

Die Frau hatte eine beruhigende Stimme, und Lila wollte tun, was sie verlangte, aber sie hatte Angst. Was würde sie sehen? War sie tot oder lebendig?

Schmerzen. Oh Gott, da war er, der unglaubliche, allesverzehrende Schmerz, den sie zum ersten Mal gespürt hatte, als dieses Messer gnadenlos in ihr Fleisch gestoßen worden war. Sofort war sie wieder in der Garderobe, lächelnd, als sie den Vorhang zurückzog, dann der Schock, der Atem, der aus ihrem Körper wich, als jemand auf sie einstach. Ihr Angreifer – ihr Mörder? – grunzend, als er sie angriff, bösartige, grausame Geräusche. *Er. Ein Mann. Gott helfe mir ...*

„Lila, es ist okay, ich bin Doktor Honeychurch, bitte öffnen Sie Ihre Augen, wenn Sie können."

Ein Arzt, kein Engel. Lila öffnete ihre Augen, blinzelte in das Licht und erwachte, wobei sie erneutes Entsetzen packte. Ein Schlauch in ihrer Kehle und Fremde um sie herum.

Nein. Nicht alle waren Fremde. Charlies Gesicht war noch ernster als sonst, zermürbt vor Sorgen und Schmerzen und er stand am Ende ihres Bettes. Sie hob ihre Hand und streckte sie nach ihm aus. Charlie schaute die Ärztin an, die ihn ermutigend anlächelte.

„Bitte, nehmen Sie ihre Hand. Das ist wirklich ein guter Fortschritt ... sie liegt seit einem Monat im Koma; das bedeutet, dass sie Sie erkennt."

Ein Monat. *Oh Jesus, nein ...* Eine Träne rollte über ihr Gesicht und Charlie bewegte sich schnell, nahm ihre Hand und beugte sich nach unten, um ihre Wange zu küssen, und küsste die Träne weg. Es war so eine liebevolle, zärtliche Geste ... aber es fühlte sich so falsch an. So sehr sie Charlie verehrte, es sollte Richard sein, der hier neben ihr stand, ihre Hand hielt und ihre Tränen wegküsste. Sie packte Charlies Hand und öffnete sie. Die Ärztin schwebte in ihrem peripheren Blickwinkel.

„Lila, bitte übernehmen Sie sich nicht." Aber sie ignorierte sie und zog mit dem Finger Linien auf Charlies Handfläche.

Warum hier?

Charlies Augen sahen sie traurig an. „Jemand hat dich mit einem Messer attackiert, Schatz." Also erinnerte sie sich richtig daran. *Gott.*

Warum?

Benommen sah sie, wie sich seine Augen mit Tränen füllten, und er schaute weg. „Wir wissen es nicht, Lila. Noch nicht."

Wie lange?

„Ein Monat, Baby."

Wo ist Richard?

Sie sah, wie er zu der Ärztin schaute und zögerte. Die Ärztin schüttelte ihren Kopf. Charlie schenkte Lila ein Lächeln – ein erzwungenes. „Er wird später kommen, Schatz."

Lila ließ ihre Hand erschöpft sinken. Die Ärztin trat zu ihr, überprüfte ihre Reflexe und leuchtete mit einem Licht in ihre Augen. „Haben Sie Schmerzen, Lila?"

Sie versuchte zu nicken und die Ärztin, eine afroamerikanische Frau mit einem freundlichen, beruhigenden Gesicht, lächelte sie an.

„Gut, ich hole etwas Morphium. Versuchen Sie sich nicht zu viel zu bewegen, wir mussten ein paar Mal operieren, und Ihre Wunden sind immer noch frisch. Sie haben immer wieder versucht, uns zu verlassen, Lila, Liebes, aber jedes Mal änderten Sie Ihre Meinung und kamen zurück. Das ist mein Mädchen."

Sie legte eine warme Hand auf Lilas Stirn. „Sie sind ein wenig warm, also werden wir versuchen, Ihre Temperatur zu senken, bevor wir diesen Schlauch herausnehmen, okay?"

Lila seufzte. Sie fühlte sich durch die schwere Bandage auf ihrem Bauch und seltsamerweise auch auf ihrer Brust gefesselt. Sie erinnerte sich nicht daran, in die Brust gestochen worden zu sein, aber vielleicht war es geschehen, nachdem sie das Bewusstsein verloren hatte. Bei dem Gedanken wurde ihr schlecht. Wer könnte sie so sehr hassen?

Sie spürte, wie die Müdigkeit sie überfiel, und schloss wieder die Augen. Als sie wieder in den Schlaf sank, hörte sie eine andere Stimme, vertraut, warm. Delphine.

„Wie geht es ihr?"

„Es ist noch zu früh, um es zu sagen", hörte Lila, wie die Ärztin zu ihrer Schwiegermutter, ihrer Freundin, sagte. „Sie ist aufgewacht und hat Mr. Sherman erkannt, das ist positiv."

Es entstand eine Pause.

„Weiß sie es? Hast du es ihr gesagt?" Lila war schockiert über die Schmerzen in Delphines Stimme, und dann räusperte sich Charlie.

„Nein, wir hielten es für klug, sie nicht aufzuregen. Wir werden es ihr sagen, wenn es ihr besser geht."

Mir was sagen? Was zum Teufel ist los? Wer hat mich niedergestochen? Und wo zum Teufel ist Richard ...?

5

VERGANGENHEIT ... LENOX HILL
HOSPITAL

L ila stand am Aufzug und zögerte. Sie war entschlossen, Richard im Krankenhaus zu besuchen, nachdem Charlie ihr gesagt hatte, dass sie ihn wegen einer Kopfverletzung dabehalten würden, aber jetzt, als sie wartete, fand sie keine Worte, kam sich unbeholfen vor. Er wird mich wahrscheinlich nicht einmal wiedererkennen, sagte sie sich und ich werde ihn in Verlegenheit bringen. Sie hatte Charlie nicht erzählt, dass sie vorhatte, den Verletzten zu besuchen, und jetzt wusste sie nicht, warum. Sie fühlte einfach ... etwas. Eine Verbindung. Er ging ihr nicht aus dem Kopf. Es stimmte, dass Richard in dieser Nacht, nachdem er ihr seinen Namen gesagt hatte, bewusstlos in ihre Arme gesunken war, so dass sie, als Charlie und Riley mit leeren Händen ins Auto zurückgekehrt waren, sie gebeten hatte, *sofort* ins Krankenhaus zu fahren und nicht auf die Sanitäter zu warten. Im Krankenhaus war Richard schnell in die Notaufnahme getragen worden und Charlie hatte sie mit nach Hause genommen, noch mit Richards Blut bedeckt. Die plötzliche Stille in ihrer winzigen Wohnung schien klaustrophobisch, und sie war zu aufgewühlt, um einschlafen zu können. Charlie hatte sich entschuldigt, da er noch einen Bericht über den Vorfall einreichen musste, also hatte Lila einfach beschlossen, ihre ganze Wohnung zu reinigen, um müde zu werden. Glücklicherweise hatte sie am Sonntag keine Arbeits- und Studienverpflichtungen, also duschte sie gegen neun Uhr früh, fiel dann ins Bett und schlief bis drei Uhr nachmittags, als Charlie an ihre Tür klopfte und ihr chinesisches Essen brachte.

DIE AUFZUGSTÜREN ÖFFNETEN SICH, und bevor sie ihre Meinung ändern konnte, trat sie ein. Zur Hölle damit, sie wollte ihn sehen, wollte sich vergewissern, dass er okay war. *Ja, richtig, das hat also nichts mit seinen wunderschönen braunen Augen zu tun?* „Halt den Mund", murmelte sie und ignorierte den amüsierten Blick, den eine Krankenschwester ihr zuwarf.

Sie fand den Flur, auf dem er sich befand, und bekam dann wieder kalte Füße. Bei der Krankenschwesternstation konnte sie eine elegante ältere Frau mit weißen Haaren sehen, groß, die mit einem Arzt sprach. Sie näherte sich ihr leise und versuchte zu hören, ob sie ihn erwähnten. Jackpot.

„Also bleibt bei Richard alles so, wie es ist?" Die weißhaarige Frau, die Brille hoch auf ihre Nase geschoben, hakte Dinge auf einem Notizblock ab. Lila sah, wie der Arzt ein Lächeln unterdrückte.

„Frau Carnegie, wie gesagt, Richard hat eine leichte Gehirnerschütterung und Schnittwunden und Prellungen. Er hatte großes Glück angesichts der Schwere der Verletzungen, mit denen er hier eingeliefert wurde. Ich weiß, dass er im Moment mitgenommen aussieht, und es wird einige Zeit dauern, bis die Schwellung abklingt, aber die Tests, die ich durchgeführt habe, zeigen keine Hirnschäden. Die Rippen Ihres Sohnes sind verständlicherweise schwer geprellt, aber sie werden gut heilen."

Die Frau – Mrs. Carnegie – Richards Mutter – dankte dem Arzt, der erleichtert aussah. Er nickte Lila zu, als er an ihr vorbeiging. Lila atmete tief durch und näherte sich der Frau. „Entschuldigen Sie?"

Mrs. Carnegie schaute sie über ihre Brille hinweg an; zuerst ernst, dann lächelte sie. „Ja, Liebes?"

Lila merkte, dass ihre Hände schweißnass waren und wischte sie an ihrer Jeans ab. „Ich habe es rein zufällig gehört – sind Sie Richards Mutter?"

Die andere Frau lächelte. „Ja, ich bin Delphine Carnegie ... kann ich Ihnen helfen?"

„Ähm ..." Lila wusste einen Augenblick lang nicht, was sie sagen sollte. „Mein Name ist Lila Tierney und ich ..."

„Lila? Du bist Lila?" Plötzlich änderte sich das Gesicht der Frau, ihre Augen weiteten sich. „Oh, meine Liebe!"

Sie warf ihre Arme um eine erstaunte Lila und brach in Tränen aus. Lila erwiderte die Umarmung unbeholfen und als Delphines Schluchzen nachließen, nahm sie Lilas Gesicht in die Hand und küsste beide Wangen. „Danke, meine Liebe, dass du dich so gut um meinen Sohn gekümmert hast. Er sagt, du hast ihm das Leben gerettet."

Lila wich zurück. „Nein, nein, es waren die beiden Polizisten, die bei mir waren – einer von ihnen ist mein Freund, ich war nicht verhaftet – sie haben die Angreifer in die Flucht getrieben. Ich habe nur ... Ich habe nur ..."

Delphine betupfte ihre Augen mit einem Taschentuch aus Spitze und hakte sich dann bei Lila ein. „Unsinn. Du hast dich um ihn gekümmert, im Auto. Er hat mir alles erzählt ... nun, als ich das letzte Mal nachgesehen habe, schlief er, aber lass uns nachschauen, ob er jetzt wach ist."

Sie lenkte Lila unaufhaltsam in Richtung eines privaten Zimmers und Lila hatte keine Zeit, einen klaren Gedanken zu fassen, bevor Delphine die Tür aufdrückte.

Richard Carnegie las, aber als er aufblickte und sie sah, breitete sich ein breites Lächeln auf seinem Gesicht aus – was ihn zusammenzucken ließ, als die Bewegung an einigen Nähten zog. Dennoch wärmte sein Lächeln Lilas Haut.

„Hier ist sie", sagte Delphine und strahlte beide an. „Schau, wer hier ist, um dich zu besuchen."

„Lila ... wow, es ist so gut, dich zu sehen, danke, dass du gekommen bist."

Delphine manövrierte Lila in den Stuhl neben seinem Bett. „Ich werde einfach nachsehen, wo dein Vater ist", sagte sie mit einem Grinsen und schloss die Tür hinter sich. Lila errötete, als Richard sie angrinste.

„Ich wollte nur sehen, wie es dir geht", sagte sie und hasste es, dass ihre Stimme zitterte. Die Tatsache, dass sein Gesicht wund und genäht war, änderte nichts daran, wie schön er war, wie seine Augen sie anfunkelten und sein Mund ununterbrochen zu lächeln schien.

„Mir geht es eigentlich sehr gut, obwohl ich es ein wenig auf die Götterspeise schiebe, die sie mir immer wieder bringen", kicherte er, während sie lachte.

„Das freut mich zu hören ... es sei denn, sie schmeckt nicht."

„Es ist meistens Orangengeschmack, vielleicht hin und wieder Erdbeere."

„Schön. Ich mag auch Zitrone."

„Ich hatte einmal eine. Die sind scheinbar so kostbar wie Goldstaub. Wir müssen Zigarettenpackungen dafür eintauschen."

Sie kicherte. „Oh, ja?"

Richard nickte und sah komisch selbstzufrieden aus. „Ich bin ein Liebling von Big Bernard."

Lila nickte. „Du meinst, du bist sein Schoßhündchen?"

„So was in der Art", lachte Richard. Er griff herüber, nahm ihre Hand und verschlang seine Finger mit ihren. „Im Ernst, Lila ... vielen Dank, dass du gekommen bist. Es gibt mir die Möglichkeit, dir zu sagen, wie sehr ich deine Hilfe in jener Nacht geschätzt habe ... und zu fragen, ob ich dich wiedersehen kann, wenn sie mich hier rausgelassen haben?"

Ihr Magen drehte sich um und sie wurde rot vor Freude. „Gern ... aber ich habe wirklich nichts getan."

Er zog ihre Hand an seine Lippen und küsste ihre Finger. „Doch, das hast du. Wenn ich in dieser Nacht gestorben wäre, wäre zumindest dein schönes Gesicht das Letzte gewesen, was ich je gesehen hätte. Das wäre für mich okay gewesen."

Sein Kompliment war schön, aber sie musste trotzdem grinsen. „Junge ..."

Richard lachte schüchtern. „Zu kitschig?"

„Ein bisschen, aber es ist okay für mich."

Richard lehnte sich nach vorne und legte sanft seine Lippen auf ihre. „Also, darf ich dich wiedersehen?" Gott, er *war* kitschig, aber so, so hinreißend dabei ...

Lila lehnte ihre Stirn leicht an seine. „Ja, Richard Carnegie ... das darfst du ..."

6

VERGANGENHEIT ... FRIEDMANS LUNCH IN DER 9TEN,

New York City

Charlie Sherman saß an seinem Schreibtisch und starrte ins Nichts. Er hörte es nicht, als sein Partner Riley ihn die ersten beiden Male ansprach, erst als Riley einen Papierball auf ihn warf, schaute er genervt auf. „Was?"

Riley grinste ihn leicht an. „Ich sagte, gehen wir nun zum Mittagessen in dieses Restaurant, oder was? Ich verhungere hier drüben."

Sie gingen zu der kleinen Sandwichbude. Riley bestellte ein Reubens, während Charlie nur einen schwarzen Kaffee nahm. Riley lächelte seinen Partner an. „Was ist mit dir? Du bist seit Tagen so still. Nicht, dass du nicht immer still bist. Aber Himmel, du machst mir Angst. Was gibt es?"

Charlie grinste seinen Freund plötzlich an. „Wer muss schon reden, wenn du da bist, Kumpel?"

„Fairer Punkt." Riley nahm einen riesigen Bissen von seinem Sandwich. „Wie geht es meiner Freundin?"

„Lila?" Charlie lachte und schüttelte den Kopf. „Kumpel, das hättest du gern. Wie auch immer, ihr geht es gut. Ich glaube, sie ist heute zu Richard Carnegie gegangen."

Rileys Augenbrauen schossen in die Höhe. „Wirklich?" Dann lachte er. „So wie ich Lila kenne, hat sie keine Ahnung, wer die Carnegies sind."

Charlie sah verwirrt aus, und Riley seufzte. „Wenn du mir nicht den Papierkram überlassen hättest, dann wüsstest du, dass die Carnegies zum alten Geldadel gehören – *richtig* alter Geldadel aus New York. Richard Carnegie Senior ist Bill Gates mal eine Million. Absolutes Genie. Richard Junior ebenso. Harvard Abschluss, brillant, stinkreich und gut aussehend. Und gerade jetzt, macht er wahrscheinlich meine Freundin an." Riley sah plötzlich ganz krank aus und Charlie gluckste.

„Ja, versuch mal, mit ihm zu konkurrieren, Kumpel."

Riley studierte ihn. „Kann ich dich etwas fragen?"

„Schieß los."

„Ich meine das jetzt ernst ... wenn ich das hätte, was du mit einer Frau wie Lila hast ... ich würde sie auf keinen Fall gehen lassen. Einen anderen Fatzken an ihr graben lassen. Auf keinen Fall."

Charlie lachte. „An ihr graben? Junge, das ist gut."

Riley zuckte mit den Schultern. „Ich dachte, es wäre poetisch."

„Genau", sagte Charlie, stahl eine Pommes und zeigte auf Riley, „deshalb bist du Single. Wie auch immer, Lila sagte mir, dass sie heiß auf Woods ist."

„Oh ha ha", grummelte Riley. „Beruf dich jetzt nicht auf das böse W."

Riley und Woods Kinsayles Geschwister-Rivalität war legendär. Riley gab seinem wettbewerbsorientierten Vater die Schuld, da er die Zwillinge von Geburt an immer gegeneinander ausgespielt hatte, aber die Schadenfreude, mit der Woods – der fünf Minuten älter war – den Wettbewerb ins Erwachsenenalter trug, war ärgerlich. Woods, ein Sportagent, lachte die ganze Zeit über seinen ‚kleinen' Polizeibruder, und es machte es auch nicht besser, dass sein Vater seinen College-Football mehr liebte als das Leben. Beide taten so, als wäre Rileys Karriere nichts. Zum Glück war Riley alt genug, um diese Kindereien zu ignorieren – und in letzter Zeit schien Woods eher unterstützend zu sein.

„Hi Leute."

Charlie schaute auf und sein Blick fiel auf den Schreibtisch-Sergeant des Bezirks, Joseph Deacon, ein großer zugezogener New Yorker, dessen Akzent das bewies. „Hey, Joe, willst du etwas essen?"

Joe sah sie bedauernd an. „Nein, Claudia hat mich auf Diät gesetzt."

Riley schnaubte. „So ein Mist. Joe, du bist wirklich ein Charakter aus diesen alten Cop-Shows, nicht wahr?"

Joe grinste gutmütig. „Stimmt, mein Junge. Wie auch immer, ich wurde geschickt, um euch zu suchen. Deke hat einen der Jungs von diesem Angriff vor ein paar Nächten festgenommen. Der Carnegie-Typ."

Charlie und Riley standen auf und gingen zurück zum Bahnhof. Deke Holmes, ein Detective aus einem anderen Bezirk, begrüßte sie. „Ich dachte, ihr hättet den gern."

Sie dankten ihm und bald standen sie dem Festgenommenen gegenüber. Charlie studierte ihn; schmutzig, nervös, ständig am Schniefen. Stereotypischer Junkie, jemand, den er zu dieser späten Stunde auf der Straße erwarten würde. Sie verhörten ihn, aber er sagte ihnen nichts, was sie nicht bereits wussten.

Danach, zurück an ihren Schreibtischen, gestand Charlie schließlich, warum er vorher so geistesabwesend gewesen war und Riley nickte, als Charlie laut aussprach, was sie beide dachten.

Was zum Teufel hatte ein Kerl wie Richard Carnegie um drei Uhr morgens auf den gemeinen Straßen von New York zu suchen?

7

GEGENWART... LENOX HILL HOSPITAL

N*ur fünf Minuten,* dachte Lila, *fünf Minuten ohne Schmerzen, das ist alles, um was ich bitte.* Es war ein quälender Schmerz, der bei jeder Bewegung durch sie schoss. *Er hat mich wirklich in Scheiben geschnitten und zerhackt,* dachte sie jetzt, mit einem humorlosen Lachen. *Wer auch immer du bist, ich hoffe, du verrottest in der Hölle.*

Sie war vor ein paar Stunden in schlimmer Verfassung aufgewacht und konnte nicht wieder einschlafen. Das sich eintönige Piepen der Maschinen, die sie am Leben hielten, ging ihr auf die Nerven, ebenso wie der Schlauch im Hals. Mit etwas Glück würden sie ihn herausnehmen, jetzt, wo es ihr etwas besser ging.

Ging es ihr besser? Sie wusste es nicht. Die Ärzte und Krankenschwestern sprachen leise miteinander, direkt vor ihrem Zimmer – es machte sie paranoid. Allerdings nicht so sehr, wie Charlie und Delphine die beide dasselbe taten. Sie konnte gar nicht ausdrücken, wie verärgert sie über die beiden Menschen war, die sie am meisten liebte. Niemand sagte ihr etwas.

Und wo zur Hölle war Richard? Er war die Person, auf die sie am meisten Wut hatte. Sie wusste, dass sie in Selbstmitleid schwelgte, aber jemand hatte auf sie eingestochen, um Gottes willen. Sollte er

nicht hier sein und ihre Hand halten? Sie hatte die fixe Idee, dass er
seine Kleider bei ihrem mitleiderregenden Anblick zerriss ... *jetzt* bist
du eine Drama-Queen, dachte sie. Aber es brach ihr das Herz, nicht zu
wissen, wo er war ... *oh Gott.* Der Gedanke traf sie wie ein
Vorschlaghammer.

War Richard tot? Hatte derjenige, der sie fast ermordet hatte,
auch Richard getötet? *Nein, nein ...* Sie konnte die heißen Tränen nicht
aufhalten, und sie fing an zu schluchzen und verschluckte sich an
dem Schlauch in ihrer Kehle. *Oh Gott ...* Deshalb hatten sie ihr nichts
gesagt ... jetzt konnte sie nicht atmen, die Panikattacke überwältigte
sie. Kein Sauerstoff, kein Sauerstoff ... die Maschinen neben ihr
spielten verrückt, Krankenschwestern stürmten herein, abgehackte
Stimmen, ein Stich, als eine Nadel ihren Arm durchbohrte und dann
...

Dunkelheit.

„Wir mussten sie beruhigen, ich fürchte, sie hatte eine Panikattacke.
Als sie aufwachte, war sie ruhiger. Sie gab an, dass sie den Schlauch
entfernt haben wollte, also haben wir Dr. Honeychurch gebeten, zu
kommen, um zu sehen, ob wir das tun können. Wir denken, Lila
leidet an Depressionen ... es geht ihr sehr schlecht. Warum setzen Sie
sich nicht zu ihr?"

Charlie nickte tonlos. Delphine seufzte, sah erschöpft aus und
klopfte ihm auf den Rücken. „Du gehst hinein. Ich möchte nach
Hause telefonieren, sehen, ob jemand bei ihr sitzen kann. Vielleicht
Cora."

„Ich dachte, Cora sei zu zerbrechlich, um Lila so zu sehen?"

Delphine, der man plötzlich jedes ihrer siebzig Jahre ansah,
zuckte hilflos mit den Achseln. „Ich denke, Lila braucht sie. Du solltest auch etwas Ruhe bekommen, Charles, du warst praktisch jeden
Tag hier."

„Ich tue, was ich für sie tun muss", sagte er grimmig und küsste
Delphine dann impulsiv auf die Wange. „Ich sollte aber bei der

Arbeit vorbeischauen, um zu sehen, ob es ..." Er winkte ab, aber Delphine verstand.

„Ich werde Cora jetzt anrufen."

Charlie wartete, bis die Frau gegangen war und klopfte dann sanft an Lilas Tür. Seine Freundin starrte aus dem Fenster, dunkle Schatten lagen unter ihren Augen, ihre Wangenknochen – die noch niemals in ihrem weichen runden Gesicht zu sehen gewesen waren – standen hervor. Ihr ganzes Aussehen schrie Hoffnungslosigkeit.

„Lila", sagte er leise, und sie sah ihn mit toten, stumpfen Augen an. Das leuchtende Violett war zu einem schmuddeligen Violett geworden und es fiel ihm schwer, den Schmerz darin zu sehen. Der verhasste Schlauch in ihrer Kehle war offensichtlich unbequem. Lila zeigte auf das Pad und den Bleistift auf dem Tisch neben sich, und er reichte sie ihr.

Ich hasse das.

Charlie nahm ihre Hand. „Ich weiß, Schatz, ich weiß. Aber bitte, du musst gesund werden. Für mich. Für die Menschen, die dich lieben."

Sie starrte ihn an, ihr Ausdruck war hart, und als sie wieder schrieb, drückte sie so fest auf das Papier, dass es leicht riss.

Ich bin so verdammt wütend auf denjenigen, der dies getan hat.

„Auch ich, Liebling, glaube mir. Ich kann nicht glauben, dass irgendjemand ausgerechnet dir so etwas antun würde." Er streichelte ihre Wange, und sie lehnte sich in seine Berührung, ihre Augen füllten sich mit Tränen.

Sie zögerte, bevor sie wieder schrieb, und als sie es tat, flossen ihre Tränen auf das Papier.

Ist Richard tot?

Charlie las die Notiz und sah schockiert auf. „Nein, nein, Gott, nein, es geht ihm gut, er ist ... *Jesus* ..." Er wandte seinen Blick ab. Lila kritzelte eine weitere Nachricht und tippte ihm wütend auf den Arm, bis er sie ansah.

Warum zur Hölle ist er dann nicht hier?! Was zum Teufel ist los, Charlie, und lüg mich nicht an, oder ich reiße mir diesen Schlauch aus der Kehle und stecke ihn in deinen!

Charlie lächelte leicht. „Mach das nicht ... also, atme tief durch und ich werde es dir sagen. Versprochen?"

Sie nickte und sah ihm nie die Augen. Charlie stieß die Luft aus.

„Okay ... Lila, Schatz, Richard ist nicht hier, weil er nicht kommen darf. Er kann nicht kommen. Er sitzt im Gefängnis."

Ihre Augen sprangen fast aus ihrem Kopf. *Warum? Weiß er, wer versucht hat, mich zu töten? Ist er ihm nachgegangen?*

Charlie schüttelte langsam den Kopf und erwiderte ihren Blick. Eine Sekunde lang starrten sie sich nur an, dann sah er die Erkenntnis auf ihrem Gesicht dämmern. Sie schüttelte den Kopf.

Nein. Nein. Ich kann es nicht glauben.

Charlie nahm erneut ihre Hand, aber sie schüttelte ihn ab.

Sag es, Charlie. Sprich es laut aus oder ich werde es nicht glauben.

Charlie streckte die Hand aus, um ihre Wange zu berühren. „Es tut mir so leid, Baby ... Richard wurde festgenommen. Ihm wird vorgeworfen, jemanden für einen Mord angeheuert zu haben. Liebes ... Richard war derjenige, der versucht hat, dich töten zu lassen ..."

Lilas Atem kam abgehackt und sie zitterte heftig und sogar mit dem Schlauch im Hals war der Schrei, der tief aus ihrem Inneren kam, ein jaulendes Geräusch unaussprechlicher Trauer.

Charlie würde es nie vergessen.

8

VERGANGENHEIT ... ABENDESSEN, EAST VILLAGE, MANHATTAN

„Ich kann nicht glauben, dass du ein erwachsener Mann bist, und immer noch PB&J magst. Bist du fünf? Und mit Pommes frites und saurer Gurke? Das ist so widerlich." Lila grinste Richard an, als sie beim Abendessen saßen. Richard lachte.

„Hey, mach dich nicht darüber lustig, bis du es probiert hast. Du musst auch ein seltsames Essen haben, jeder tut es", sagte er und wedelte mit einer Pommes vor ihrer Nase herum, bis sie sie schnappte, hineinbiss und er gluckste.

„Oh, okay, lass mich nachdenken ... während ich mehr von deinen Pommes frites stehle ..." Lila schob sich eine zweite in den Mund und kaute. „Okay ... Wie wäre es mit Brezeln, die in Nutella getaucht sind?"

„Das ist nicht komisch. Komm, du versuchst es nicht einmal ..."

„Ananas auf Pizza."

„Das ist widerlich, aber ziemlich Mainstream. Gib dir mehr Mühe, Tierney."

Sie grinste ihn an. Dies war ihr drittes Date, seit er aus dem Krankenhaus entlassen worden war und sie musste zugeben, dass jedes einzelne Spaß gemacht hatte. Sie hatten sich geneckt und sich kennengelernt. Heute Abend war er nach der Arbeit zu ihr gekommen und hatte sie überrascht, aber sie hatte sich so sehr gefreut, als sie sein jungenhaftes Grinsen sah, dass sie all ihre Regeln über die Nichtvermischung von Arbeit und Vergnügen vergaß und ihn ihren Freunden vorstellte. Tinsley, das neue Mädchen aus Australien, hatte sie angestoßen, als Richard mit Mikey sprach.

„Mädchen, du schnappst dir den so schnell wie möglich."

Lila war rot geworden. Obwohl sie es hasste, es zuzugeben, konnte sie an *nichts* anderes als an seine Hände auf ihrem Körper denken, wenn sie zusammen waren. Bis jetzt hatte er ihre Wange geküsst, ihre Lippen leicht mit seinen berührt, aber nichts probiert, und Gott, sie wollte ihn. Sie sah ihn jetzt an, in seinem T-Shirt und seiner blauen Jeans, und fragte sich, wie es wäre, ihre Hände unter dieses Hemd zu schieben und ...

„Lila?"

Sie schüttelte sich und grinste verlegen. „Tut mir leid, ich war mit den Gedanken weit weg. Ähm ... mir fällt wirklich nichts ein."

Richard – *Rich,* hatte er gesagt, *Richard ist mein Vater* – schüttelte enttäuscht den Kopf. „Du enttäuschst mich."

„Es tut mir leid."

„Du musst es wiedergutmachen." Und da war er, der Blick, den er ihr in dieser ersten Nacht zugeworfen hatte, derjenige, der ihre Kleider auf ihrem Körper verbrennen und das Verlangen tief in ihr entzünden konnte. Lila konnte ihre Augen nicht abwenden von diesen dunklen, dunklen Augen ...

„Ich kann es auf jeden Fall versuchen", sagte sie mit leiser Stimme. Ohne den Blick von ihr zu lösen, hob Richard die Hand. „Die Rechnung, bitte", sagte er ruhig.

IN SEINEM AUTO nahm er ihre Hand, machte aber keine anderen Anstalten sie zu berühren. Lilas Herz schlug heftig in ihrer Brust, ihr Atem kam in kleinen Stößen. Selbst im Aufzug berührte er sie nicht und verlängerte die Qual, obwohl sie sehen konnte, wie seine Erektion hart gegen seine Jeans drückte. Seine Augen wanderten langsam über ihren ganzen Körper, bis er, als der Aufzug anhielt, ihren Blick wieder einfing. Er reichte ihr seine Hand, und sie ergriff sie und spürte die Elektrizität, als seine Haut sie berührte.

Er führte sie in sein Penthouse, aber sie registrierte kaum ihre Umgebung. Sie gingen direkt in sein Schlafzimmer, und als sie in das Zimmer trat, drehte er sich um und nahm sie in seine Arme, legte seinen Mund auf ihren. *Gott, dieser Kuss* ... sie spürte ihn in jeder Zelle ihres Körpers. Seine Hände glitten sanft unter ihr T-Shirt, und sie hob ihre Arme, damit er es ihr ausziehen konnte.

Als ob der Stoff, der auf den Boden fiel, ein Startschuss wäre, rissen sie sich plötzlich gegenseitig die Kleidung vom Leib, schnauften atemlos in ihrem Verlangen und als sie nackt auf das Bett fielen, wusste Lila, dass es das Richtige war, das war es, was sie wollte. Sie schlang ihre Beine um seine Taille, als er sie küsste, seinen Schwanz hart gegen ihren Oberschenkel presste und *Jesus*, aber sie wollte ihn in sich, drängte ihn sich zu beeilen. Richard tastete in seinem Nachttisch nach einem Kondom, und sie rollte es auf seinen bebenden, harten Schwanz, als er sie anlächelte.

„So schön", sagte er und zog sie an sich. Sein Schwanz neckte ihr Geschlecht, rutschte in ihrer glatten Spalte auf und ab, bevor er endlich tief in sie stieß. Lila keuchte, als er sie füllte, bewegte sich mit ihm und spreizte ihre Beine weiter, um seiner Größe gerecht zu werden. Richards Tempo beschleunigte sich, als er in immer härter in sie stieß, seine Hände hatte er neben ihren Kopf gestemmt, seine Augen waren auf sie gerichtet. Lila bog ihren Rücken durch, ihr Bauch berührte ihn und er stöhnte. „Gott, ja ... *Lila* ..."

Ihre Fingernägel gruben sich in seinen Rücken, krallten sich in ihn, wollten ihn immer tiefer, seine Hoden schlugen hart gegen ihren Hintern, als sein Schwanz sich immer wieder in sie bohrte. Sie biss in seine Schulter und hörte ihn leise lachen. „Ich werde dich entzweireißen, kleines Mädchen", knurrte er, und sie kam, als er erneut in sie stieß. Richard kam kurz darauf, schaudernd und stöhnend, und sie kollabierten ineinander verschlungen auf dem Bett. Sie liebte das

Gefühl seines Schwanzes in ihr, auch als seine Erektion langsam
nachließ und Richard nichts tat, um ihn herauszuziehen. Er legte
sich auf sie und strich das feuchte Haar aus ihrem Gesicht. „Ich will
nirgendwo anders sein, außer in deiner köstlichen Muschi",
murmelte er, und sie grinste, begeistert von seiner Heftigkeit und ihr
Geschlecht begann wieder um seinen Schwanz anzuschwellen. Ihre
Klitoris fühlte sich an, als ob sie explodieren würde, als seine Finger
sie fanden, und sie stöhnte leise, und er fing an, sie zu reiben und zu
necken. Seine Lippen lagen an ihrem Ohr. „Süße, süße Lila, ich
werde dieses Süße aus dir ficken, dich ganz für mich behalten, dich
auf jede Weise, von der du jemals geträumt hast, nehmen." Er
bewegte sich an ihr hinunter und nahm ihre Brustwarzen in seinen
Mund, saugte und leckte, dann biss er sanft zu und schaute sie mit
diesen seelenvollen braunen Augen an. „Ich könnte dich auffressen",
flüsterte er und ließ seine Zunge über ihren Bauch wandern, bis sie
in die Mulde ihres Nabels tauchte. Sie zitterte, als er sich weiter nach
unten bewegte und dann war sein Mund auf ihr, seine Zunge auf der
hyperempfindlichen Klitoris.

Lila stöhnte, als sie von Lustwellen überspült wurde, als Richard
sie leckte, seine Finger in ihre Hüften gekrallt, seine Zunge schnellte
immer wieder über sie und trieb sie einem unglaublichen Orgasmus
entgegen. Kaum war sie gekommen und schrie seinen Namen, stieß
er seinen steinharten Schwanz erneut in sie, und Lila dachte, sie
würde ihren Verstand verlieren. Richard sah siegessicher aus, und er
ließ sie immer wieder kommen.

Schließlich schlangen sie ihre Arme umeinander und musterten
das Gesicht des anderen, während sie ihren Atem anhielten. Richard
rieb seine Nase sanft in ihrer, seine dunklen Augen glänzten.

„Das war unglaublich", sagte Lila noch atemlos, ihr ganzer Körper
stand in Flammen, jedes Nervenende vibrierte vor Lust.

„Du bist unglaublich", sagte Richard und fuhr mit der Hand die
Länge ihres Körpers hinunter. „So sexy, so weich ... Lila Tierney, du
bringst mich um den Verstand ..."

Sie grinste. „Also, da ändert sich nichts."

Richard lachte. „*Und* du sprengst meine Hoden ... sozusagen."
Beide lachten, und Lila seufzte glücklich.

„Wenn nur diese Schlägerei nicht der Grund wäre, warum wir uns getroffen haben."

Richard küsste sie sanft. „Das war es wert."

Lila legte ihre Hand an seine Wange. „Du hast mir nie gesagt, was in dieser Nacht passiert ist. Charlie hat mir gesagt, dass du keine Anklage erhoben hast."

Richard sah verlegen aus. „Müssen wir jetzt darüber reden? Es war nur ein Überfall. Mir wäre es einfach lieber, wenn es nicht an die Öffentlichkeit kommen würde."

Lila zuckte mit den Schultern. „Das ist fair, ich habe mich nur gefragt. Charlie war ..."

„Charlie war was?" Seine Antwort war bissig, und sie zuckte zurück.

„Nichts."

Richard sah sofort zerknirscht aus. „Tut mir leid, Baby, ich wollte nicht giftig sein. Es ist nur dieser Typ, der mich stört."

„Wer, Charlie?" Jetzt sah Lila ihn fragend an. „Er kann manchmal zu ernst sein. Er ist einfach so, das bedeutet nichts."

Richard sah sie halb lächelnd an. „Er ist zu sehr in deiner Nähe, und er ist einfach zu groß und er verhält sich wie ein machohafter Neandertaler."

Lila kicherte. „Er kommt so rüber, das gebe ich zu. Du bist eifersüchtig?"

Richard sah aus, als wolle er protestieren, dann grinste er. „Ein wenig. Ich hasse es, dass du die ganze Zeit in seiner Nähe bist."

„Er ist meine Familie", sagte sie leise, und er küsste sie.

„Ich weiß. Ignoriere einfach mein pathetisches männliches Ego. Jedenfalls möchte ich wirklich nicht über Charlie Sherman sprechen, wenn du nackt in meinem Bett liegst." Er zog sie auf sich und küsste sie. „Wie wäre es, wenn wir alle anderen vergessen und das die ganze Nacht machen?"

Sie grinste ihn an. „Das ist eine sehr gute Idee, Mr. Carnegie ..."

~

Gegenwart

Jedes Mal, wenn er die Augen schloss, durchlebte er diesen Moment noch einmal. Den Moment, als sein Messer tief in Lilas Bauch glitt, sah ihre weiten, schockierten Augen, spürte den leichten Widerstand des Stoffes ihres Kleides, als das Messer es teilte und dann vollständig in ihren weichen Bauch glitt. *Gott, dieses Gefühl.* Er hatte sie schnell erstochen, aber er erinnerte sich an jede Sekunde, riss die Klinge heraus und rammte sie dann wieder in ihren Körper. Und *Gott,* in diesem Moment war sie schöner denn je.

Die ersten sechs Stiche, danach war sie bewusstlos geworden und er hatte sie zu Boden gleiten lassen, hatte sich hingekauerte, um immer wieder zuzustechen. Ihr Blut tränkte die dünne Baumwolle, so dass sie auf ihrer Haut klebte. Er stach das Messer immer wieder in die tiefe Mulde ihres Nabels, während sein Schwanz steif wurde und der Durst nach Blut durch seine Adern rauschte. Er hielt schließlich inne, atemlos, und stand auf, nicht in der Lage, seine Augen von ihr loszureißen. Ihr dunkelrotes Blut strömte über sie, ihre Atmung stockte.

Ich liebe dich so sehr, dachte er, *so sehr, meine schöne Lila* ... Er griff zum Messer und kniete sich hin, um es zwischen ihren Rippen hindurch in ihr Herz zu stoßen, um es zu beenden, aber dann hielt er inne, erstarrte.

Er hörte die Stimme der Verkäuferin und ging mit einem letzten bedauernden Blick zurück auf die sterbende Frau auf dem Boden durch die Notausgangstür, durch die er auch hereingekommen war. Draußen hörte er den Schrei der Verkäuferin, als sie Lilas Leiche fand und lächelte still vor sich hin.

Es gab keine Möglichkeit, diesen Angriff zu überleben. *Auf keinen Fall.*

.   .   .

Außer dass er es jetzt wusste – sie hatte es überlebt. Lag lebend in einem Krankenhausbett. Das bedeutete, dass er wieder einmal die Dinge sorgfältig planen musste. Diesmal wäre es nicht so einfach; sie würde wachsam sein, geschützt, behütet und auf Gefahren achten. Er musste also vorsichtig, wachsam und organisiert sein.

Denn wenn er sie das nächste Mal erstach, würde er sichergehen, dass sie tot war ...

9

GEGENWART ... LENOX HILL HOSPITAL

L ila nahm die Tasse mit den Eiswürfeln, die die Krankenschwester ihr hinhielt, und schlang ein paar davon dankbar herunter.

„Langsam", schimpfte die Krankenschwester. „Nur weil Sie diesen verdammten Schlauch nicht mehr haben, heißt das nicht, dass Sie schon wieder gesund sind. Ihre Temperatur ist oben und der Doktor wird nicht glücklich darüber sein. Haben Sie immer noch Schmerzen, Liebes?"

Lila nickte mit dem Mund voller Eis. Sie tat auch nicht nur so. Der verhasste Schlauch war draußen, aber ihr ganzer Oberkörper fühlte sich an, als ob sie in Flammen stand. Der Arzt hatte ihr gesagt, dass es zu erwarten sei. „Das Messer hat Ihre Gedärme zerfetzt, Lila; es ist ein Wunder, dass Sie bisher keine größere Infektion hatten. Dazu kommen Ihre Muskeln, Ihre geschädigte Leber... es wird Zeit brauchen. Es ist ein Marathon, kein Sprint."

Schlimmer als die Schmerzen war jedoch die Tatsache, dass sie ihre Beine kaum spüren konnte. Sie konnte mit ihren Zehen wackeln, aber das Stechen wie von tausend Nadeln ließ nicht nach, und mehr als einmal war sie schreiend aufgewacht, weil sie einen Krampf hatte.

Lila versuchte, positiv zu bleiben, aber es war schwierig.

Schlimmer noch, jetzt wusste sie, dass die Polizei dachte, Richard sei involviert. *Keineswegs,* dachte sie, *auf keinen Fall.* Sobald der Schlauch weg war, wollte sie um ein Telefon bitten, wusste aber, dass sie sie nicht mit ihm sprechen lassen würden. Charlie wäre wütend. Er und Richard hatten sich nie sonderlich gemocht, aber das waren immer nur kleine Eifersüchteleien gewesen. Delphine hatte ihr unter Tränen erzählt, Charlie habe sich bei ihr für die Verhaftung von Richard entschuldigt, aber die einzige Spur, die sie hatten, war er und Charlie sagte ihr, er könne ihr nicht sagen, warum. Offenbar war Richard ohne Protest mit der Polizei gegangen und hatte seiner Mutter mit toter Stimme erzählt: „Ich wusste, dass sie mich holen würden, Mama. Ich habe das nicht getan, aber ich weiß, warum sie denken, dass ich es getan habe. Sag Lila, ich liebe sie, bitte."

Und Delphine hielt Wort, und Lila hatte der aufgeregten Frau die Hand gedrückt und versucht, sie so gut wie möglich zu trösten. Sie schrieb: „Ich glaube ihm, Delphine. Das war auf keinen Fall Richard."

Delphine hatte sie unter Tränen anlächelt. „Wir alle lieben dich so sehr, Lila Belle." Sie benutzte den Spitznamen, den sie Lila gegeben hatte, in dem Moment, in dem sie sie das erste Mal getroffen hatte. „Wir alle tun es, aber niemand mehr als Richard. Du bist sein Leben."

Ich weiß. Ich weiß, dass ich es bin. Eine kleine Stimme in ihr meldete sich zu Wort. *Wenn Richard will, dass ich tot bin, dann sollte ich vielleicht ...* aber sie schob diesen Gedanken weg. *Hör auf, in Selbstmitleid zu schwelgen. Werde gesund. Tu, was die Ärzte sagen. Kämpfe für Richard.*

Aber plötzlich schien tot zu sein nicht das Schlimmste auf der Welt. *Ich werde dich retten, Richard Carnegie und wenn es das Letzte ist, was ich tue.*

Es klopfte zaghaft an der Tür, und ein dünnes rothaariges Mädchen schaute um die Ecke. Lila spürte, wie sie sich entspannte und lächelte. „Cora, Liebling ..."

Richards jüngste Schwester Cora huschte in den Raum und

hinüber an ihre Seite. Ihre großen grünen Augen waren weit offen und wachsam. „Kann ich dich umarmen?" Ihre Stimme schwankte.

Lila streckte ihre Arme aus, und Cora stürzte sich hinein. Lila unterdrückte es vor Schmerzen zurückzuzucken, als Cora sie fest umarmte. „Ich war so besorgt, L-Belle", sagte die jüngere Frau schließlich und zog einen Stuhl an Lilas Seite.

„Keine Angst, C-Belle", grinste Lila. Kurz nachdem sie sich kennengelernt hatten, hatten sie und Cora eine tiefe, innige Verbindung verspürt, die fast so stark war wie ihre Beziehung zu Richard. Cora – ‚Cora Belle' für ihre Mutter, daher die Spitznamen – war jetzt neunzehn, ein schlanker, zierlicher Rotschopf mit einem tausend Watt Lächeln und einem entzückenden Lispeln, wenn sie sprach. Körperlich und geistig zerbrechlich, verehrte sie Lila als ihre Schwester. Ihre beiden älteren Halbschwestern waren weder herzlich noch liebevoll – Delphine, die Mutter von allen, nannte ihre beiden ältesten Kinder hinter ihrem Rücken ‚Die Findlinge'. „Ich kann nicht verstehen, wie zwei so kalte Kreaturen aus meinem Schoß kamen", sagte sie oft über Judith und Flora. „Sie müssen nach ihrem Vater kommen."

Delphines erster Ehemann war drei Jahre nach ihrer Hochzeit gestorben, ein plötzlicher Herzinfarkt. „Weil er immer Gift und Galle gespuckt hat", murmelte Delphine fast fröhlich.

Judith und Flora tolerierten ihre jüngeren Geschwister kaum: Richard, ein weiterer Sohn von Harry, der in Australien lebte, und dann das Überraschungsbaby der Familie, Cora, die geboren worden war, als Delphine bereits fünfzig war.

Cora und Lila waren fast sofort wie Schwestern geworden – Judith, und vor allem Flora konnte Lila und ihre künstlerischen Fähigkeiten, ihre rebellische Art, ihre Unabhängigkeit nicht ertragen. Bei den wenigen Gelegenheiten, die sie aufeinandergetroffen waren – und sie dabei erwischt hatte, wie sie Cora schikanierten – nahm sie kein Blatt vor den Mund. Sie entschuldigte sich danach bei Delphine, aber Delphine hatte wild gekichert. „Entschuldige dich nicht, es war majestätisch."

Deshalb liebte sie die Carnegies. Richard Carnegie Senior war der ruhigste, ernsthafteste und intelligenteste Mann, den sie je getroffen hatte, und sie war, genau wie seine Kinder, vernarrt in ihn.

„Wenn ich dich und Richard anschaue", sagte Lila zu Delphine, „dann will ich das. Eine Partnerschaft, eine große Freundschaft und Leidenschaft."

Und das hatte sie mit Richard ... *früher hatte sie es,* fügte sie schmerzerfüllt hinzu. *In letzter Zeit ... nicht so sehr.* Sie lächelte Cora an.

„Du siehst gut aus, Birdie. Wie läuft es am College?"

Cora lächelte. Wie Lila war sie eine leidenschaftliche Künstlerin und hatte sich an der gleichen Kunsthochschule wie Lila eingeschrieben. „Jeder fragt nach dir", sagte sie jetzt, „sie alle senden viele Grüße. Ich vermisse dich, L-Belle, zu Hause tun wir das alle. Ich ..." Sie wich aus und schaute weg. Lila ahnte, was sie dachte.

„Ich vermisse dich auch. Und Richard ... Ich vermisse ihn furchtbar. Er hat das nicht getan, weißt du. Er könnte es nicht, er würde es nicht. Sobald ich hier rauskomme, werde ich dafür sorgen, dass sie das wissen."

Cora kaute auf ihrer Lippe. „Bist du sicher?"

Lila drückte ihre Hand. „Darauf kannst du wetten", lächelte sie in dem Versuch, die Anspannung zu lindern. „Ich werde Erin Brockovich sein, bis sie ihn rauslassen."

„Nein." Cora zögerte und ihre Lippe bebte, „... bist du sicher, dass es nicht Richard war, der das getan hat?"

Lila starrte sie schockiert an. Cora war Richards größter Fan; ihr verehrter unfehlbarer älterer Bruder. *Nein ... Nein, das war nicht richtig.*

„Cora, das darfst du nie wieder sagen, verstehst du das? Zu niemandem! Natürlich bin ich mir sicher ... Richard würde mir das nie antun, niemals –"

„Er hat jemand anderen gefickt."

Es war wie ein Vorschlaghammer, der auf ihre Brust fiel, als sie es hörte, und Lila musste nach Luft schnappen. Tränen strömten über Coras Gesicht. „Es tut mir so leid, Lila, ich konnte es dir nach all dem nicht sagen. Ich habe es erst vor ein paar Tagen erfahren, und ich habe die ganze Zeit daran gedacht."

„Er würde nicht ..." *Du weißt, dass er es getan hat, streite es nicht ab ...* Lila kniff ihre Augen zusammen und ihr wurde schwindelig, übel und sie drückte ihre Hand auf ihre Brust. Eine weitere Panikattacke, die im Anmarsch war ... *Atmen ... atmen ...*

Cora stand auf und griff nach dem Rufknopf, und sofort kam eine Krankenschwester durch die Tür. Lila konnte hören, wie sie etwas sagte und Cora sagte: „Sie kann nicht atmen ..." Sie hörte eine tiefere Stimme ... Charlie?

Ich bin in Ordnung, ich bin okay, wollte sie schreien, aber nichts kam heraus, und jetzt brannte ihre Lunge, aber alles, worüber sie nachdenken konnte, war, *wie sie einmal daran geglaubt hatte, dass Richard sie nie, nie betrügen würde ...*

... und wie sie nun zweifelsfrei wusste, dass er es doch getan hatte.

10

GEGENWART ... LENOX HILL HOSPITAL

Charlie packte Cora am Oberarm, als er sie an der Tür des Krankenhauses erwischte und sie zu einem ruhigen Ort lenkte. „Warum zum Teufel hast du ihr das gesagt?" Er versuchte leise zu sein, aber Cora konnte sehen, wie wütend er war.

„Es tut mir leid, Charlie ... sie saß nur da und verteidigte ihn, all diese Schläuche steckten in ihrem Arm, und ich konnte es nicht ertragen."

Charlies Miene wurde weich, als er auf die junge Frau herabblickte, die so gebrochen und verletzlich war. Er fuhr sich mit einer Hand durch die Haare. „Es tut mir leid, Cora ... Ich wollte dich nicht erschrecken. Es ist nur ... ich mache mir Sorgen um sie, weißt du, ich hasse es, sie so zu sehen."

Cora nickte. „Ich weiß. Gott, Charlie, jede Nacht gehe ich ins Bett und liege wach und versuche dahinterzukommen, wer das tun würde. Und die einzige Antwort, das einzige Motiv, ist mein Bruder." Sie blickte in Charlies undurchdringliches Gesicht. „Ich weiß, dass du zwischen den Stühlen sitzt, herausfinden willst, wer es getan hat, und meinen Bruder verhaften musstest. Es tut mir so leid, Charlie. Ich möchte, dass du weißt, dass keiner von uns dich für Richs Verhaftung verantwortlich macht."

„Ich möchte wissen, wer das Lila angetan hat. Das ist alles."

Cora seufzte. „Schau, du gehst wieder hinein, ich gehe nach Hause und rede mit meiner Mutter. Ich möchte für Lila da sein ... vor allem, nachdem sie so viel für mich getan hat."

Charlie nickte. „Okay, Pickle."

Cora schenkte ihm ein Lächeln. „Du weißt, dass du die einzige Person bist, die mich so nennt. Lila sagt, dass du niemanden mit einem Spitznamen anredest, außer mich."

Charlie lächelte sie an. „Es fühlt sich einfach so an, als ob du meine kleine Schwester bist."

CORA FUHR nach Hause in das riesige Familienhaus in Westchester. Einst ein mit Liebe und Lachen gefüllt, hallte jetzt die Traurigkeit und Wehmut von den Wänden wider. Ihr Vater vergrub sich in seine Arbeit; ihre Mutter hatte alle ihre Ausschüsse und gesellschaftlichen Veranstaltungen abgesagt. Cora wusste, dass jeder in ihrem Kreis über sie sprach. Der verlorene Sohn im Gefängnis, weil er seine schöne Braut niedergestochen hatte. Das war undenkbar. Sie hatte versucht, wieder zur Schule zu gehen – es hatte einen Tag gedauert, bevor ihr das Flüstern und die neugierigen Blicke zu viel geworden waren. Sie hatte fast wieder angefangen zu trinken, hatte jemanden gefunden, der Verbindungen in den Studentenwohnheimen hatte ... sie hatte widerstanden. Gerade so. Der Gedanke, der sie am Laufen hielt, war nicht, dass sie sofort wieder in diesen Teufelskreis geraten würde, wenn sie etwas getrunken hätte, sondern die Hölle und der Schmerz, den ihre Familie – und Lila – durchmachen würden, wenn sie es tat.

Denn Lila und Richard waren es, die sie aus dem ganzen rausgeholt hatten. Beide hatten ihren Ruf, ihre Position und ihr Leben riskiert, um ihr zu helfen, sich von diesem Leben zu befreien, und sie würde sie nicht enttäuschen, indem sie in die Sucht zurückfiel.

Nie wieder ...

11

VERGANGENHEIT ... MICKEYS BAR, MANHATTAN

A m späten Freitagabend war in Mickeys Bar viel los. Lila, die ausnahmsweise nicht arbeitete, saß mit Charlie an einem Tisch, und beobachteten Richard und Riley, Charlies Partner, die an der Bar standen und sich vor Lachen bogen. Tinsley, die australische Kellnerin, die seit einem Monat hier war und bereits Lilas gute Freundin geworden war, zwinkerte ihnen zu, als sie um die Bar herumkam. Lila bemerkte, dass sie ein wenig rot wurde, als sie Charlie ansah und dann wegschaute, als sie sein ausdrucksloses Gesicht sah. Lila stieß Charlie an, der mit versteinertem Gesicht neben ihr saß. „Du *erschreckst* die Leute wieder. Hört auf so ein Gesicht zu machen."

Er zuckte mit den Achseln. „Ich wusste nicht, dass ich es getan habe, tut mir leid. Ich denke nur an die Arbeit."

„Blödsinn", zischte Lila leise, und er richtete jetzt seine volle Aufmerksamkeit auf sie.

„Häh?"

Sie sah ihn an, ihre violetten Augen blitzten vor Ärger. „Du hasst Richard. Sei ehrlich, Charlie, du hasst ihn schon die ganze Zeit." Sie schnappte sich ihr Glas und stand auf, um zu ihrem Freund und

Riley zu gehen, die Billard spielten. Charlie streckte die Hand aus und packte ihr Handgelenk.

„Nein, geh nicht, es tut mir leid."

Lila setzte sich mit einem Seufzer wieder hin. „Sag mir wenigstens, warum du ihn nicht magst."

Charlie hob seine Schultern. „Ich mag ihn nicht ... Ich vertraue ihm einfach nicht."

Lila sah ihn kühl an. „Weil?"

„Etwas ist seltsam. Was zum Teufel hatte er um drei Uhr morgens auf dieser Straße zu tun? Der Typ ist reich, richtig stinkreich, und doch befindet er sich in einem heruntergekommenen Viertel und wird von stadtbekannten Junkies vermöbelt? Nein, da stimmt was nicht."

Lila seufzte und rieb sich die Augen. „Also was? Ich kann dir versichern – er nimmt keine Drogen. Selbst du kannst keine Anzeichen dafür sehen."

Charlie nickte. „Ich gebe das freimütig zu ... er nimmt keine, damit ist die einzige logische Erklärung, dass er dealt."

Lila stellte heftig ihr Glas auf den Tisch und stand dieses Mal auf ohne dass Charlie sie zurückhielt, aber sie konnte spüren, wie er sie beobachtete, als sie zur Bar ging.

„Noch einen Grey Goose bitte, Michael. Ohne Eis."

Ihr Chef schimpfte mit ihr. „Das bist nicht du, Lila, aber hey, es ist deine Nacht und mehr Gewinn für mich, also ..." Er grinste, als er ihr Getränk einschenkte und runzelte dann die Stirn, als sie es in einem Zug austrank. „Du hast dich über irgendetwas geärgert."

„Es ist nur ..." Sie seufzte. „Mach dir keine Sorgen. Danke, Mikey."

Sie ging zu Richard hinüber, der sich über sein verlorenes Spiel am Billardtisch bei einem schadenfrohen Riley beklagte. Sie küsste Richards Wange. „Können wir gehen?"

Richard zögerte nicht. „Natürlich, Baby." Er hielt Riley die Hand hin, der sie grinsend schüttelte. „Revanche? Du musst mich versuchen lassen, mein Geld zurückzugewinnen."

„Absolut, Mann, du lässt mich einfach wissen, wann ich deinen Arsch wieder versohlen soll, und ich werde da sein." Auf Rileys gutaussehendem Gesicht lag ein breites Grinsen und Lila war dankbar, dass zumindest einer ihrer Freunde Richard mochte. Sie verabschiedeten sich von Riley und winkten Mikey zu. Richard hielt sie zurück, als sie die Tür erreichten.

„Hey, willst du dich nicht von Charlie verabschieden?"

Lila zögerte und schaute zu ihrem Freund hinüber. Er war in ein Gespräch mit einer errötenden Tinsley vertieft. „Nein, es ist okay, ich will nicht das dritte Rad sein."

DER ABEND WAR KÜHL, und als sie in Richards Auto stiegen, schaute er sie an und lächelte. „Willst du ein bisschen umherfahren?"

Sie grinste ihn liebevoll an. „Sicher."

„Wir können parken gehen, wie in Yesteryear." Er verzog das Gesicht.

Sie lachte. „Ja, die Tage von einst. Aber ich werde dir wahrscheinlich ein paar moderne Sachen antun."

„So ein schmutziges Mädchen, ich kann es kaum erwarten."

Sie fuhren eine Weile durch die Stadt und versuchten, einen Ort zu finden, an dem sie das Auto parken und, wie Richard es ausdrückte, „wie Teenager rummachen" konnten, aber am Ende hatten sie es satt und waren so aufgeheizt, dass sie zurück in ihre Wohnung fuhren.

Lila liebte es, dass Richard in dem Monat, in dem sie sich verabredet hatten, genauso oft hier bei ihr war wie sie in seiner Penthouse-Wohnung. Er neckte sie wegen ihrer Bücher, die sich überall stapelten, einige von ihnen dienten sogar als provisorischer Couchtisch. Er verbrachte Stunden damit, sich ihre Kunstwerke anzusehen und mit ihr über Kunst zu sprechen. Sie schalteten alle Lichter aus, außer der Lichterkette entlang ihres Bücherregals, tranken Wein, hörten Musik.

Er hatte keine Ansprüche, keine, die sie erwartet hätte, aber als sie Delphine und Richard Sr. kennengelernt hatte, erkannte sie, woher er seinen Charme hatte.

Jetzt, auf ihrem Einzelbett, zogen sie sich aus, ließen sich auf die harte Matratze (das einzige, worüber er sich beschwerte) fallen und liebten sich, völlig ineinander versunken, als sie sich zusammen bewegten.

Danach bestellten sie Pizza und aßen sie im Bett, plauderten über Schule und Arbeit und was sie am nächsten Abend machen wollten. Es stand nie in Frage, dass sie ihre Freizeit zusammen verbringen wollten – sie waren immer noch in dieser berauschenden, liebestollen Phase.

„Wann bist du für den Sommer mit der Schule fertig?"

„In ein paar Monaten. Ich liebe es, aber ich freue mich auf eine Pause. Warum?"

Richard lächelte und schob ihr eine Strähne hinter das Ohr. „Weil ich dachte, wir könnten gemeinsam eine Reise machen ... Paris, London, wo immer du hinwillst. Auf meine Kosten natürlich."

Lila puhlte an ihrer Pizza und fühlt sich unwohl. „Rich ..."

„Ich weiß, was du sagen willst. Aber es ist ein Geschenk von mir an dich; ein Dankeschön-Geschenk, wenn du so willst."

Sie schüttelte den Kopf, halb lächelnd. „So einfach kommst du mir nicht davon."

Richard seufzte. „Schau mal, Lila, lass uns über den Elefanten im Raum sprechen. Ja, ich habe Geld. Ich habe sowohl mit meiner Familie als auch in der Wirtschaft großes Glück gehabt. Das ist einfach Realität. Aber ich bin auch nur ein Typ, der mit seiner Freundin in den Urlaub fahren will. Darf ich das nicht, nur weil ich reich bin?"

Sie berührte sein Gesicht. „Aber ich will nicht, dass ... du mich aushältst."

Richard lachte laut. „Ich tue nichts dergleichen. Schau, wir können sogar einen Billigurlaub machen, mit Rucksack, wenn du das möchtest, wenn du dich dann besser fühlst."

Lila war überrascht. „Wirklich? Du würdest das tun?"

Richard streichelte ihr die Wange. „Natürlich. Für dich immer."

Lila schlang ihre Arme um seinen Hals. „In diesem Fall ... Ja, ich würde gerne mit dir Urlaub machen, Richard."

Er küsste sie innig und schaute sie dann schelmisch an. „Kann ich einen Vorschlag machen ... als Kompromiss?"

Sie kniff amüsiert ihre Augen zusammen. „Was denn?"

„Paris ... das ist Luxus und geht auf mich." Er studierte ihr Gesicht und sie schüttelte lachend den Kopf.

„Oh, wenn du unbedingt willst ..."

Er grinste, drückte sie auf das Bett und bedeckte ihren Körper mit seinem. „Danke, Lila ... nun, lass mich dir zeigen, wie dankbar ich bin ..."

DANACH SCHLIEF RICH EIN, während Lila wach lag und nicht schlafen konnte. Sie brütete über Richs Angebot. Sie würde nichts lieber tun, als mit ihm zu verreisen – und sie war von seinem Verständnis ihrer finanziellen Situation gerührt. Sie wusste, wenn sie ihn ließe, würde er für ... nun, ihr ganzes Leben bezahlen, aber sie würde das nicht zulassen. Sie mussten eine Art Parität haben.

Etwas anderes störte sie auch ... Charlie. Trotz ihres Streits mit ihm musste sie zugeben, dass er irgendwo recht hatte; was *hatte* Rich in dieser Nacht auf dieser Straße zu tun? Sie konnte nicht glauben, dass er dealte – warum zum Teufel sollte er das tun? Er war ein mehrfacher Milliardär. Sie drehte sich auf ihre Seite und sah ihn an ... sie hatte keine Erfahrung mit Drogen außer dem obligatorischen Joint hin und wieder, so dass sie nicht wusste, wie ein richtiger Junkie aussah. Nahm er Drogen? Er hatte keine Einstiche, so viel war offensichtlich, also was auch immer es war, er nahm es durch die Nase ...

Hör auf, denke nicht so. Charlie ist einfach überbeschützend wie immer.

Sie schloss die Augen und wollte schlafen, aber sie konnte den Gedanken nicht aus dem Kopf bekommen. *Frag ihn einfach.* Sie seufzte. *Später, ein anderes Mal.* Ging es sie denn etwas an?

Sie musste noch viel von Richard kennenlernen, das wusste sie, es war einfach ... sie hatte sich schon viel zu sehr in ihn verliebt, und Lila wollte nichts tun, um diese glückselige Blase, in der sie sich befand, zum Platzen zu bringen ...

12

GEGENWART ... LENOX HILL HOSPITAL

Dr. Honeychurch schrieb Lilas neueste Vitalwerte auf und runzelte dann die Stirn. „Es geht Ihnen nicht so gut, wie ich es mir zu diesem Zeitpunkt erhoffen würde", sagte sie sanft. „Wir haben das Infektionsrisiko hinter uns und Ihre Wunden heilen gut. Aber ich mache mir Sorgen, Lila. Ich denke, wir müssen einen Termin mit einem richtigen Neurospezialisten ausmachen, weil Ihre Nerven offensichtlich stark geschädigt sind, und ich bin besorgt, dass Ihre Wirbelsäulenverletzungen Ihre Bewegungsfreiheit beeinflussen werden."

Sie ging an das Fußende von Lilas Bett und hob die Decke. „Können Sie das spüren?" Sie legte ihre Finger auf beide Füße von Lila.

Lila nickte. „Ich kann es fühlen, aber die stechenden Nadeln sind immer noch da. Ich bin zu Fuß gegangen, aber es ist, als würde ich auf den Beinen eines anderen laufen."

„Okay. Und wie sind die Schmerzen?"

Lila seufzte und zuckte mit den Achseln. „Ziemlich schlimm, aber es ist, was es ist."

Dr. Honeychurch warf ihre Lippen auf. „Ich denke, ich werde Ihre

Medikamente ändern. Sie sollten wirklich nicht mehr so viele Schmerzen haben."

Lila sah sie an. „Glauben Sie, dass es psychosomatisch sein könnte? Ich würde das gern herausfinden."

Dr. Honeychurch lächelte. „Ich weiß es nicht, aber das ist die richtige Einstellung. Wie läuft es bei der Beratung?"

„Gut. Es geht langsam vorwärts, aber gut, obwohl ich nur wünschte, ich wüsste ..." Sie hielt inne, als Delphine Carnegie anklopfte und ihren Kopf um die Ecke steckte.

„Passt es gerade? Ich kann später wiederkommen."

Die Ärztin sah aus, als würde sie zustimmen, aber Lila schüttelte den Kopf. „Nein, bitte, komm herein." Sie lächelte die Ärztin an. „Delphine und ich haben keine Geheimnisse; sie sollte doch meine Schwiegermutter sein."

Delphines Augen weiteten sich, aber sie sagte nichts, setzte sich auf den Stuhl in der Ecke, um nicht im Weg zu stehen.

„Nun, ich werde schauen, ob ich einen Termin mit den Neurogöttern machen kann. Wir haben gerade einen Superstar hier, der eine Woche lang zur Visite hier bei uns bleibt. Er kommt aus ihrer Heimat." Die Ärztin machte sich ihre Notizen, „Seattle-geborener Junge. Auch gutaussehend." Sie neigte sich verschwörerisch zu ihr hinunter. „Hat bereits jeden chirurgischen Preis gewonnen und er ist noch nicht einmal vierzig. Also, den wollen Sie mit Sicherheit für ihren Fall."

Mit einem Lächeln ließ sie Lila und Delphine allein. Es war das erste Mal, dass Delphine sie besuchen kam, seit Charlie Lila von Richards Verhaftung erzählt hatte und Lila konnte die Aufregung, die Wachsamkeit in den Augen der älteren Frau sehen. Sie hielt Delphine die Hand hin und sah, wie diese sich leicht entspannte. „Komm her", sagte Lila, und als Delphine sich gesetzt hatte, fixierte Lila sie mit einem festen Blick. „Richard hat dies nicht getan. Ich glaube das mit allem, was ich bin, mit jeder Zelle in meinem Körper. Er hat das nicht getan, Delphine."

Delphine brach prompt in Tränen aus. „Oh mein kleiner Liebling, es tut mir so leid. Vielen Dank, dass du das gesagt hast ... Ich war so besorgt. Ich kenne meinen Sohn, und er ist einfach nicht zu so etwas fähig."

Lila versuchte, durch ihre eigenen Tränen hindurch zu lächeln. „Ich weiß. Er hat seine Fehler und ist verwöhnt", grinste sie Delphine an, „und manchmal die größte Nervensäge, aber ein Mörder, das ist er nicht. Ich werde es nicht glauben, bis Richard selbst mir sagt, dass es wahr ist."

Ihr Lächeln verblasste. „Delphine ... Cora sagte mir, dass ..." Sie konnte die Worte nicht herausbringen, hustete und atmete dann tief durch. „Er hat mich betrogen." Sie sagte die Worte schnell, wollte sie mildern, aber ihr eigenes Herz zog sich vor Traurigkeit zusammen. „Und das ... *kann* ich leider glauben."

Delphine starrte sie entsetzt an. „Sweetheart ... Nein. Er liebt dich. Sehr."

Lila nickte. „Oh, ich weiß das, wirklich. Aber Delphine ... er hat es schon einmal getan."

Delphine stand auf und schüttelte den Kopf. „Er würde es nicht, Lila. Er hat nur – „

„Er hat es mir gestanden", sagte Lila mit winziger Stimme. „Er hat es mir gestanden. Ich habe damals einfach nicht zugehört, habe es blockiert. Aber Cora die Worte sagen zu hören ... Ich gehe davon aus, dass die Polizei das als Motiv für die Messerstecherei sieht. Deshalb weiß ich, dass er es nicht getan hat – *oder besser gesagt* – es ist ein weiterer Grund, warum ich weiß, dass er es nicht tun würde. Er hat es mir gestanden – auf eine ziemlich direkte Art – warum also sollte er nicht einfach sagen: *„Lila, ich will dich nicht heiraten, ich habe jemand anderen"*, anstatt mir ein Messer in den Bauch zu stoßen?"

Delphine zuckte zusammen, ihr Blick fiel auf die Bandage um Lilas Bauch. „Erinnerst du dich an etwas von diesem Tag?"

Lila nickte. „Wer mich erstochen hat, wollte mich *töten*. Er war gnadenlos, brutal. Das Ausmaß der Gewalt werde ich nie vergessen. Richard ist nicht in der Lage, diese Art von ..." Sie hielt inne, als Delphine ihren Blick abwandte. „Was? Was ist los, Delphine?"

„Nein, nichts", sagte die ältere Frau eilig. „Du hast recht." Sie schwieg lange, dann schaute sie Lila an und sprach dann mit einer Stimme, die vor Angst und Leid gebrochen war.

„Würdest du ihn besuchen? Wenn es dir besser geht, meine ich? Mit ihm sprechen?"

Lila nahm ihre Hand und drückte sie. „Natürlich. Sobald ich dazu in der Lage bin. Ich will ihn sehen, sehen, ob wir dieses Durcheinander nicht sortieren können."

Delphine umklammerte ihre Hand. „Was auch immer du entscheidest, du wirst immer meine Familie sein, Lila Belle."

Lila lächelte sie an, konnte aber nicht umhin, sie zu bemitleiden. Gefangen in der Mitte.

„Wer würde denn dann?"

Lila blinzelte. „Würde was?"

„Ausgerechnet dich töten wollen? Jeder liebt dich."

Lila lachte leise. „Nicht jeder. Aber um deine Frage zu beantworten – ich weiß es wirklich nicht."

Sie hoffte bei Gott, dass sich das nicht als falsch erweisen würde.

13

GEGENWART ... LENOX HILL HOSPITAL

N oah Applebaum blätterte durch seine Notizen von der Operation, die er gerade abgeschlossen hatte. Dank ihm *würde* der 17-Jährige, der gerade in den Aufwachraum gefahren wurde, nächstes Jahr auf dem College Football spielen. Noah wusste, dass er gut in seinem Job war – Himmel, deshalb hatte Lenox Hill ihn ja eingeladen – aber er ließ sich die Operation durch den Kopf gehen, notierte sich alles, was schief gelaufen war, sich falsch angefühlt hatte, alles Neue, was er von den anderen Leuten im Raum gelernt hatte. Noah hatte immer auf seine Krankenschwestern, seine Anästhesisten, jeden Angestellten gehört, weil sie die Menschen in den Schützengräben waren, wie er es nannte. Seine kollaborativen Methoden und mangelnde Arroganz machten ihn zu einem der beliebtesten Chirurgen zu Hause in Seattle und sein Ruf war im ganzen Land bekannt.

Obwohl er es leugnen würde, tat es nicht weh, dass er bei seiner Größe und seinem athletischen Körperbau mit einem Gesicht, das aussah, als hätten es griechische Götter geschnitzt, wie Katzenminze auf andere wirkte.

Sie würden lachen, wenn sie wüssten, wie schüchtern er wirklich war, dass seine letzte Beziehung schon Monate her war. Lauren, hatte zunächst Spaß gemacht, bis er merkte, dass sie von seiner Familie erfahren hatte. Seiner sehr wohlhabenden, sehr privaten Familie. Nicht, dass sie nicht selbst reich war – ihr Vater besaß eine der größten PR-Firmen der Welt. Von da an hatte sie ihm ständig wegen einer Verlobung in den Ohren gelegen, und nachdem sie wieder einmal mit einer „falschen" Schwangerschaftsmeldung gekommen war, hatte er sie einfach abserviert. Ihr boshaften Bemerkungen und ihr Trotz, als er die Beziehung beendet hatte, hatten ihn davon abgehalten, sich noch einmal zu sehr auf jemanden einzulassen und sein Sexualleben bestand aus einer Reihe von One-Night-Stands. Den meisten von ihnen hatte er nicht einmal seinen richtigen Namen genannt.

Die Arbeit war sein Grund, morgens aufzustehen. Er liebte es mehr als alles andere, mehr als seine Familie. Als er sich nun auf den Weg in die Lounge machte, um sich einen Kaffee zu holen, dachte er, wie schön es wäre, eine Pause von Seattle zu machen – so sehr er es auch liebte. Er war von den Mitarbeitern hier beeindruckt – mehr als beeindruckt, inspiriert. Eine seiner Lieblinge, Delia Honeychurch, war in der Lounge, als er hereinkam, und sie grinste, hob grüßend ihren Kaffeebecher.

„Genau dich wollte ich sehen", sagte sie und kicherte. Noah verbarg ein Lächeln und stöhnte stattdessen.

„Gott, was für eine Hölle ist das?" Er zwinkerte ihr zu und ging zur Kaffeemaschine (nicht so gut wie die in Seattle, aber hey, er konnte nicht alles haben.)

Delia leerte ihren eigenen Becher und hielt ihn ihm hin, damit er ihn noch einmal füllte. „Eigentlich denke ich, dass es dich interessieren könnte. Eine junge Frau, Mitte zwanzig, wurde vor sechs Wochen mit mehreren Stichwunden am Bauch eingeliefert. Wirklich böse."

Noah runzelte die Stirn. „Ja, ich habe davon gehört ... wurde sie nicht in einem Hochzeitskleidladen angegriffen?"

„Wie gesagt, wirklich böse. Wie auch immer, ihre Wunden heilen, die inneren Organe reagieren gut, aber sie erlebt Paraästhesie an

Füßen und Unterschenkeln, Ischias, Entzündung der Gelenke in ihren Beinen."

Noah nickte. „Nicht ungewöhnlich, wenn die Nerven geschädigt wurden. Wie ist ihr Rückgrat?"

„Strukturell in Ordnung, aber wie gesagt, es waren schlimme Wunden – das Messer hat die Nerven durchtrennt. Lila ist jung, wie ich schon sagte. Ein nettes Mädchen außerdem. Sie wollte Richard Carnegie heiraten."

Seine Augenbrauen schossen in die Höhe. „Die Carnegies? *Diese* Carnegies?"

„Genau. Richard Carnegie Jr. ist oder war ihr Verlobter. Er wurde wegen versuchten Mordes angeklagt."

„Mistkerl." Es gab nichts, was Noah Applebaum mehr unter die Haut ging als Gewalt gegen Frauen. Etwas, das mit all den Zeiten zu tun hat, in denen sein Vater auf seine verstorbene, geliebte Mutter eingeschlagen hatte ... ein weiterer Grund, warum er in die Medizin gegangen war.

Delia Honeychurch winkte ab. „Verurteile ihn nicht zu schnell", sagte sie und nahm den Kaffeebecher, den er ihr hinhielt, „Lila schwört Stein und Bein, Carnegie würde ihr das nicht antun. Und es scheint, dass die Beweise bestenfalls fadenscheinig sind." Delia senkte ihre Stimme. „Lila ist atemberaubend, ich meine, eine echte Schönheit. Ihr bester Freund ist ein Polizist, und er war derjenige, der Carnegie verhaftet hat. Im Ernst, es ist wie eine Seifenoper hier." Ihr Gesicht änderte sich, und sie schämte sich. „Ignoriere mich. Ich bin erschöpft. Aber zurück zu meinem ursprünglichen Anliegen – würdest du einen Blick auf Lila werfen?"

Noah setzte sich ihr gegenüber. „Natürlich. Wann ...?"

Delia grinste. „Wie wäre es, nachdem wir diesen Kaffee getrunken haben?"

„Sklaventreiberin."

„Darauf kannst du wetten."

14

GEGENWART ... LENOX HILL HOSPITAL

Lila legte sich hin und versuchte, sich auf ihre Seite zu drehen, um es sich ein bisschen bequemer zu machen, aber nichts half. Jedes Mal, wenn sie sich bewegte, schrie ihre Bauchmuskulatur protestierend, aber sie hasste es einfach, auf ihrem Rücken zu schlafen. Schließlich schaffte sie es, ihren wunden Bauch mit einem Kissen zu stützen und sich ein wenig wohlzufühlen. Sie schloss die Augen, aber ihre Gedanken wirbelten durch ihren Kopf.

Sie erinnerte sich noch an den Tag, an dem Richard versucht hatte, ihr seine Untreue zu gestehen. Er hatte sie von der Arbeit abgeholt, und sie hatte zunächst nicht bemerkt, wie ruhig er war. Sie war den ganzen Tag aufgeregt gewesen, denn *morgen, endlich,* würden sie in ein Flugzeug nach London steigen. Sie war richtig aufgedreht und als Richard sie am College abholte, war sie hyperaktiv, grinste von Ohr zu Ohr und plapperte unununterbrochen.

Erst als sie zu ihm nach Hause kamen, bemerkte sie den leeren Ausdruck, die Stumpfheit seiner sonst so ausdrucksstarken Augen. „Was ist los, Liebling?", fragte sie leise und ging zu ihm, während er auf der Couch saß. Er zog sie auf seinen Schoß, vergrub sein Gesicht an ihrem Hals und drückte seine Lippen an ihre Kehle.

Sie strich ihm über die Haare, und runzelte die Stirn angesichts seiner trostlosen Miene. „Rich ... sag es mir."

Er blickte sie mit tiefer Trauer in seinen Augen an. „Warum bist du bei mir?"

Die Frage schockierte sie. „Weil ich dich liebe, Dummkopf."

„Und ich liebe dich."

„Warum fragst du dann?"

Er schien sich schwer zu tun, seine Worte herauszubekommen. „Du verdienst alles, Lila, *alles*. Ich bin nicht gut genug für dich."

Lilas Herz begann schneller zu schlagen. „Wovon zum Teufel redest du?"

Er wandte seinen Blick ab. „Du verdienst Besseres."

Lila stand auf. „Was auch immer dir durch den Kopf geht, Richard, sag es einfach."

Er seufzte und legte seinen Kopf in seine Hände. „Ich habe Camilla heute gesehen."

Und sie wusste genau, was er ihr zu sagen versuchte. Camilla, seine atemberaubende Exfreundin. Camilla von den Debütantenge-sellschaften, Camilla, die Cotillions besuchte und ihre Schönheit bei Polo-Matches zur Schau stellte. Die Anti-Lila. Camilla, die Lila von Delphine vorgestellt worden war und die sofort alles darangesetzt hatte, Lila das Gefühl zu geben, der Außenseiter zu sein, der sie war. Diese Camilla. *Miststück.*

Lila starrte Richard an. „So?"

Er schaute verständnislos auf. „Was?"

„Also hast du deine Ex gesehen? Na und? Wir haben beide ehemalige Liebhaber, keine große Sache." Sie blieb absichtlich emotionslos, aber sie würde verdammt sein, wenn sie dieses Mist-stück gewinnen ließ. Solange sie Richard nicht erlaubte, die Worte laut auszusprechen, konnte sie klarkommen mit seinem ...

Betrug. Das war es, schlicht und einfach. Aber Lila, obwohl noch sehr jung, war nicht dumm. Sex mit der Ex war eine Sache, und Richard hatte einen Fehler gemacht. *Es war okay*, sagte Lila sich selbst und versuchte, den Schmerz in ihrem Herzen zu dämpfen. Sie wandte sich von ihm ab, sammelte ihre Gedanken, ihre Gefühle, stand auf und ging zum Fenster.

„Mach dir keine Sorgen, ehrlich nicht, Rich. Konzentrieren wir uns auf die Zukunft."

„Lila ..."

„Rich, bitte", sagte sie mit brechender Stimme. „Wenn es dir wirklich leidtut, dann lass mich allein damit fertigwerden."

Er stand auf, kam zu ihr, und sie ließ sich von ihm in die Arme nehmen. „Okay, gut", flüsterte er. „Aber ich weiß, dass ich dich sehr liebe, und es tut mir wirklich leid."

Sie lehnte sich an ihn. „Mach es nicht noch einmal."

„Ich schwöre es."

Ob Lila es zugab oder nicht, es *hatte* die Reise getrübt. Obwohl sie viel Spaß auf der Reise hatten – ihre Abenteuer waren lustig und unbeschwert – doch jedes Mal, wenn sie sich vor Lachen bog, kamen die Gedanken zurück. *Er hat dich betrogen. Er hat dich betrogen.* Dieser Mann vor ihr, der mit ihr herumalberte, sie neckte, sie liebte, hatte sie auch betrogen.

Paris stand am Ende ihrer Reise und er blieb seinem Wort treu; Richard hatte sich selbst übertroffen – eine luxuriöse Suite im George V, ein Balkon mit Blick über Paris auf den Eiffelturm. Lila war überwältigt von allem, und obwohl sie zugegebenermaßen jede Minute liebte, war es so weit weg von allem, was sie kannte, dieses opulente Leben, sodass sie sich fehl am Platz fühlte. Sie stellte sich die Frage, ob sie und Richard es wirklich versuchen sollten, ihre sehr unterschiedlichen Lebensstile zu verschmelzen oder ob ihr Zusammensein alles, was sie in die Beziehung einbrachte, irgendwie kleiner erscheinen ließ.

In ihrer letzten Nacht in Paris saß sie auf der Terrasse. Richard hatte einen Geschäftsanruf – mit einem entschuldigenden Blick auf sie – angenommen, und so nahm sie sich ein Glas Wein und legte ihre Beine auf einen anderen Stuhl. Sie hatte so viele Fragen, so viele

Dinge, über die sie mit Richard sprechen wollte, aber sie wollte die
Dinge zuerst in ihrem eigenen Kopf sortieren.

Als er nach dem Telefonat herauskam, zog er einen Stuhl neben
sie und küsste ihre Wange.

„Hast du eine gute Zeit gehabt, meine Liebe?"

Sie lächelte und nickte. „Das habe ich, Rich, es hat so viel Spaß
gemacht."

Er musterte sie. „Aber?" Er lächelte reuevoll. „Ich weiß, dass du
über alles noch einmal nachgedacht hast, es war offensichtlich. Also
lass uns unsere Karten auf den Tisch legen, hier, jetzt. Wenn wir
dann nach Hause fliegen, können wir ganz von vorn beginnen."

Sie stieß mit ihm an. „Darauf trinke ich."

Beide nippten an ihrem Wein, dann nickte Rich. „Also, du zuerst.
Frag mich etwas. Ich nehme an, du wirst wissen wollen, warum
Camilla und – „

„Nein", sagte sie und schnitt ihm das Wort ab. „Noch nicht. Ich
möchte noch weiter zurückgehen. Die Nacht, in der wir uns trafen
...“

Sie konnte sehen, wie er dicht machte. „Rich ... du sagtest, ich
könnte dich um etwas bitten. Warum warst du auf dieser Straße, mit
diesen Leuten? Nimmst du Drogen? Ich will dich nicht verurteilen,
ich will nur die Wahrheit wissen."

Richard seufzte. „Nein, ich nehme keine Drogen, ich schwöre bei
Gott. Aber ... Gott ... Cora tat es. Meine sechzehnjährige Schwester
hat es getan und auch starke Drogen. Cora war schon immer verletzlich, leicht depressiv. Sie war süchtig nach Kokain und hat später
Heroin genommen. Ich bin in dieser Nacht dorthin gegangen, um
ihren Dealer zu bezahlen. Er hatte sie bedroht. Ich versprach ihr
auch, dass ich es niemandem sagen würde. Wir erzählten allen, sie
würde einen Monat verreisen, bevor die Schule wieder anfing; stattdessen ging sie in die Reha. Es geht ihr auch wirklich gut, aber wenn
die Presse es herausfinden würde ..."

„Oh Gott ... Arme Cora", sagte Lila schockiert – sie hatte keine
Ahnung gehabt, dass der winzige Rotschopf, der immer so lebens-
lustig und ausgelassen war, unter Drogen gestanden hatte. Die

wenigen Male, die sie Cora getroffen hatte, hatte sie sie sehr gemocht, und das Gefühl beruhte auf Gegenseitigkeit.

Lila betrachtete Richard mit neuem Respekt, einer neuen Liebe. „Du hast das für sie getan? Du bist der perfekte große Bruder."

Er lachte und rollte die Augen. „Lila, ich bin alles andere als perfekt, aber was hätte ich sonst tun sollen? Mama und Papa wissen es nicht. Sie würden sich mit Sicherheit selbst die Schuld daran geben."

Sie nahm seine Hand und küsste seine Handfläche. „Du hast eine wunderbare Familie."

„Danke." Er seufzte und legte seine Hand an ihre Wange. „Was die andere Sache betrifft, Gott, Lila, ich kann dir nicht sagen, wie sehr es mir leidtut. Ich weiß, dass wir erst seit ein paar Monaten zusammen sind, aber es gibt keine Entschuldigung für mein Verhalten. Ich weiß nicht, was ich mir gedacht habe."

Lila nickte nur und hatte einen Kloß im Hals. Richard musterte sie. „Bist du verärgert?"

Sie nickte, lächelte aber, und er strich mit seinem Daumen über ihr Gesicht.

„Ich bin auch sauer auf mich. Was für ein Arschloch." Dann grinste er und sie kicherte, trotz der Umstände.

„Kompletter Idiot."

„Volltrottel."

„Gurkenloch."

Dann lachten beide. „Es tut mir leid", sagte er noch einmal, und sie lehnte ihre Stirn an seine.

„Es sei dir verziehen."

Er lächelte dankbar und ging dann vor ihr auf die Knie, seine Finger auf den Knöpfen ihres Kleides. Er öffnete sie alle langsam und zog dann den Stoff auseinander, um ihre Brüste, ihren Bauch und ihre Unterwäsche zu offenbaren. Er zog einen der Spitzenträger ihres BHs herunter und nahm ihre Brustwarze in den Mund. Lila seufzte und lehnte sich entspannt zurück, während er sie verwöhnte und seine Zunge streichelte, neckte und sein Mund an ihrer Brustwarze saugte, wodurch sie hart und empfindlich wurde. Als er beide Brüste verwöhnt hatte, glitten seine Finger in ihre Unterwäsche und begannen, ihre Klitoris zu massieren, bevor sein langer Zeigefinger in sie stieß, den G-Punkt fand und ihn massierte, bis sie keuchte und erschauderte.

„Ich werde dich um den Verstand ficken, schönes Mädchen", murmelte er, sein Mund an ihrem und Lila stöhnte. Er zerrte ihre Unterwäsche herunter und zog sie zu sich. Sein Mund fand ihr Geschlecht und mit seiner fachkundigen Zunge brachte er sie zu einem erdbebengleichen Orgasmus, der ihren Körper zum Zappeln und sich Winden brachte. Er ließ ihr keine Zeit, sich zu erholen, bevor er sie auf den Balkonboden legte und seinen Schwanz in sie stieß. Er war so hart, dass es fast schmerzhaft war, als er es tat, aber Lila schlang ihre Beine um seine Hüften und drängte ihn dazu sie tiefer und härter zu nehmen, *bitte* ...

Sie fickten bis spät in die Nacht, zogen von Zimmer zu Zimmer in der Suite und nahmen sich jedes Mal wilder. Lila hatte kaum Zeit, zu Luft zu kommen, bevor Rich sie gegen die Wand drückte und seinen Schwanz von hinten tief in ihre Muschi stieß oder auf das Bett drückte, seine Hüften gegen sie rammte und dann in großen, dicken weißen Schüben auf ihren Bauch kam.

Die Dämmerung brach über Paris herein, bevor sie endlich in seinen Armen einschlief und Lila anfing zu glauben, dass alles in Ordnung kommen würde ...

15

GEGENWART ... LENOX HILL HOSPITAL

Noah Applebaum klopfte einmal an Lila Tierneys Tür und ging hinein. „Hallo", sagte er fröhlich und blieb dann stehen. *Gott ...* sie war wunderschön, sogar mit den Schläuchen, die aus ihren Armen herausragte, und den dunklen Schatten unter ihren violetten Augen. Sie lächelte ihn an, und Noah spürte, wie sich etwas in ihm regte – eine Sehnsucht, ein Bedürfnis. Er räusperte sich und versuchte, seine Gelassenheit wiederzuerlangen.

„Ich bin Dr. Applebaum, Sie sind Miss Tierney?"

„Lila, bitte." Ihre Stimme war leise, etwas rau, als wäre ihre Kehle trocken. Er stand automatisch auf, um ihr frisches Wasser einzuschenken, und sie nahm das Glas mit einem Lächeln. „Danke. Also, Dr. Applebaum, Sie sind der Neurogott, von dem Dr. Honeychurch mir erzählt hat?"

„Ha", grinste er, „sie übertreibt – nun, ich bezahle sie, um meine Fähigkeiten zu übertreiben. Aber im Ernst, Lila, ja, ich bin hier, um zu sehen, ob wir Ihnen nicht bei einigen Ihrer Probleme helfen können." *Wer zur Hölle würde diese wunderschöne Frau töten wollen?* Er versuchte, nicht allzu offensichtlich auf ihren Körper zu starren; selbst in einem Krankenhausgewand konnte er sehen, dass sie tolle

Kurven hatte ... *autsch, wahrscheinlich nicht die beste Beschreibung*, sagte er zu sich selbst. Er fühlte sich wie ein Teenager, der verliebt war. *Bekomm dich in den Griff, Mann.*

„Also, ich wollte nur kommen, um Sie zu sehen, mich vorzustellen und ein paar schnelle Tests zu machen. Dann können wir einen Behandlungsplan erstellen. Wie klingt das?"

„Klingt großartig, Doktor. Was soll ich tun?"

„Lassen Sie uns eine schnelle Prüfung machen ... wollen Sie, dass ich eine Krankenschwester zu Hilfe hole?"

Sie schüttelte den Kopf. „Nein, es ist in Ordnung."

Er überprüfte ihren Hals, legte seine Finger auf ihren Nacken und bat sie, ihren Kopf von Seite zu Seite zu bewegen. Ihr so nah zu sein half seiner Gelassenheit nicht; er konnte ihr Shampoo riechen, ihre Seife. „Könnten Sie sich auf den Bauch legen, falls es nicht zu schmerzhaft ist - ich muss ihre Wirbelsäule untersuchen."

Seine Finger bewegten sich über ihre Wirbelsäule und kontrollierten jeden Wirbel. Ihre Haut war so weich, dass er sie streicheln wollte. Schließlich drückte er zwei Finger auf ihr Kreuzbein. „Tut das weh?"

„Ja", sagte sie, „ziemlich."

„Okay, es tut mir leid, lassen Sie mich Ihnen helfen."

Unbeholfen half er ihr in eine sitzende Position und bemerkte, wie sie zusammenzuckte. „Es tut mir leid, Ihnen Schmerzen bereitet zu haben, Lila."

„Es ist okay", sagte sie und hielt ihren Bauch. „Ich denke, meine Muskeln gewöhnen sich gerade daran, sich wieder zu bewegen."

Er studierte sie. „Glauben Sie, Sie könnten versuchen, mit meiner Hilfe aufzustehen und zu gehen? Ich werde Sie natürlich festhalten."

„Okay."

Er hielt ihre Hände, als sie aufstand, dann führte er sie und sie schaffte es, durch den Raum zu gehen. „Wie fühlt sich das an?"

„Okay", sagte sie und wackelte ein wenig, „außer, dass meine Füße sich so anfühlen, als ob sie jemand anderem gehören. Als würden tausend Nadeln mich stechen."

„Verstanden. Okay, nun, Sie schlagen sich wirklich gut-"

Sobald die Worte aus seinem Mund kamen, stolperte Lila, und er fing sie in seinen Armen auf. Sie blickte ihn an, lächelte schüchtern, und ihre Blicke begegneten sich und blieben ineinander verschlungen. Einen Moment später lachte sie leise, und die Stimmung war gebrochen.

„Doktor, ich sollte ihnen sagen, dass ich eine Künstlerin bin, ich bin also anfällig für ‚Anfälle' wie diesen."

Er lachte und half ihr zurück ins Bett. „Sie haben das gut gemacht, Lila, wirklich. Aber ich denke, Sie würden von einem Programm, das speziell für Ihre Verletzungen entwickelt wurde, sehr profitieren. Es wird hart sein, und es wird Zeiten geben, in denen Sie aufgeben wollen, oder mich erschlagen, weil ich Sie dazu genötigt habe, aber, ich verspreche, es wird sich lohnen. Was sagen Sie?"

„Ich sage, versuchen wir es."

„Gutes Mädchen", lächelte er sie an und bemerkte, wie ihr dunkles Haar in weichen Wellen um ihr Gesicht fiel. *Entzückend.* Sein Blick fiel auf ihren Mund, dunkelrot, volle Lippen. Er schluckte. „Nun, wenn Sie bereit sind und Doktor Honeychurch grünes Licht gibt, würde ich vorschlagen, dass wir so schnell wie möglich beginnen."

„Sollten Sie nicht bald nach Seattle zurückkehren?", fragte sie den Arzt. „Dr. Honeychurch hat mir von Ihnen erzählt. Ich komme auch aus Seattle."

„Ja? Welcher Teil?"

„Puget Ridge. Sie?"

„Medina."

„Schön", grinste sie, „Sie stammen offensichtlich aus der gleichen Familie wie mein Verlobter."

Oh ja, der Verlobte. Derzeit im Gefängnis, weil er versucht hatte dieses wunderschöne Mädchen zu ermorden. Noah versuchte zu lächeln. „Noch ein paar allgemeine Fragen ... Wie fühlen Sie sich? Körperlich und emotional?"

„Physisch besser, obwohl ich wünschte, der Schmerz würde nachlassen."

Er runzelte die Stirn. „Macht es Ihnen etwas aus, wenn ich einen

Blick auf Ihre Wunden werfe? Sie sollten nicht mehr so viele Schmerz haben."

Lila schüttelte den Kopf und zog ihr Kleid hoch. Noah hob ihre Kleider und bemerkte etwas Blut darauf. Er versuchte nicht schockiert auszusehen, als er das Muster der Narben auf ihrem Bauch sah. Böse, schlimme, brutale Streifen auf ihrer olivfarbenen Haut. Noah verfluchte denjenigen, der das getan hatte; er konnte sich den Schmerz, den Schrecken, den sie verspürt haben musste, nicht vorstellen. Er berührte ihre Haut sanft, drückte leicht und fragte sie, wo es wehtat. Als er gegen die schlimmsten ihrer Narben drückte, die über ihren Nabel verlief, zuckte sie zusammen. Er richtete sanft ihre Kleidung. „Vielleicht haben Sie eine kleine Infektion. Es ist immer noch sehr wund und ich bin besorgt, dass Sie auch eine kleine innere Blutung haben könnten. Wir werden das überprüfen. Wir werden alles in unserer Macht Stehende tun, um Ihnen zu helfen, Lila, das verspreche ich."

ER FAND DELIA HONEYCHURCH, die die Karten auf der Krankenschwesternstation aktualisierte und erzählte ihr, was sie beschlossen hatten. „Ich werde noch ein paar Wochen bleiben, um Miss Tierney über das Schlimmste hinwegzuhelfen."

Delia sah beeindruckt aus. „Wow, das ist großartig ... Wollten Sie aber nicht nach Ihrem Besuch hier eine Pause einlegen?"

„Deshalb kann ich bleiben ... Schauen Sie, diese junge Frau braucht jede Hilfe, die sie bekommen kann."

Delia lächelte ihn wissend an. „Noah Applebaum, verlieben Sie sich in meine Patientin?"

Er grinste. „Das wäre nicht professionell, oder?"

Sie lachte und stieß ihn an. „Wie auch immer, vielen Dank, dass Sie das tun. Sie ist ein liebes Mädchen."

SPÄTER KAM Noah noch einmal vorbei, um nach Lila zu sehen, aber sie schlief. Er fühlte sich aufdringlich, stand aber dennoch für ein paar Sekunden vor der Tür und studierte sie. Sie war wirklich etwas Besonderes. *Wer würde ihr wehtun?* Er schüttelte den Kopf und ging dann weg. *Wer auch immer es war, Lila Tierney, ich verspreche dir, er wird dir nicht noch einmal wehtun ...*

16

VERGANGENHEIT ... GREENWICH VILLAGE, MANHATTAN

Charlie Sherman setzte sich wieder auf seinen Stuhl und starrte sie an. „Huh." Lila sah ihn missmutig an.

„Das dürft ihr nicht weitererzählen", sagte sie zu ihm und seinem Partner Riley, der neben ihm saß. „Es geht darum, Cora zu schützen, und ich werde nicht zulassen, dass man ihr wehtut, nur weil ihr zwei wegen Richard Stöcke im Hintern habt."

„Hey." Riley hielt die Hände hoch, „Das hört sich legitim an. Du hast mein Wort, Clownsgesicht."

Lila lächelte ihn dankbar an und schaute dann Charlie an. „Chuckles?"

Ein kleines Lächeln breitete sich auf seinem Gesicht aus. „Du weißt, dass ich das hasse."

Sie grinste. „Ja, ja, das tue ich. Aber im Ernst, ist das okay? Können wir uns jetzt alle vertragen?"

„Kann ich mir das Urteil vorbehalten?"

„Nein."

Charlie zuckte mit den Schultern. „Okay, dann, wenn es das ist, was er dir erzählt hat."

„Arg!" Lila warf ihre Hände in die Luft und Charlie gluckste.

„War ein Witz, du Knallkopf. Ich schließe mich Riley an; das ergibt Sinn, und sein Bluttest kam sauber zurück, also ...“

Lila war erschrocken, und Riley rollte die Augen. „Das wollten wir doch geheim halten, Junge.“

„Du hast einen Drogentest an ihm gemacht?“

Charlie lehnte sich nach vorne. „Er hat sich freiwillig zur Verfügung gestellt.“

„Wann?“

„Vor ein paar Wochen.“

„Und keiner von euch dachte daran, es mir zu sagen?“

„Du bist nicht die Einzige mit Geheimnissen, Lila. Er wollte nicht, dass du wütend auf mich bist, also beschloss er zu beweisen, dass er kein Junkie ist. Aber die Schwester hat er nie erwähnt.“

Lila seufzte und legte ihren Kopf in ihre Hände. „Ihr Jungs treibt mich in den Wahnsinn.“

Riley drückte ihren Arm. „Aber jetzt ist alles in Ordnung, Lila, oder?“

Lila wandte den Blick ab. „Ja.“

SPÄTER FUHR Charlie Lila nach Hause. Richard war auf einer Konferenz in Washington, und so hatte Lila Charlie eingeladen, mit zu ihr zu kommen.

Sie reichte ihm ein kühles Bier aus dem Kühlschrank. „Was ist mit dir passiert?“

Charlie grinste. „Schön, dass du fragst. Ich treffe mich mit jemandem.“

Lila stoppte die Flasche auf halbem Weg zu ihrem Mund. „Echt? Wen?“

Charlie nahm einen großen Schluck, bevor er ihr antwortete. „Tinsley.“

Lila lächelte. „Oh, Charlie, das ist großartig, wie lange schon?“

„Ein paar Wochen. Sie ist ein gutes Mädchen.“

„Und wunderschön. Oh, ich freue mich so für dich.“ Sie stieß ihr Glas gegen seines. „Auf die Liebe.“

„Auf *richtigen,* tollen und längst überfälligen Sex", schoss Charlie zurück, und Lila lachte.

„Auf jeden Fall."

Sie fühlte sich jetzt so viel besser; in den letzten Monaten schienen Charlie und ihre Freundschaft zu schwinden, sein Misstrauen gegenüber Richard hing immer über ihnen, wenn sie zusammen waren. Sie seufzte jetzt glücklich.

„Chuck, mein alter Freund, ich habe das Gefühl, dass die Dinge für uns beide großartig sein werden."

17

VERGANGENHEIT ... WOODS, CARNEGIE COMPOUND, WESTCHESTER

Es hatte natürlich nicht lange angehalten. Ein paar Monate später, als Richard und Lila ein Jahr ihrer Beziehung feierten, hatte Cora, der Lila näher gekommen war, einen Zusammenbruch und rauchte einen Joint auf einem lokalen Musikfestival. Ein Paparazzo, der sich langweilte, schoss ein paar Fotos von ihr, und das war es. Die Schlagzeile auf der Titelseite. Die Tochter des Tech-Riesen, Richard Carnegie Sr., war ein Junkie – sie schafften es, alles herauszufinden, sogar vertrauliche Daten von dem Ort, an dem sie die Reha besucht hatte.

Cora war am Boden zerstört, und Richard wurde wahnsinnig vor Sorge. Lila wusste zunächst nicht, wie sie helfen sollte, aber dann, als sie eines Tages allein mit Cora war, stellte Cora ihr eine einfache Frage.

„Wie hast du das gemacht ... ich meine, wie war es, ohne Familie aufzuwachsen?"

Lila sah überrascht aus. Sie liefen durch die Wälder in der Nähe der Carnegie-Villa in Westchester, mit Richard Seniors geliebten Spaniels, die vor ihnen her tollten. Der Tag war warm für den Herbst, und Cora warf Stöckchen für die Hunde. Lila dachte über ihre Frage nach.

„Es ist seltsam. Ich kenne ein Familienleben überhaupt nicht, also fällt es mir schwer, einen Vergleich zu ziehen. Ich kann dir sagen, wie es war, in einem Kinderheim zu sein; manchmal lustig, manchmal furchtbar."

Cora nickte. „Genauso ist es mit der Familie. Manchmal liebe ich sie alle abgöttisch; aber manchmal ... manchmal wünschte ich, ich wäre allein, ohne das Gewicht der Erwartung, Verantwortung. Ohne verurteilt zu werden." Sie wandte den Blick ab.

Lila verstand es plötzlich. „Ist es wieder Judith?"

Cora nickte. „Sie wird mich nicht in Ruhe lassen. Immer wieder sagt sie mir, dass ich Mama zerstöre, dass ich rücksichtslos und egoistisch bin – und ich weiß, dass ich es bin, aber es ist jetzt fast etwas Alltägliches. Nachrichten, Telefonanrufe."

Lila legte eine Hand auf ihren Arm und zwang sie stehenzubleiben. „Du meinst, sie macht das mit Absicht? Im Ernst, C-Belle, das ist nicht richtig. Was ist ihr Problem?"

Cora lächelte traurig. „Ich bin ein leichtes Ziel. Sie hasst auch Richard, aber sie weiß, dass er sich wehren wird. Ich bin nicht gut darin."

Lila schüttelte den Kopf. „Ich verstehe nicht, was sie davon hat, sich so zu verhalten."

„Sie hasst uns, schlicht und einfach, und indem sie mich schikaniert, bekommt sie einen billigen Nervenkitzel. Sie hasst es, dass sie nicht in Papas Testament steht – warum sollte sie auch? Als Mama ihn geheiratet hat, hat sie ihnen gesagt, dass sein Geld sein Geld ist. Mama steht nicht einmal in seinem Testament – auf ihr eigenes Drängen hin. Es gefällt ihm nicht, aber sie wollte es so. Sie ist selbst nicht gerade arm, und sie waren sich einig, dass sie Judith und Flora mit ihrem eigenen Geld versorgen würde. Aber dann kam der Börsencrash, und Mama verlor eine Menge Geld. Judith verdient kein eigenes Geld – sie glaubt, dass sie rumlungern kann, ihre ‚Selbstfindung' betreibt und Mama es weiterhin finanzieren wird."

„Ich hoffe, dass sich einer ihrer Selbstfindungskurse damit beschäftigt, wie man keine dämliche Zicke ist", ärgerte sich Lila jetzt. Sie umarmte Cora. „Cora Belle, ich werde mich um Judith kümmern, das verspreche ich dir. Du musst dich jetzt auf deine Genesung konzentrieren."

Cora umarmte sie fest. „Du bist für mich mehr wie eine Schwester, als sie es je waren, Lila Belle."

LILA HIELT IHR VERSPRECHEN. Sie war so sauer, dass sie Richard oder Delphine nicht sagte, was sie tun würde. Sie konfrontierte Judith während ihres holistischen Spas – eine Ausrede für Judiths gehässige Freunde, um sich zu treffen und darüber zu jammern, wie unerfüllt und leer ihr Leben war und dass ihre Ehemänner sie nicht verstanden.

Lila ging direkt an der Rezeption vorbei und ignorierte die Frau, die ihr hinterherrief als sie direkt zu Judiths Büro marschierte. Sie machte sich nicht die Mühe anzuklopfen. Judith schaute schockiert auf, als die Tür aufgerissen wurde. Die Frau, die ihr gegenübersaß, sah vage verängstigt aus. Lila zeigte auf sie. „Du. Raus. *Sofort.*"

Die Frau warf einen kurzen Blick auf Judith und flüchtete, Lila schlug die Tür hinter sich zu und lehnte sich dagegen. Sie starrte auf Judith herab.

„Was verdammt noch mal glaubst du, was du hier machst, Lila?" Judiths Stimme war reines Eis, und sie stand auf und ging um die Seite ihres Schreibtisches herum, um Lila zu zeigen, dass sie keine Angst vor ihr hatte. Judith war eine große Frau, die Lila in den Schatten stellte, aber die kleinere Frau wich nicht zurück.

„Ich bin gekommen, um dir zu sagen, Judith, dass du sofort aufhören wirst Cora zu belästigen. Dass ich, wenn du jemals wieder versuchen solltest, sie zu schikanieren, persönlich dafür sorgen werde, dass du bestraft wirst."

Judith warf den Kopf zurück und lachte. „Hier geht es um den kleinen Junkie? Oh, um Himmels willen, was hat sie dir gesagt? Bist du so dumm, dass du nicht merkst, dass du einer Drogenabhängigen nicht vertrauen kannst?"

Lila trat auf sie zu und zu ihrer Zufriedenheit sah sie ein Flackern der Angst in Judiths Augen. „Ich war in Situationen, von denen du nicht einmal träumen würdest, Judith. Im Gegensatz zu dir bin ich in Kinderheimen aufgewachsen und als ich sechzehn war, auf der Straße. Du hast keine Ahnung, mit wem du es zu tun hast oder zu was ich fähig bin, und ich sage dir, lass Cora in Ruhe. Verstehst du das?"

„Wer zum Teufel glaubst du, dass du bist? Nur weil du Richard vögelst, heißt das nicht, dass du ein Teil dieser Familie bist. Die Carnegiees brauchen keine kleine Goldgräberin wie dich, Tierney."

Lilas Lächeln war kalt. „Wie gesagt, du weißt nicht, mit wem du es zu tun hast, und du vergisst, dass du keine Carnegie bist."

„Scher dich aus meinem Büro, du kleiner Streuner, oder ich werde Dich von der Sicherheit rauswerfen lassen."

Lila schnaubte. „Versuch es doch. Wie auch immer, ich habe gesagt, was ich sagen wollte. Lass Cora in Ruhe."

Sie verließ Judiths Büro, schlug die Tür hinter sich zu und lächelte grimmig. Sie wusste, dass sie zu Judith durchgedrungen war, sie hatte es in ihren Augen gesehen.

Sie ging zur nächsten U-Bahn-Station und fuhr mit der Bahn zurück zum Haus. Ihr Handy klingelte. Delphine. Nun, Judith war schnell zu Mama gelaufen. Sie wappnete sich und nahm den Anruf an.

Zuerst dachte sie, die ältere Frau würde weinen, denn alles, was sie hören konnte, war Keuchen und Kreischen, aber dann erkannte sie, dass Delphine lachte. „Oh, Lila Belle, ich stelle mir gerade dich und deine winzigen Fäuste vor, mit denen du Judith gedroht hast."

Lila kicherte. „Es tut mir leid, Delphine, ich musste etwas tun."

„Oh du brauchst dich nicht zu entschuldigen ... wie dumm von Judith, es mir zu sagen... jetzt kenne ich natürlich die ganze Geschichte. Ich hoffe, du hast nichts dagegen, Lila, aber ich habe deine Drohung wiederholt. Wenn Judith Cora nicht in Ruhe lässt, dann wird sie ihr Leben sehr schwer finden. Ich glaube, der Gedanke an einen Job erschreckt sie mehr als alles andere."

„Ich bin froh. Mobbing passt nicht gut zu mir."

Delphine seufzte. „Cora hat eigentlich keine Freundinnen, also bin ich so dankbar, dass ihr euch so gut versteht. Komm heute Abend mit Richard zum Abendessen und wir werden uns richtig bedanken."

DAS ABENDESSEN WAR EIN TUMULT, und Cora schien es wirklich besser zu gehen. Judith hatte ihr einen riesigen Blumenstrauß mit einem einfachen Zettel geschickt, auf dem sie sich entschuldigte – auf umständliche Weise. Lila hatte die Augen gerollt, aber Cora lachte. „Für Judith ist das, als würde sie sich Kies in die Haare reiben."

Richard hatte Lila in den Arm genommen, als er es hörte. „Ich kann dir nicht genug danken, aber ich denke, ich habe vielleicht eine Idee. Ich erzähle es dir später."

Sie lachte und dachte, er meinte Sex. „Wenn du das anbietest, nehme ich es."

Er grinste nur, und als sie beim Abendessen waren, klopfte er mit der Gabel an sein Weinglas, um sich Gehör zu verschaffen. „Hey Leute, ich habe ein paar Dinge, die ich sagen möchte. Zunächst möchte ich auf meine Schwester Cora einen Toast aussprechen – Cora Belle, ich liebe dich so sehr, das tun wir alle, und ich kann dir nicht sagen, wie stolz wir sind, dass du gegen deine Dämonen kämpfst und gewinnst. Jeder fällt manchmal hin, aber nicht jeder hat den Mut, wieder aufzustehen."

„Hört, hört!", sagte Lila und sie alle hoben ihre Gläser und stießen auf die errötende Cora an.

„Danke", sagte sie und lächelte ihren Bruder dankbar an. Sie wechselten einen Blick, und er nickte ihr leicht zu. Sie grinste aufgeregt.

Richard räusperte sich. „Und nun zu meiner Lila ... meiner kleinen Kriegerin. So vor meiner Schwester zu stehen, gegen Judith anzusprechen, die, offen gesagt, Vier-Sterne-Generäle erschreckt ... Lila, du erstaunst mich. Vielen Dank von ganzem Herzen. Du bist vielleicht nicht der Meinung, dass es der Rede wert war, aber für uns, für Cora, hat es eine Sache bewiesen. Du gehörst zu unserer Familie und wir zu dir."

Nun war Lila an der Reihe rot zu werden, und sie winkte beschämt ab. „Meine Freude, wirklich, es war nichts."

Richard war noch nicht fertig. Er ging zu Lila und hielt ihr seine Hand hin. Sie nahm sie und stand auf, etwas verwirrt über das, was vor sich ging. Doch im nächsten Moment war ihre Verwirrung verschwunden.

Richard fiel auf ein Knie, und Lila schwankte. Er grinste sie an. „Lila, du bist die Liebe meines Lebens. Ich weiß, dass ich deiner nicht würdig bin ... noch nicht. Aber ich möchte mein Leben damit verbringen, zu versuchen, es zu sein. Lila ... würdest du mich bitte heiraten?"

18

GEGENWART ... LENOX HILL HOSPITAL

„Okay, noch zwei Minuten und dann ruhen. Ich möchte nicht, dass du dich zu sehr unter Druck setzt." Noah fixierte sie mit einem strengen Blick. „Lila Belle, ich meine es ernst." Er hatte Delphines Spitznamen für sie aufgegriffen; er passte zu ihr.

Lila grummelte, grinste ihn aber an. Während der sechs Wochen ihrer Rehabilitation waren sie und Noah Applebaum gute Freunde geworden; ihre Freundschaft war kokett und neckisch. Der Arzt war gründlich, er brachte sie voran, aber in letzter Zeit, als es ihr immer besser ging, hatte sie sich selbst unter Druck gesetzt ... und er hatte Angst, dass sie sich verletzen könnte.

„Entscheide dich, Noah", schimpfte sie jetzt etwas atemlos, während sie auf dem Laufband war. Ihre Beinbewegung hatte sich verbessert, die Schmerzen ließen nach, als ihr Muskeltonus besser wurde. Sie hatte ihm gestanden, dass sie nach ihren Sitzungen Schmerzen hatte, aber dass es ‚ein guter Schmerz war und nicht ein schmerzender Schmerz'.

Er bewunderte ihr Engagement und sie stellte seine Methoden nie in Frage. „Jetzt, wo du langsamer wirst, möchte ich, dass du dich auf deine Bauchmuskeln konzentrierst, und in dich horchst, ob du irgendwelche Schmerzen hast." Er legte seine gespreizte Hand auf ihren Bauch, während sie lief und versuchte, nicht an ihre warme Haut unter seinen Fingern zu denken. „Beweg meine Hand dorthin, wo du den meisten Schmerz empfindest."

Lila wurde rot, schien aber noch dunkler zu werden, als sie ihn berührte. Er konnte seine Augen nicht von ihrem Mund losreißen, von ihren rosigen, vollen Lippen. Sie verlangsamte ihr Tempo und bewegte seine Hand zaghaft dorthin, wo sie die meisten Schmerzen verspürte – zu ihrer rechten Seite. Noah schluckte, als er spürte, wie sich die Muskeln unter seiner Haut zusammenzogen. „Die gute Nachricht ist, dass es sich mehr als wahrscheinlich um einen Seitenstich handelt."

Er wollte seine Hand von ihr nehmen, aber Lila packte sie und drückte sie wieder gegen ihren Bauch. „Ich werde besser ... kannst du es fühlen?" Ihre Stimme war weich und ihre Blicke verhakten sich ineinander. Einen Herzschlag lang. Zwei. Er konnte nicht anders, als seine Finger über ihre weiche Haut wandern zu lassen und Lila schnappte leise nach Luft und schloss ihre Augen.

Du bist ein Arzt ... Noah nahm widerwillig seine Hand weg und ging zu seinen Notizen, zwang seine Erektion sich wieder zu beruhigen. *Gott,* er wollte sie so sehr, aber sie war seine Patientin ... und sie war verlobt, würde heiraten.

„Noah?"

„Ja?"

„Sie entlassen mich am Montag."

Er nickte. „Ich weiß. Das ist eine gute Nachricht, oder?"

„Genau." Eine Stille entstand, in der sie ihre Augen nicht voneinander lösen konnten, dann lächelte Lila.

„Ich werde dich vermissen."

Oh Gott. „Lila, ich werde dich auch vermissen ... aber wenn ich nicht nach Seattle zurückkomme, werden sie mich entlassen. Du machst es großartig, der Nachsorgedienst ist phänomenal." *Nein, nein, hör auf, so zu tun, als seien die letzten sechs Wochen mit ihr nicht die besten deines Lebens gewesen, als wäre sie nicht die erste Person, an die du morgens denkst, wenn du aufwachst und die letzte, bevor du einschläfst.*

Lila wischte sich mit einem Handtuch über die Arme und trat vom Laufband. Sie ging zur Tür, verriegelte sie und zog die Rollos herunter.

„Richard hat mich betrogen", sagte sie, „ein paar Mal."

„Er ist ein Narr."

Sie nickte. „Ich erzähle dir das, weil ich endlich weiß, wie er sich gefühlt hat, als er bei diesen anderen Frauen war. Die Liebe, die ich für ihn empfinde, hat sich verändert, ist eher freundschaftlich als romantisch, und ich glaube von ganzem Herzen, dass er nicht derjenige war, der versucht hat, mich zu töten. Aber die letzten sechs Wochen ... Ich bekomme dich nicht aus meinem Kopf, Noah. Jedes Mal, wenn du mich berührst, schreit mein ganzer Körper nach dir ... Ich hasse es, dass ich mich so fühle, und ich weiß, was du sagen wirst, dass es nicht ungewöhnlich ist, dass Patienten ihre Ärzte anhimmeln. Aber das ist es nicht."

So viele Gedanken schossen in diesem Moment durch Noahs Kopf, aber stattdessen ging er zu ihr und nahm ihr Gesicht in seine Hände. „Ich habe so sehr versucht, mich dir gegenüber professionell zu verhalten", murmelte er, „aber du machst mich verrückt, Lila. Ich kann mich nicht auf einen Patienten einlassen ... aber ..."

„Du gehst zurück nach Seattle", sagte sie leise, „und ich bin mit Richard verlobt. Und ich bin wirklich keine Schlampe. Aber genau hier, gerade jetzt ..."

Sie kam nicht dazu den Satz zu beenden, als Noah ihre Lippen mit seinen bedeckte und sie innig küsste, seine Hände in ihren Haaren, sein Mund fest auf ihrem. Lila erwiderte den Kuss und stöhnte vor Erregung, als er seine Hände unter ihr T-Shirt schob. Bald zogen sie sich gegenseitig die Kleider aus, verzweifelt in ihrer Sehnsucht, sich zu berühren. Noah streichelte ihren nackten Körper und bewunderte ihre weichen, üppigen Kurven. „Wenn du Schmerzen fühlst ..."

Sie grinste ihn an. „Hör auf, Arzt zu sein, Noah ..."

Er lachte, zog sie an sich und küsste sie leidenschaftlich, als er sie sanft zu Boden drückte. Er küsste ihre vollen Brüste, ihren Bauch und küsste jede ihrer noch leuchtend rosa Narben. „Niemand, der noch alle Sinne beisammenhat, würde dir das antun", murmelte er, als er ihr Bein hob und sein Gesicht in ihrem Geschlecht vergrub. Lila stöhnte leise, als er sie leckte und schmeckte, als seine Zunge sie neckte und ihre Klitoris hart werden ließ. Als er sich auf sie legte, um ihren Mund wieder zu küssen, konnte sie seinen riesigen, steinharten Schwanz an ihrem Oberschenkel spüren und griff nach unten, um ihn in sich hineinzuführen. Noah stieß in sie, immer noch vorsichtig, aber sie drängte ihn in sich, ihre Beine um seine Taille geschlungen.

Sie bewegten sich zusammen, als ob ihre Körper füreinander geschaffen worden wären, ihre Blicke verfingen sich ineinander. „Noah ...", flüsterte sie und blickte ihn verwundert an. Noah spürte, wie sein Herz zerbarst, als er die Liebe, die Zärtlichkeit in ihren Augen sah. *Du bist alles, was ich jemals gewollt habe,* wollte er ihr sagen, tat es aber nicht.

Nachdem sie gekommen war, schoss Noahs Schwanz sein Sperma tief in sie und ließ sie schaudernd und zitternd zurück, dann zogen sie sich an und hielten einen Moment inne, um sich zu küssen. Sie legte ihre Hand an Noahs Wange. „Du bist wunderbar", sagte sie leise, „ich werde dich nie vergessen. Du hast mir mein Leben zurück- gegeben ... in vielerlei Hinsicht."

Als sie den Raum verlassen hatte, wusste Noah Applebaum, dass er in großen Schwierigkeiten war. Nicht wegen des Krankenhauses – sie konnten es nicht herausfinden, es sei denn, einer von ihnen sagte etwas und er vertraute Lila – nicht wegen Richard Carnegie oder seiner Familie, sondern wegen seines eigenen Herzens. Sie hatten vielleicht eine stille Vereinbarung getroffen, dass dies eine einmalige Sache sein würde, aber seine Gefühle ...

Ruhig. Atmen. Genieß den Moment ... und lass sie gehen ...

19

VERGANGENHEIT ... UPPER EAST SIDE

L ila blickte auf den Ring an ihrem Finger. Auf ihren Wunsch
hin war es nicht der riesige Klunker, den Richard zunächst
vorgeschlagen hatte, eher ein einfacher, klassischer Solitär-
diamant, aber er fühlte sich immer noch falsch an ihrer Hand an. Für
sie war es ein Symbol des Eigentums. Bei der Arbeit und auf dem
College hatte sie eine gute Ausrede, ihn nicht zu tragen, aber überall
sonst hatte sie keine.

In der Nacht, in der er ihr einen Antrag gemacht hatte, war Lila
schockiert gewesen – und mehr beunruhigt als erfreut. Ihr Herz hatte
sich an seinen Worten und der Liebe in seinen Augen erwärmt, aber
die Art und Weise, wie der Rest seiner Familie sie angeschaut hatte –
sie hatte sich verpflichtet gefühlt, Ja zu sagen und die Rolle der
begeisterten Verlobten zu spielen.

Und die Sache war ... sie liebte Richard von ganzem Herzen, sie
liebte ihn, aber etwas passte immer noch nicht richtig. Sie konnte
nicht sagen, was es war. Sie mochten die gleiche Musik und Bücher,
ihr Intellekt war ziemlich auf einem Niveau, aber sie wurde das
Gefühl nicht los, dass etwas um die Ecke lauerte, etwas, das sie mit
voller Wucht treffen würde, von dem sie sich nicht erholen würden.

Sie versuchte, mit ihm darüber zu sprechen, aber Richard dachte, dass sie sich auf seine Untreue bezog und beendete das Thema – ruhig, aber mit Bestimmtheit.

Es war Delphine, die bemerkte, dass sie ruhiger als normal war, und die ältere Frau, die Lila zum Mittagessen in einem High-End-Restaurant in Manhattan ausführte, sprach sie direkt darauf an.

„Lila, willst du Richard heiraten? Keine Schuldzuweisungen, nur die Wahrheit, bitte."

Lila seufzte. „Ich will es, wirklich, Delphine. Ich fühle mich einfach ... ich habe das Gefühl, dass wir uns noch nicht gut genug kennen, und ich bin erst sechsundzwanzig. Ich hatte noch keine Zeit, mein Leben zu leben, verstehst du?"

Delphine nickte und nippte an ihrem Wein. „Liebling, ich verstehe das. Ich habe den Fehler gemacht zu heiraten, bevor ich mein Leben gelebt hatte – das erste Mal. Zum Glück war Richard Sr. ein ganz anderer Mann als mein erster Mann; wir verbringen so viel Zeit getrennt, wie wir es gemeinsam tun, ohne gegenseitige Schuldzuweisungen und in vollkommenem Vertrauen. Ich habe das Beste aus beiden Welten mit ihm."

Lila dachte über ihre Worte nach. „Ich bin mir nicht sicher, ob Rich so sein würde. Und um ehrlich zu sein ... es ist der Vertrauensteil, mit dem ich im Moment ein Problem habe."

Sie wollte Delphine wirklich nicht von Camilla erzählen, aber sie erkannte jetzt, dass das für ihr Zögern verantwortlich war. „Ich hatte schon immer Vertrauensprobleme mit Männern", vertraute sie ihr an und versuchte, den Fokus von Richard wegzulenken, „also ist es mein Problem und nicht das von Rich und etwas, an dem ich arbeite."

„Es gibt keinen Grund, warum ihr bald heiraten müsst ... lasst euch Zeit, lass meinen Sohn etwas warten." Delphine grinste schelmisch. „Ich bin sicher, dass jede Braut das durchmacht. Aber manchmal muss die Ehe kein Gefängnis sein, manchmal ist sie eine offene Tür. Weißt du, wie viele neue Möglichkeiten du als Richards Frau haben wirst?"

Lila wurde blass. „Delphine, ich will nicht sein oder dein Geld, das habe ich immer deutlich gemacht. Ich bin niemand, der hinter Geld her ist."

„Oh, liebes Kind, das weiß ich. Glaubst du, dass wir dich willkommen geheißen hätten, wenn du anders wärst? Diese verdammte Camilla war, igitt. Eine abscheuliche Kreatur. Du bist eine Million Mal besser als sie. Aber lass es uns von der praktischen Seite betrachten; sobald du verheiratet bist, wirst du auch reich sein. Das bringt es einfach mit sich. Und gehe nicht sofort davon aus, dass das eine schlechte Sache ist; schau, was du daraus machen kannst. Baue bessere Kinderheime, arbeite für wohltätige Zwecke oder bezahle eine Weiterbildung in deinem gewählten Fachgebiet.“

Lilas Augenbrauen schossen in die Höhe. „So habe ich das nie gesehen.“

„Nun, dann tust du es jetzt. Geld ist nicht böse, Menschen, die es egoistisch ausgeben, sind böse. Und du gehörst nicht zu diesen Leuten.“

Lila musste zugeben, dass sie sich nach einem Gespräch mit Delphine besser fühlte, aber als sie in dieser Nacht nach Hause ging, fand sie Richard in einer üblen Stimmung.

„Was ist los, Baby?“

Richard hatte seine Krawatte gelockert und ein volles Glas Scotch in der Hand. Er warf eine Ausgabe des National Enquirer zu ihr. „Willst du mir davon erzählen?“

Sie nahm sie und sah ihr eigenes Gesicht, das sie anstarrte. Sie runzelte die Stirn und wurde dann blass, als sie die Schlagzeile sah. *Schönheit knackt den Jackpot mit Milliardär #2.*

Oh, Scheiße ...

20

GEGENWART ... UPPER EAST SIDE

„Wie fühlst du dich?"

Cora und Delphine tauschten besorgte Blicke aus, als Lila sich in der Wohnung umsah, als könne sie sich nicht erinnern, wo sie war. Sie hatte hier mit Richard das letzte Jahr gelebt, mehr aus Bequemlichkeit, weil die Schule so nah war, als alles andere, aber sie hatte sich hier nie zu Hause gefühlt. Ihr Zuhause war das kleine Haus, das sie vor der Stadt bauten. Es war der einzige Ort, an dem sie wirklich das Gefühl hatte, dass sie zu ihm gehörte, weil sie so viel Arbeit und so viel Geld hineingesteckt hatte, wie sie es sich leisten konnte.

Sie lächelte die anderen Frauen an. „Mir geht es gut. Ich bin ein wenig überwältigt, das ist alles. Ich denke, ich werde schnell meine Tasche ins Schlafzimmer bringen."

Cora eilte nach vorne, bevor sie ihre Tasche ergreifen konnte. „Wage es ja nicht", schimpfte sie mit Lila. „Du darfst dich nicht übernehmen."

Lila seufzte, lächelte sie aber an. „Tut mir leid. Natürlich." Sie fragte sich, was Cora denken würde, wenn sie von dem ziemlich athletischen Sex wüsste, den sie vor ein paar Tagen gehabt hatte. Lila verkniff sich ein Grinsen. *Noah Applebaum ... Ich wünschte, ich könnte aufhören, an dich zu denken.*

Sie liebte die beiden Frauen, wollte aber allein sein – *ha, allein.* Das gehörte der Vergangenheit an. Delphine hatte ein Sicherheitsteam für sie arrangiert, das rund um die Uhr auf sie aufpassen würde. Niemand würde sich ihr nähern können.

Delphine wirbelte um sie herum, machte ihr Tee und klopfte die Kissen auf, bis Lila sie bat, sich zu setzen. „Du machst mich schwindelig."

Delphine setzte sich, als Cora wieder auftauchte. „Ich habe alles ausgepackt, damit du es nicht tun brauchst", lächelte sie der junge Rotschopf schüchtern an.

„Das musstest du nicht tun", Lila hielt ihr die Hand hin, „aber danke."

Für ein paar Minuten nippte Lila an ihrem Tee, während die anderen warteten. Sie grinste angesichts ihrer erwartungsvollen Gesichter.

„Mädels, entspannt euch bitte. Mir geht es gut."

Delphine wechselte einen weiteren Blick mit Cora. „Süße ... weißt du, was du als nächstes tun willst?"

Lila nickte. „Absolut. Ich möchte Richard sehen."

21

VERGANGENHEIT ... UPPER EAST SIDE

C arnegies neue Verlobte, die 25-jährige Lila Tierney, studiert an der School of Visual Arts in New York. Die Nachricht über die Verlobung des Paares erreichte die Magazine, als bekannt wurde, dass Carnegie nicht der erste Milliardär ist, der mit der schwarzhaarigen Schönheit zusammen ist. Vor sechs Jahren soll der milliardenschwere Kunsthändler Carter Delano die junge Künstlerin für ein paar Wochen umschwärmt haben, bevor er die Beziehung abbrach. Tierney soll am Boden zerstört gewesen sein, aber sechs Jahre später hat sie sich endlich einen neuen reichen jungen Mann geangelt ...

„ICH WEISS EHRLICH GESAGT NICHT, ob ich lachen oder heulen soll", sagte Lila und warf die Zeitung beiseite. „Das ist so weit von der Wahrheit entfernt, dass ich nicht einmal Worte dafür finde."

Richard starrte sie immer noch verärgert an. „Aber du hast es nie erwähnt."

Lila zuckte mit den Schultern. „Warum sollte ich? Haben wir je über unsere Exbeziehungen gesprochen?" *Außer über Camilla,* wollte sie hinzufügen, wollte aber nicht gehässig sein. „Und ich zähle Carter nicht einmal als Exfreund. Ich habe einem Freund einen Gefallen getan, indem ich mich mit ihm und seinem Bruder verabredet habe. Carter und ich haben uns als Freunde gut verstanden, aber wir haben nie miteinander geschlafen. Da war nichts." Sie sah ihm in sein wütendes Gesicht. „Warum bist du wirklich wütend, Rich? Denn ich kann nicht glauben, dass es deshalb ist."

Richards Körper sackte in sich zusammen. „Es ist nicht ... es tut mir leid, es tut mir leid, Baby, verzeih mir." Er sank tief in den Stuhl. Lila zog einen Stuhl neben ihn und setzte sich.

Sie nahm seine Hand. „Was ist los?"

Rich seufzte. „Judith. Sie war diejenige, die die Geschichte über dich verbreitet hat."

Lila rollte die Augen. „Na und? Zumindest hält sie sich von Cora fern. Ich kann mit dem umgehen, was Judith auf mich loslässt, ich habe keine Leichen im Keller."

Rich lächelte traurig. „Es tut mir leid, dass sie dir das antut, Liebling. Und es tut mir leid, dass ich dumme Schlussfolgerungen gezogen habe. Ich schätze, ich ..."

Er hielt inne und schüttelte den Kopf. Lila berührte sein Gesicht. „Was?"

„Ich glaube, ich wollte fast, dass es wahr ist, dass du ein paar Geheimnisse hast, damit wir irgendwie quitt sind. Gott, ich weiß es nicht, ich komme einfach nicht über meine ... Indiskretion hinweg."

Lila lehnte sich zurück und seufzte. „Gott, Rich ... ich dachte, das sei schon vor Monaten geschehen. Schau, es ist passiert, du hast dich entschuldigt, ich habe diese Entschuldigung akzeptiert. Lass es los."

Sie stand auf, sichtlich genervt. Warum musste er das immer wieder hervorkramen? Es war fast so, als wollte er sich schlecht fühlen, Mitleid mit sich selbst haben. Sie ging in die Küche und nahm sich ein Bier aus dem Kühlschrank. Als sie die Tür schloss, schaute sie auf den Kalender. Die Hochzeit war fünfzehn Monate entfernt.

Fünfzehn Monate. Lila schloss die Augen. *Was ist mit dir los? Warum erschreckt dich der Gedanke, verheiratet zu sein so sehr? Du liebst ihn doch, nicht wahr?*

. . .

ICH WEIß ES NICHT. Oh Gott ... Ich weiß es nicht ...

22

GEGENWART ... RIKERS ISLAND, NEW YORK CITY

Ihr Herz schlug hart gegen ihre Rippen, als sie das Besucherzimmer betrat. Als sie sich vor die Glaswand setzte, fühlte sie, wie ihr die Galle hochkam und versuchte nicht zu würgen.

„Atmen Sie durch den Mund, Liebes, dann werden Sie es leichter ertragen", sagte eine Frau zu ihrer Rechten. Lila lächelte schwach und als sich die Tür auf der Seite des Gefangenen öffnete, drehte sich ihr der Magen um.

Rich war in den Monaten, in denen er eingesperrt war, gealtert, sein Gesicht von einem dicken Bart bedeckt. Er setzte sich hin und sah sie an und legte seine Hand für einen Moment flach gegen das Glas. Lila versuchte zu lächeln, legte ihre Hand auf dem Glas auf seine. Es war ein Schock, ihn so gebrochen zu sehen.

Er nahm das Telefon. Als sie den Hörer ans Ohr legte, hörte sie seine abgehackte Atmung.

„Lila ... oh Gott, Lila ..." Er begann zu schluchzen und ihr Herz brach. Sie wollte ihre Arme um ihn legen und ihm sagen, dass es okay sei.

„Ich habe das nicht getan, Lila ... Ich schwöre auf alles, was ich bin, dass ich das nicht getan habe."

„Ich weiß, Rich, ich weiß ... Glaubst du nicht, dass ich das weiß?"

„Ich würde dich niemals verletzen, mein Liebling, nie ..."

Er hatte sie nicht gehört, wie ihr jetzt bewusst wurde. „Richard. Richard, schau mich an."

Sein Schluchzen wurde zu einem Keuchen und er schaute auf, seine Augen schwammen in Tränen. „Gott, ich hatte vergessen, wie schön du bist."

Sie ignorierte das Kompliment. „Richard, hör zu. Ich weiß, dass du das nicht getan hast. Ich weiß mit jeder Faser meines Seins, dass du mich nie verletzen, geschweige denn auf mich einstechen würdest."

Rich zuckte zusammen. „Gott ... sie haben mir Bilder gezeigt, Lila, von dir, von deinen Verletzungen, davon, wie sie dich gefunden haben ... Baby, es tut mir so leid."

Lila schüttelte den Kopf. „Denk nicht darüber nach. Wir müssen uns darauf konzentrieren, dich hier rauszuholen." Sie hielt inne, wandte für eine Sekunde den Blick ab. „Rich ... Ich weiß, dass du ... mit jemand anderem zusammen gewesen bist. Es ist okay, das ist es wirklich, du brauchst also nichts vor mir zu verheimlichen. Ich muss alles wissen, damit ich dir helfen kann."

Richards Gesicht zog sich wieder zusammen und er fing an zu schluchzen und Lila ließ ihn weinen. „Rich", sagte sie leise, „es ist okay. Wir haben beide unsere ... Fehler." Sie fühlte sich Noah gegenüber auf eine eigenartige Weise illoyal, als sie das sagte. „Bitte atme tief durch und erzähle mir alles."

Das tat er auch. Zu ihrer großen Erleichterung war es nicht Camilla, mit der er sich diesmal getroffen hatte, sondern seine neue Assistentin Molly. Die Affäre hatte erst drei Monate, bevor man auf Lila mit einem Messer eingestochen hatte, begonnen, aber sie erkannte, dass Molly mehr als nur eine flüchtige Affäre gewesen war. Sie fühlte sich seltsam erleichtert.

Nachdem er fertig war, starrten sie sich an. „Ich liebe dich, weißt du?", sagte er und sie nickte.

„Ich weiß. Ich liebe dich auch, aber Rich, wir sind nicht mehr *verliebt*, oder?"

Er schüttelte traurig den Kopf. „Nein, ich glaube nicht, dass wir es sind. Und ich hasse es, das zu sagen. Ich dachte, wir wären für immer zusammen. Ich hoffe, du findest jemanden, der dich wirklich verdient, Lila, ehrlich. Und bitte, was auch immer mit mir geschieht, mit uns, bitte lass meine Familie nicht im Stich. Sie lieben dich als wärst du eine von uns."

Jetzt war Lila an der Reihe zu weinen, Tränen tropften ihr über die Wangen. „Das würde ich nie tun, ich liebe sie auch."

Er legte seine Hand wieder gegen das Glas. „Lila ... wirst du mich wieder besuchen?"

„Natürlich. Täglich. Jeden Tag, Rich, solange du hier bist."

SIE DACHTE auf der Heimfahrt noch an ihn. Als das Auto durch die Stadt fuhr, spürte sie, wie sich ein Frieden in ihr breitmachte. Ihr Handy klingelte. Charlie.

„Hey Kleine, wie ist es gelaufen?"

Lila seufzte. „Gut. Wirklich gut. Charlie, ich brauche deine Hilfe ... wir müssen Rich dort rausholen-"

„Meinst du das ernst?"

Lila nahm das Telefon für einen Moment vom Ohr weg. Als sie wieder sprach, war ihre Stimme angespannt vor Wut. „Charlie, es reicht. Ich weiß, dass Richard nicht versucht hat, mich zu töten. Ich weiß es."

„Aufgrund deiner jahrelangen Detectiveausbildung? Oder reiner Intuition?"

„Du warst nicht in dieser Garderobe, Charlie, du warst nicht derjenige, auf den man mehrmals mit einem Messer eingestochen hat, und du hast ihn nicht gehört, ihn gespürt *und gerochen*. Glaubst du nicht, dass ich meinen eigenen verdammten Verlobten erkannt hätte?" Sie war jetzt wütend auf Charlie wegen seines Antagonismus, seiner Negativität.

Am anderen Ende des Telefons war Stille, dann ... „Du hast Recht. Es tut mir leid, Boo. Ich bin einfach frustriert, dass wir nicht herausgefunden haben, wer es getan hat. Ich habe Angst, dass ich dich verliere ... aber, verzeih mir, der Kerl hat dich betrogen, wenn schon nichts anderes."

Lila seufzte. „Das ist nichts, worüber du dir jetzt Sorgen machen musst. Wir haben uns bereit erklärt, unsere Verlobung zu lösen. Aber das wird mich nicht davon abhalten, für seine Freiheit zu kämpfen."

Noch einmal Stille, dann ein leises Lachen. „Kleines ... ich hoffe, dass dieser Kerl weiß, was er verloren hat. Ich komme nach der Arbeit vorbei und wir reden."

„Das würde ich mir wünschen."

ALS SIE NACH HAUSE KAM, duschte sie und legte sich dann für ein Nickerchen ins Bett. Der Tag hatte sie erschöpft. Ihr Körper schmerzte, ihr Geist war müde und traurig. Ihr Kopf pochte und ihr war schlecht.

Sie erwachte, als jemand an die Tür hämmerte. Sie kletterte in ihren Shorts und ihrem T-Shirt aus dem Bett und sah ihren Bodyguard vor der Tür.

„Es tut mir leid, Sie zu stören, Ms. Tierney, aber hier ist ein Polizist, der sie zu sehen wünscht und er sagt, es wäre dringend."

Lila seufzte. „Es ist nur Charlie, lassen Sie ihn herein."

Charlie machte ein grimmiges Gesicht, als er hereinkam, aber Lila rollte ihre Augen. „Was soll das ganze Drama? Ich habe geschlafen."

„Lila ..."

Etwas in seinem Ton ließ sie aufhören. „Was ist los?"

„Lila ... Schatz, ich habe dir etwas zu sagen und es wird nicht einfach." Charlie nahm ihre Hände, sein Ausdruck war grimmig, aber seine Augen blickten traurig. Er führte sie zur Couch und ließ sie sich hinsetzen.

Lila sah ihn an, Eis floss durch ihre Adern. „Was?"

Charlie räusperte sich und als er sprach, war seine Stimme weich. „Lila, es gab einen Vorfall im Gefängnis. Im Übungshof. Einige Jungs haben Walfang auf einen neuen Kerl gemacht und Richard hat versucht, es zu stoppen. Lila, er wurde erstochen, in den Rücken. Sie haben sofort den Rettungsdienst gerufen und er wurde vor ein bisschen mehr als einer Stunde in die Notaufnahme gebracht."

Lila schüttelte den Kopf. Sie wollte schreien, wollte Charlie für das schlagen, was er ihr erzählte. „Nein ... nein ..."

„Liebling ... er ist vor vierzig Minuten verstorben."

Sie starrte ihn entsetzt an. *Nein ... Nein, das konnte nicht sein ...*

RICHARD WAR TOT.

23

LEHN DICH AN MICH

GEGENWART ... UPPER EAST SIDE

Upper East Side

E
s hing eine stille Traurigkeit in der Wohnung, als Lila sich für die Beerdigung ankleidete. Sie konnte es immer noch nicht fassen; Richard war tot. Ihre Liebe, der Mann, von dem sie bis zu diesem schrecklichen Tag vor all diesen Monaten gedacht hatte, dass sie den Rest ihres Lebens mit ihm verbringen würde. An dem Tag, an dem sie brutal erstochen und zum Sterben zurückgelassen wurde. Irgendwie, obwohl sie Richard geliebt hatte, wusste sie, dass dieser Tag das Ende eines Lebens und den Beginn eines anderen markiert hatte.

Sie schaute sich in der Wohnung um. Die Einsamkeit hallte aus allen Ecken. *Das war nie mein Zuhause,* dachte sie jetzt. *Ich habe vielleicht jede Nacht mit Rich hier verbracht, aber es war nie wirklich mein Zuhause.* Es war zu opulent für ihren einfachen Geschmack, zu geplant, zu ordentlich. Sie zog es vor, wenn ihre Räumlichkeiten überfüllt und gemütlich waren.

Sie hatte Delphine, Richards Mutter, bereits gesagt, dass sie umziehen wolle, dass es zu schmerzhaft sei, in der Penthouse-Wohnung zu bleiben. Delphine hatte das verstanden. „Du kannst jetzt überall hingehen, wo du willst", hatte sie Lila gesagt, „alles, was Richard hatte, gehört jetzt dir, mit unserem Segen."

Gott. Lila Tierney, das Mädchen aus dem Kinderheim, das Mädchen, das von sechzehn bis achtzehn in einem alten Auto gelebt hatte, war Millionärin. Sie würde jeden Cent verschenken, wenn das Richard wieder in zurückbringen würde, obwohl sie sich vor seinem Tod bereit erklärt hatten, sich voneinander zu trennen. Sie wollte dennoch ihren Freund zurück, für sich selbst, für seine Familie.

„Ich vermisse dich, Boo", sagte sie laut in die leere Wohnung. Ein Klopfen an der Tür erschreckte sie und sie musste leise kichern. *Wenn dies ein Film wäre,* dachte sie, als sie ging, um die Tür zu öffnen, *dann würde Richard auf der anderen Seite stehen, ein breites Grinsen auf seinem Gesicht.*

Stattdessen lächelte ihr ältester und treuester Freund Charlie sie an. „Hey, du. Bereit?"

Sie versuchte zurückzulächeln, nickte aber nur. „Bereit."

Er bot ihr seinen Arm an, als sie zum Aufzug gingen, seine große warme Hand legte sich auf ihre. Erst als sie in das Taxi einstiegen, traf Lila die Erkenntnis mit voller Wucht. Richards Beerdigung. Richard war weg. Dieser lustige, intelligente, abenteuer- und lebenslustige Mann war tot. Wie konnte das sein? Ihr stockte der Atem in ihrer Brust und sie fühlte, wie ihre Gelassenheit von ihr abglitt.

Charlie schaute sie an, schlang seine Arme um sie und ließ sie schluchzen.

24

WESTCHESTER

Harrison „Harry" Carnegie fühlte sich völlig fehl am Platz in dem Haus, in dem er aufgewachsen war. Nachdem er die letzten fünfzehn Jahre in Australien gelebt hatte, hatte er vergessen, wie organisiert und strukturiert Westchester-Treffen sein konnten. Mehr noch, er hasste es, seine Eltern und seine Schwester Cora, so völlig am Boden zerstört zu sehen.

Delphine hatte ihn gestern Abend beim Abendessen Lila vorgestellt und er hatte mit der zierlichen Brünetten geplaudert und genau gesehen, was sein Bruder an ihr geliebt hatte. Was sie das letzte Jahr durchgemacht hatte ... armes Mädchen. Und die Niedergeschlagenheit in den Gesichtern seiner Familie spiegelte sich in ihren schönen, traurigen Augen wider. Er mochte sie sehr.

Nun aber fühlte sich Harry, der seinen Blick über die anwesenden Trauernden wandern ließ, verwirrt, als wäre die Person, die sie begruben, nicht sein eigener Bruder gewesen. Er und Richard hatten sich als Jugendliche sehr nah gestanden, aber als sich ihr Leben in verschiedene Richtungen entwickelte, wurde die unvermeidliche Distanz immer größer.

Und er konnte es einfach nicht begreifen, dass Rich nicht nur ermordet worden war, sondern zu diesem Zeitpunkt sogar im

Gefängnis gesessen hatte. Im Gefängnis! Harry schüttelte den Kopf – was zum Teufel war mit seiner Familie passiert? Seine Schwester Cora war ein Wrack und, den Worten seiner Mutter zufolge, erst seit dreißig Tagen auf Entzug. Er schaute sie jetzt an, zerbrechlich und wie ein Sperling in ihrem schwarzen Kleid, und sein Herz pochte dumpf und traurig.

„Hey Kiddo", sagte er, ging zu ihr und legte seinen großen Arm um sie. „Das ist ein Mist, nicht wahr?"

Cora lächelte ihn aus roten Augen an. „Das ganze letzte Jahr schon, Harry."

„Tut mir leid, dass ich nicht für dich da war, Kleines."

Sie schlang ihre dürren Arme um seine Taille. „Du musst dich nicht entschuldigen. Ich bin froh, dass dir zumindest ein Teil davon erspart geblieben ist." Sie seufzte. „Lila sieht so krank aus, nicht wahr?"

Harry blickte auf die Exverlobte seines Bruders. „Ich kenne sie nicht gut genug, um das zu sagen, aber ja, sie sieht müde aus. Ich kenne die Hälfte dieser Leute nicht, Cora. Richards Freunde? Und wer ist der Kerl da drüben, der aussieht, als würde er gleich Amok laufen?"

Cora kicherte. „Das ist Charlie; er sieht immer so aus, aber er ist ein großer netter Kerl, wirklich. Zumindest zu mir war er immer sehr freundlich."

„Bist du verliebt, Schwesterchen?"

Cora kicherte und wurde rot. „Nein ... er ist Lilas ältester Freund und ein Polizist." Sie brach plötzlich ab. „Sein Partner Riley ist auch sehr nett."

„Er ist schwul?"

Cora lachte. „Nein, sein Polizeipartner, Idiot. Hey, komm, ich stelle dir ein paar Leute vor."

Harry wehrte sich und versuchte eine Ausrede zu finden – er wollte wirklich keine ‚Leute' kennenlernen. Cora schüttelte den Kopf, streckte ihm die Zunge heraus und lächelte.

„Einsiedler."

„Dürres Ding."

„Alter Mann."

„Naseweis."

Harry lächelte seiner Schwester hinterher ... *oh Himmel, da er gerade von Schwestern sprach*; Judith kam auf ihn zu. Von allen Carnegie-Kindern war Harry der Einzige, den sie mochte – nahezu vergötterte. Das Gefühl beruhte definitiv nicht auf Gegenseitigkeit.

Harry tat nicht einmal so als würde er sie nicht bemerken und flüchtete an die Bar, die seine Eltern im Empfangsraum eingerichtet hatten.

„Ein Dewers auf Eis, bitte."

Der Barmann nickte und ging, um sein Getränk zu holen. Harry lehnte sich an die Bar und rieb sich die Augen. *Gott, lass das bald vorbei sein, bitte ...*

„Ich habe einen Akzent gehört", sagte eine Stimme ... eine australische Stimme. „Könnten Sie das Geschwisterchen sein, das all diesem Wahnsinn entflohen ist, um in das beste Land der Erde zu ziehen?"

Harry grinste, schaute auf und sah ein atemberaubend hübsches, blondes Mädchen, das ihn angrinste. „Vielleicht bin ich das. Gut aufgepasst."

Sie lachte. „War nicht schwer. Ich habe Oz-dar."

„Was zur Hölle ist Oz-dar."

„Das ist so ähnlich wie ein Schwulen-Dar, außer dass ich einen Aussie-Akzent auf eine Meile Entfernung erkenne – sogar einen Ex-Pat, der die Sprache aufgeschnappt hat. Wo bist du gelandet?"

„Melbourne."

Sie stieß mit ihm an. „Ich bin dort geboren und aufgewachsen."

Harry lächelte. Gott, sie war wunderschön, die blonden Haare zu einem Pferdeschwanz zusammengenommen, blaue Augen, die vergnügt funkelten, rosa Lippen, die zu einem breiten Lächeln verzogen waren. Er streckte seine Hand aus. „Harry Carnegie."

„Tinsley Chang."

Harry hob die Augenbrauen. „Chang?"

Sie grinste, hatte die Frage offensichtlich erwartet. „Mein Stiefvater ist Chinese. Und viel netter als mein wirklicher Vater, weshalb ich den Namen angenommen habe, als meine Mutter erneut geheiratet hat."

„Das ist cool. Ich weiß wie es ist, einen bestimmten Namen zu tragen." Er deutete vage in den Raum und fügte eilig hinzu: „Nicht, dass ich meine Familie nicht liebe, denn das tue ich." Traurigkeit umhüllte ihn und Tinsley trat auf ihn zu und legte ihre Hand auf seinen Arm.

„Es tut mir leid, Harry, wegen Richard, wegen all dem. Ich habe ihn in den letzten Jahren recht gut kennengelernt; Lila und ich haben in derselben Bar gearbeitet und Charlie und ich haben uns oft mit ihnen verabredet."

Ein Blitz der Enttäuschung jagte durch ihn. „Oh, also du und die Bulldogge?"

Sie lachte. „Nicht mehr, nein, aber zum Glück sind wir Freunde geblieben."

Harry nickte, seine Gedanken wirbelten durcheinander. Sie war ganz schön betörend, aber eine Komplikation, die er im Moment wirklich nicht brauchte. Wenn er nicht dringend gebraucht wurde, wollte er zurück nach Australien und zurück in sein Leben. Sein Schifffahrtsgeschäft war jetzt riesig, aufgebaut aus einem kleinen Export- und Importunternehmen, das er mit etwas Kapital von seinem Vater begonnen hatte und es hatte ihn in weniger als zwei Jahren zum Milliardär gemacht. Er wusste, dass sein Vater, dem er am nächsten stand, stolz auf ihn war, aber in sich selbst verspürte er Unzufriedenheit mit seinem Leben. Er wollte mit seinen eigenen Händen etwas aufbauen, etwas Greifbares schaffen. Er wollte Boote bauen, schöne maßgeschneiderte, handgefertigte Segelboote für leidenschaftliche Segler wie ihn selbst. Er wusste einfach nicht, wie seine Familie reagieren würde, wenn der CEO der erfolgreichsten Reederei der Welt alles für eine Lehrstelle als Schiffbauer aufgeben würde.

Also ... Tinsley Chang, so bezaubernd sie auch sein mochte, war ein No-Go. *Wirklich. Ernsthaft. Da darfst du nicht einmal drüber nachdenken, Mann. Und noch was, du kannst definitiv nicht auf der Beerdigung deines Bruders eine Frau um eine Verabredung bitten, Blödmann ...*

Er seufzte. „Hören Sie, ich muss jetzt los, aber es war toll, Sie kennenzulernen."

Tinsley nickte und zeigte kein Anzeichen der Enttäuschung oder Beleidigung. „Hat mich auch gefreut, Harry. Hey, wenn du die Chance hast, dann komm doch bei der Bar vorbei und ich spendiere dir ein Abschiedsgetränk, bevor du wieder nach Melbs gehst." Sie reichte ihm eine Visitenkarte und er nahm sie lächelnd.

„Das werde ich, danke."

Tinsley verschwand wieder in der Menge und er sah ihr hinterher, wobei er sich traurig und doch plötzlich optimistischer fühlte. Diese Heimreise könnte anders verlaufen, als er geplant hatte. Es könnte der Moment sein, in dem er sich endlich von den Erwartungen seiner Familie löste und ihnen erzählte, was er wirklich für sein Leben wollte.

25

NEW YORK CITY

D ie Beerdigung war jetzt eine Woche her und Lila war gerade fertig, die Wohnung leerzuräumen. Die Carnegies hatten darauf bestanden, dass sie mit der Wohnung tun und lassen konnte, was sie wollte; sie gehörte ihr. Also beschloss sie sie zu verkaufen, etwas Kleineres in der Stadt zu finden, das Geld irgendwo in eine Anleihe zu stecken, um Zinsen zu sammeln. Natürlich war es nicht so, dass sie sich jemals wieder um Geld sorgen müsste; Richard hatte ihr sein Vermögen, seine Grundstücke, seine Autos, seine persönlichen Gegenstände hinterlassen. Nur sein Treuhandfonds und sein Sitz im Vorstand von Carnegies Industrie gingen an seine Familie zurück, der Treuhandfonds wurde zwischen Cora und Harry aufgeteilt.

Lila hatte Delphine gebeten, zu kommen und sich alles von Rich auszusuchen, was sie wollte, bevor Lila alles einlagerte. „Ich habe auf keine Fall einen höheren Anspruch auf irgendetwas als du", sagte sie zu ihr und Delphine gab widerwillig nach.

Nun hallte die leere Wohnung vor Traurigkeit, und Lila spürte das Loch, das Richard hinterlassen hatte. Gott, sie waren am Anfang so verliebt gewesen, so sicher, dass sie zusammengehörten. Ein Teil von Lila wünschte sich, sie hätten sich nicht dazu durchgerungen, die

Beziehung zu beenden, als sie das letzte Mal zusammen gewesen waren, dass Richard mit der Gewissheit gestorben wäre, dass er von ihr geliebt wurde. Was er natürlich wurde; sie liebten sich – aber es war nicht genug gewesen.

Und dann war da noch Noah ...

Lila setzte sich auf den Boden inmitten der Kisten und ihr ganzer Körper tat weh. Sie hatte sich zu sehr unter Druck gesetzt; es war nur ein paar Monate her, dass jemand auf sie eingestochen hatte. Obwohl sie sich bemerkenswert schnell erholt hatte (zum Teil auch dank Noah), tat ihr Körper heute Abend weh – sehr. Sie legte sich auf den Boden und starrte an die Decke. Sie hatte eine Ein-Zimmer-Wohnung außerhalb der Stadt gemietet, und morgen würde sie die letzten Dinge hinschaffen und von vorne anfangen.

Doch ... sie wollte nicht mehr hier sein, in New York. Sie wollte Berge und Orca und die Space Needle. Sie wollte nach Hause gehen und ihr Leben dort neu beginnen ...

Und dann war da noch Noah ...

„Du schon wieder", flüsterte sie, schloss die Augen und erinnerte sich an seine hohe, breite Gestalt, an jene seegrünen Augen, die vor Schabernack funkelten. Sie erinnerte sich an das Gefühl seiner Haut auf ihrer. Zunächst nur rein professionell. Als sie sich das erste Mal gesehen hatten, hatte er sie untersucht, seine Fingerspitzen federleicht auf ihrer Wirbelsäule, dann waren sie nach unten gewandert und er hatte eine Routineprüfung ihres Bauches, ihrer Verletzungen durchgeführt. Der Blick in seine Augen, als er das Ausmaß der Stichwunden gesehen hatte – nicht Mitleid – nicht Wut, sondern Mitgefühl und Empathie.

Erst jetzt konnte Lila sich eingestehen, dass sie vom ersten Tag an danach süchtig gewesen war. Als sie gemeinsam ihre Rehabilitation durchlaufen hatten, wurde sie immer aufgeregter, wenn sie wusste, dass sie ihn sehen würde.

Als er anfing auch nach Feierabend nach ihr zu sehen, wusste sie, dass sie nicht die Einzige war, die es fühlte. Sie saßen und sprachen über ihr Leben, über alles. Sie wusste, dass er neununddreißig war, vom Geld (er hatte seine Augen gerollt, als er ihr das gesagt hatte) und dass er seine Arbeit liebte. Sie hatten über dieselben Dinge gelacht und gescherzt, und jede Nacht kam er ihrem Bett auf seinem Stuhl näher.

An jenem letzten Tag war sie aufgewacht, wohl wissend, dass sie ihn zum letzten Mal beruflich sehen würde, und Lila wusste mit jeder Faser ihres Seins, dass sie etwas tun musste ... irgendetwas. Sie hatte nicht mit dem leidenschaftlichen Liebesspiel auf dem Boden des Reha-Raums gerechnet; mit seinen sanften, aber festen Berührungen, der Art und Weise, wie er ihren Körper streichelte, wie er sie ansah. Sie konnte sich an jede Sekunde erinnern, die sein riesiger, steinharter Schwanz in sie stieß, und dass sie nicht wollte, dass es jemals zu Ende ging, es immer wieder wollte. Seine Küsse, seinen Mund auf ihrem. Himmel ...

Lila rollte sich auf die Seite und stöhnte leise. Noah ... Seattle ... so viel Versuchung. Hör auf. Steh auf, hol dir etwas zu essen und leg dich schlafen. „Okay", sagte sie laut, rollte sich herum und stand auf.

In dem Moment schoss ein brennender, weißglühender Schmerz durch ihren Bauch und sie keuchte und krümmte sich. Überwältigende Übelkeit überkam sie und sie schaffte es gerade noch rechtzeitig ins Badezimmer, bevor sie sich übergab. Sie erbrach sich, bis ihr Magen leer war, und setzte sich dann auf den Wannenrand, um sich zu erholen, atmete tief durch und versuchte, die Übelkeit zu unterdrücken. Jesus ... sie hatte es zu weit getrieben.

Sie drehte sich um und stellte das heiße Wasser an. Ein heißes Bad wäre perfekt, dann würde sie vielleicht etwas chinesisches Essen bestellen und ... oh-oh ... *großer Fehler*. Sie beugte sich über die Toilette und würgte für ein paar schmerzhafte Momente trocken. Während sich die Badewanne füllte, putzte sie ihre Zähne, stieß leise auf und versuchte, durch ihre Nase zu atmen. Bald versank sie dankbar in der Wanne und ließ das warme Wasser ihren müden Körper beruhigen und fühlte, wie sie anfing zu treiben. Sie streckte die Hand aus, nahm ein Badetuch, rollte es auf und legte ihren Kopf darauf. So müde, so warm ...

Sie erwachte ruckartig. Das Wasser war eiskalt, aber das war es nicht, was sie aufgeweckt hatte. Es war die Tatsache, dass sie etwas spürte, sogar etwas hörte.

Jemand war bei ihr in der Wohnung.

Großer Fehler, mein Liebling, das Sicherheitsteam für die Nacht nach Hause zu schicken. Ich habe gehört, wie du ihnen mit deiner süßen, aber festen Stimme gesagt hast, dass du ihren Schutz nicht mehr benötigst.

Aber du hast dich geirrt.

Dein herrliche Körper liegt in der Badewanne, deine goldene Haut, deine dunklen Haare, die du auf dem Kopf zusammengenommen hast, die dunklen Kreise unter deinen Augen. Die Art und Weise, wie deine dichten, schwarzen Wimpern auf deiner Wange ruhen. Deine Brüste ... ich möchte sie berühren und sie streicheln, aber nein ... ich halte mich zurück. Ich beobachte wie dein Bauch sich leise hebt und senkt, während du atmest; bewundere die Narben, die mein Messer an diesem Tag auf dir hinterlassen hat. Ich stelle mir vor, zurück in deine Küche zu gehen, ein Messer zu nehmen und zurückzukommen, um es wieder in dein Zentrum zu jagen, zu beobachten wie sich der Schock auf deinem Gesicht ausbreitet, wie dein Blut in die Wanne läuft. Und wenn sie dich finden, bist du tot.

Aber nicht heute Abend, meine Liebe. Heute Abend erlaube ich dir zu leben. Heute Abend kannst du noch von kommenden Tagen träumen, von Wochen, Monaten, Jahren, in denen du Pläne schmieden wirst, Pläne, die nie durchgeführt werden.

Denn, meine schöne Lila, ich komme wieder ... und wenn ich es tue, wirst du um den Tod betteln, bevor ich mit dir fertig bin. Die Schrecken, die ich auf diesem perfekten Körper hinterlassen werde, bevor ich dein Leben nehme ...

... sie werden der Stoff sein, aus dem Legenden gemacht sind.

26

SEATTLE

Noah Applebaum hatte einen schlechten Tag. Einen *wirklich* schlechten Tag. Zuerst war ein sehr geschätzter Patient unerwartet auf seinem Tisch gestorben, dann hatte später ein Kollege, ein guter Freund, gekündigt und allen gesagt, dass er mehr Zeit zu Hause mit seiner Familie verbringen wolle.

„Blödsinn, Billy", hatte Noah wütend zu ihm gesagt: „Die haben dich vertrieben."

Bill Nordstrom seufzte traurig. „Noah, wenn du in mein Alter kommst, merkst du – ältere Menschen sind abgeschrieben. Sie machen sich Sorgen um ihre Haftung. Wenn ich einen Fehler mache und ein Patient stirbt ..."

„Das bringt es mit sich, wenn man Arzt ist", schüttelte Noah den Kopf. „Sie sind verdammte Feiglinge, das ist alles."

Bill, der gerade seinen siebzigsten Geburtstag gefeiert hatte, lächelte Noah an und seine klugen alten Augen legten sich an den Rändern in Falten. „Junge, ich habe es gesehen und habe alles erlebt. Es ist an der Zeit."

Scheiß auf die Führungsetage. Noah war deshalb den ganzen Tag lang wütend gewesen, seine gewohnte gute Laune war nicht vorhanden. *Das war nicht das Einzige, was fehlte. Lila.* Gott, er vermisste sie, als ob ihm eine Gliedmaße fehlte. Er wollte sie sehen, sie berühren, sie festhalten, sicherstellen, dass sie in Ordnung war, in Sicherheit war. Er war schockiert über Richard Carnegies Ermordung, wollte auf sie zugehen, aber er wusste nicht, ob sie das wollte, ob es angemessen wäre, wenn man bedachte, was zwischen Lila und ihm geschehen war.

Dieser Tag war geprägt von seinen Erinnerungen, dem Gefühl ihrer weichen Haut, ihren Lippen und der samtigen Wärme ihrer Muschi ... ihren violetten Augen, die ihn anstrahlten. Was sie getan hatten ... war so unprofessionell gewesen, so falsch angesichts ihrer Situation und ihrer Gesundheit ... und doch hatte es sich so richtig angefühlt. In dem Moment, als sein Schwanz in sie geglitten war, hatte er gewusst, dass er verloren war. Sie hatte ihm für einen so kurzen Moment gehört, aber sein Herz war für immer bei ihr.

Sie zu vermissen war ein weiterer Grund, warum Noah in einer üblen Stimmung nach Hause fuhr. Als er Lauren, seine Exfreundin von vor fünf Jahren, in ihrem Cabrio vor seiner Wohnung parken sah, war er kurz davor zu explodieren.

„Was machst du hier?", sagte er kurz angebunden, in der Hoffnung, dass sie den Hinweis verstehen würde.

Doch das tat sie nicht. „Ich bin gerade an einigen unserer alten Lieblingsplätzen vorbeigefahren und dabei nostalgisch geworden", sagte sie mit einem sinnlichen Lächeln. Noah war nicht beeindruckt.

„Lauren, das ist kein guter Zeitpunkt."

Er ging zu seiner Haustür – und sie folgte ihm. „Komm schon, NoNo; lade mich auf einen Drink ein."

Ugh. Er hatte diesen verdammten Spitznamen vergessen – wer nennt einen eins fünfundneunzig großen vierzigjährigen Mann ‚NoNo'?

Mann, du bist wirklich mies drauf ... beruhige dich. Noah seufzte. „Okay, einen Drink. Ich bin wirklich müde, Lauren." Bitte Gott, lass nicht zu, dass sie sich ‚LoLo' nennt – es war heute nicht in der Laune, dass sie heute Abend ‚NoNo und LoLo' waren. Plötzlich fand er seinen Humor wieder. Als er das Haus betrat, hatte er das Bedürfnis mit Lila zu sprechen, ihr von den schrecklichen Kosenamen zu erzählen, die Lauren ihnen gegeben hatte. Lila würde es urkomisch finden.

Lauren sah sein Lächeln und wurde mutiger. „Es ist zu lange her, Noah."

Noah goss beiden einen Drink ein. „Tequila ist alles, was ich habe. Keine Limonen, tut mir leid."

„Es spielt keine Rolle. Wie geht es dir?"

Noah holte tief Luft. „Gut, schau, ich will nicht unhöflich sein, aber –"

„Warum ich hier bin?"

Er nickte und gab dann nach. „Nicht, dass es nicht schön ist, dich zu sehen."

Lauren lehnte sich zurück und lächelte. „Ich bin wirklich gerade an einigen Orten vorbeigefahren, an denen wir uns früher oft aufgehalten haben, wo wir gute Zeiten hatten. Erinnerst du dich, dass wir deinen Hund immer am Gaswerk spazieren geführt haben? Sonntagnachmittag. Wir haben uns einen riesigen Topf voll Pasta gemacht, wenn wir nach Hause kamen und haben uns vor den Fernseher gesetzt. für den Rest des Tages. Das vermisse ich."

Noah setzte sich ihr gegenüber. „Ja, das waren die guten Tage. Aber, Lauren, die schlechten waren schnell in der Überzahl gewesen."

Laurens Lächeln verblasste. „Und ich weiß, dass ich daran schuld bin, Noah. Ich war jung und gierig und dumm, und ich entschuldige mich dafür. Ich war zu dumm, um über deine Familie und deinen Reichtum hinaus zu sehen." Sie lehnte sich nach vorne, ihr hübsches Gesicht war jetzt ernst. „Aber Noah ... ich habe mich so sehr verändert, dass du mich wahrscheinlich nicht wiedererkennen würdest. Ich verdiene mein eigenes Geld, bin völlig unabhängig und ich möchte, dass du weißt ... dass ich es noch einmal versuchen möchte."

Noah öffnete seinen Mund, um zu protestieren, aber sie schnitt ihm mit bebender Stimme das Wort ab. „Bitte lass mich einfach ausreden."

Noah nickte ihr knapp zu und sie lächelte dankbar. „Noah, diese letzten fünf Jahre ohne dich waren einsam. Ja, ich habe mich mit anderen Leuten getroffen, aber niemanden gefunden, mit dem mich so viel verbindet wie mit dir. Bitte, Noah, denkst du wenigstens darüber nach?"

Noah seufzte. „Lauren ... es ist nicht so einfach."

Sie studierte ihn. „Gibt es noch jemanden?"

Ja, ja, Gott, ja. „Es ist kompliziert."

Laurens Hände zitterten. „Ich verstehe. Gut ... Es tut mir leid, dich belästigt zu haben."

Noah hatte Mitleid mit ihr. „Lauren, schau, wenn es nicht –"

„Bitte sprich nicht aus, was immer du sagen willst", schnitt Lauren ihm das Wort ab und stand auf. „Ich will dein Mitleid nicht, Noah. Ich kam, um dir meine Gedanken mitzuteilen, und das habe ich getan. Es tut mir leid, dich belästigt zu haben."

Er brachte sie zur Tür und als er sie öffnete, berührte sie seinen Arm. „Ich hoffe, sie weiß, wie viel Glück sie hat."

Noah spürte die Traurigkeit, die sich in ihm ausbreitete. „Ich bin es, der sich so fühlen sollte. Es tut mir leid, Lauren, für all das, aber ich kann im Moment einfach nicht an etwas anderes als sie denken."

Lauren nickte und küsste ihn plötzlich auf den Mund. „Auf Wiedersehen, Noah. Ich werde dich nie vergessen."

NOAH SCHLOSS die Tür hinter ihr, pustete seine Wangen auf und löste die Spannung. Wenn Laurens Besuch etwas bewirkt hatte, dann die Tatsache, dass er nicht weitermachen konnte. Er wollte Lila so sehr, dass es ihm körperliche Schmerzen bereitete, wenn er an sie dachte. Scheiß drauf, dachte er, flieg einfach nach New York, finde sie und finde heraus, was sein könnte.

Eine Stunde später war er im Flugzeug zum Big Apple.

27

MANHATTAN

Harry Carnegie, der nicht dafür bekannt war, nervös zu werden, war es jetzt. Er saß bei seinem Vater Richard Carnegie Senior und wartete, wie der ältere Mann auf das, was er ihm gerade gesagt hatte, reagieren würde. Richard Sr. starrte aus dem Fenster. Harry bemerkte, wie sehr sein Vater im letzten Jahr gealtert war, wie ruhig und leise er geworden war. Sie unterhielten sich jeden zweiten Tag über Skype, wenn Harry wieder in Australien war, und obwohl Richard Sr. nie ein überschwänglicher Mann gewesen war, genoss er es, mit seinem Sohn zu scherzen, während sie sprachen. Nun aber waren seine Augen ausdruckslos, seine Haltung drückte Niederlage aus.

„Papa?" Das Warten brachte Harry um. Richard Sr. blinzelte, als würde er sich daran erinnere, dass sein Sohn in seinem Büro war.

„Harrison ... Du musst tun, was du in diesem Leben liebst. Wünsche ich mir, dass du es lieben würdest, das von dir aufgebaute Geschäft zu führen? Natürlich, aber seien wir einmal realistisch, wer liebt das schon? Es ist deine Entscheidung, Sohn. Es ist nicht so, dass du das Unternehmen loswerden musst – du musst lediglich ein paar gute Manager einstellen."

„Das ist es ja gerade, Papa. Ich will das Unternehmen nicht; ich will mich damit nicht belasten müssen. Wir könnten es für ... ein paar ... Milliarden verkaufen. Ich möchte einfach von vorne anfangen, Boote bauen und in meinem Alltag freier sein."

Richard Sr. rieb sich das Kinn. „Harry, ich meine, was ich sage. Es ist deine Entscheidung – du bist ein junger Mann, dem alle Wege offen stehen. Tu es, probiere es aus. Solange du glücklich bist, bin ich glücklich." Plötzlich schenkte er seinem Sohn ein verschmitztes Lächeln. „Ich wäre noch glücklicher, wenn du dich entschließen würdest, deine Boote hier zu bauen."

Harry rutschte unruhig hin und her. „Papa ..."

Richard hielt seine Hände hoch. „Oh, ich weiß, ich weiß. Du bist jetzt Australier. Wir vermissen dich einfach, das ist alles."

HARRY VERLIEß das Büro seines Vaters und beschloss, durch die Stadt zu schlendern. Melbourne hatte nur die Hälfte der Bevölkerung von New York City; hier waren zu viele Menschen auf zu engem Raum. Harry hatte immer das Gefühl, dass er nicht atmen konnte, wenn er hier war.

Er schob seine Hände in seine Hosentaschen und spürte, wie er sich in den Finger schnitt. „Verdammt ..." Er zog das Objekt heraus. Eine Visitenkarte. Die Karte, die Tinsley Chang ihm gegeben hatte. Harry saugte an seinem Finger, um das Blut loszuwerden, und starrte auf die Karte. Die Bar war nur ein paar Blocks von hier ...

Die Entscheidung fiel, er drehte sich um und ging in das Village.

„Tins, hilf mir hier raus", grinste Riley Kinsayle die blonde Barfrau an. „Charlie möchte, dass ich glaube, dass der Grund, warum ihr zwei euch getrennt habt, sein übergroßes ... Engagement für die Arbeit ist."

Charlie, der neben seinem Partner saß, grinste seine Exfreundin an. „Ignoriere ihn; er hat die Mentalität eines Vierjährigen."

Tinsley lachte, trocknete Gläser und stapelte sie ordentlich hinter der Bar. „Riley, ich sage dir die Wahrheit ... es lag lediglich daran, dass sein Schwanz zu verdammt groß für mich war." Sie zwinkerte Charlie zu, der ein Glas hob.

„Das ist mein Mädchen."

Riley kicherte und seufzte dann. „Wenigstens hast du etwas Action. Ich kann mich nicht einmal daran erinnern, als ich das letzte Mal flachgelegt wurde."

„Wahrscheinlich, weil du immer darüber sprichst und nichts dafür tust", murmelte Charlie und rollte die Augen.

Tinsley kicherte, dann verblasste ihr Lächeln. „Seid ihr Jungs schon näher dran, herauszufinden, wer versucht hat, Lila zu töten? Denn wenn es nicht Richard war ..."

Riley schüttelte nüchtern den Kopf und Charlie sah mürrisch aus. „Nein und es treibt mich in den Wahnsinn. Sie treibt mich auch in den Wahnsinn. Sie will nicht glauben, dass es Richard Carnegie war, aber gleichzeitig will sie keinen zusätzlichen Schutz. Sie hat Carnegies Sicherheitsteam entlassen, wusstest du das?"

„Und ihr habt Angst, dass jemand zu ihr kommt?"

Charlie seufzte. „Schau mal, im Ernst. Ich glaube immer noch, dass es Carnegie war. Ich denke, er wusste, dass ihre Beziehung nicht einfach war, dass seine Familie Lila liebte, dass der einzige Ausweg, bei dem er nicht wie der Bösewicht aussah, war, wenn sie von einem Stalker ermordet wurde. Er hat dieses Messer vielleicht nicht selbst geführt, aber ich verwette mein Leben, dass er wusste, wer es tun würde."

„Und ihr habt Beweise dafür, Detective?"

Alle drei zuckten bei der Stimme hinter ihnen zusammen. Harrison Carnegie starrte sie mit unfreundlichen Augen an. „Mein Bruder ist tot. Seine Verlobte glaubt nicht im Leisesten daran, dass er ihr das antun würde, und sie hat Recht. Richard war nicht fähig, so eine Gewalttat zu begehen und eine unschuldige Frau vierzehn Mal in den Bauch zu stechen. Er war nicht fähig zu Gewalt, Punkt."

Harrys Augen trafen für den Bruchteil einer Sekunde auf Tinsleys, dann drehte er sich um und ging hinaus. Die drei waren für eine Moment wie erstarrt, dann schoss Tinsley hinter der Bar hervor und jagte Harry hinterher.

. . .

DRAUßEN SCHAUTE sie sich hastig um und sah ihn, wie er schnell die Straße hinunterging.

„Harry! Warte!"

Er blieb nicht stehen und sie raste hinter ihm her. Er war bereits an der Ecke, als sie seinen Arm packte. „Harry, bitte, warte, wir haben das nicht so gemeint. Wir machen uns nur Sorgen um Lila, das ist alles."

Harry blieb stehen und sie nahm ihre Hand von seinem Arm. Er blickte auf sie herab, seine Augen voller Zweifel. „Er war mein Bruder, weißt du?"

Tinsley nickte. „Ich weiß, und ich bin auf Lilas Seite. Ich kenne Richard lange genug, um zu wissen, dass er ein guter Kerl war. Wenn er sich von ihr hätte lösen wollen, hätte er es getan. Das war ein anderer Wahnsinniger." Sie lächelte schmal. „Lila neigt dazu, sie anzuziehen. Es ist ihr Gesicht und Körper, es macht die Männer wild."

Harry lächelte leise. „Sie ist eine Schönheit, schon klar, aber das bist du auch."

„Süßholzraspler."

Harry gab dann ein lautes, echtes Lachen von sich. „Stimmt. Schau, es tut mir leid, dass ich den falschen Eindruck hatte; ich dachte nur, ihr würdet schlecht über meinen Bruder reden."

Tinsley wurde verlegen und entschloss sich dann, dass die Wahrheit der beste Weg war. „Ganz ehrlich ... ich glaube, Charlie hatte immer ein Problem mit Richard. Charlie und Lila sind zusammen aufgewachsen, sie beschützen sich wie Geschwister, und sie kämpfen wie Geschwister. Sie waren Straßenkinder, weißt du? Charlie kann man nicht mit Reichtum beeindrucken. Ich glaube, er war der Meinung, dass Richard dachte, er könnte Lila kaufen."

„Noch einmal, Rich –"

„Oh, ich weiß. Richard bewies sich immer und immer wieder, aber, hey ... Charlie ist für Lila verantwortlich – zumindest denkt er so."

Harry nickte. „Verstehe." Er seufzte, schaute sich auf den belebten Straßen um. „Schaue, ich möchte nicht wirklich zurück in diese Bar, aber was hältst du davon, wenn wir uns heute Abend woanders auf einen Drink treffen?"

Tinsley lächelte. „Das klingt großartig; ich hatte gehofft, dass du vorbeischauen würdest. Ich denke, das bedeutet, dass du bald nach Melbourne zurückgehst?"

HARRY BLICKTE SIE AN, ihre hellen, blauen Augen waren so freundlich und warm, ein sanfter Rosaton lag auf ihren Wangen, ihre Haare waren von der Arbeit ganz zerzaust. Etwas verschob sich in ihm und er lächelte sie an. Vorsichtig streichelte er ihre Wange – nur eine winzige Bewegung, aber ihre Blicke waren ineinander verhakt.

„Bald, aber noch nicht jetzt. Ich würde dich gerne sehen ... was hältst du von acht Uhr bei Monas?"

Tinsley grinste breit und Harry fühlte seinen Schwanz zucken, geweckt von ihrem Liebreiz. Er konnte sich vorstellen, sie in seine Arme zu nehmen, ihr schlanker Körper an ihn geschmiegt, ihre kleinen Brüste an seine Brust gepresst ...

„Ich werde da sein ... doch jetzt muss ich zurück oder Riley wird die ganzen Trinkgelder einstecken. Wir sehen uns heute Abend."

Sie winkt und eilte davon, entfernte sich schnell von ihm und verschwand in der Menge.

Du darfst dich nicht verlieben, sagte sich Harry, *es ist ein Alptraum, der nur darauf wartet, wahr zu werden.*

Aber als er zurück zu seinem Hotel ging, hatte er ein breites Lächeln auf seinem Gesicht.

Lila saß auf dem Rand der Badewanne in ihrer neuen Wohnung und schloss die Augen. Sie zählte drei Minuten in Sekunden und vermied es akribisch, an etwas anderes als an die Sekunden zu denken, die vorbeitickten. Sie durfte definitiv nicht darüber nachdenken, was ihr eventuell bevorstand; die Tage und Wochen, in denen es ihr schlecht sein würde und die ganze Qual. Auf keinen Fall darüber nachdenken, was sie tun würde. Und vor allem nicht darüber nachdenken, was es für jede einzelne Beziehung in ihrem Leben bedeuten könnte.

Einhundertachtzig Sekunden. Fertig. Sie öffnete die Augen und blickte auf den kleinen Plastikstab, der auf ihrem Badezimmerschrank lag.

Oh, Scheiße. Oh *Scheiße*.

Noah war seit zwei Tagen in New York und hatte sie nicht gefunden. Wenn er ehrlich war, wusste er nicht einmal, wo er anfangen sollte, nach ihr zu suchen. Nun, das stimmte nicht wirklich; es gab einen Weg, aber er würde jede andere Option ausschöpfen, bevor er mit Charlie Sherman Kontakt aufnahm. Obwohl er den Mann nur flüchtig kannte, brachte seine Position als großer Bruder Noah dazu, sich nur zögerlich an ihn zu wenden. Was würde er sagen? *Oh, hey Mann, ich will einfach nur nach einer früheren Patientin schauen …* Sherman würde das sofort durchschauen und alarmiert sein. Nein, es muss einen anderen Weg geben.

Noah hatte hier ein paar Freunde, einige davon waren mit seiner Familie verbunden. Vielleicht hatte einer von ihnen gute Beziehungen zu den Carnegies? Jetzt kommen wir der Sache näher, sagte er sich selbst. „Lass uns das tun."

Nun, da Lila nur ein paar Blocks von der Bar entfernt wohnte, konnte Tinsley nach der Arbeit zu ihr gehen und ihre Freundin besuchen. Sie übergab jetzt an Mikey und holte ihre Tasche aus dem Hinterzimmer.

„Ich geh Lila besuchen", flötete sie.

„Bestell ihr liebe Grüße", rief Mikey zurück und Tinsley grinste. Sie waren ihre kleine Familie weg von zu Hause. Als Lila niedergestochen worden war, war Tinsley entsetzt gewesen und sie besuchte Lila fast so oft wie die Carnegie-Familie. Sie waren so eine warmherzige Familie, und sie fühlte sich sofort wohl bei ihnen. Und jetzt gab es da noch Harry Carnegie …

Nur Freunde, sagte sie sich. *Nur zwei Aussies, die ausgehen, um über ihre Heimat zu plaudern.* Ja, Harry war nicht wirklich ein Aussie, sondern erst fünfzehn Jahre im Land – doch sie war der Meinung, dass das reichte. Und es hatte wirklich nichts mit seinen warmen braunen Augen, seinen breiten Schultern und diesen großen, sanften Händen zu tun. *Nein, nichts.*

Als sie zu Lilas Haus kam, fuhr sie mit dem Aufzug in den dritten Stock und machte sich auf den Weg zu Lilas Wohnung. Sie hatte eine Flasche Tequila bei sich, die Mikey ihr gegeben hatte, und sie trug ein breites Lächeln, als Lila die Tür öffnete, das verblasste, als sie Tränen in Lilas Augen sah.

„Hey, hey, Liebes, was ist denn los?"

Lila fing an zu schluchzen und Tinsley konnte kein Wort von dem verstehen, was sie sagte. Sie schlang ihre Arme um Lila und trat die Tür hinter sich zu. Sie lenkte Lila auf die Couch und ließ sie sich ausweinen.

„Sch, sch, sag mir einfach, was los ist."

Lila, ihr Gesicht von salzigen Tränen ganz nass, sah sie mit verzweifelten, hoffnungslosen Augen an. „Oh Gott, Tinsley ... Ich habe alles vermasselt. Ich habe alles so richtig vermasselt und ich weiß nicht, was ich tun soll ..."

Während sie weinte, umarmte Tinsley sie fest und ihr eigenes Herz klopfte heftig. Was auch immer es war, es hatte Lila zu Tode erschreckt und Tinsley fragte sich, ob es etwas war, von dem sie sich erholen konnte, oder ob ihre Freundin wirklich in Schwierigkeiten steckte ...

„Dr. Applebaum?"

Noah drehte sich um und sah einen winzigen Rotschopf, der ihn ansah. Cora Carnegie. Er lächelte. „Hallo Cora, wie schön dich zu sehen."

Sein Gesicht blieb ausdruckslos, aber im Inneren begann sein Herz erwartungsvoll zu schlagen. Was wäre, wenn auch Lila hier wäre? Er hatte sich schlecht gefühlt, als er sich bei den ältesten Freunden seiner Eltern in letzter Minute zum Brunch eingeladen hatte, aber sie hatten ihn herzlich willkommen geheißen, ihn mit

Fragen über Applebaum Senior gequält, und das Essen war unglaublich gewesen – Unmengen an frisch gebackenem Gebäck, frisches Obst, Rührei mit Trüffeln, die großzügig darüber verstreut waren. Noah hatte gerade angefangen das Treffen zu genießen und abzuschalten, doch jetzt stand Cora Carnegie vor ihm. Sie war noch dünner, als er sie in Erinnerung hatte, die Haut war straff über ihr Gesicht gespannt, ihre Augen eingesunken. Noahs empfand Mitleid mit der jungen Frau. „Es tut mir so leid, von deinem Bruder zu hören", sagte er in einem sanften Ton. „Ich kann mir nicht vorstellen, wie das für dich sein muss. Wie geht es deiner Mutter – und Lila?"

Er hoffte, dass seine Frage nicht zu drängend klang, aber Cora bemerkte seine Verzweiflung nicht. „Mama ist okay, schafft es irgendwie. Sie ist hier, irgendwo, ich weiß, sie würde dich gerne sehen. Was machst du in New York?"

Wo ist Lila? Wo ist Lila? „Ich bin nur für ein paar Tage hier, um alte Freunde zu besuchen", sagte er und nickte zu seinen Gastgebern. „Die besten Freunde meiner Eltern. Hast du schon gegessen?" Er hielt sich davon ab, ihr zu sagen, dass sie es tun sollte, aber sie nickte.

„Wie ein Pferd." Sie lächelte plötzlich. „Ich kenne euch Ärzte – aber keine Sorge, das", sie deutete auf ihren schlanken Körper, „ist nur Stress. Es passiert immer, wenn etwas Schreckliches geschieht. Ich kann einfach nicht mein Gewicht halten. Aber ich verspreche dir, dass ich ausreichend esse."

Noah lächelte reuevoll. „Tut mir leid – es geht mich auch nichts an. Apropos Arzt", – Äh, Junge, wirklich? Das ist der beste Übergang, der dir einfällt? – „Wie geht es meiner ehemaligen Patientin? Lila?"

Coras Lächeln verblasste. „Wir wissen es nicht."

Noah runzelte dir Stirn. „Was meinst du damit?" Cora sah aus, als würde sie gleich losweinen und Noah lenkte sie sanft in einen anderen Raum. „Setz dich, Liebes. Hier ist etwas Wasser." Er nahm einen Krug und schenkte ihr ein Glas voll Wasser ein. Sie nippte daran und lächelte ihn dankbar an.

„Es tut mir leid, Dr. Applebaum."

„Ich bin nicht im Dienst, Cora, nenn mich Noah."

„Noah", sagte sie schüchtern und seufzte. „Das ist vor etwa einer

Woche passiert. Ihre Freundin, Tinsley ... kennst du sie?" Noah schüttelte den Kopf, sein Herz schlug schneller in wachsender Panik.

„Nun, Tinsley hat sie besucht und Lila weinte und redete darüber, dass sie etwas habe und dass es wirklich schlimm sei und sie nicht wisse, was sie tun soll. Tinsley versuchte, mit ihr zu sprechen, herauszufinden, was los war, aber Lila wollte es nicht sagen, sagte lediglich, sie hätte alles entsetzlich vermasselt."

Noahs Herz sprang fast aus seiner Brust. „Was ist als nächstes passiert?"

Cora lehnte sich nach vorn und schlang ihre Arme um sich, als ob ihr Magen weh tun würde. „Tinsley sagte, dass Lila plötzlich ganz still geworden sei – ich meine, viel zu still – und wie traurig sie gewesen war. Sagte Tinsley, sie liebte sie, aber sie müsse jetzt allein sein. Also ist Tinsley gegangen – oh, sie hatte eine Verabredung mit meinem Bruder, aber das ist eine andere Geschichte – und am nächsten Tag sind Mama und ich zu Lila gegangen – und die Wohnung war leer. Ich meine richtig leer. Sie hatte den Hausmeister gebeten, uns hereinzulassen, wenn wir kommen wollten, und wir fanden eine Notiz."

Das war nicht gut. „Was stand darin?"

Cora zögerte und griff dann nach ihrer Tasche. „Lies es. Ich muss es immer wieder lesen." Sie überreichte ihm einen Brief. Die Worte waren auf schweres Briefpapier geschrieben, offensichtlich teures Papier, und Noah sah bewundernd auf Lilas schöne Handschrift.

Liebe ... Alle,

Es tut mir so leid, aber mir fällt nichts anderes ein, als wegzugehen. Von New York, von euch allen. Seid gewiss, dass ich euch alle liebe, so sehr und ich werde für immer dankbar sein für eure Liebe und eure Großzügigkeit.

Ich habe etwas getan, was ich nicht rückgängig machen kann. Bitte macht euch keine Sorgen, es ist nicht illegal oder lebensbedrohlich, aber ich

muss es allein tun. Vielleicht werde ich eines Tages mutig genug sein, es
euch zu sagen.

BITTE VERSUCHT NICHT, *mich zu finden.*

ICH LIEBE *euch alle*

Lila

NOAH LAS DEN BRIEF DREIMAL. „Es gab einen separaten Brief für
Charlie, aber er war in einem versiegelten Umschlag. Er hat uns
nicht gesagt, was darin stand."

Natürlich nicht. Nicht zum ersten Mal fühlte sich Noah von
Charlie Sherman irritiert. Doch auf der anderen Seite ... Charlie
kannte Lila schon viel, viel länger als er – und wie gut kannte er,
Noah, Lila überhaupt? *Ein einziger Fick macht dich nicht zu einem
Seelenverwandten.* Aber was er für sie empfand ...

„Noah? Du siehst verärgert aus?"

Scheiße. Er lächelte Cora an. „Ich mache mir nur Sorgen. Es ist
nur ein paar Monate her, dass sie niedergestochen wurde; sie sollte
nicht allein sein. Wenn es Komplikationen gibt ..." Er verstummte,
erkannte, dass er Coras Angst damit nicht besser machte. „Schau, sie
ist eine Erwachsene, ich bin sicher, dass es ihr gut geht. Manchmal
brauchen die Menschen einfach ein wenig Abstand. Hoffen wir, dass
das alles ist."

Cora nickte, wieder drohten die Tränen zu fließen. „Dr. ... Noah,
können wir in Kontakt bleiben? Ich fühle mich besser, wenn ich mit
dir spreche; der Rest von uns steht ihr viel zu nahe."

Wenn du wüsstest. Noah nickte. „Natürlich."

. . .

SPÄTER FUHR Noah zu dem Haus, von dem Cora gesagt hatte, das sich Lilas alte Wohnung darin befand, parkte und schaute auf die dunklen Fenster. Wo bist du? Er fühlte sich wie ein Stalker, flog über einen Kontinent für eine Frau, mit der er nur einmal geschlafen hatte. Was mache ich hier? Er startete das Auto und fuhr zurück zu seinem Hotel. Vergiss sie. Du willst dieses Drama nicht.

Doch als er später im Bett lag und an die Decke starrte, konnte er nur an Lila denken. An diesen Tag, in seinem Reha-Studio, als sie klar gemacht hatte, dass sie ihn wollte; damals hatte er keine Zweifel gehabt, dass sie zu lieben alles war, was er wollte. Und das Gefühl ihrer Haut unter seinen Fingerspitzen, die Weichheit ihrer Oberschenkel um seine Taille, als er sich in ihr bewegte ...

„Um Himmels willen!" Er rollte sich auf die Seite und blickte aus dem Fenster in die Nacht. „Wo bist du?"

Versucht nicht, mich zu finden. Nun, Lila, du hast nicht mir diese Notiz geschrieben, deshalb kann ich deine Wünsche ignorieren.

Ich werde dich finden ...

„OKAY. Versuchen wir es noch einmal ... das dritte Mal bringt Glück." Harry grinste Tinsley an, als sie an der kleinen Cocktailbar saßen. Tinsley lachte und schüttelte reumütig den Kopf. Ihr erstes Date – also eine Art von Date – war ein Reinfall gewesen. Nachdem sie bei einer verstörten Lila gewesen war, war Tinsley abgelenkt und bedrückt. Am Ende des Dates hatte er sie nach Hause gefahren und sie hatte sich reichlich entschuldigt.

Ein paar Tage später, unfähig, sie aus dem Kopf zu bekommen, hatte er wieder angerufen und nun stieß er lächelnd mit ihr an.

„Ich verspreche, dieses Mal, keine lästigen Polizistenfreunde dabeizuhaben und nicht wegen Lila auszuflippen", sagte sie.

„Noch nichts von ihr gehört?"

Tinsley schüttelte den Kopf. „Sie will nicht gefunden werden, und das respektiere ich. Ich vermisse sie natürlich, das tun wir alle, aber sie tut, was sie tun muss."

Harry nahm einen Schluck von seinem Bier. „Darf ich ehrlich

sein? Ich bin ein wenig wütend auf sie. Ich glaube nicht, dass sie erkennt, was ihr Verschwinden meiner Familie, besonders Cora, angetan hat. Meine Schwester ist zerbrechlich und sie liebt Lila wie eine Schwester."

Tinsley nickte. „Ich weiß. Lila ist nicht perfekt, in keiner Weise, aber die meiste Zeit ist sie so ausgeglichen, dass man einfach denkt, sie sei immer so. Verurteile sie nicht zu hart; sie ist durch die Hölle gegangen."

Harry seufzte. „Also schön ... warum wechseln wir nichts das Thema? Ich möchte mehr von dir wissen, Tinsley."

Tinsley grinste. „Was willst du wissen?"

„Alles. Familie?"

„Mama, Papa, zwei ältere Brüder namens Tyler und Joseph. Beide sind Nervensägen, aber ich liebe sie abgöttisch." Ihr Lächeln sagte, dass es mehr war als nur abgöttische Liebe. „Sie sind typische Surfertypen; ehrlich, wenn man sich einen typischen Surfer vorstellt, dann hat man Ty und Joe."

„Was ist mit dir?"

„Ich habe das College besucht und bin dann hierhergekommen, um die Kunstschule zu besuchen. Habe sie abgebrochen, als ich stattdessen anfing mich dafür zu interessieren, eine Bar zu leiten. Mikey hat mir letztes Jahr die Hälfte seines Geschäfts verkauft. Ich liebe es."

Harry nickte. „Das ist toll, wenn man seinen Traum verwirklichen kann."

Tinsley nickte. „Ich weiß, dass es nicht jedermanns Traum ist, aber ich liebe dieses Leben. Ich bin eine Nachteule, und ein sozialer Mensch, ich liebe es, neue Menschen zu treffen. Himmel, ich genieße sogar eine gute Bar-Schlägerei."

Harry grinste. „Plötzlich habe ich Bilder vom wilden Westen vor Augen."

Tinsley kicherte. „*Red Dead Redemption,* um genau zu sein."

„Also bist du zufrieden?"

Sie nickte. „Du?"

Harry sah verlegen aus. „Nicht wirklich, wenn ich ehrlich bin."

„Was ist dein Traum?"

Er lächelte. „Boote bauen und damit meine ich Katamarane, Segelboote, diese Art. Meine Hände mit Lack bedeckt und voller Splitter von gutem Holz."

Tinsleys riss die Augen auf. „Damit hatte ich nicht gerechnet."

Harry grinste. „Was hast du erwartet?"

„Nun, nur, weißt du, dein Bruder war eher für das bequeme Leben mit viel Geld – nicht übertrieben, aber so sehr er auch versucht hat, es zu verbergen, Rich mochte seine Autos, und sein Penthouse und seine Saville Row Anzüge. Du scheinst das Stiefkind in karierten Hosen zu sein", fügte sie mit einem schelmischen Grinsen hinzu.

Harry lachte. „Ist das die Hipster-Version des rothaarigen Stiefkindes?"

„Ja, nur das du kein Hipster bist."

„Gott sei Dank. Nun, ich denke, ich und Rich hatten viele Unterschiede. Er war spontaner. Ich gehe die Dinge gern langsam an."

Es war nicht beabsichtigt, aber bei seinen Worten trafen sich ihre Augen und sie sahen sich an. Tinsleys Wangen färbten sich ein wenig, aber sie hob ihr Kinn und ihre Saphiraugen funkelten. „Tust du das?"

Gott, sie ist köstlich. „Ja, Ma'am."

Sie lächelte, als sie an ihrem Drink schlürfe. „Das gefällt mir."

Er streckte die Hand aus und streichelte mit seinem Handrücken über ihre Wange und sie lehnte sich in seine Berührung. „Tinsley ... Ich hatte alle möglichen Vorbehalte, mich auf jemanden einzulassen. Ich habe diese Vorbehalte noch immer. Ich kann nichts versprechen ... Ich möchte zurück nach Australien; es zieht mich zurück, es ist wie ein beständiges Rufen in mir. Aber ich mag dich. Sehr."

Sie nickte. „Ich verstehe das, wirklich. Ich habe noch nie eine langfristige Beziehung gehabt, nicht einmal mit Charlie. Ich bin mir nicht sicher, ob ich fähig bin, Verpflichtungen einzugehen. Aber ich kann Spaß haben."

Harry lächelte. „Wir sind auf der gleichen Seite."

Ein kleines Lächeln spielte um ihre Lippen. „Fast. Ich bin ein Widerspruch. Ich schlafe beim ersten Date mit niemandem."

Harry kicherte. „Dies ist unser *drittes* Date."

„Die ersten beiden waren eine Katastrophe, die zählen nicht", winkte sie und lachte laut.

Tinsley lehnte sich nach vorne und zeichnete mit einem Finger eine Linie über seinen inneren Oberschenkel, langsam, sanft, bis sie ihre Handfläche über seine Leiste legte. Harry spürte, wie sein Schwanz reagierte, aber er lächelte sie träge an, als sie ihn durch seine Jeans hindurch drückte.

„Ich freue mich darauf, mehr von dir zu sehen", sagte sie. „Aber verzeih mir, wenn ich sehen möchte, wie du es langsam angehen lässt." Sie zog ihre Hand weg und kippte den Rest ihres Drinks hinunter. „Hol mich morgen von zu Hause ab. Wir werden sehen, ob wir es langsam angehen lassen, oder ob der Blitz einschlägt."

Sie zwinkerte einem verblüfften Harry zu und ging weg. Er beobachtete wie ihre Hüften hin und her schwangen, als sie aus der Bar schlenderte, wie sie ihm noch einen Blick zuwarf und grinste. Zuversichtlich. Sexy.

Er freute sich auf die nächste Nacht. In der Tat – der Blitz hatte eingeschlagen ...

28

SAN JUAN ISLAND, WASHINGTON STATE

War es dumm gewesen, hierher zurückzukehren? War es zu offensichtlich, würden sie nach ihr suchen? Lila hatte es schmerzlich vermieden, nach Seattle zurückzukehren, also war sie nach San Juan Island gegangen, irgendwohin, wo sie herumlaufen konnte, ohne erkannt zu werden, aber immer noch nah genug an der Zivilisation war. Sie wollte allein sein, nicht isoliert.

Allein. Wollte sie das wirklich, oder war sie im Bundesstaat Washington gelandet, weil sie auf diese Weise in der Nähe von Noah sein konnte. *Du wirst dich verrückt machen,* hatte sie sich selbst erinnert. *Hört auf, an ihn zu denken.* Noah Applebaum war keine Option. Jetzt nicht.

Sie saß auf der Veranda des kleinen Häuschens, das sie gemietet hatte, das über die Haro Straight blickte. Es war von einem großen Stück Land umgeben, das sie liebte – Privatsphäre. Jeden Morgen, seit sie hierhergekommen war, hatte sie ihr Frühstück auf der Veranda gegessen, saß mit ihrem Müsli und ihrem Tee an dem kleinen schmiedeeisernen Tisch. Es war so ruhig, so friedlich. Sie sah regelmäßig Orca im Wasser und staunte über ihre anmutige Bewegung trotz ihrer Größe.

Es war fast himmlisch. Sie seufzte jetzt, legte ihre Hand auf ihren

Bauch und glaubte immer noch nicht ganz, dass sich ein winziges Wesen darin befand. Noahs Baby. An dem Tag, an dem sie es herausgefunden hatte, war sie ausgeflippt, hatte durchgedreht. Es durfte nicht sein, nicht jetzt, nicht bei all dem, was vor sich ging – was zum Teufel würde sie den Carnegies sagen? *Oh hallo, ja, wir haben gerade euren Sohn und meinen Verlobten begraben, aber ratet mal? Ich bekomme ein Baby von meinem Arzt! Überraschung!*

„Himmel", sagte sie zu sich selbst und verzog das Gesicht. Tinsley war zu ihr gekommen, als sie gerade richtig verzweifelt gewesen war, aber Lila hatte ihr nichts von dem Baby erzählt. Sie war ihren Fragen ausgewichen und Tinsley, offensichtlich verletzt, hatte versucht, eine Freundin zu sein. Als ihr dann die Erkenntnis dämmerte, dass es nur einen Ausweg gab, nämlich wegzugehen, hatte Lilas sich beruhigt, war still geworden und hatte Tinsley ruhig und höflich gebeten zu gehen. Lila verspürte jetzt eine Wehmut; Tinsley war eine gute Freundin und sie verdiente etwas anderes als so abgeschüttelt zu werden.

Lila streichelte abwesend ihren noch nicht vorhanden Bauch und fragte sich, ob sie es riskieren konnte, sich per E-Mail zu entschuldigen. Eine temporäre E-Mail-Adresse einzurichten und diese dann wieder zu löschen, nachdem sie die E-Mail gesendet hatte. Sie konnte nicht riskieren, dass man sie fand, nicht von Tinsley, nicht von den Carnegies und nicht von Charlie.

Und definitiv nicht von dem Fremden, der in dieser Nacht in ihr Haus eingebrochen war. Jedes Mal, wenn sie darüber nachdachte, war sie sicher, dass jemand in ihrer Wohnung gewesen war, während sie in der Badewanne geschlafen hatte. Als sie aus dem eiskalten Bad herauskam und ein Handtuch um ihren nackten Körper wickelte, hatte sie sich eine volle Shampooflasche ergriffen, um sie als Waffe zu benutzen, und war zielstrebig durch die ganze Wohnung marschiert. Nichts. Niemand.

Aber ihre Dinge waren nicht mehr an Ort und Stelle. Ihr Laptop, von dem sie sicher war, dass er ausgeschaltet war, war eingeschaltet, der Browser geöffnet. Sie hatte genauer hingeschaut und war dann entsetzt zurückgeschreckt. Schreckliche Bilder von ermordeten Frauen, die alle erstochen worden waren.

Dann war sie durchgedreht. Sie war erneut durch die Wohnung gelaufen, diesmal mit ihrem eigenen Messer bewaffnet, und hatte jeden möglichen Ort überprüft, an dem sich eine Person verstecken konnte. Als sie fertig war, hatte sie einen wütenden Schrei ausgestoßen.

Sie erinnerte sich jetzt an diesen Schrei; es war ein Heulen aus Wut, Angst und völliger Erschöpfung gewesen. Wer auch immer sie niedergestochen hatte, wollte sie tot sehen, das war klar.

Wegzugehen war also etwas, über das sie nicht zweimal nachdenken musste. Lila atmete tief die kalte, frische, saubere Luft ein und fragte sich, was als nächstes zu tun sei. Ausnahmsweise war sie froh über Richs Geld, dass es ihr den Raum verschaffte, sich zu überlegen, was sie als nächstes tun wollte. Sie wollte dieses Haus komplett umbauen, es für das Baby vorbereiten. Das Zimmer des Babys war das einzige Zimmer, für das sie Richs Geld nicht ausgeben würde; sie konnte es einfach nicht. Nicht für das Baby eines anderen Mannes.

Sie brauchte also einen Job. Mindestlohn, Lebensmittel stapeln, bis sie zu dick war – das konnte sie. Sie würde das tun.

„Von jetzt an nur wir zwei, kleine Bohne", sagte sie leise und ging dann hinein, um sich umzuziehen.

Noah drückte seine Lippen auf ihre Kehle, seine großen Hände wanderten über ihren Rücken und streichelten die weiche Haut. Gott, ich habe dich vermisst ...

Die Art und Weise, wie sie seinen Namen flüsterte, als er ihre Oberschenkel streichelte, sie um seine Taille zog und seine Hand zwischen ihre Beine gleiten ließ, um ihr Geschlecht zu streicheln, die Wärme, die Feuchtigkeit spürte, als sie bei seiner Berührung keuchte. Lila ...

Ihre violetten Augen glänzten vor Liebe zu ihm als sein Schwanz, so riesig, so schwer, sich tief in ihre nasse Muschi bohrte, wie sie scharf die Luft einsog, als er sie ausfüllte, die Reibung zwischen ihnen, die sie beide verrückt machte, als er sich in ihr bewegte, ihre Lippen hungrig auf seinen. Noah stemmte seine Hände auf beiden Seiten ihres Kopfes ab und schlug

seine Hüften gegen sie, bis sie stöhnte und kam und dabei so schön aussah,
dass er immer und immer wieder kam ...

NOAH STARRTE an die Decke seines Schlafzimmers. Jede Nacht lag er
hier wach, unfähig zu schlafen, haderte mit sich selbst. *Du hast einmal*
mit der Frau geschlafen. Das war's. Hör auf, so besessen von ihr zu sein.

Aber es war die Tatsache, dass sie verschwunden war, die ihn
störte. Cora hatte ihm gesagt, dass es nichts Gefährliches sei, aber er
konnte nicht anders, als sich Sorgen zu machen. Jemand hatte schon
einmal versucht, sie zu töten; wer sagte, dass er – oder sie – sie nicht
noch einmal aufsuchen würde und sie würden es nie erfahren, nie in
der Lage sein, Lila vor ihrem Mörder zu schützen.

Verdammt, Lila, warum machst du mein Leben so verdammt kompli-
ziert? Noah schüttelte den Kopf. Er hatte den Reichtum und die
Verbindungen seiner Familie noch nie genutzt, aber am Morgen
hatte er die privaten Ermittler, die sein Vater immer beauftragte,
angerufen und sie auf eine landesweite Suche nach Lila angesetzt.
Eingriff in die Privatsphäre? Vielleicht, aber für den Fall, dass sie sie
finden sollten, hatte er sie angewiesen, sich ihr nicht zu erkennen zu
geben, Abstand zu halten. Dann würde er seine Entscheidung treffen, wie er sich ihr nähern sollte. Himmel, was für ein Durcheinander.

Er bekam das Bild von Lilas verwundetem, verstümmeltem
Körper nicht aus dem Kopf. *Bitte, Gott lass mich sie finden, bevor er es*
tut ...

Mit diesem Gedanken, der ihm durch den Kopf hallte, schaltete
Noah die Lampe aus und versuchte einzuschlafen.

29

MANHATTAN

Harry war früh dran. Tinsley grinste ihn an, als sie die Tür öffnete, ihre Haare noch nass von der Dusche, der Reißverschluss auf der Rückseite ihres Kleides noch nicht geschlossen. Harry hob die Augenbrauen bei ihrem Anblick.

„Entschuldigung, ich bin spät von der Arbeit nach Hause gekommen, könntest du bitte den Reißverschluss schließen?"

Harry lachte. „Klar doch ..." Er ließ seine Fingerspitzen ihre Wirbelsäule nach unten wandern, bevor er den Reißverschluss hochzog und sie vor Verlangen zitterte. Sie drehte sich um und schlang ihre Arme um seine Taille.

„Danke."

Er strich ihr das feuchte Haar aus dem Gesicht und presste seine Lippen auf ihre. „War mir eine Freude", murmelte er und atmete ihren sauberen Duft nach Seife ein. „Obwohl ich es lieber ganz ausziehen würde."

Tinsley kicherte leise. „Vorfreude heißt das Spiel heute Abend, Herr Carnegie. Zuerst Küssen ... Küssen und Essen, weil ich verhungere."

Beide lachten. „Wofür bist du in der Stimmung?"

„Hamburger", sagte sie sofort, „auf Flammen gegrillt und saftig."

Sie ließ die Worte so schmutzig klingen, dass er ein wenig knurrte und lachte dann. Sie ließ ihre Hand über seinen Schwanz unter der Jeans gleiten. „Geduld. Es wird sich lohnen, versprochen." Sie packte seine Hand und schob sie unter ihr Kleid. Seine kühlen Finger fanden heiße nackte Haut. Keine Unterwäsche. Harry stöhnte und vergrub sein Gesicht an ihrem Hals.

„Tinsley Chang, ich schwöre, du wirst mich umbringen."

Sie grinste. „Harry ... Ich schwöre, der heutige Abend wird der Beste deines Lebens sein. Bist du bereit für ein Abenteuer? Was auch immer es ist?"

Harry nickte. „Was auch immer es ist."

SIE AßEN IN EINEM LOKALEN, familiengeführten Burger-Restaurant riesige Sandwiches, dünne, aber unglaublich leckere Patties mit Senf, Mayo, Gurke und Salat. Die Saucen tropften von ihren Fingern, die daraufhin klebten, aber es war ihnen egal. Es hatte etwas so Ursprüngliches, so Sinnliches, wie sie sie aßen, ihre Finger so suggestiv ableckten, dass sie beide irgendwann lachten. Danach gingen sie zu einer kleinen Bar und tranken Mojitos.

„Ich habe das Gefühl, dass ich mehr über dein Leben erfahren möchte, aber heute Abend ist nicht der richtige Zeitpunkt dafür."

Sie nickte. „Heute Abend dreht sich alles um das Körperliche, Herr Carnegie."

Wirklich, er hatte noch nie eine Frau getroffen, die so selbstbewusst war, so zuversichtlich in ihr Aussehen. Es machte ihn wild.

„Was gefällt dir? Bist du ein Mädchen, das es gern ganz gewöhnlich hat, ... warte, ich glaube, ich weiß die Antwort darauf."

Tinsley nippte an ihrem Getränk. „Harry, ich glaube nicht an Einschränkungen oder Labels. Ich glaube nicht daran, mich zurückzuhalten. Wenn ich jemanden will, und er mich will, warum sollte ich dann vorgeben, dass ich sozialen Normen folge, die sagen, eine Frau sollte kokett sein oder vorgeben, einen Vorbehalt zu haben, den sie nicht fühlt. Das steht gutem Sex im Weg."

Harry hob sein Glas zu ihr. „Darauf trinke ich."

Sie grinste. „Harry ... was war der verrückteste Ort, an dem du Sex hattest?"

Er überlegte. „Wahrscheinlich unter den Tribünen meines College-Footballplatzes."

„Ach ja? War es während eines Spiels?"

Harry grinste schüchtern. „Nein, tut mir leid. Und du?"

Tinsley brauchte einen langen Moment, bevor sie antwortete. „Es gibt einen Club, in den ich manchmal gehe."

Harry ahmte sie nach und grinste. „Oh, *einen Club*."

Sie lachte. „Ja, und es ist genau das, was du denkst, das es ist, aber es ist ein sicherer Ort, um ... neue Dinge auszuprobieren."

„Wie?"

„Bondage." Sie studierte sein Gesicht nach seiner Reaktion, aber er erwiderte ihren Blick fest. „Es hängt natürlich davon ab, worum es geht."

„Und du hast alles ausprobiert, was der Verein zu bieten hat?"

Plötzlich weitete sich ihr Lächeln zu einem breiten Grinsen aus. „Nein, nicht einmal annähernd, aber ich dachte, ich probiere es, dich zu erschrecken."

Beide lachten dann und Harry schüttelte den Kopf. „Mädel, ich sage dir, wenn wir hier rauskommen, werde ich dich dafür bezahlen lassen."

„Klingt vielversprechend." Ihr Blick fiel absichtlich auf seinen Schritt und wanderte dann zurück zu seinen Augen. Harry knurrte.

„Verdammt, wenn du mich so ansiehst ..."

Tinsley stand plötzlich auf und hielt ihm ihre Hand hin. „Komm mit mir."

Zehn Minuten später waren sie oben auf dem Haus und blickten auf die Lichter von New York City. Harry atmete durch. So schön ... die Stadt glitzerte unter ihnen und nun, als er sich ihr zuwandte, spiegelten sich diese Lichter in Tinsleys blauen Augen wider.

„Gott, du bist schön", murmelte er und zog sie an sich. Als sie sich küssten, wanderten seine Hände über ihren Körper; ihre Finger legten sich auf den Knopf seiner Jeans.

Als sie seinen steifen und pochenden Schwanz aus seiner Jeans

befreite, schob er seine Hände unter ihr Kleid und schob es nach
oben, indem er sie anhob. Er drückte sie mit dem Rücken gegen eine
Betonwand und stieß in ihre feuchte Muschi, die bereit für ihn war.
Er gab ein leises Stöhnen von sich, als er hörte, wie sie keuchte. „Ich
werde dich lange und hart ficken, hübsches Mädchen", knurrte er ihr
ins Ohr und hörte ihr abgerissenes, fast atemloses Lachen. Er stieß
tief und fest in sie, bis zu ihrem Kern, immer wieder und immer
wieder, sein Schwanz wollte mehr und mehr von diesem Gefühl,
seine Sinne explodierten. Tinsley schlang ihre Arme um seinen Hals,
hielt Blickkontakt mit ihm und schmiedete eine Verbindung. Ihre
Lippen lagen heiß auf seinen, ihre Finger krallten sich in seine
Haare, ihre Nägel fuhren mit einer wilden Intensität über seine
Kopfhaut.

„Gott ... Harry ... mehr ..." Seine Hüften erhöhten ihr Tempo, sein
Schwanz wurde noch dicker in ihr und streckte die engen Muskeln
ihrer Vagina, als er in sie hämmerte. Beide kamen zu schnell, Harry
stöhnte, als er sein dickes, weißes Sperma tief in ihren Bauch
pumpte; Tinsley schnappte nach Luft und stöhnte, als er seine Hand
benutzte, um ihre Klitoris zu necken, während ihr ganzer Körper vor
Verlangen vibrierte.

Sie blieben verbunden, als sie den Atem anhielten. „Wow, oh,
wow", keuchte Tinsley, als sie ihn angrinste. „Das war unglaublich."

Harry kicherte, küsste sie innig und sein Schwanz versteifte sich
bereits wieder in ihr. „Ich könnte das die ganze Nacht machen ... Und
weißt du was? Das ist genau das, was wir tun werden."

Tinsley warf ihren Kopf zurück und lachte. „Da bin ich drin."

Harry grinste böse. „Eigentlich", sagte er und fing an, sich wieder
in ihr zu bewegen, „bin *ich* derjenige, der drin ist."

„Gott, du bist köstlich", flüsterte sie und küsste ihn, als ihre Lust
wieder wuchs, und sie die Augen schloss. „Ja ... genau so, *ja ...ja ...*"

SIE GINGEN zu ihr nach Hause, fickten auf dem Boden, auf dem Bett,
in der Dusche. Um vier Uhr morgens, als sie endlich gesättigt und
erschöpft waren, machten sie sich auf den Weg zu einem Diner an

der Ecke ihrer Straße und aßen Pfannkuchen und Sirup. Harry lächelte sie an. „Du arbeitest morgen?"

Sie schüttelte den Kopf. „Ich habe den Tag frei. Warum?"

„Nur so. Wollte nur sehen, ob du Lust hast ganze 24 Stunden zu ficken?"

Sie kicherte über seine vorwitzige Miene. „Wer würde bei dir keine Lust dazu haben?"

Harry bedankte sich bei ihr. „Du bist unglaublich. Ich muss sagen ... ich hatte noch nie so guten Sex."

„Ich auch nicht – aber sag Charlie das nicht." Sie rollte die Augen und kicherte.

Harry schob eine Gabel voll Pfannkuchen in den Mund. „Warum habt ihr euch getrennt?"

Tinsleys Lächeln verblasste ein wenig. „Charlie ist ein großartiger Kerl, hat ein Herz aus Gold, und ist sehr beschützend. Zu beschützend für meinen Geschmack. Ich bin ein Wildfang, Harry, es liegt mir im Blut. Ich lege mich nicht fest und ich mag es nicht, wenn man mich fragt, wo ich den ganzen Tag lang war." Sie seufzte. „Ich verstehe, warum Charlie besonders beschützend war, wenn man bedenkt, was mit Lila passiert ist, aber es hat uns nicht gutgetan. Am Ende musste ich ihn beiseite nehmen und ihm meinen ... Ethos, wie du es wahrscheinlich nennen würdest, erklären. Ich lebe, ich liebe, aber ich gehöre mir selbst."

Harry nickte verständnisvoll. „Ich denke, das ist fair. Also habt ihr euch entschlossen ...?"

„Wir sind Freunde und ich bin so dankbar, dass wir immer noch Freunde sind. Ich weiß, dass dein Bruder und Charlie sich nicht immer verstanden haben, aber ich schwöre ... ich wünschte, ich könnte einen Weg finden, ihn mit jemandem zusammenzubringen, der ihn verdient."

„Mama Bär."

Tinsley grinste. „Definitiv keine Mama. Kinder stehen nicht auf meinem Plan." Sie sah ihn an, als wartete sie auf Einspruch, aber er nickte.

„Das ist fair genug. Ich bin mir selbst nicht sicher, ob ich welche haben will. Ich bin noch nicht an diesem Punkt im Leben angekommen. Was?", fragte er, als sie kicherte ...

„Nein, nichts, außer dass man es von einer Frau erwartet und sobald sie in die Pubertät kommt, stellt man ihr die Frage: Willst du Kinder? Und der Grund ist immer gegeben – denn die Uhr tickt. Männer müssen sich nie um die tickende Uhr oder die Erwartungen sorgen, dass eine Frau *immer* – auch heimlich – ein Kind will. Wenn wir sagen, dass wir das nicht tun, gibt es immer ein Gegenargument – Oh, *du willst irgendwann eines*. Nun, nicht ich. Ich hasse Kinder nicht; ich will einfach keines." Sie schaute in sein Gesicht und grinste. „Sorry, ein Tick von mir."

„Vollkommen verständlich. Ich auch nicht ... ich bin niemand, der sich verpflichten will. Tinsley, du bist schön und sexy und ich liebe es, Zeit mit dir zu verbringen. Ich liebe es, dich zu ficken. Keine Verpflichtungen."

„Du sagst es", sagte sie und stieß mit ihrer Kaffeetasse mit ihm an. „Und wenn du jetzt mit dem Essen fertig bist, denke ich, dass du mich besser wieder ins Bett bringen solltest."

Er beobachtete sie beim Verlassen des Diners. Er hatte begonnen, der blonden Frau zu folgen, da er wusste, dass sie Lilas beste Freundin war, und sich fragte, ob sie wusste, wo Lila war. Er war bereit gewesen, die Informationen aus ihr herauszubekommen, mit Gewalt, wenn nötig. Und jetzt entdeckte er, dass sie Richard Carnegies Bruder fickte. „Das alles wird ein wenig inzestuös", murmelte er. Trotzdem würde sie irgendwann allein sein und dann würde er zu ihr kommen.

Er war sich absolut sicher, dass sein Messer sie dazu bringen würde, ihm alles zu sagen, und dann, wenn sie es tat, würde er sie für immer zum Schweigen bringen.

30

SAN JUAN ISLAND, WASHINGTON STATE

L ila saß glücklich an der Kasse der Buchhandlung. Sie hatte erwartet, einen Job auf dem Bauernmarkt oder im Lebensmittelgeschäft zu bekommen, aber als sie vor drei Monaten in die Buchhandlung kam und versuchte, etwas Neues zum Lesen zu finden, hatte sie die „Assistent gesucht" – Mitteilung gesehen und sich sofort beworben.

Jetzt war sie hier angestellt. Die Buchhandlung gehörte Ronnie und Flynn, Partner in Wirtschaft und Liebe, die wie Holzfäller gebaut waren und dennoch die liebsten Menschen waren, die sie jemals getroffen hatte. Sie hatten gerade Zwillingstöchter adoptiert und Lila beobachtete die beiden Männer, die von den Mädchen schwärmten. Sie hatten sie angeheuert, um die Buchhandlung zu führen, beeindruckt von ihrem literarischen Wissen, und sie merkte, dass sie sich immer mehr aus dem Geschäft zurückzogen. Es war ihr egal. Sie liebte es hier, sprach mit Kunden über Bücher, gab Empfehlungen. Sie liebte es sogar, die Buchhandlung zu reinigen und zu säubern. Es war ein Zufluchtsort. Die ganze Insel war es, und sie hatte sich hier endlich entspannt, ihr Geist fand nach den Monaten der Unruhe endlich seinen Frieden. Die Insel hatte ein tolles medizinisches Zentrum mit herzlichem und effizientem Personal und sie mochte ihre Geburtshelferin Dr. Low sehr. Die junge Chinesin hatte ihr gesagt, was sie während ihrer Schwangerschaft erwarten konnte, und ihr alle zusätzlichen Vorsichtsmaßnahmen empfohlen, die sie wegen der Schädigung ihres Bauches durch das Messer treffen sollte.

„Sie werden wahrscheinlich merken, dass Ihre Narben jucken werden, also cremen Sie sie häufig ein. Organisch, naja, wir müssen sehen. Sie sind immer noch wund, Ihre Muskeln geschwächt. Aber ich werde ein wachsames Auge auf Sie haben. Ich nehme an, die Schwangerschaft war nicht geplant?"

Lila hatte den Kopf geschüttelt, aber jetzt, als sie zurückdachte, wunderte sie sich. Sie hatte nicht einmal für eine Sekunde, über eine Abtreibung nachgedacht. Sie war eine absolute Befürworterin für das Recht auf Abtreibung, aber wenn es um dieses Baby ging ... Hätte sie sich genauso gefühlt, wenn es das Kind eines anderen gewesen wäre als Noah Applebaums? Auch bei Richards?

Sie fragte sich immer wieder, warum sie Noah nicht aus dem Kopf bekam. Sie dachte, argumentierte mit sich selbst, aber so war es nun einmal. Sie haderte, ob sie ihm von dem Baby erzählen solle, und vertraute sich Ronnie und Flynn an und fragte sie, was sie tun solle.

„Wir können dir das nicht sagen, Liebes, aber der Mann verdient es zu wissen, damit er entscheiden kann, ob er beteiligt sein möchte oder nicht."

Lila kaute auf ihrer Lippe. „Es war aber eine einmalige Sache."

Flynn rollte die Augen. „Aber du bist verrückt nach ihm, das kann jeder sehen. Geh einfach zu ihm."

Lila seufzte. „Es ist nicht so einfach. Erstens: Ich habe keine Ahnung, ob er genauso empfindet oder ob ich nur ein One-Night-Stand war. Zweitens – mein Verlobter wurde gerade ermordet. Es ist schlimm genug, dass ich das Baby eines anderen Mannes austrage ... Gott, was für ein verdammtes Durcheinander."

Sie dachte jetzt an dieses Gespräch, dankbar für Ronnies und Flynns Ehrlichkeit, aber es blieb in ihrem Kopf immer noch unge-löst. Jetzt war sie fast fünf Monate schwanger, ihr Bauch war leicht nach außen gewölbt, nur ein wenig, aber dennoch spürbar. Sie war überrascht, dass das Baby so klein war; angesichts Noahs Größe hätte sie eher mit einem Monster gerechnet, aber nein, ihre kleine Bohne war genau das. Klein. Sie streichelte mit einer Hand über den Bauch. Was auch immer jetzt passierte, sie hing bereits an dem kleinen Knirps. Es gibt keinen Weg zurück, lächelte sie in sich hinein.

Die Buchhandlung war heute ruhig. Das Wetter war regnerisch und kühl, und der Himmel war voller dunkler Gewitterwolken. Lila überprüfte eine neue Lieferung, scannte die Bücher in das Computersystem des Shops und sortierte sie. So vertieft war sie, dass sie kaum hörte wie sich Ladentür öffnete und die kleine Glocke klingelte.

„Hallo."

Sie erstarrte und ihr Atem stockte in ihrer Kehle. Nein, nicht so. Sie klammerte sich an den Tresen vor ihr und trat einen kleinen Schritt zur Seite, so dass der Karton mit den Büchern eine Wand vor ihr bildete. Schutz. Ablenkung. Sie holte Luft und hob den Blick.

Noah Applebaum stand vor ihr, unglaublich gutaussehend in seinem Pullover und den Jeans, ein Lächeln auf den Lippen, das seine grünen Augen erreichte. Seine dunklen Haare waren etwas länger, als sie es in Erinnerung hatte, und er war auch größer geworden, oder? Ja, das ist genau das, auf das du dich jetzt konzentrieren musst, du Idiot. Sie starrte ihn an.

„Noah ... Was machst du hier?"

Sein Lächeln ließ nicht nach. „Was glaubst du denn? Ich habe versucht, mit dir in New York in Kontakt zu treten, nachdem Richard gestorben ist, aber Cora sagte mir, dass du verschwunden bist. Dann, eines Tages, erzählte mir eine Patientin von mir, wie sie diese sehr schöne junge Frau in der Buchhandlung kennenlernt hatte, in der Stadt, wo sie lebte, und dass sie ihr vertraut vorkam. Sie erinnerte sich an die Messerstecherei in dem Brautladen in New York, erinnerte sich an dein Gesicht auf den Fotos."

Lilas Augen verengten sich. „Was hat sie dir sonst noch gesagt?"

Noah sah verwirrt aus. „Hm? Nichts, nur das."

„Du lügst."

Das erschütterte ihn. Er hatte offensichtlich mit einem wärmeren Empfang gerechnet als dem, den sie ihm gab. „Was? Nein, ich ...“

„Wenn die Frau wirklich existiert, hätte sie dir noch etwas anderes über mich erzählt. Etwas Großes. Noah ... Wie hast du mich gefunden?“

Er öffnete seinen Mund, um zu protestieren, und hatte dann den Anstand, sich zu schämen. „Es tut mir leid; ich wollte dich nicht erschrecken. Ich dachte, wenn ich es so klingen lassen würde, als wäre es ein Zufall, eine zufällige Bemerkung, dann würde es sich besser anhören, als wenn ich dir sagen würde, dass ich einen Detektiv engagiert habe, um dich zu finden. Mehrere, um genau zu sein.“

Lila schloss die Augen. „Oh Gott ...“

„Lila, es tut mir leid, ich war einfach so besorgt. Derjenige, der auf dich eingestochen hat, ist immer noch da draußen, ich wollte wissen, dass du sicher bist. Und ich wollte dich sehen. Natürlich wollte ich dich sehen.“

Lila war nach Weinen zumute. Auf der einen Seite wollte sie in seine Arme laufen, aber auf der anderen, ihrer rationalen Seite, war sie irritiert und erschrocken und Gott ... so viele Emotionen. Sie umklammerte den Karton mit den Büchern vor sich. „Ich denke, du solltest gehen“, flüsterte sie. „Ich kann das nicht.“

Sie hasste den Schmerz in seinen Augen. „Noah ... die Dinge haben sich geändert. Ich bin nicht verlobt, aber ich bin auch nicht frei. So sehr wie ich ...“ Sie hielt inne und sah ihn nur an. Er war alles, was sie wollte, verzweifelt wollte. Die Zeit, die sie zusammen verbracht hatten, als sie im Krankenhaus gewesen war, war unglaublich gewesen. Die Verbindung, die sie geknüpft hatten, war nichts, was sie jemals zuvor erlebt hatte. Sie liebte alles an diesem Mann; seinen Intellekt, seinen Sinn für Humor, das Leberfleckmuster auf seiner rechten Wange, das wie der Große Wagen aussah. Sie hatte sich am sichersten gefühlt, als sie hautnah bei ihm gewesen war, und doch hatte sie, als er jetzt nur ein paar Meter von ihr entfernt war, noch nie mehr Angst gehabt.

Sie musst es tun; du musst ihm sagen, warum. Es war nur fair.

„Noah, ich ..." Ihre Stimme brach und er trat nach vorn, um sie zu trösten. Sie schüttelte den Kopf und er blieb stehen. „Noah", fing sie wieder an, dieses Mal ernst. „Es gibt etwas, das ich dir sagen muss. Etwas Wichtiges."

Er schenkte ihr ein schiefes Lächeln. „Das große Ding, das meine imaginäre Patientin hätte bemerkt haben müssen?"

Sie erwiderte sein Lächeln nicht. „Ich ... wollte dich nicht belasten."

Er war jetzt verwirrt. „Was auch immer es ist, Lila, bitte, sag es mir einfach."

Lila zögerte lange, und dann holte sie tief Luft und kam um den Tresen und stellte sich vor ihn hin, mit ihrer Hand auf der kleinen Wölbung von ihrem Bauch.

Noah starrte sie ungläubig an.

31

MANHATTAN

R iley Kinslaye hatte nicht sein übliches Lächeln im Gesicht, als Tinsley ihn an diesem Abend begrüßte. „Bier, Kumpel?"

Sie schob ihm ein Bier zu, aber er winkte es ab. „Charlie ist im Krankenhaus."

Tinsley war schockiert. „Was? Wie?"

„Er hat von einigen Junkies Prügel bezogen bei einer Razzia, die schiefgegangen ist. Der Arzt sagt, er wird in Ordnung kommen, aber Gott, Tins ..."

Riley sah so erschüttert aus, dass sie die Bar umrundete und ihn umarmte. „Gott, das ist schrecklich. In welchem Krankenhaus befindet er sich? Ich werde ihn besuchen."

Riley sagte es ihr. „Aber warte bis morgen; sie lassen im Moment nur die Polizei rein."

Tinsley seufzte und rieb sich die Augen. „Gott, ich dachte, all diese Gewalt wäre vorbei und er hat es geschafft. Ist die Razzia schief gegangen?" Sie deutet auf die heiße Kaffeekanne und Riley nickte dankbar.

Als sie ihm das Getränk brachte, nahm er einen langen Schluck und es war ihm scheinbar egal, ob die heiße Flüssigkeit seinen Mund verbrannte. „Nein, Charlie folgte einer Spur bezüglich Lilas Angreifer. Er muss ihm zu nahe gekommen sein."

Tinsleys Augen weiteten sich. „Wow. Oh wow."

Riley studierte sie, seine dunklen Augen suchten ihr Gesicht ab, als er noch etwas Kaffee trank. Er stellte den Becher ab. „Tinsley ... er hat nach Lila gefragt."

„Was?" Tinsley fühlte sich, als würde sie gleich losweinen. Riley seufzte.

„Tins, wenn du etwas darüber weißt, wo sie ist ... Sag es mir. Bitte. Sie wird von Charlie wissen wollen und er braucht sie jetzt wie nie zuvor. *Bitte.*"

Tinsley seufzte. „Riley, ich weiß ehrlich gesagt nicht, wo Lila ist. Ich habe eine E-Mail von ihr bekommen, in der sie mir mitteilte, dass es ihr leidtue, dass sie verschwunden ist, aber es das Beste gewesen sei. Als ich versucht habe zu antworten, kam die Nachricht zurück."

Riley dachte darüber nach. „Hast du ihre E-Mail noch?"

Tinsley nickte. „Gut", sagte Riley, „dann könnten wir sie vielleicht nachverfolgen, herausfinden, woher sie kam. Hm. Ironischerweise wird das die Carnegie-Software wahrscheinlich für uns erledigen und –"

„Riley, *nein.* Sie hat es nicht verdient, dass ihre Privatsphäre so verletzt wird, das ist nicht richtig."

„Ihr bester Freund wurde gerade angegriffen, Tinsley." Rileys Stimme hatte einen für ihn untypischen Klang – wütend, anschuldigend und sie wirbelte herum, irritiert über sich selbst.

„Ich weiß das, aber es ist nicht Lilas Schuld, oder?"

Riley grub in seinen Taschen nach etwas Bargeld für den Kaffee und schüttelte offensichtlich verärgert den Kopf. „Tins, ich möchte, dass du weißt, dass man dir vorwerfen kann, eine Untersuchung zu behindern."

„Den Teufel tue ich – Lila hat Charlie nicht verprügelt, oder?"

Riley warf das Geld auf die Bar und ging hinaus.

32

SAN JUAN ISLAND

Noah starrte Lilas Bauch lange an, dann hob er langsam seinen Blick und seine Augen waren kalt. „Ist es meins?"

Lilas Hände schwitzten und ihr Herz pochte schwer gegen ihre Rippen. „Natürlich ist es deins", flüsterte sie. „Seitdem gab es niemanden mehr."

„Das *eine Mal*", sagte er. Fast ungläubig.

„Bist du wütend?"

Er schüttelte den Kopf. „Nicht, weil du schwanger bist, Lila, nein, ich bin nicht wütend darüber." Er trat auf sie zu, seine Augen voller Schmerz. „Aber ich bin wütend, dass du es mir vorenthalten hast. Das ist auch mein Kind."

„Wir hatten einen Tag zusammen, Noah. Ich wollte dir diese Bürde nicht auferlegen, vor allem nicht nach allem, was passiert ist, und es ist nicht so, dass wir am Anfang einer Beziehung waren. Und ich musste auch an die Carnegies denken. Wie hätten sie sich wohl gefühlt? Ich schwanger mit dem Baby eines anderen Mannes, als ihr Sohn, mein Verlobter, gerade getötet wurde?"

Noah starrte sie an und schüttelte den Kopf. „Die einzige Person, die hier wichtig ist, ist unser Kind, Lila. Du behältst es?"

„Natürlich." Ihre Stimme brach und Tränen liefen ihr über die

Wangen. Er hob die Arme, um sie zu halten, aber sie zog sich zurück. „Nein, bitte, berühre mich nicht. Noah, es tut mir leid, aber für mich gibt es nichts zu reden."

Noah verlor in dem Moment die Geduld. „Das kannst du nicht tun, Lila, das ist mein Kind! Glaubst du nicht, dass ich ein Teil seines Lebens sein möchte? Dabei helfen will, es großzuziehen. Ich will ..."

„Was? Was willst du, Noah?"

Er hielt mitten in seiner Predigt inne. „Ich will dich, Lila. Ich will dich und unser Baby."

Lila schloss die Augen. Sie hatte davon geträumt, genau diese Worte zu hören – aber nicht so. „Noah, das kann ich nicht. Ich kann es einfach nicht. Ich habe Angst, dass, wenn wir es versuchen – und scheitern –, ich daran zerbrechen werde. Und obwohl ich etwas Reales und Greifbares für dich empfinde, kennen wir uns immer noch nicht gut."

„Blödsinn", sagte er heftig, „ich kenne dich. Ich weiß, dass du von ganzem Herzen liebst. Ich weiß, dass du gern auf deiner linken Seite schläfst, mit einer Hand unter deinem Gesicht. Ich weiß, dass du Wackelpudding mit Orangengeschmack und auch Limone magst. Ich weiß, dass ich durchs Feuer gehen würde, um dich glücklich zu machen und zu beschützen ..."

Lila schluchzte, und im nächsten Moment hatte Noah die Tür zum Geschäft verschlossen und die Rollläden heruntergezogen, um sie in seine Arme zu nehmen. Sie widersetzte sich nicht.

„Lila, Schatz, ich denke die ganze Zeit an dich. Ich musste dich finden, dir sagen, wie viel du mir bedeutest. Herausfinden, ob wir es gemeinsam versuchen könnten. Es war kein One-Night-Stand für mich, Lila; es war der Anfang von etwas anderem. Und jetzt weiß ich, dass es stimmt. Ich werde in das medizinische Zentrum hier wechseln, mir irgendwo eine Wohnung mieten, so dass ich da bin, wenn du mich brauchst. Immer. Ich werde dich nicht bitten, eine Beziehung mit mir einzugehen, lass mich einfach da sein, mich beteiligen."

Sie schaute ihn aus tränengefüllten Augen an und suchte in

seinen klaren grünen Augen nach Hinweisen, was er wirklich fühlte. Alles, was sie sah, war Schmerz – und Liebe.

„Noah, *Noah* ...“

Seine Lippen pressten sich auf ihre, Verlangen und Schmerzen lagen in seinem Kuss und seine Arme waren eng um ihren Körper geschlungen. Ihre Hände glitten zu seinem Gesicht, als sie seinen Kuss erwiderte, ihre Finger wanderten in seine Haare.

Noahs Hände rutschten unter ihr Kleid, streichelten ihren geschwollenen Bauch, dann rutschte seine Hand zwischen ihre Beine, streichelte und berührte sie durch ihre Unterwäsche. „Ich will dich so sehr“, murmelte er an ihrem Mund und stöhnte leise, als seine Finger in ihr Höschen glitten und über ihre Beine wanderten.

Irgendwo in ihrem umwölkten, von Lust vernebelten Geist, registriert sie, dass es verrückt war, diesen Mann hier an ihrem Arbeitsplatz, mitten am Tag, zu lieben. Aber sie konnte nicht aufhören. Gott, der süße Geschmack seines Mundes auf ihr, seine Augen wanderten über sie, ließen sie zittern, machten sie nass und sie genoss das Gefühl seiner großen Hände auf ihrer Haut.

Er legte sie auf den Boden und bedeckte ihren Körper mit seinem eigenen, küssend, an ihren Ohrläppchen knabbernd, zog die Träger ihres Kleides nach unten, damit er ihre Brustwarzen in seinen Mund nehmen konnte, saugte daran und machte sie wild. Sein Mund bewegte sich zu ihrem Bauch, seine Hände streichelten sie sanft, seine Lippen lagen darauf als er ihn streichelte.

„Ich will dich in mir“, brachte sie keuchend heraus und Noah zog seine Jeans aus und sein Schwanz richtete sich auf, hart und riesig vor seinem Bauch. Dieser Anblick ließ ihren Puls in die Höhe schnellen und als er schließlich zum zweiten Mal in sie eindrang, seufzte sie vor Glück und Zufriedenheit.

Ich werde von diesem schönen Mann gefickt, dessen Baby ich in mir trage. In diesem Moment habe ich alles, was ich jemals wollte ...

Als sie sich liebten, küsste Noah sie zärtlich und leidenschaftlich und blickte ihr in die Augen. Sein Schwanz weckte unerträgliche Lust in ihr, ihr runder Bauch lag fest an seinem, ihre Brustwarzen strichen über seine harte Brust.

Sie blickte ihn an und dachte, *oh wie ich dich liebe, du schöner Mann* und einen glücklichen Moment lang stellte sie sich vor, wie es sein könnte, stellte sich ein gemeinsames Leben hier auf dieser Insel vor, anonym und friedlich.

Ihr Orgasmus verbannte jeden Gedanken an irgendetwas aus ihrem Verstand und als sie langsam wieder auf die Erde zurückkam, hörte sie Noah stöhnen und seinen Samen in ihren Bauch spritzen.

„Lila, Lila, Lila ...“

Als sie sein klagendes Flüstern hörte, wollte sie weinen, aber stattdessen presste sie ihren Mund auf seinen. Noah streichelte ihr Gesicht, als sie sich umarmten, und als sie nach Luft schnappte, sah er sie an.

„Lila ... bitte, können wir es nicht wenigstens versuchen? Eine Familie zu sein? Du, ich und das Kleine? Lass es uns wenigstens versuchen.“

Zum ersten Mal seit langem spürte sie Hoffnung in sich keimen und sie nickte, ihre Augen waren voller Tränen, als sie sah, wie seine Augen freudig zu funkeln begannen. „Ja“, sagte sie schlicht. *„Ja.“*

33

MANHATTAN

Tinsley zitterte. Nie, *nie*, hatte sie Riley so fix und fertig erlebt. Ja, okay, sein Partner war angeschossen worden, aber dass er sie angriff, weil sie Lilas Privatsphäre schützte. Irgendetwas bewegte Riley, etwas anderes als das Charlie angeschossen wurde.

Tinsley seufzte und versuchte, sich zu beruhigen. Der Riley, den sie kannte und liebte – er war nirgendwo in dem wütenden Mann zu sehen, der gerade gegangen war. „Himmel", sagte sie zu sich selbst.

SPÄTER, als Mikey für seine Schicht gekommen war, ging Tinsley und – immer noch wütend auf Riley – ignorierte sie seine Bitte, sich vom Krankenhaus fernzuhalten. Sie hatte Glück; die Polizisten dort ließen sie ohne Probleme herein.

Charlie saß im Bett und starrte auf ein Ballspiel im Fernsehen. Seine linke Schulter war stark bandagiert, sein Arm lag in einer Schlinge. Er hatte ein Muster aus Schnitten und Prellungen auf seinem schönen Gesicht. Er sah müde aus, aber seine Augen leuchteten auf, als er sie sah.

„Hey Süße, was machst du hier?"

Sie rollte ihre Augen und küsste seine Wange. Seine Stoppeln kitzelten ihre Lippen und sie dachte wehmütig daran wie es gewesen war, neben ihm aufzuwachen, wenn er sie wach küsste. *Das ist vorbei, Mädchen.*

„Riley kam zu mir, sagte mir, du hättest dich geprügelt. Und wie ich hörte, mit einer hundertfünfzig Kilogramm schweren, älteren Nonne. Die gehumpelt hat."

„Eher ein 400 Kilogramm Sumo-Wrestler. Mit richtigen Fäusten wie auf den Karikaturen."

Tinsley lachte und war froh, dass Charlie seinen Sinn für Humor bewahrt hatte. Sie berührte seinen verletzten Arm leicht. „Wie schlimm ist es?"

Er zuckte mit den Achseln – und zuckte dann vor Schmerzen zusammen. „Ein paar angeknackste Knochen, Haarrisse. Sollte in einigen Monaten in Ordnung sein."

Tinsley nickte. „Gut, dass es nicht die Hand ist, die du zum Masturbieren verwendest."

Charlie lachte rau. „Doch, genau die. Obwohl, du weißt, dass du mir dabei immer helfen kannst."

Als er wieder lachte, stieß sie ihn an und errötete. „Schmutziger Junge."

„Da wir gerade davon sprechen, wie geht es mit Harry? Diese Carnegie-Jungs legen sich gerne mit meinen Frauen an", grinste er, um zu zeigen, dass er scherzte.

„Ganz super." Tinsley fand es merkwürdig, dass sie mit ihrem Exfreund über ihre Beziehung sprach – wenn man es so nennen konnte –, aber Charlie war jetzt eher wie ein guter Freund – ihr bester Freund, wenn sie ehrlich war. Sie grinste ihn breit an. „Wie auch immer, ein kleiner Vogel sagte mir, dass du deinen eigenen Fan in dieser Familie hast – einen gewissen kleinen Rotschopf?"

Charlie besaß den Anstand, rot zu werden. „Es ist nur eine Liebelei; sie wird darüber hinwegkommen. Cora braucht nur jemanden, der sich um sie kümmert, das ist alles. Ich bin alt genug, um ihr Vater zu sein."

Tinsley grinste. „Das stimmt, Opa. Hey, hör mal ... Riley kam zu mir, um mir von dir zu erzählen, und ich fürchte, wir haben uns ein bisschen überworfen und ich wollte kommen, um es dir zu erklären."

Charlie hielt seine gute Hand hoch. „Hey, ich halte mich aus allen Streitereien zwischen euch beiden heraus. Dabei kann ich nur verlieren."

Tinsley runzelte die Stirn. „Aber es ging dabei um dich – naja, zumindest um Lila."

„Warum?"

„Er fragte mich, ob ich wüsste, wo Lila ist, und dass ich, wenn ich es wüsste, dir sagen sollte, weil du sie brauchtest, weil du nach ihr gefragt hast, als du hier herkamst."

Charlie starrte sie an. „Tins, das habe ich nicht. Lila ist da, wo sie jetzt sein muss. Ich würde sie nie nur wegen einiger weniger Schnitte oder Prellungen dort wegholen. Bist du sicher, dass er das gesagt hat?"

„Nun, da es der Kern unseres Streits war, bin ich mir ziemlich sicher. Ich sagte ihm, dass ich nicht wüsste, wo sie ist, und dann ist er irgendwie ausgeflippt. Ganz schön heftig."

Charlie sah erstaunt aus. „Riley? Riley ausgeflippt?"

Tinsley nickte. „Genau, das war auch so ziemlich meine Reaktion. Hör mal, bist du dir sicher, dass du nicht nach ihr gefragt hast, als man dich hierhergebracht hat, vielleicht warst du dir dessen nur nicht bewusst?"

Er schüttelte den Kopf. „Nein, ganz sicher."

Sie schaute sich die Blutergüsse an seinem Kopf an und fragte sich, ob er eine Gehirnerschütterung hatte. „Wie kannst du dir so sicher sein?"

Charlie seufzte. „Weil, Tins ... ich weiß, wo Lila ist."

34

SAN JUAN ISLAND

Er fuhr sie in seinem Mercedes über die Insel, zurück zu dem Haus, das sie für sich gefunden hatte. Schüchtern nahm Lila Noahs Hand und er schaute zu ihr und lächelte sie an. „Hey Schönheit."

Lila schüttelte lächelnd den Kopf. Etwas musste passieren. Irgendetwas würde schiefgehen. Wenn sie etwas aus dem letzten Jahr gelernt hat, dann war es, dass niemand das bekam, was er sich erträumte. Es musste einen Haken geben, eine Schuld, die man begleichen musste, eine Wendung in der Geschichte.

Aber gerade jetzt, ausnahmsweise, ließ sie sich in dem Glauben. Nachdem sie sich im Laden geliebt hatten, hatten sie sich angezogen, aufgeräumt und wieder geöffnet, aber der Regen sorgte dafür, dass der Laden leer blieb und so hatten sie sich stattdessen unterhalten.

„Warum hast du das Baby behalten?", fragte er sanft. „Du hättest es einfacher haben können ... und niemand hätte es je erfahren."

„Weil es von dir ist", flüsterte sie leise und er gab ihr einen leidenschaftlichen Kuss.

Sie sprachen über praktische Aspekte. „Ich könnte einfach kündigen", sagte er leichthin, „aber ich habe Patienten, die ich durch ihre Behandlungen begleiten möchte. Also, für den Moment, werde ich einfach pendeln. Ich suche mir eine Wohnung in deiner Nähe, damit ich dich nicht zu sehr einenge."

Sie schüttelte den Kopf. „Nein, nicht. Bleib einfach bei mir, mach es nicht komplizierter, als es ist. Und ab und zu, wenn du mich lässt, komme ich in die Stadt."

Noah war sichtlich erfreut. „Wir werden das schaffen, Lila, alles. Wir werden es schaffen, das schwöre ich."

Sie wollte ihm in diesem Moment sagen, dass sie ihn liebte, aber sie verkniff es sich. Es war zu früh; dachte sie bei sich selbst, es war nur Lust. Nun, dachte sie mit einem halben Lächeln, Lust – und ein Baby auf dem Weg. Aber wenn sie ehrlich war, wollte sie es noch nicht sagen. Sie wollte es in einem Moment sagen, in dem es nicht von sexueller Erregung oder Panik, Angst oder irgendetwas anderem beeinflusst wurde. Sie würde wissen, wenn der richtige Zeitpunkt dafür da war.

Ihr Haus kam in Sicht und Noah pfiff bewundern. „Das ist schön", sagte er, als er davor hielt und sie war überrascht.

„Es ist nur ein Häuschen, ziemlich heruntergekommen", lächelte sie, als er ihr aus dem Auto half. Sie öffnete ihren Mund, um weiter-zureden, sah dann aber, wie er sie mit intensivem Blick musterte. „Was ist los?"

„Die Schwangerschaft steht dir", sagte er leise, „du bist noch schöner, als ich es in Erinnerung habe."

Lila wurde rot vor Freude und Verlegenheit. „Ich werde dich daran erinnern, dass du das gesagt hast, wenn du meine Haare zurückhältst, weil ich mich andauernd übergebe."

„Dir war schlecht?"

Lila grinste ihn an, als er automatisch in den Arztmodus wech-selte. „Ich habe einen tollen Arzt, entspann dich. Du kannst einfach der Papa sein." Sie wurde wieder rot und ihre Augen füllten sich mit Tränen. Jetzt fragte Noah sie, was los sei.

„Nichts, das sind einfach Glückstränen. Ich hätte nie gedacht, dass das hier – wir – passieren würde."

Noah schlang seinen Arm um sie. „Nun, dann zeig mir mal dein Schloss."

35

MANHATTAN

Tinsley musste warten, um herauszufinden, woher Charlie wusste, wo Lila war, denn kaum hatte er diese Bombe auf sie geworfen, war der Arzt gekommen, um ihn zu untersuchen. Sie wartete ungeduldig vor seinem Zimmer, bis der Arzt, der ihr einen amüsierten Blick zuwarf, den Raum verließ, und als sie hineinging, sah sie, wie Charlie aufstand und sich anzog.

„Der Arzt sagt, ich kann nach Hause gehen", sagte er fröhlich. Tinsley starrte ihn an.

„Du gehst nirgendwo hin, bis du mir sagst, woher du weißt, wo Lila ist", sagte sie und schob ihn sanft zurück aufs Bett. Charlie seufzte.

„Du erinnerst dich, dass sie mir geschrieben hat, bevor sie weggegangen ist? Sie bat mich, niemandem zu sagen, wo sie hingeht, aber natürlich hat sie es mir verraten. Daher weiß ich es und nein, ich werde es niemandem sagen, nicht dir, nicht den Carnegies, und schon gar nicht dem verdammten Riley."

„Was ist dann also sein Problem? Warum will er unbedingt wissen, wo Lila ist?"

Charlies Gesicht verdüsterte sich. „Ich weiß es nicht, aber ich werde es mit Sicherheit herausfinden."

. . .

HARRY CARNEGIE LAS seine E-Mails hastig durch und nahm nicht wirklich viel Notiz von ihnen, bis er bei der letzten ankam. Dann fluchte er laut und schnappte sich sein Handy.

„Ja, was?" Brent, sein Mitarbeiter in Melbourne, murmelte verschlafen ins Telefon und zu spät dachte Harry an die Zeitverschiebung. Es war vier Uhr morgens. in der australischen Stadt.

„Brent, Mann, es tut mir leid, dich zu wecken, aber ich habe gerade die E-Mail wegen dem Landecker-Deal bekommen. Um den Vertrag zu verlängern, wollen sie eine Preissenkung von siebzig Prozent ... das kann doch nur ein Scherz sein?"

Er stellte sich Brent vor, wie er sich aufrichtete, sein bärtiges Gesicht rieb, und angesichts der Geräusche, die er von sich gab, tat er wahrscheinlich gerade genau das. „Die Kacke ist hier am Dampfen, seit du weg bist. Ich kann nicht alles alleine machen. Ja, wir haben den Vertrag ausversehen auslaufen lassen und sie haben in letzter Minute eine Neuverhandlung beantragt. Wir brauchen dich hier, Mann."

Harry seufzte. „Ja, ich weiß. Ich wollte ja gar nicht so lange hier bleiben ... ich werde meine Sachen hier in Ordnung bringen und Anfang nächster Woche wiederkommen. Kannst du bis dahin die Unterschrift hinauszögern?"

„Ich werde es versuchen."

Harry verabschiedete sich und beendete den Anruf. „Verdammt." Er hatte gewusst, dass es nicht gut war, seine Rückkehr nach Melbourne immer weiter hinauszuzögern, aber er hatte eine so gute Zeit hier. Und ja, das lag ganz an Tinsley. Sie hatten an ihrer Vereinbarung festgehalten – Spaß, keine Bindung, leichtes Kommen und leichtes Gehen. Aber trotzdem hatte er sich an sie gewöhnt. Seine Laune bessert sich jedes Mal, wenn sie ihn anlächelte; sein ganzer Körper betete sie an, wenn sie sich liebten. Sie *passte* zu ihm.

Nicht nur das, sondern während der Zeit, in der er zuhause war, hatte er wieder eine Verbindung zu seiner Familie aufgebaut – zu allen von ihnen: Delphine, Richard und Cora – und fühlte eine Nähe zu ihnen, die er nie zuvor gespürt hatte. Doch Australien rief ihn nach Hause. Es war sein Zuhause. Alle seine Freunde waren jetzt dort, die Freunde seiner Jugend in Westchester waren alle verstreut und weg.

Seine Schwester, die immer noch unter Richs Mord und Lilas Verschwinden litt, hatte sich auf ihn gestützt und er musste zugeben, dass sie ein wirklich gutes Kind mit viel Potenzial war – wenn sie sich zusammenriss. Tinsley hatte die junge Frau ebenfalls unter ihre Fittiche genommen.

Tinsley Chang ... verdammt würde er sein, wenn sie es nicht geschafft hatte, ihm unter die Haut zu gehen. Harry schüttelte den Kopf. Das war genau das, was er sein ganzes Leben lang versucht hatte zu vermeiden.

Sich zu verlieben.

Tinsleys Handy brummte gerade, als sie die Treppe zu ihrer Wohnung hochstieg. Sie hatte darauf bestanden, mit dem Taxi zu Charlies Wohnung zu fahren und für ihn zu kochen. Er hatte die Augen gerollt, aber sie wusste, dass er dankbar war. Trotz seiner Proteste taten ihm seine Verletzungen weh, und sie kümmerte sich um ihn, fütterte ihn mit Nudeln und ließ sich von ihm versprechen, dass er Aspirin nahm und ins Bett ging.

Bevor sie ging, rief er sie noch einmal zurück. „Tins ... erwähne nicht unser Gespräch gegenüber Riley. Lass mich ein wenig nachforschen.“

Sie lächelte zerknirscht. „Ich glaube nicht, dass ich und Riley in der nächsten Zeit über viel reden werden, also denke ich, dass ich dir das versprechen kann. Ich muss jetzt für ein paar Stunden arbeiten ... sicher, dass du nicht willst, dass ich später wiederkomme und nach dir schaue?“

Charlie gluckste. „Nein, Mama, mir geht es gut. Ich rufe dich morgen an.“

· · ·

JETZT NAHM sie ihr Telefon heraus und überprüfte wer der Anrufer war und lächelte. „Harrison Carnegie, du wirst nicht glauben, was ich für einen Tag hinter mir habe."

„Schlecht oder gut, Kleines?"

Sie balancierte das Telefon zwischen Ohr und Hals und wühlte in ihrer Tasche nach ihrem Schlüssel. „Ähm, ich würde sagen, ein bizarrer Tag. Bist du okay?"

„Oh ja, ja ... hör mal, können wir uns auf einen Drink treffen?"

„Wann?"

„Ähm, jetzt? Ich bin draußen."

Sie lachte, ließ ihre Haustür wieder zufallen und ging zurück zur Treppe. „Du Doofie, warum bist du mir nicht einfach hinterhergekommen?"

„Wollte nicht aufdringlich sein." Er klang amüsiert. Tinsley joggte die Treppe hinunter und hinaus auf die Straße.

„Du verrückter Mann", sagte sie ins Telefon, als sie ihn sah. Er lehnte an einem schicken Porsche.

„Ein Leihwagen von meinem Vater", grinste er, als er ihr die Tür aufhielt. Er brachte sie in eine ruhige Bar in einer der Seitenstraßen.

„Angesichts der ganzen Zeit, die ich in Bars verbringe, sollte ich einfach ein Bett in einer Ecke von meiner aufstellen und gut ist", sagte Tinsley, als sie einen ruhigen Tisch fanden. Die Kellnerin kam vorbei und nahm ihre Wünsche entgegen.

„Weißt du, Melbourne hatte eine Fülle von Bars, die nur nach einem Manager wie dir schreien", lächelte Harry, aber sie sah die Vorsicht in seinen Augen.

„Ich liebe New York", sagte sie sanft. „Melbourne wird immer für mich zu Hause sein, aber mein Herz ist jetzt hier. Was ist los, Carnegie? Du siehst so unruhig aus."

Er grinste wehmütig. „Du kennst mich zu gut. Ich muss zurück nach Melbourne. Nächste Woche. Ich habe das Geschäft vernachlässigt und ich habe die Geduld meines Partners erschöpft." Tinsley verstummte für einen Moment, aber dann nickte sie. „Wir wussten, dass das hier nicht für die Ewigkeit ist, Harry. Wir haben gesagt, wir könnten nicht zusammen sein."

Er nickte düster. „Stimmt."

Sie saßen ein paar Minuten still, plötzlich war die Luft zwischen ihnen seltsam gespannt. Harry seufzte und nahm ihre Hand. „Schau mal, Zeit für die Wahrheit. Ich wollte mich nicht verlieben. Aber als ich dich getroffen habe, ist etwas geschehen –"

„Sag es bitte nicht", flehte Tinsley ihn plötzlich an, „mach das nicht schwieriger, als es sein muss. Wir sind beide erwachsen, und das ist die reale Welt. Eine Fernbeziehung ist nicht das, was einer von uns will oder braucht. Lass uns einfach ... Gott, Harry schaut mich nicht so an ..." Sie brach ab und wandte den Blick ab.

„Es tut mir leid. Aber ich werde dich mehr vermissen, als dir bewusst ist", sagte er rau.

Tinsley lächelte ihn schief an. „Ich habe nie gesagt, dass ich dich nicht wie verrückt vermissen würde. Ich hoffe, wir bleiben in Kontakt."

„Auf jeden Fall."

„Wann gehst du?"

„Montag."

„Gott, so bald." Wieder schwiegen sie.

„Tinsley, würdest du das Wochenende mit mir verbringen? Ich meine, ich habe eine Familienangelegenheit am Sonntag, und ich möchte, dass du mich begleitest, wenn du möchtest, aber den Rest des Wochenendes ..."

„Ich, du, mein Bett und meine Essenslieferung", sagte sie fest und grinste. Harry lachte leise.

„Nun, das klingt nahezu perfekt."

Tinsley blickte ihn an. „Was waren diese letzten paar Monate mit dir? Die Besten in meinem Leben."

Harry lehnte sich nach vorne und strich mit seinen Lippen über ihre. „Dito."

Viel später gingen sie Hand in Hand zu ihrer Wohnung und blieben alle paar Minuten stehen, um sich zu küssen. Als sie ihren Schlüssel in das Schloss steckte, hielt sie inne und runzelte die Stirn, drückte gegen die Tür, ohne den Schlüssel zu drehen. Sie öffnete sich. „Scheiße."

Harry trat vor sie und schirmte sie ab, als sie die Wohnung betraten. Er sah schnell in jedes Zimmer.

„Niemand hier. Schau nach, ob irgendetwas fehlt."

Tinsley, schaute nervös in die Küche und ging dann ins Wohnzimmer. „Verdammt", sagte sie und zog mit einem resignierten Seufzer ihr Handy aus der Tasche. Harry sah verwirrt aus und sie hob eine Hand und signalisierte, dass sie es ihm in einer Minute erklären würde.

„Charlie? In meine Wohnung wurde eingebrochen und rate mal, was fehlt? Ja, genau. Okay. Okay, bis gleich."

Sie beendete den Anruf und schaute Harry an. „Es ist eine lange Geschichte, aber Charlie ist auf dem Weg hierher und ich werde es dir erklären."

Harry schüttelte den Kopf. „Was ist los? Was wurde weggenommen?"

Sie seufzte. „Mein Laptop, Harry. Mein Laptop, mit dem man möglicherweise nachverfolgen kann, wo Lila ist. Gott." Sie ließ sich auf ihre Couch fallen.

„Was ist so schlimm daran?" Er setzte sich neben sie und legte seinen Arm um ihre Schultern.

Sie legte ihren Kopf in ihre Hände. „Harry ... wer auch immer meinen Laptop genommen hat, ist genau wegen ihm hier eingebrochen. Diese Person hat keine guten Absichten mit Lila. Diese Person könnte derjenige sein, der sie töten will."

Ich weiß, wo du jetzt bist, mein Liebling Lila. Bald, schon so bald, werden wir zusammen sein und ich werde dir zeigen, wie sehr ich dich liebe – noch einmal. Mein Messer wird wieder in deinem Fleisch versinken und du wirst lächeln und mir für das Geschenk danken, das ich dir gebe. Ich werde zusehen, wie du den Kontrollverlust bekämpfest, während dein dunkles Rubinblut uns beide bedeckt, wenn dein Atem deine Lunge verlässt und das Licht in deinen schönen Augen zu flackern beginnt und dann verlischt.

. . .

ABER ZUERST, *Lila, zuerst muss ich mir einen anderen Lohn dafür holen, dass du mich verraten hast und dich von mir fernhältst. Jemand, den du liebst, wird den ultimativen Preis zahlen, meine Liebe.*

SIEH ZU. *Verzweifle. Du bist bald auch an der Reihe ...*

SAN JUAN ISLAND

LILA STRECKTE ihren Körper wie eine Katze aus und wandte sich ihrem schlafenden Partner zu. Noah Applebaum liegt in meinem Bett, sagte sie sich ein wenig süffisant. Sanft legte sie ihre Fingerspitzen an seine Wange, spürte die nachwachsenden Stoppeln. Sie liebte das Gefühl seiner festen Wangenknochen, die kurzen, dichten dunklen Haare an seinen Schläfen, die Art und Weise, wie seine Ohren etwas zu groß waren. Gott sei Dank sind sie das, grinste sie in sich hinein, oder du wärest zu perfekt, Doktor.

Ruckartig öffnete Noah die klaren grünen Augen und lächelte. „War das also kein Traum?"

„War kein Traum."

Er legte seine große Hand an ihr Gesicht. „Nur um zu überprüfen, ob du echt bist."

Sie kicherte. „Ich habe schlechten Morgenatem, um es zu beweisen."

„Mir ist das egal."

Sie kicherte, als er sie kitzelte. „Du warst genau wie ich, letzte Nacht zu – ähm –beschäftigt, um deine Zähne zu putzen."

„In diesem Fall entschuldige ich mich dafür, dass ich sie nicht geputzt habe, aber ich entschuldige mich nicht dafür, dass ich dich abgelenkt habe."

Lila streckte sich wieder und er ließ träge seine Hand über ihren Körper wandern und legte sie auf die leichte Erhebung. Er zeichnete die noch rosa Narben nach, die ihren Nabel kreuzten und durch den

Druck der Schwangerschaft noch mehr hervorstachen. „Kennst du schon das Geschlecht?"

Sie schüttelte den Kopf. „Nein, ich bin altmodisch, ich wollte warten, aber willst du es wissen? Weil wir es herausfinden können."

Noah überlegte, seine Hand streichelte sanft die Erhebung, in der sein erstes Kind schlief. „Ich bin mir nicht sicher ... kann ich darüber nachdenken?"

„Natürlich möchte ich, dass du das Gefühl hast, dass du so viele Entscheidungen treffen kannst wie ich. Gott, das ist für mich schwierig." Sie zog sich in eine Sitzposition und grinste, als Noah ihre Brüste lasziv beäugte. „Gestern war ich allein. Jetzt liegt der Mann, von dem ich seit Monaten träume, in meinem Bett und wir sprechen über unser Kind." Sie schüttelte den Kopf. „Verrückt."

„Du hast von mir geträumt?"

Sie berührte sein Gesicht. „Ich habe jeden Tag, jede Minute an dich gedacht. Ich weiß, es ist verrückt, aber ich habe drei Jahre mit Richard verbracht und in den wenigen Wochen, die wir miteinander verbracht haben, als ich im Krankenhaus war, habe ich mehr gelernt und erzählt als mit irgendjemand anderem. Sogar Charlie. Es war einfach ... richtig."

Noah setzte sich auf und nahm sie in seine Arme. „Vergiss den Morgenatem", sagte er, „dafür verdienst du dir einen Kuss."

Schließlich schafften sie es aus dem Bett und in die Dusche. Sie versuchten, Liebe zu machen, kicherten und planschten, aber Lilas Bauch kam immer wieder in die Quere.

„Die Akrobatik muss warten, bis das Kleine geboren ist."

Sie machten zusammen Frühstück, Lila machte Rührei und Noah grinste, als sie sie rührte. „Dein süßer kleiner Hintern wackelt, wenn du das machst."

Sie grinste, übertrieb die Bewegung und zeigte dann auf die Pfanne, die er hielt: „Deine Pfannkuchen brennen an."

„Darauf kannst du wetten", murmelte er, aber er kehrte zum Herd zurück.

Sie saßen an ihrem Lieblingsplatz auf der Terrasse und frühstückten.

„Es ist so friedlich hier", sagte Noah, „ich bin gestern Abend
aufgrund der Stille immer wieder aufgewacht. Wie hast du dieses
Haus gefunden?"

„Makler", sagte Lila und sah plötzlich niedergeschlagen aus. „Es
ist klein, aber seine Lage machte es perfekt für einen Einsiedler wie
mich. Rich ... hat mir ein bisschen Geld vermacht und ich habe es
nicht gern getan, aber ich musste einen Teil davon verwenden, um
dieses Haus zu kaufen."

„Hey, du hast getan, was du tun musstest."

Lila seufzte. „Die Sache ist, Noah, Richard und ich hatten unsere
Verlobung ein paar Tage vor seiner Ermordung aufgelöst. Wir
wussten beide, dass es zwischen uns nicht funktionieren würde, noch
bevor ich niedergestochen wurde, aber weil wir so gute Freunde
waren und die Familie sich so darauf gefreut hat, denke ich, dass wir
eine stille Vereinbarung getroffen hatten, die Hochzeit durchzuzie-
hen. Einer der vielen Gründe, warum ich weiß, dass es nicht Richard
war, der versucht hat, mich zu töten, ist, dass es keinen hinterhältigen
oder rachsüchtigen Knochen in seinem Körper gab. Wenn er wirklich
raus gewollt hätte, hätte er mit mir gesprochen."

„Du vermisst ihn?"

„Natürlich vermisse ich ihn als meinen Freund, nicht als meinen
Geliebten." Sie sah ein wenig nervös aus, als sie seine Frage beant-
wortete, aber er lächelte.

„Lila, er war drei Jahre lang dein Verlobter. Glaubst du, ich würde
nicht erwarten, dass du über ihn sprichst?"

Lila lächelte leicht. „Danke. Der Grund, warum ich den Job in der
Stadt angenommen habe, war, dass ich, obwohl ich Richs Geld für
den Kauf dieses Hauses verwendet habe, mich weigere, sein Geld für
das Baby zu verwenden."

Noah nickte. „Das ist fair, aber darüber brauchst du dir keine
Sorgen mehr zu machen."

Lila sah ihn unbehaglich an. „Ich bekomme langsam wirklich
den Ruf einer Goldgräberin."

Noah lachte. „Bestimmt nicht, aber hey, macht mich das zu deinem dritten reichen Mann?"

Sie stöhnte, als er lachte. „Oh, das klingt furchtbar!"

Noah lehnte sich hinüber und küsste sie. „Hör zu, ich habe eine Idee ..."

Lila schüttelte noch immer den Kopf. „Gott, was nun?"

Er lachte wieder. „Zu Ehren deiner spektakulär erfolgreichen Goldgräberkarriere –"

„Hör auf!", aber sie lachte jetzt laut, und seine Augen funkelten vor Fröhlichkeit.

„Ich denke, wir sollten unseren Erstgeborenen ... *Kanye* nennen. "

Lila kamen die Tränen vor Lachen und sie warf ein Stück Pfannkuchen auf ihn. „Das war's. Du gibst unserem Kind keinen Namen."

„Und dein Name wird von nun an „GG" sein", duckte er sich, um einem ganzen Pfannkuchen auszuweichen.

„Halt, ich bekomme keine Luft mehr", sagte sie und kreischte vor Lachen. Sie legte ihre Hand auf ihre Brust und keuchte. Noah lehnte sich zurück und grinste.

„Nun, es ist lächerlich; jeder, der auch nur eine Minute mit dir verbracht hat, würde merken, dass du kein Parasit bist. Glaub mir, ich kenne diese Arten von Menschen, Männer und Frauen. Ich war mit ein paar davon zusammen."

„Männer und Frauen?" Sie scherzte jetzt und Noah grinste und nickte.

„Ja. Stört dich das?"

Lila war erstaunt. „Du bist bisexuell?"

„Nein, ich habe dich nur aufgezogen. Aber das ist mein Punkt. Bevor du jemanden nicht kennengelernt hast, weißt du nicht, was sie tun. Wenn die Leute dich als etwas Bestimmtes sehen wollen, werden sie es tun, bis sie dich kennenlernen. Und trotzdem ... scheiß drauf."

Sie schaute ihn an, ihr Blick offen und neugierig. „Noah Applebaum, ich habe wirklich noch nie jemanden wie dich getroffen."

„Das Kompliment kann ich nur zurückgeben, Kurze."

„Ich bin groß."

„Ich bin Arzt und 1,65m ist nicht groß."

„Das ist Grössismus und das gerade jetzt, wo ich so viel Verständnis für deinen Geschmack für Schwänze aufgebracht habe", sie reckte ihre Nase für einen Moment in die Luft. „Im Ernst, es hätte mich nicht gestört, wenn du bisexuell gewesen wärest."

Noah zuckte mit den Schultern. „Würde mich auch nicht stören. Aber ich habe nur Augen für eine Person."

Sie warf ihm eine Kusshand zu und sah dann auf die Uhr. „Ich muss um zehn in der Buchhandlung sein."

„Und ich", sagte er traurig, „muss in die Stadt zurückkehren, zumindest für heute. Ich würde gerne heute Abend wiederkommen, wenn das okay ist?"

Sie lächelte. „Bring einen großen, vollen Koffer mit deinen Sachen mit. Fühl dich hier wie zu Hause."

Noah lehnte sich hinüber und küsste sie, dann lehnte er seine Stirn an ihre. „Du und ich und Kanye machen drei."

Sie kicherte. „*Nicht* Kanye. Wenn du darauf bestehst, dann nenne ich dich ‚Apfelhintern'."

„Als hätte ich das nicht früher schon zu hören bekommen."

Sie fuhren dann gemeinsam in die Stadt und küssten sich, Noah streichelte ihr Gesicht. „Bis heute Abend also."

Sie stieg aus seinem Auto. „Komm schnell zu mir zurück."

„Das werde ich. Pass gut auf dich und das kleine K auf."

„Hahaha, hau ab, Apfelhintern."

Sie beobachtete, wie er zum Hafen fuhr, wo die Fähren zum Festland gingen. Wieder staunte sie über die Veränderung in ihrem Leben innerhalb eines Tages. Sie lächelte still vor sich hin. Ein neuer Tag, ein neues Leben.

Sie schloss die Buchhandlung auf und machte sich an die Arbeit.

36

MANHATTAN

Charlie Sherman ging am Montagmorgen in das Revier und direkt zu seinem Vorgesetzten. Der Mann hörte zu, als Charlie seine Sorgen bezüglich Riley Kinsayle darlegte, aber Charlie konnte sehen, dass er ihn nicht ernst nahm.

„Charlie, was ist zwischen euch zwei geschehen? Ihr zwei geht euch seit Monaten aus dem Weg, und jetzt kommst du zu mir mit der Idee, dass Riley Kinsayle – dieses alberne Mann-Kind – so besessen von Lila Tierney sein könnte, dass er sie umbringen will? Auch wenn er keine Anzeichen von Psychopathie zeigt ... noch nie?"

„Ich weiß, es klingt verrückt, aber warum sonst würde er so verzweifelt versuchen, sie zu finden? Sie stehen sich nicht sehr nah."

„Vielleicht dachte er, er würde etwas Gutes für dich tun?"

„Ich würde nicht riskieren, Lila zu verraten, nur weil ich ein wenig verprügelt wurde. Riley weiß das."

Der Kapitän schüttelte den Kopf. „Nein, es tut mir leid, Charlie. Du hast Krach mit Riley und ihr zwei solltet das regeln– außerhalb dieses Reviers. Ich meine es ernst. Wenn es irgendwelchen Ärger gibt, werde ich euch beide suspendieren."

Charlie war wütend, als er zurück zu seinem Schreibtisch ging, und blaffte sogar seinen Freund Joe Deacon an, der ihm eine Nachricht überbringen wollte. Joe hob die Hände und zog sich sofort zurück.

RILEY WAR NICHT zur Arbeit erschienen. Um halb fünf rief Charlie zum zwanzigsten Mal auf seinem Handy an. Sein Vorgesetzter, der den an den Schreibtisch gebundenen Charlie im Auge behalten hatte, kam zur Tür seines Büros. „Noch immer nichts?"

Charlie schüttelte den Kopf. Sein Vorgesetzter seufzte. „Okay, also, warum schicken wir nicht eine Einheit in seine Wohnung und sehen nach?"

„Ich werde gehen."

Sein Vorgesetzter rollte die Augen, wohl wissend, dass es sich nicht lohnte, deswegen zu streiten. „Okay, nimm jemanden mit, aber du bleibst hinter ihnen, Sherman, hast du verstanden?"

„Ja."

ER SASS HINTEN IM WAGEN, als sie sich auf den Weg zu Rileys Wohnung in Queens machten. Als sie vor dem Haus parkten, schaute Charlie zum Gebäude hinauf. In Rileys Fenstern war kein Licht zu sehen.

„Jungs, bleibt wachsam. Wenn er in Schwierigkeiten ist, wollen wir es nicht noch schlimmer machen."

Die beiden Männer, deren Namen er nicht kannte, gingen zuerst hinein. Sie klopften an Rileys Wohnungstür im zweiten Stock, bekamen aber keine Antwort. Charlie deutete auf die Tür. „Er ist ein Polizist und er könnte verletzt sein oder ..."

„Verstanden."

Der Größere der beiden trat die Tür ein. „Riley? Riley Kinsayle? Ich bin es, Charlie, Kumpel, schrei, wenn du verletzt bist."

Keine Antwort. Charlie schaltete das Licht ein. Rileys Wohnung war sauber, ordentlich, keine Anzeichen von einem Einbruch. Auf dem Tisch war ein Laptop geöffnet und eingeschaltet.

Charlie seufzte. „Jesus, Riley." Es war Tinsleys Laptop. Charlie schüttelte den Kopf und schaute dann scharf nach oben. „Habt ihr das gehört?"

Die anderen Männer schüttelten den Kopf, Charlie nickte zu einer verschlossenen Tür, legte seine Hand an seinen Holster und zog seine Pistole heraus. Die anderen Männer folgten dem Beispiel und gingen voran. Als der erste Polizist den Raum betrat, rief er ihnen zu, dass dieser leer war und schaltete ein Licht ein.

„*Heilige Scheiße*", hörte Charlie ihn zischen, „Sherman, komm, schau dir das an."

Charlie folgte dem anderen Polizisten in Rileys Schlafzimmer. Das Bett war gemacht, und erst als er davorstand, sah er, was der Polizist gesehen hatte. Er holte tief Luft, als der Schock ihn traf. Rileys Schlafzimmerwand war mit Fotos bedeckt. Jedes von ihnen zeigte eine andere Szene, einen anderen Tag. Sie alle hatten eines gemeinsam.

Jedes einzelne von ihnen zeigte Lila ...

37

ATME MICH

Manhattan

„Oh mein Gott." Charlie Sherman presste diese Worte zwischen den Lippen hervor, als er in Rileys Wohnung stand. Unzählige Bilder von Lila stachen ihm ins Auge, Fotos, die offensichtlich ohne ihr Wissen über die letzten Jahre hinweg aufgenommen worden waren, während sie in New York gewesen war. Richard war auf einigen von ihnen, und als Charlie näher hinsah, sah er verschwommene Bilder des Paares durch Fenster. Ein eindeutiges Eindringen in private Momente.

„Sherman, schau dir das an." Einer der Polizisten, die Charlie begleiteten, ging zu der Wand und Charlie stellte sich neben ihn, um zu sehen, auf was er deutete.

„Verdammt." Jetzt war er sauer. Fotos von Lila im Krankenhausbett, kaum lebendig, Schläuche in ihren Armen, ihrer Kehle, Blutflecken auf ihrer Haut. Charlie schüttelte den Kopf.

„Wie konnte ich das nicht sehen?"

„Kinsayle ist schon längst weg", sagte der andere Polizist von Rileys Schrank aus. „Sieht so aus, als hätte er es eilig gehabt."

„Verdammt, Riley", sagte Charlie, drehte sich um, stapfte aus dem

Raum und rief den anderen hinterher: „Fasst nichts an, ich hole das C.S.I. hier runter."

Charlie ging direkt zurück zu seinem Vorgesetzten und erzählte ihm, was geschehen war. Diesmal nahm ihn der andere Mann ernst.

„Okay. Wissen wir, wo Lila Tierney ist?"

Charlie nickte kurz. „Aber ich will nicht, dass sie Angst hat. Lassen Sie mich zu ihr gehen und ihr erklären, was passiert ist."

„Gut, du hast meine Genehmigung. Charlie, wenn du Riley findest ... nimm ihn lebend fest, falls es geht. Egal, was er getan hat, falls er etwas getan hat, er ist immer noch ein Polizist."

Charlie nickte. „Ich versuche, daran zu denken."

CHARLIE FUHR DIREKT zum Flughafen und nahm den nächsten Flug nach Seattle. Im Flugzeug rieb er sich das Gesicht, versuchte die Geschichte zu verstehen. Lila zieht nach New York, Charlie geht mit ihr. Er bekommt Riley als Partner und weil er immer um Lila herum ist, verbringen Riley und Lila viel Zeit zusammen und flirten unschuldig und aus Spaß. Aber vielleicht war es kein Spaß für Riley ... vielleicht hat er sich verliebt, glaubte er an eine gemeinsame Zukunft und als sie Richard kennengelernt hatte, hob die Eifersucht ihren abscheulichen und zerstörerischen Kopf und Rileys Obsession begann.

Charlie kniff die Augen zusammen, tief in Gedanken versunken. Riley hatte darauf gewartet, dass Lila sah, wer Richard wirklich war, und hatte darauf gewartet, dass sie sich trennten, aber ein paar Tage bevor die Hochzeit stattfinden sollte, schlug Riley zu. Folgte Lila in diese Hochzeitsboutique und stach sie brutal nieder. *Wenn ich dich nicht haben kann, dann niemand ...*

Charlie schnaubte und schüttelte den Kopf. Die älteste Geschichte der Welt. Verbrechen aus Leidenschaft. Und nun suchten sie nach dem freundlichen, jovialen Riley Kinsayle.

Charlie schloss erschöpft die Augen. Je früher er zu Lila kam, desto eher war er für sie da, da er ihr bester Freund war, auf den sie sich immer verlassen konnte. Er konnte es kaum erwarten.

38

WASHINGTON STATE

Lila glättete ihre Baumwollbluse über dem ständig wachsenden Bauch und grinste. „Ich bin sicher, dass ich gerade einen Tritt von ihr gespürt habe."

Noah, der sich neben ihr auf seine Ellenbogen stützte, lächelte. „Ihr?"

„Ich habe einfach so ein Gefühl."

Noah gluckste und fuhr mit der großen Hand über ihren Bauch und wartete. Nichts. „Ich glaube, du hast dir das nur eingebildet."

„Vielleicht, aber wird es nicht aufregend, wenn wir es sicher wissen?"

„Das wird es." Noah schaute auf seine Uhr und stöhnte. „Gott, ich muss zur Arbeit."

DRAUßEN WAR ES NOCH DUNKEL. Noahs Stelle bei einem der prominentesten Krankenhäuser Seattles bedeutete einen langen Weg in die Stadt und als Lila jetzt die dunklen Schatten unter seinen Augen sah, runzelte sie die Stirn. „Baby ... ich könnte ja wieder in die Stadt ziehen, und dir die Fahrt jeden Tag ersparen."

„Du würdest in der Stadt nicht so sicher sein", sagte er und küsste sie sanft auf die Lippen. „Mir macht es nichts aus zu fahren. Außerdem liebe ich dieses Haus, es ist eine Oase."

Sie streichelte die Haare an seinen Schläfen. „Wir könnten dieses Haus für die Wochenenden behalten. Ich hasse es, dass du dich wegen mir so abstrampelst."

„Wegen deiner Sicherheit", korrigierte er und lächelte. „Und für deinen Seelenfrieden."

Lila legte sich auf das Bett zurück und dachte nach. Wovor hatte sie so viel Angst? Es war nicht einmal, weil ihr Angreifer sie finden könnte – es waren die Carnegies. Wenn sie von dem Baby erfahren sollten, bevor sie eine Chance hatte, es ihnen zu erklären ... Gott. Sie sah Noah an.

„Noah, ich denke, ich muss mich mit Richards Familie in Kontakt setzen und sie wissen lassen, dass ... wir zusammen sind. Wenn sie wissen, dass ich in einer neuen Beziehung bin, kann ich vielleicht die genauen Daten meiner Schwangerschaft verschleiern. Himmel, das hört sich furchtbar an – ich will ihnen einfach nicht wehtun, das ist alles."

Noah nickte. „Ich verstehe das, Lila, wirklich. Und das ist alles so neu, du, ich, wir und die kleine Bohne. Tallulah."

Lila lachte. „Auf keinen Fall. Wie auch immer, ich werde mit ihnen in Kontakt treten, werde versuchen wieder eine Beziehung zu ihnen aufzubauen. Dann könnten wir unter der Woche bei dir wohnen, und an den Wochenenden hierherkommen."

Noah überlegte und lächelte dann. „Klingt verlockend", gab er zu und streichelte ihr Gesicht, „und denke an all die Zeit, die ich statt im Auto bei dir sein könnte ... Was könnten wir tun, um diese Zeit zu füllen?"

Sie grinste ihn an, dann setzte sie sich rittlings auf ihn und nahm seinen bereits steifen Schwanz in ihre Hände. „Das frage ich mich auch."

Noahs Hand wanderte über ihren ganzen Körper, legte sich um ihre Brüste und streichelte ihren runden Bauch. „Habe ich dir in letzter Zeit gesagt, wie schön du bist?"

Sie kicherte. „Viel zu oft. Ich werde eingebildet."

Noah blickte auf ihre Hände herab, die über seinen Schwanz glitten. „Ich auch." Er stöhnte leise, als sie die Spitze seines Schwanzes durch ihr nasses Geschlecht gleiten ließ.

„Gefällt dir das?", flüsterte sie und sah ihm tief in die Augen. Er nickte, seine Hände auf ihren Brüsten, seine Daumen streichelten über ihre Brustwarzen. Lila nahm seine Hoden in eine Hand und massierte sie sanft. „Und das?"

„Gott, ja ..." Ihre sanften Hände streichelten seinen Schwanz, bis er hoch aufgerichtet stand. Sie zeichnete sanft ein Muster mit ihrem Fingernagel auf der empfindlichen Spitze.

„Das?"

Noahs Stöhnen ließ sie lächeln. Sie führte ihn in sich ein und begann sich zu bewegen und blickte auf diesen wunderbaren, wunderschönen Mann herab. Seine Hände waren auf ihren Hüften, die Finger massierten das weiche Fleisch, während sie ihn ritt. Sein Schwanz, so groß, so hart, stieß tief in sie und sie stöhnte, als Noah anfing, ihre Klitoris zu streicheln, was den Druck erhöhte, als sie ihr Tempo steigerte. Gott, es war mit Richard, oder irgendjemand anderem, nie so gut gewesen. Ihr Körper schien perfekt zu Noahs zu passen, trotz der Größenunterschiede zwischen ihnen. Sein Schwanz passte in sie, dehnte sie und traf alle Nervenenden in ihrer Muschi.

Ihre Bewegungen wurden wild, sie vögelten immer schneller, bis sie beide erbebten und stöhnend kamen. Noahs Schwanz pumpte dicken, heißen Samen tief in sie. Sie schnappten nach Luft, legten sich eng umschlungen hin und starrten sich an.

Schließlich strich Noah mit seinen Lippen über ihre. „Lila Tierney ... Ich bin verrückt nach dir und in dich verliebt."

Lila lächelte. „Ach ja?"

„Ja."

Sie küsste ihn. „Gut. Weil ich dir das schon seit Ewigkeiten sagen will. Ich liebe dich, Doktor."

Er zog sie an sich und legte dann eine Hand auf ihren Bauch. „Familie", sagte er einfach und sie nickte mit Tränen in den Augen.

„Ja", sagte sie leise, „Familie".

. . .

ICH SEHE DICH. Ich sehe dich mit ihm, wie ihr lacht, euch liebt und fickt.

DU HURE. *Du schmutzige verdammte Hure.*

WESSEN BABY IST DAS? *Seines? Ich werde das Ding aus dir herausschneiden, Lila, nachdem ich dich getötet habe, und es ihm schicken. Hier ist dein Kind, Bastard, oh und übrigens ist Lila tot, mein Messer tief in ihr vergraben. Dieses Mal wirst du nicht in der Lage sein, sie zu retten, du Hurensohn.*

DIESES MAL WIRD *mein Messer das Leben direkt aus ihr herausschneiden.*

BALD, *Lila, bald.*

LILA WAR AUFGEREGT wie eine Schülerin, die ein Date mit dem gutaussehenden Jungen aus der Footballmannschaft hatte. *Noah Applebaum ist in mich verliebt,* dachte sie sich, als sie durch die Buchhandlung flatterte, aufräumte, Bücher zum Verkauf neu bepreiste, neue Lieferungen auspackte. Es war ein anstrengender Morgen gewesen, ein schöner Washingtoner Tag draußen hatte Unmengen von Touristen auf den Fähren vom Festland gebracht und es schien, dass jeder einzelne von ihnen in den Laden gekommen war. Ein paar Einheimische hatten sich zumindest so ausgedrückt und einige von ihnen schielten die Neuankömmlinge an, als wären sie rabiate Eindringlinge. Lila grinste in sich hinein. Sie liebte diese kleine Buchhandlung mit ihren großen Fenstern und den hellen Holzbücherregalen, der Luftigkeit des Raumes, der Ruhe und der Stille. An einem Ende gab es eine Auswahl an großen, alten Sofas, wo die Gäste den ganzen Tag sitzen und lesen konnten, wenn sie wollten.

Ja, wenn sie unter der Woche in die Stadt ziehen würde, würde sie diesen Ort vermissen. Vielleicht könnte sie eine neue Vereinbarung ausarbeiten und sie konnte für ein paar Tage pendeln, zumindest bis das Baby kam. Sie würde es hassen, diesen Ort ganz aufzugeben.

So tief in ihre Gedanken versunken, sah sie nicht, wie er an der Tür stand und ihr mit einem kleinen Lächeln auf seinem Gesicht zusah.

„Hey, Boo."

Lila schaute erschrocken auf. Ihre unmittelbare Reaktion war Freude, als sie ihren ältesten und engsten Freund an der Tür stehen sah; dann in der nächsten Minute wurde sie blass. „Charlie ... Was machst du hier?"

Er trat zur Seite, um einige Kunden herauszulassen und kam dann zu ihr an den Tresen. „Ich habe alle möglichen Antworten dafür, aber die Wichtigste zuerst ... Gott, ich habe dich vermisst."

Lila fror für einen Moment ein, dann stürzte sie plötzlich um den Tresen und warf sich auf ihn. „Oh, Charlie, ich habe dich so sehr vermisst."

Er hob sie hoch und nahm sie in seine Arme. „Ich habe jede Minute ohne dich gehasst." Er stellte sie ab und erst dann schien er ihren geschwollenen Bauch zu bemerken. Seine Augenbrauen stiegen nach oben.

„Zuviel gegessen?"

Sie grinste und wurde tiefrot. „Ein richtiges Baby. Lange, lange Geschichte."

Charlie sah fassungslos aus. „Geschieht das hier wirklich oder ist das ein Fiebertraum?"

Ihre Farbe vertiefte sich. „Charlie, es gibt so viel, was ich dir erzählen muss, aber zuerst ... Warum bist du hier? Abgesehen davon, dass du mich vermisst hast."

Sein Lächeln verblasste und er blickte auf die anderen Kunden – die meisten von ihnen lauschten der Szene. „Gibt es irgendeinen Ort, wo wir uns in Ruhe unterhalten können?"

Lila blickte auf die Uhr. „Ich bin in einer Stunde fertig ... Schau, es gibt ein Kaffeehaus auf der anderen Straßenseite, kannst du warten?"

Charlie nickte. „Okay, dann in einer Stunde." Er musterte sie. „Du siehst blendend aus, Lila. Oh hey", sagte er plötzlich, „wer ist der Vater?"

Sie grinste über seinen Gesichtsausdruck. „Ich werde dir alles in einer Stunde erzählen, versprochen."

Eine Stunde und fünfzehn Minuten später setzte sich Charlie wieder auf seinen Sitz und fuhr mit der Hand durch seine dunklen Haare. „Der gute Arzt, hm?"

Lila nickte. „Ich bin verrückt nach ihm, Chuckles. Er ist die Person, mit der ich zusammen sein möchte ... Du wirst ihn mögen, ich weiß das."

„Hey, die paar Male, die ich ihm begegnet bin, hat er auf mich einen guten Eindruck gemacht", stimmte Charlie zu, „und er hat dir bei der Genesung geholfen, also werde ich immer in seiner Schuld stehen. Also, wann ..." Er gestikulierte zu ihrem anschwellenden Bauch und Lila wurde erneut rot.

„Ein paar Tage bevor Richard starb. Bei unserer letzten Physiotherapiesitzung."

Charlie warf seinen Kopf zurück und lachte. „Wow, Lila ..."

Sie versuchte zu lächeln. „Ich weiß, das klingt so gar nicht nach mir, nur ... Ich möchte nicht sagen, dass es verkehrt war, aber es war wahrscheinlich nicht der richtige Zeitpunkt. Aber, Gott, Charlie, ich bin von den Toten zurückgekommen und ich wollte ihn."

Charlie lehnte sich nach vorne und nahm ihre Hand. „Hey, hey, ich verurteile dich nicht. Ich finde das gut. Nach all den Jahren mit diesem –"

„Charlie, nein. Richard ist tot, lass uns nicht ..." Sie brach ab, Tränen in den Augen. „Der Grund, aus dem ich New York verlassen habe, war das Baby. Ich wusste, dass es Noahs sein musste und diese Tatsache allein hat mich dazu gebracht, dieses Baby so sehr zu wollen. Ich hatte mich bereits in ihn verliebt, als ich ihn kennenlernte – nicht, dass ich ihm das gesagt hätte." Sie grinste schüchtern. „Als ich hierherkam, habe ich es niemanden erzählt, nicht einmal Noah. Ich wollte nicht, dass er denkt, er sei gefangen. Zu meinem Glück hat er mich aufgespürt."

„Und jetzt versucht ihr es zusammen?"

„Wir gründen unsere Familie. Dass du hier bist, macht es noch mehr zu einer Familie. Wie hast du mich übrigens gefunden?"

Charlie runzelte die Stirn. „Dein Brief, erinnerst du dich? Du hast mir gesagt, dass du an den Ort zurückkehren würdest, an dem wir uns kennengelernt haben. Du hast wahrscheinlich Seattle gemeint, aber ich habe mich daran erinnert, dass ich dich hier zum ersten Mal getroffen habe. Das Kinderheim hatte uns auf einen Ausflug hierher gebracht – du bist später am selben Tag mit Susanna vorbeigekommen ... weißt du noch?"

Sie schüttelte den Kopf. „Nein ... Gott, das tue ich nicht." Sie lachte ein wenig. „Du hast ein gutes Gedächtnis."

Charlie grinste. „Der Rest war einfach, ich habe lediglich im Lebensmittelgeschäft, und dem örtlichen medizinischen Zentrum, nach dir gefragt. Schon komisch, wie ein Polizeiabzeichen dir die Informationen bringt, die du brauchst."

Lila rollte lachend die Augen. „Ja, es ist ein Mysterium. Ich schätze, dass meine geheimen Pläne versagt haben, wenn es so einfach war, mich zu finden."

Charlies Lächeln verblasste. „Für einen Polizisten, ja, und das ist ein weiterer Grund, warum ich gekommen bin. Lila, ich habe einige schlechte Nachrichten, schockierende Nachrichten, um ehrlich zu sein." Er atmete tief durch. „Boo, ich glaube, wir wissen, wer es war, der dich mit dem Messer angegriffen hat."

Lila begann zu zittern, ihre Hände zitterten und sie stellte ihre Teetasse ab. „Wer?" Ihre Stimme war leise, fast ein Flüstern.

„Riley." Er beobachtete, wie ihr Gesichtsausdruck von Schock über Entsetzen zu Angst wechselte.

„Oh mein Gott ..." Lila schloss die Augen. „Oh Gott, bitte nein."

Charlie runzelte die Stirn. „Lila, gibt es etwas, das du mir nicht über dich und Riley erzählt hast, etwas, das du mir vorenthalten hast?"

Sie schüttelte den Kopf, sah ihn aber nicht an. „Nein. Gott, woher weißt du es?"

Er erzählte ihr von dem Vorfall mit Tinsley und dann davon, was sie in Rileys Wohnung gefunden hatten. „Sobald ich diese Wand mit Fotos von dir sah, wusste ich es. Er ist besessen, Lila. Gefährlich stark, denken wir."

„Warum hast du ihn nicht verhaftet?"

Charlie schaute sie mit weichen, dunklen Augen an. „Süße, weil wir ihn nicht finden können. Riley ist verschwunden."

LILA WAR es immer noch schlecht, als sie zurück zu ihrem Häuschen fuhren. Riley ... Sie konnte es nicht glauben und doch, als sie an diesen schrecklichen Tag in der Brautboutique zurückdachte, als sie den Vorhang geöffnet hatte und ihr Angreifer das Messer immer und immer wieder in ihren Bauch getrieben hatte ... es ergab eine seltsame Art von Sinn. Ihr Angreifer hatte die richtige Größe für Riley gehabt, ziemlich groß und gut gebaut, aber das bedeutete nichts. Richard, Noah und Charlie waren alle von ähnlicher Größe und ihre Statur glich der von Riley.

Aber es gab noch einen anderen Grund, warum es Sinn ergab ... eine, auf die sie immer mit Scham zurückblickte ...

... sie hatte Richard mit Riley betrogen.

39

MANHATTAN

ergangenheit

ES WAR NACH PARIS, nachdem sie mit dem Rucksack um die Welt gereist waren und Richard endlich seinen Willen bekommen hatte und sie mit dem luxuriösesten Pariser Traumurlaub verwöhnt hatte. Danach.

Sie waren nach New York und in ihren Alltag zurückgekehrt; Richard führte seinen Milliardenkonzern und Lila ging wieder zur Schule und arbeitete in der Bar. Jetzt, da die Schule zu Ende ging, hatte sie kaum noch Termine und sie hatte mehr Zeit zum Nachdenken und Zeit, für sich zu sein.

Das erwies sich als großer Fehler. Sie war auf ein Foto in einem Society-Magazin von Delphines gestoßen.

CAMILLA VAN DER HAAS, 27, verlässt Butter mit ihrer neuen Flamme, Eric John Markham, 39. Miss Van Der Haas ist die Tochter des milliarden-

schweren Immobilienmagnaten *Regis Van Der Haas* und *Lavinia Fortuna*.
Mr. Markham ist der Chef des Pharmariesen MarkoPharm.

Es gab ein Foto von Camilla in einem atemberaubenden roten
Seidenkleid, ihr langes, dichtes Haar fiel über ihren Rücken, ihr
Lächeln war breit und selbstbewusst. Ihr Begleiter war angenehm
gutaussehenden, nichts, was einem im Gedächtnis blieb, aber Lila
konnte ihre Augen von Camilla nicht abwenden. *Dieser arrogante
Blick. Ich könnte jeden Mann haben, den ich will, und ich weiß es,* schien
sie zu sagen. *Vor allem* Deinen *Mann, Lila ... Wer glaubst du, wer du bist,
du kleine, aus dem Nichts gekommene Goldgräberin?*

Lila hatte dem Foto die Zunge rausgestreckt und das Magazin zu
Boden geworfen. Verdammte Schlampe. Und warum hatte Lila
Richard so leicht davonkommen lassen? Er *hat mich verdammt noch
mal betrogen,* sagte sie zu sich selbst.

Sie war in der Bar und räumte auf. Es war spät und es waren fast
keine Kunden mehr da. Samstagabend ... spät.

„Ich habe beobachtet, wie du in den letzten zehn Minuten immer
wieder dieselbe Stelle auf der Bar wischst, mit einem Gesicht, das
sagt: ‚Ich werde dich Schlampe umbringen‘.“

Lila schaute auf und lächelte. „Hey du, ich habe dich nicht einmal
gesehen. Wann bist du gekommen?“

Riley Kinsayle lächelte sie an. „Wie gesagt, vor zehn Minuten.“

Lila kicherte. „Mann, es tut mir leid, was kann ich dir bringen?“

Riley schaute sich in der ansonsten leeren Bar um. „Sicher? Ich
meine, es sieht so aus, als ob du bereit bist, den Laden für die Nacht
zu schließen.“

Lila zögerte, dann ging sie zur Tür, schloss sie ab und schob den
Riegel vor. „Nur wir beide?“

Riley grinste begeistert. „Hey, dafür bin ich immer zu haben.“

Lila holte zwei Bier und sie setzten sich an einen Tisch in der
Mitte des Raumes. Riley stieß mit seiner Flasche gegen Lilas und
nahm einen Schluck. „Also, warum das Gesicht?“

Lila zuckte mit den Schultern. „Nichts. Nicht viel ... Gott ... es ist nur eine von Richards Ex."

„Nervt sie dich?"

Lila blickte ihn einen langen Moment an. „Riley, wenn ich dir etwas erzähle ... wirst du versprechen, es für dich zu behalten, es nicht einmal Charlie zu sagen?"

Er legte seine Hand auf sein Herz. „Mein Wort darauf, Lila." Er studierte sie genau. „Was ist los, Schatz?"

Sie seufzte. „Richard hat mich mit einer seiner Ex betrogen. Camilla. Sie ist von der Upper East Side, Designerklamotten und perfektes Haar.

Riley fluchte. „Machst du Witze? Ist er ein Idiot?"

Lila versuchte zu lächeln. „Oh, ja. Aber ich zolle ihm Anerkennung dafür, dass er es mir gleich am selben Tag gesagt hat."

„Tust du das? Ich nicht." Riley war jetzt ganz klar sauer. „Welcher verdammte Idiot betrügt *dich*?"

Lila wurde rot und winkte das Kompliment ab. „Nein, ich meine, er ist sicher ein Idiot, aber ich glaube nicht, dass es absichtlich war."

„Also ist er gestolpert und sein Schwanz fiel aus Versehen in ihre Ritze?"

Das Bild, das Riley heraufbeschwor, war so komisch, dass Lila laut lachte und er grinste. Nach einem Moment hörte Lila auf zu lachen. „Riley, du schaffst es immer, mich aufzumuntern."

„Vielleicht, weil ich genial bin", sagte er und wackelte mit den Augenbrauen und brachte sie damit zum Grinsen, aber dann fixierte er sie mit einem ernsten Blick. „Bitte sag mir, dass du ihn rausgeworfen hast."

Lila zuckte mit den Achseln und Riley seufzte. „Lila ... weißt du nicht, dass er Glück hat, dich zu haben? Dass jeder andere Kerl für eine Frau wie dich töten würde?" Er schaute kurz auf seine Hände herab. „Ich würde es tun."

Lila stand auf und ging zu ihm und umarmte ihn fest. „Danke, Riley ..."

Er stand von seinem Stuhl auf und schlang seine Arme um sie. „Jederzeit, meine Schöne, jederzeit."

Sie blieben für einen Moment lang so stehen, dann löste sich Lila von ihm – sah aber zu ihm auf. Für einen Herzschlag starrten sie einander an, dann neigte Riley seinen Kopf und küsste sie. Es war ein süßer, aber fester Kuss und Lila erwiderte ihn, ihre Lippen auf seinen, ihre Hände flach auf seiner Brust. Als seine Finger eine Sekunde lang unter ihr T-Shirt rutschten, dachte sie darüber nach, ihn aufzuhalten.

Aber sie tat es nicht ... er war hier und Richard war es nicht ... und sie musste von jemandem gehalten und geliebt werden, der ihr nie wehtun würde ...

Es schien nur eine Sekunde zu dauern, bevor Riley ihr T-Shirt auszog und seine Augen auf ihre vollen Brüste und ihren Bauch richtete. „Wow. Oh wow," sagte er leise, „du weißt nicht, wie lange ..."

„Psst", lächelte sie ihn an, „keine Worte."

Riley lächelte und dann zogen sie sich gegenseitig aus und sanken nackt auf den Boden, und Riley legte sich ihre Beine um seine Hüften und stieß in sie.

„Oh Gott, Lila ... Lila ..."

Die Art und Weise, wie er es sagte, ließ sie sich wie etwas Besonderes fühlen, wie es Richard am Anfang getan hatte, so voller Liebe und Staunen. Riley war ein geschickter Liebhaber, all seine Aufmerksamkeit war auf sie und ihr Verlangen gerichtet, er ließ sie kommen und ein langer, tiefer Seufzer brachte ihren Körper zum Beben. Danach hielten sie sich fest und unterhielten sich und lachten – locker, lässig und freundlich.

Lila steckte ihr T-Shirt in ihre Jeans und nahm dann seine Hand. „Hey, Riley ... hör mal, es war wirklich schön heute Abend und ich ..."

Riley stoppte sie mit einem Kuss. „Nur zwischen dir und mir", sagte er, „*diese* Nacht gehört uns, auch wenn es keine Nächte wie diese mehr geben wird."

Lila lächelte ihn liebevoll an und berührte sein Gesicht. „Du bist so ein guter Freund, Riley."

Es war etwas in seinen Augen, das ihre Brust zum Schmerzen brachte, eine Traurigkeit, eine Enttäuschung, aber er lächelte sie an. „Immer, Lila. Immer."

. . .

UND ES GAB keine weitere Nacht wie diese. Zu Lilas großer Erleichterung hatte sich Riley ihr gegenüber nicht geändert – er war immer noch der warme, sie umschwärmende Freund, flirtete immer noch unverschämt, als wären sie nie intim gewesen. Wenn Charlie dabei war, agierten die drei so, wie sie es immer getan hatten, Lila und Riley neckten Charlie wegen seiner mürrischen Art.

ES WAR eine Woche vor Lilas und Richards Hochzeit, als es passierte. Lila feierte ihren letzten Abend in der Bar und alle ihre Freunde waren dort. Champagner floss in Strömen, aber Lila hatte bemerkt, dass Riley sich die ganze Nacht an einem Wasser festhielt. Schließlich erwischte sie ihn allein.

„Warum trinkst du nicht, Smiley Riley?" Lila hatte getrunken und war ein wenig angeheitert. Sie schwankte und er hielt sie lächelnd fest.

„Weil ich ein lausiger Betrunkener bin", sagte er leise. „Und ausgerechnet heute Abend wollte ich nicht dieser Typ sein. Der Typ, der dir sagt, dass er verrückt nach dir ist und das schon seit Jahren. Der betrunkene Kerl, den du traurig anschaust und der den Kopf schüttelt und dich fragt, warum du ihn eingeladen hast. Derjenige, der sich betrinkt und dich bittet, den reichen Kerl nicht zu heiraten, weil er, der betrunkene Kerl, in dich verliebt ist. Und siehe da, ich habe das doch alles gesagt."

Lila starrte ihn an und Riley wandte seinen Blick ab und lachte leise.

„Oh, Riley ..." Lila fühlte sich furchtbar und legte ihre Hände auf sein Gesicht. „Es tut mir so leid."

Er schüttelte den Kopf. „Das muss es nicht, es gibt nichts, was dir leidtun muss. Ich habe meine Fähigkeit, dir fernzubleiben, unterschätzt."

Lila stellte sich auf ihre Zehenspitzen und küsste ihn. „Weißt du, ich liebe dich auch. Nur bin ich nicht ..."

„*Verliebt* in mich. Das ist okay, Kleine, solange wir noch Freunde sind."

„Immer", sagte sie heftig, „immer."

Er hatte sie eine lange Minute lang festgehalten und sie dann sanft weggeschoben. „Geh. Finde dein Glück, Lila und genieße den Rest deines Lebens."

VIER TAGE später versuchte ein Mann mit einem Messer – möglicherweise Riley – ihr Leben zu beenden und war dabei fast erfolgreich gewesen.

40

SAN JUAN ISLAND

N oah runzelte die Stirn, als er die Haustür zum Cottage öffnete. Normalerweise würde Lila auf der Veranda auf ihn warten, würde sich in seine Arme werfen. Heute nicht.

„Ist jemand zu Hause?", rief er und sein Herzschlag beschleunigte sich, bevor er ihre Stimme hörte.

„Hier, Baby."

Das Wohnzimmer. Er warf seine Tasche zur Seite und nahm seinen Mantel ab, ging hinein – und blieb wie angewurzelt stehen. Charlie Sherman stand auf und hielt ihm seine Hand hin. „Hey Doktor."

Noah blinzelte. „Hey." Er schüttelte Charlie die Hand und beugte sich hinunter, um Lilas Wange zu küssen. Sie lächelte ihn an, und er sah die Anspannung in ihren Augen.

„Ist etwas passiert?"

Er setzte sich neben sie und legte seinen Arm um sie. Charlie beobachtete sie und als Lila nur nickte, erzählte Charlie die Geschichte. Noah pfiff.

„Also dieser Riley ... er ist verschwunden?"

Charlie nickte. „Deshalb bin ich hier. Ich weiß, Lila wollte etwas Zeit für sich selbst und ich habe ihr die gern gegeben ... aber die

Dinge haben sich geändert, sind eskaliert. Und jetzt weiß ich, dass ihr beide zusammen seid und dass ein Baby auf dem Weg ist ... Ich hatte das Gefühl, dass es meine Pflicht war."

Er verstummte, lächelte aber. Noah fühlte sich irritiert. „Das Haus ist überwacht. Man kann es nicht sehen, es ist sehr diskret. Aber wir sind geschützt."

Lila drückte seine Hand. „Liebling, Charlie kam, um uns vor Riley zu warnen, nicht um uns zu sagen, was wir dagegen tun sollen, richtig Charlie?"

Charlie hielt seine Hände hoch. „Sicher, sicher, es tut mir leid, wenn ich etwas Falsches gesagt habe. Ich bin es einfach gewohnt, Lilas Beschützer zu sein. Verzeihen Sie mir."

Noah nickte fest, seine Augen zogen sich zusammen und Lila seufzte. „Okay, dann", sagte sie und stand auf, „Wenn ihr damit fertig seid euch anzufeinden, dann werde ich uns etwas zu essen machen."

Noah stand auf, und sein Gesicht zeigte Schuldbewusstsein. „Nein, das wirst du nicht. Wir werden uns etwas bestellen. Ist das okay für dich, Charlie?"

„Natürlich."

SPÄTER, als sie gegessen hatten und Charlie zurück in die Stadt zu seinem Hotel gegangen war, lagen Lila und Noah gemeinsam in der Badewanne, Lila lehnte sich an seine Brust und Noahs Finger streichelten ihren Bauch. Er malte eine Sechs darauf und sie kicherte. „Ich weiß, kannst du es glauben? Nur noch drei Monate."

„Sollen wir über Namen reden? Hast du eine Idee?"

Lila lächelte ihn an. „Ein paar ... aber ich habe Angst, dass du sie hasst."

„Hmm", überlegte er, „nun, wie ist es, wenn du mir deine sagst und ich werde dir meine sagen, und wir werden sehen, was wir damit anfangen."

„Okay."

„Gut. Wenn es ein Junge ist ... William."

Sie grinste. „Das gefällt mir. William Noah ... oder Noah William. Noah Applebaum II."

„Oh nein", protestierte er. „Ich finde Kerle, die ihre Kinder nach sich selbst benennen, so unglaublich eingebildet. Wie würdest du einen Jungen nennen?"

„Noah", sagte sie, während er lachte, „aber ich habe ein paar Ersatznamen. Wie wäre es mit Gyjoo – gesprochen Gee-shooo?"

„Was zum Teufel ist Gee-shooo für ein Name."

Sie grinste hinterhältig. „Er wird G. I. J. O. E. geschrieben."

Es dauerte eine Sekunde, dann spritzte er sie mit Wasser voll. „G. I. Joe, sehr lustig."

„Sorry, ich hatte wirklich nur Noah für einen Jungen, aber William finde ich richtig gut."

Noah jubelte. „Also bekomme ich meinen Willen? Sieg!"

Lila rieb ihren Bauch sanft. „Nur wenn es ein Junge ist, Mister, und da ich dieses Ding backe, weiß ich, dass es ein Mädchen ist."

„Oh du, hm? Dann nenne mir deine Namen."

„Okay, mache ich, Top 3 in umgekehrter Reihenfolge, okay?"

Noah seufzte dramatisch. „Nur zu, Frau."

Lila kicherte. „Okay, an dritter Stelle ... Olivia."

Noah dachte darüber nach. „Ja, schön, weiter."

„Zweiter Platz ... Emeliana."

„Hmm, da bin ich mir nicht sicher, er ist schön, aber mit Applebaum? Das ist ganz schön lang."

Lila schmollte. „Dann wirst du meine erste Wahl wahrscheinlich nicht mögen."

„Sag sie mir."

„Matilda."

„Hmm. Matilda Applebaum. Matty Applebaum. Darauf kann ich mich einlassen."

Sie drehte sich um und sah ihn überrascht an. „Das kann doch nicht sein, dass du dem so einfach zustimmst?"

„Es ist ein wunderschöner Name für unser wunderschönes Mädchen, Lila Belle. Und übrigens, was hältst du davon, das alles offiziell zu machen?"

Sie hielt inne und sah ihn an, ihr Gesicht wurde blass. „Was?"

Noah grinste. „Keine Panik, ich mache dir noch keinen Antrag ... *noch nicht.* Ich meine, wenn wir ein Baby haben, würde es mir sehr gefallen, wenn Matty oder Willy", grinste er über ihr schmerzvoll verzogenes Gesicht, „meine Familie kennenlernen würden, was bedeutet, dass du, mein Liebling, meine Familie kennenlernst. Ich warne euch – sie sind verrückt."

„Gut verrückt oder schlecht verrückt?"

„Das ist ein schmaler Grat."

Lila nickte langsam. „Okay, dann wird mir verrückt gefallen. Wow, ich treffe den Applebaum-Clan." Sie küsste ihn, ihre Lippen verzogen sich an seinem Mund zu einem Lächeln. „Die Familie, die dich gemacht hat, kann nicht schlecht sein."

Noah kicherte. „Danke, dafür. Und mein Verhalten früher gegenüber Chuckles tut mir leid. Ich war überempfindlich, der Mann will dich einfach genauso in Sicherheit wissen, wie ich."

Lila seufzte glücklich und legte ihren Kopf an seinen Hals. „Oh und übrigens ... es ist vollkommen ausgeschlossen, dass wir unseren Sohn „Willy" nennen."

Beide lachten und dann kitzelte Noah sie, bis sie vor Lachen kreischte, und küsste sie dann, bis das Wasser sehr, sehr kalt wurde.

41

SEATTLE

„Ich hätte auf die Insel zurückkehren können", sagte Charlie am nächsten Morgen, als sie im Kaffeehaus saßen, „Du hättest deine Kekse nicht herschleppen müssen, Boo."

Lila lächelte ihn an. „Es ist kein Problem ... es hat mir sogar zusätzliche Zeit mit Noah in der Stadt verschafft. Außerdem werde ich hier öfter in seiner Wohnung bleiben, jetzt, da ich nicht mehr ‚untertauche'."

Charlie rührte seinen Kaffee. „Bist du dir sicher, dass das klug ist? Wir wissen immer noch nicht, wo Riley ist."

„Ich werde keine unnötigen Risiken eingehen", sagte sie und rollte die Augen. „Keine Umkleideräume für die Hochzeit mehr für mich."

Charlie zuckte zusammen. „Mach darüber keine Scherze, Lila. Das war der schlimmste Tag meines Lebens."

„Meiner auch", sagte sie halb lächelnd. „Charlie, ich möchte wissen, was du so getrieben hast oder besser gesagt mit wem? Besteht die Chance, dass du und Tinsley wieder zusammenkommt?"

Sie sah so hoffnungsvoll aus, dass er grinste. „Die ehrliche Antwort ist, dass ich es nicht weiß. Sie war eine Weile mit Harry liiert."

Lilas Mund klappte auf. „Harry ... Carnegie?"

„Genau der. Netter Kerl, eigentlich, besser als ..."

„Charlie." Lila starrte ihn über ihren Kaffeebecher hinweg an.

„Sorry, alte Gewohnheiten." Aber er lächelte. „Ja, sie waren eine Weile zusammen, aber dann ist er zurück nach Australien gegangen."

„Ist Tinsley traurig?"

„Ich kann es dir ehrlich gesagt nicht sagen. Sie und ich waren irgendwie abgelenkt von diesem Riley-Ding. Ich habe nicht mit ihr gesprochen, seit ich hier angekommen bin."

„Ich sollte sie anrufen."

„Ja, ich weiß, dass sie dich vermisst. Lila?"

Sie starrte aus dem Fenster, und als sie sich ihm zuwandte, standen Tränen in ihren Augen. „Charlie, ich möchte mit den Carnegies sprechen, wirklich, aber ich habe keine Vorstellung davon, was ich ihnen sagen soll, besonders jetzt."

Sie blickte auf ihren geschwollenen Bauch herab und legte ihre Hand schützend darüber. „Ich könnte warten, bis das Baby geboren ist, aber ich möchte nicht, dass es über mir schwebt. Noah sagt, ich solle das Pflaster abreißen."

„Noah ist ein kluger Kerl. Schau, das, was du ihnen sagen willst, wird nicht einfach werden, Lila. Tu es einfach."

Lila kicherte plötzlich. „Himmel, Charlie, musst du immer so direkt sein?"

„So bin ich nun einmal, Tierney."

Die Kellnerin brachte ihr Frühstück mit und Charlie stürzte sich auf seine Pfannkuchen, als ob er halb verhungert wäre. Lila schaute ihn liebevoll an. „Junge, du musst wieder mit Tinsley zusammenkommen. Sag mir die Wahrheit, bist du jemals wirklich über sie hinweggekommen?"

Charlie zuckte mit den Schultern. „Ich bin nicht jemand, der den Dingen nachtrauert, Lila, das weißt du. Ich schwimme einfach mit dem Fluss."

„Hmm", sagte Lila und sah ihn aus schmalen Augen an. „Ist es falsch, dass ich möchte, dass du so glücklich bist, wie ich es jetzt bin?"

„Nein, Kleine, es ist nicht falsch, es ist überhaupt nicht falsch.

Nur manchmal klappt es eben bei manchen Menschen nicht so und ich komme damit klar. Solange ich mein Mädchen habe", sagte er und tippte mit der Fingerspitze auf ihre Wange und sie biss sie kichernd hinein.

„Natürlich. Hey, hör zu, Noah hat mich gebeten, mit ihm zu gehen und seine Familie kennenzulernen."

„Hast du Angst?"

„Ich bin eher aufgeregt. Ich kann es kaum erwarten."

42

„DR. APPLEBAUM?"

Noah wandte sich zu der Frau hinter ihm um. Joanne
Hammond lächelte ihn an und Noah lächelte zurück. Sie
hatten sich ein paar Mal getroffen, als er Lauren Shannon
gedatet hatte. Sie waren Kollegen und Joanne hatte keine von
Laurens Ambitionen. Joanne war die Assistentin von Derek Shannon
– Laurens Vater – und das Lebensblut seiner PR-Firma. Er liebte
Joanne, weil sie die Firma wie ein Uhrwerk leitete – und mit Lauren
zurechtkam. Noah hatte sie auf einem Firmenfest kennengelernt und
fühlte sich sofort von ihrem Witz, Sarkasmus und Zynismus angezogen. Es hatte Lauren immer geärgert, dass Noah und Joanne Freunde
waren – was es noch angenehmer machte.

„Joanne! Es ist schön, dich zu sehen ... geht es dir gut?" Er
umarmte sie.

„Ja – aber Mackie hat wieder mit seiner Diabetes zu kämpfen."
Joanne, eine kleine, athletische Frau mit dunkler Haut und silbernen
Augen, lächelte, aber sie sah müde aus. Ihr Ehemann Mackie war ein
Kriegsveteran, der depressiv geworden war, nachdem er das Militär
verlassen und so viel zugenommen hatte, dass er später im Leben
Typ-2-Diabetes entwickelte. Er war ein guter Mann und ein paar Mal

ins Krankenhaus eingeliefert worden und Joanne, fast in ihren sieb-ziger Jahren jetzt, war erschöpft.

„Komm, trink einen Kaffee mit mir, während der Arzt bei Mackie ist", sagte Noah, als er sah, wie sein Kollege mit Mackie sprach, „dann kannst du mir alles erzählen."

Selbst der stoische Charlie war beeindruckt, als Lila ihm Noahs Wohnung zeigte. „Okay, ich hätte Medizin studieren sollen."

Lila kicherte. „Nicht wahr? Der Gedanke, dass er uns zwei Stra-ßenkinder hier allein lässt? Wollen wir uns den Laden mal ansehen?"

Charlie schüttelte lachend den Kopf. „Weißt du, wir waren nie wirklich Straßenkinder, nicht, bis wir alt genug waren, dass sie uns rauswerfen konnten."

„Wir haben es geschafft."

„Das haben wir."

Lila schenkte ihnen etwas zu trinken ein. „Lass uns auf den Balkon gehen, einfach weil wir Lust dazu haben."

„Das ist immer ein guter Grund."

Noahs Balkon bot einen erstaunlichen Blick über den Elliott Bay und sie legten ihre Füße hoch, als sie sich in die bequemen Sessel sinken ließen. Der Tag war hell und kalt und die Olympic Mountains erstreckten sich am Horizont.

Lila schaute Charlie an. „Chuckles, kann ich dich etwas fragen?"

„Was immer du möchtest."

„Glaubst du, dass ich mich mit zu vielen reichen Männern einlasse? Das habe ich nie so geplant."

Charlie lachte. „Lila, hast du mal in den Spiegel geschaut? Du ziehst jede Art von Mann an. Und es waren nur Richard und Noah – zwei völlig unterschiedliche Situationen. Alle anderen, mit denen du ausgegangen bist, waren viel weiter unten."

„Sag das nicht, sie waren alle tolle Jungs – einer von ihnen beson-ders", grinste sie ihn an. „Du wirst immer meine erste Liebe sein, Chuckles."

„Und du meine, kleine Tonne."

Lila schnaubte vor Lachen und dabei lief ihr fast der Saft aus der

Nase. „Das ist so grausam, aber urkomisch. Wenn ich so weiterma-
che, werde ich in kürzester Zeit riesig sein."

„Du könntest die Größe des Madison Square Garden haben und
immer noch das schönste Mädchen der Welt sein."

„Süßholzraspler!" Sie kicherte, als er seinen nicht vorhandenen
Hut zog. „Hör auf, mit mir zu flirten, Chuckles, ich bin schwanger."

„Fairer Punkt", seufzte Charlie. „Schau dir diese Aussicht an.
Gott, ich vermisse diese Stadt."

Lila nahm einen Schluck Orangensaft. „Du kannst jederzeit
wieder herziehen."

Charlie schaute zu ihr hinüber und lächelte. „Ich kann dir nicht
mein ganzes Leben lang folgen, Schatz. Außerdem, wenn du willst,
dass ich wieder mit Tinsley zusammenkomme ..."

Lila warf ihre Arme in die Luft. „Ja!"

„Siehst du."

„Ich möchte, dass ihr heiratet und eine Million Kinder habt."

„Langsam, Mädchen."

„Dann komm her und lebe hier in Seattle."

Charlie seufzte. „Himmel."

Lila grinste und keuchte dann, beugte sich nach vorne und
umklammerte ihren Bauch. Sofort war Charlie hellwach. „Was? Was
ist los, Lila?"

Lila antwortete einen Moment lang nicht, dann schaute sie auf,
ihre Augen strahlten. „Sie hat einfach getreten. Das ist das erste Mal,
dass ich es gespürt habe. Oh mein Gott, Charlie, gib mir deine
Hand."

Sie packte seinen Arm und legte seine Hand auf ihren Bauch. Sie
starrte ihn an und lächelte. Charlie erstarrte und zog seine Hand
dann weg.

„Das ist nicht richtig, es sollte Noah sein..."

„Er ist nicht hier, Doofus", sagte sie und packte seine Hand.
„Noah weiß, wie diese Dinge funktionieren, du kannst kein perfektes
Timing haben. Er wird einfach froh sein, dass ich jemanden hatte,
mit dem ich gerne diesen besonderen Moment teile."

. . .

NOAH VERSUCHTE ZU LÄCHELN, als er das Telefon zwischen Hals und Schulter balancierte und seinen weißen Kittel auszog. „Liebling, das ist wunderbar. Ich kann es kaum erwarten, nach Hause zu kommen, aber mein Vater hat mich gebeten, ihn nach der Arbeit zum Abendessen zu treffen. Kann ich dich ein paar Stunden allein lassen?"

„Natürlich, ich werde etwas zu Essen bestellen und Charlie dazu bringen, bei mir zu bleiben. Aber ich bin so aufgeregt, Noah, ich kann es kaum erwarten, dass du sie fühlst."

Noah gluckste. „Du bist überzeugt, dass es ein Mädchen ist, nicht wahr?"

„Darauf kannst du wetten. Schön ... grüß deinen Vater von mir, sag ihm, ich freue mich darauf, ihn kennenzulernen."

„Es ist wahrscheinlich besser, wenn ich ihm zuerst von *dir* erzähle ... und dann versuche irgendwie ein ‚Hey, Papa, du wirst Opa!' einfließen zu lassen."

Lila lachte. „Nun, viel Glück damit, Schatz. Ich liebe dich."

„Ich liebe dich auch, meine Schöne."

AUF DEM WEG nach draußen blieb er bei Joanne und Mackie stehen. Mackie schlief und Joanne saß an seinem Bett.

Noah – immer der Arzt – überprüfte Mackies Werte. Er versuchte sich nichts anmerken zu lassen, aber Joanne kannte ihn zu gut.

„Ja", sagte sie, „Mackie geht den Bach runter. Seine Worte, nicht meine. Aber er wird sich zusammenreißen und die Verantwortung für seine Gesundheit übernehmen. Er isst, Noah, von der Minute an, in der er aufsteht, bis er einschläft. Vielleicht nicht immer ungesunde Sachen, aber du weißt so gut wie ich, alles, was im Übermaß passiert ..."

Noah nickte und seufzte. „Sicher. Hat er es denn jemals mit Psychotherapie versucht, um mit seiner Essstörung umzugehen?"

„Einige. Nichts hat etwas gebracht. Er hat sich damit abgefunden, zu sterben, Noah, sagt, er würde lieber glücklich sterben."

Noah verzog verärgert das Gesicht. „Und was ist mit dir?"

Joanne sah ihn nur an und er nickte. „Ja, ich weiß. Hör zu, ich muss meinen Vater treffen."

Ihre Augen leuchteten auf. „Du wirst ihm von dem Baby erzählen?"

Noah lächelte über ihre Miene. „Ja ... ich wünsche mir Glück. Hey, hör zu, sag nichts zu Lauren, ja?"

Joanne rollte die Augen. „Als ob ich das tun würde. Viel Glück mit deinem Mädchen, Noah, du verdienst es."

„Ich komme morgen vorbei, um zu sehen, wie die Dinge stehen."

ALS ER INS RESTAURANT FUHR, um seinen Vater zu treffen, dachte er darüber nach, die nächsten fünfzig Jahre mit Lila zu verbringen, wie Joanne es mit Mackie getan hatte. Wären sie dann immer noch so ineinander verliebt? Er war sich nie über etwas so sicher gewesen. Er und Lila waren beste Freunde, sie passten aufeinander auf, Geist, Körper und Seele.

Noah Applebaum war in einer unglücklichen Ehe aufgewachsen und hatte selbst erlebt, was das mit einem Menschen anrichtete. Sein Vater Halston war ein schrecklicher, gewalttätiger Ehemann gewesen, selbst als seine Mutter mit Krebs im Sterben lag. Mehr als einmal war er, Noah, zwischen sie getreten und hatte die Schläge seines Vaters eingesteckt. Als seine Mutter schließlich gestorben war, hatte sie Noah geküsst und ihm gesagt, dass sie glücklich sei, zu gehen und von seinem Vater wegzukommen.

Aber der Tod seiner Mutter hatte seinen Vater verändert. Es folgte ein vollständiger Zusammenbruch und eine intensive Therapie in den teuersten Reha-Einrichtungen der Welt und sein Vater war wie umgekrempelt. Das Erste, was er getan hatte, als er nach Seattle zurückkehrte, war Noah aufzusuchen und sich zu entschuldigen. Und es war nicht irgendeine scheinheilige Entschuldigung, die aus einem Programm gekeult worden war; es war ein echtes Plädoyer, das von Herzen kam, nicht um Vergebung, sondern um eine zweite Chance. Und sein Vater hatte Wort gehalten. Er gründete eine Stiftung zur Bekämpfung häuslicher Gewalt, gab Interviews, in denen er frei und beschämt zugab, ein Täter zu sein, und war ein engagierter öffentlicher Redner zu diesem Thema. Noah, bereits in seinen Zwanzigern und zynisch, war von der Wende nicht überzeugt gewesen, bis er widerwillig an einer Veranstaltung seines Vaters teilnahm. Nach einigen Reden bat sein Vater um einen Freiwilligen aus dem Publikum, um eine Frau, die schwer misshandelt worden war. Es gab Zögern und schließlich war eine kleine vogelähnliche Frau auf die Bühne gekommen.

Hal Applebaum hatte sie gebeten, sich vor ihn zu stellen und dann hatte er ihr in die Augen gesehen. „Ich bin dein Mann, dein Bruder, dein Dämon, dein Alptraum. Ich stehe hier, ohne irgendwelche Wut. Sagen Sie, was Sie schon immer sagen wollten, lassen Sie Ihre Wut heraus, sagen Sie mir alles, was Sie sagen wollten, als Sie missbraucht wurden."

Die Frau war zunächst nervös gewesen, ihre Stimme kaum hörbar, aber als sie anfing zu sprechen, ihren Schmerzen eine Stimme verlieh, war die Atmosphäre im Raum geladen. Noah konnte kaum atmen, als die Frau anfing zu schreien, am Hemd seines Vaters zu ziehen, jedes bisschen Schmerz, das ihr Täter ihr angetan hatte, an ihm auszulassen und sein Vater es einfach hinnahm. Als sich das Schluchzen der Frau beruhigt hatte, nahm Hal ihre Hände.

„Ich bin nicht dein Mann", sagte er leise, „und du bist nicht meine Frau. Er hat sich nie bei dir entschuldigt und meine Frau hat nie eine Entschuldigung von mir erhalten. Das hier wird das nicht gutmachen, aber ich denke, es wird uns beiden helfen. Es tut mir leid. Es tut mir so leid, dass dir das passiert ist, es gibt keine Entschuldigung für all die hasserfüllten Dinge, die du gehört hast, für den Schmerz, der dir zugefügt wurde. Du bist stark und freundlich und schön, und jeder Mann, der dich anders behandelt als eine Göttin, ist deiner nicht würdig. Es tut mir so leid."

Ein Blick in das Gesicht seines Vaters – und Noah wusste, dass er nicht nur mit der gequälten Frau vor ihm sprach, sondern auch mit Noahs geliebter Mutter.

Danach hatte er sich seinem Vater genähert. Die beiden Männer starrten einander an, dann streckte Noah seine Hand aus und sein

Vater brach zusammen. Tränen rollten ihm über das Gesicht, er zog seinen Sohn in eine Umarmung.

„Ich weiß, dass das nichts wiedergutmacht", sagte er mit brechender Stimme, „aber ich werde den Rest meines Lebens damit verbringen, es zu versuchen."

Es HATTE ihre Probleme nicht über Nacht gelöst, aber sie arbeiteten daran. Nun genoss Noah eine warme, aber distanzierte Existenz von seinem Vater. Er hatte wieder geheiratet, eine schöne Frau namens Molly, und jetzt lebte sein Vater mit ihr und Mollys Sohn Kyle in Portland. Kyle und Noah hatten sich schnell gut verstanden und mittlerweile betrachtete Noah Kyle bereits als Bruder. Der jüngere Mann hatte *summa cum laude* abgeschlossen und arbeitete nun als Journalist in Kuala Lumpur.

Noah ging ins Restaurant und sah seinen Vater und Molly auf ihn warten. Sie umarmten ihn zur Begrüßung und sie plauderten leicht, während sie saßen.

Halston lächelte seinen Sohn an. „Ich höre Großes über deine Arbeit, Sohn. Saul Harlow sagt, dass du der jüngste Chef der Chirurgie in deiner Generation werden könntest."

Noah dankte ihm. „Aber eigentlich, Papa, Molly, es gibt noch etwas, was ich euch sagen muss – etwas ziemlich Großes."

Und er erzählte ihnen von Lila und dem Baby. Sowohl Hal als auch Molly waren überrascht, schockiert und dann begeistert. „Nun, das ist eine außergewöhnliche Nachricht", sagte Hal und klopfte seinem Sohn auf den Rücken, „Herzlichen Glückwunsch, Noah, das ist wunderbar."

„So aufregend", sagte Molly und drückte Noahs Hand, ihr weiches Gesicht leuchtete auf. Noah grinste sie an.

„Also, ich möchte, dass ihr Lila kennenlernt – ihr werdet sie lieben." Sein Lächeln verblasste ein wenig. „Ich sollte euch sagen ... sie war mit Richard Carnegie verlobt."

„Warte", ärgerte sich sein Vater, „sie ist die junge Frau, die angegriffen wurde, oder?"

„Sie wurde mit dem Messer angegriffen, ja", sagte Noahs und dachte an den Moment, als er Lila zum ersten Mal gesehen hatte. „Sie haben immer noch nicht die Person gefunden, die es getan hat, also mussten wir Sicherheitsvorkehrungen treffen."

„Schrecklich", sagte Molly düster. Noah lächelte sie an.

„Lila geht es jetzt viel besser. Ich meine, sie hat noch einiges vor sich, um ihre ursprüngliche Beweglichkeit wiederzuerlangen, aber wir warten, bis nach der Geburt des Babys, um ihre Reha zu beenden."

„Wann ist sie fällig?"

Noah räusperte sich. „Etwa drei Monate."

Die Augenbrauen seines Vaters schossen in die Höhe. „Und du sagst es uns jetzt erst?"

„Es ist eine lange Geschichte."

43

SEATTLE

Charlie Sherman ließ Lila in der Wohnung und traf sich mit seinen Landsleuten bei der Polizei von Seattle. Der Detektiv, mit dem er sich traf, ein müde aussehender Mann mittleren Alters namens Cabot Marin, begrüßte ihn mit einem resignierten Seufzer. „Wenn ich einen Dollar für jeden Idioten bekommen würde, der eine Frau verfolgt ...“

Charlie erzählte ihm von Lilas Fall. „Nein, ich muss fair sein, abgesehen von Rileys Verschwinden und dem, was wir in seiner Wohnung gefunden haben, haben wir keine anderen Beweise dafür, dass Riley der Mann ist, der Lila erstochen hat oder dass er jemals ein Verbrechen begangen hat. Aber er ist unsere einzige heiße Spur und die Tatsache, dass er an dem Tag, an dem wir eins und eins zusammengezählt haben, verschwunden ist ...

„Ja. Manchmal müssen wir dorthin gehen, wo uns die Fährte hinführt, auch wenn es unangenehm ist. Nun, sehen Sie, wir wissen bereits, dass Dr. Applebaum extra Sicherheitsvorkehrungen getroffen hat – sie haben beantragt, Waffen tragen zu dürfen, was ihnen gewährt wurde. Miss Tierney scheint gut geschützt zu sein, sowohl auf der Insel als auch in der Wohnung des Arztes. Ist sie der Typ, der Anweisungen befolgt, um sich selbst zu schützen?“

Charlie lächelte schief. „Nicht im Geringsten, das ist es, was mich beunruhigt. Lila ist intelligent, aber eigensinnig – sie reibt sich an allen Einschränkungen. Sie sagt, dass sie keine unnötigen Risiken eingehen wird, aber wenn ich Riley wäre, würde ich auf die Risiken warten, die sie bereit ist einzugehen und dann zuschlagen."

Cabot Marin nickte. „Genau. Nun, alles, was wir jetzt tun können, ist wachsam zu sein."

Charlie schüttelte ihm die Hand. „Ich weiß das zu schätzen."

ER VERLIESS das Polizeigebäude und ging zurück in sein Hotel. Er hatte Lila gesagt, er würde Noah und Lila am nächsten Tag zum Frühstück treffen und dann zurück nach New York fliegen. Er zückte sein Telefon, wählte eine Nummer und lächelte, als er Tinsleys australischen Akzent hörte. „Hey du", sagte er warm, „hast irgendwelche Pläne für morgen Abend?"

44

SEATTLE

Noah schlich sich leise ins Schlafzimmer, zog seine Kleider aus und hängte sie über den Stuhl, so leise er konnte. Lila schlief, lag auf ihrer Seite, eine Hand unter ihrer Wange, die andere lag auf seiner Seite des Bettes. Noah schlüpfte neben ihr unter die Decke, und sie rührte sich, öffnete ihre Augen und lächelte ihn an.

„Hey, schöner Mann."

Noah legte sanft seine Lippen auf ihre und schmeckte ihre Zahnpasta. „Hey Baby." Er rieb seine Nase an ihrer, dann legte er seine Arme um sie herum und zog sie an sich. Sie roch nach verschlafener Wärme und frischer Bettwäsche, und ihre Haut war so weich, dass er nicht anders konnte, als seine Hände darüber wandern zu lassen.

„Deine Hände sind kalt", murmelte sie, kicherte aber, als er sie kitzelte.

„Ich liebe dich, wenn du so schläfrig bist", sagte er und strich mit seinen Fingern durch ihre Haare. „Du bist so komisch."

Sie murrte etwas Unverständliches.

„Was war das?"

Lila rieb sich die Augen. „Entschuldigung, ich habe gefragt, wie dein Abendessen mit deinen Eltern war?"

Noah lächelte. „Gut ... sie können es kaum erwarten, dich kennen-zulernen, aber sie mussten heute Abend zurück nach Portland, also schlägt Papa vor, dass wir über das Wochenende dort hinfahren. Was denkst du?"

„Ich bin dabei. Hey, das Baby tritt wieder."

Noah legte seine Hand auf ihren Bauch und sie führte sie zu dem Ort, an dem das Baby sie trat. Noahs Augen weiteten sich. „Wow ... das fühlt sich seltsam an."

„Nicht wahr? Gott, sie ist auch ein kleiner Zappelphilipp, ich schwöre, sie hat den ganzen Tag dort drinnen einen Aufstand geprobt. Geh schlafen, Matty Apple."

Noah grinste. „Matty Apple?" Lila lächelte und küsste ihn.

„Ich weiß vielleicht einen Weg, um sie in den Schlaf zu schau-keln." Sie zog sich hoch und setzte sich auf ihn, griff nach seinem Schwanz.

Noah legte sich zurück und entspannte sich, als sie ihn sanft zwischen ihren Händen streichelte und dann die Spitze durch die Falten ihres Geschlechts gleiten ließ.

„Willst du mich?", fragte Lila leise und er nickte, unfähig, seine Augen von ihrem Körper zu nehmen, der von dem Mondlicht, das in den Raum strömte, angestrahlt wurde. Ihre dunklen Haare fielen in wilden Wellen über ihren Körper.

Sie liebten sich langsam, jede Bewegung sinnlich und träge, genossen ihr Zusammensein. Als es vorbei war, zog Noah sie in seine starken Arme und sie schliefen ein.

Das Telefon weckte sie beide kurz vor drei Uhr morgens. Lila stöhnte, als Noah danach griff. „Ja? Okay. Okay. Ich werde gleich dort sein."

Lila protestierte, als er aus dem Bett glitt. „Was ist los?"

„Ein Patient ist gestürzt ... Mackie, er ist so etwas wie ein Freund. Er sollte nicht einmal allein aufstehen ... verdammt."

„Hat er sich am Kopf verletzt? Ist das der Grund, warum sie dich angerufen haben?"

„Ja ... Gott, es tut mir leid, Baby." Er zog hektisch seine Kleider an.

„Keine Sorge, ich hoffe, er ist okay."

Er lehnte sich hinüber, um sie zu küssen. „Ist das für dich in Ordnung?"

„Natürlich, geh ruhig."

„Sperr die Tür hinter mir ab."

Sie folgte ihm schläfrig bis zur Haustür und küsste ihn noch einmal. „Geh ein Leben retten, Superman."

Sie schloss und verriegelte die Tür hinter ihm und ging ins Bett, und überprüfte nicht, ob die Alarmanlage blinkte. Sie rollte sich unter der Decke zusammen und schlief innerhalb weniger Minuten ein.

Sie hörte nicht, wie die Türen zum Balkon aufgeschoben wurden und eine Gestalt in ihr Haus eindrang. Der Eindringling machte sich auf den Weg ins Schlafzimmer, trat neben Lilas Bett und beobachtete, wie sie dalag und schlief ...

NOAH GING nach 6 Uhr morgens zu Joanne. Die Frau starrte aus dem Fenster des Aufenthaltszimmers in die Morgendämmerung, die über den Horizont kroch. Sie sah seine Reflexion und drehte sich um, doch der Ausdruck auf ihrem Gesicht sagte ihm, das sie bereits auf seine Nachrichten vorbereitet war.

„Es tut mir so leid, Joanne."

Sie nickte knapp. „Ich weiß. Ich habe gespürt, dass er gehen würde ... nicht erst seit heute Abend, sondern schon seit Jahren. Es war kein Leben, Noah, er hat jetzt seinen Frieden."

„Was ist mit dir? Wirst du klarkommen?"

Sie lächelte ihn an und klopfte auf den Sitz neben sich. Noah setzte sich hin und nahm ihre Hände in seine. Sie lächelte ihn an. „Das werde ich", sagte sie, „und wahrscheinlich früher, als ich sollte. Was war es am Ende, der Sturz?"

Noah nickte. „Das Schlimme daran ist, dass er, wenn er gesünder gewesen wäre, es vielleicht geschafft hätte, aber wegen des Rauchens war sein Gehirn bereits nicht ausreichend mit Sauerstoff versorgt. Seine Todesursache wird eine hypoxische Hirnverletzung aufgrund eines Sturzes und seines Lebensstiles sein."

„Nun", sagte Joanne tonlos, „das war es dann. Das waren *seine* Entscheidungen." Sie seufzte und stand auf. „Ich werde jetzt, glaube ich, nach Hause gehen. Werden sie sich um Mackie kümmern, bis ich alles geregelt habe?"

„Natürlich", stand Noah und umarmte sie. „Es tut mir so leid, Joanne, und falls es etwas gibt, was ich tun kann, dann lass es mich wissen."

„Du hast viel getan", sagte sie. „Wenn Mackie nach diesem Sturz eine Chance gehabt hätte, wärst du es gewesen, der sie ihm gegeben hätte. Einige Leute können nicht gerettet werden."

NACHDEM SIE GEGANGEN WAR, sank Noah in einen Stuhl und vergrub sein Gesicht in seinen Händen. Himmel, wie schnell sich das Leben ändern konnte. Er dachte daran, dass Joanne zum ersten Mal seit fünfzig Jahren in ein leeres Bett ging. *Gott ...*

Ein Bild von Lila in dieser Umkleidekabine vor all den Monaten tauchte vor seinem Auge auf ... okay, also er war nicht dort gewesen, aber er hatte genug Opfer von Stichwunden gesehen – und jetzt sah er sie vor sich, in einer fetalen Position zusammengerollt, ihr Blut um sie herum, ihre Hand, die sich fest auf ihren Bauch presste, als sie versuchte, die Blutung einzudämmen. *Das ist Vergangenheit.*

Er stand auf und ging in den Umkleideraum, zog seinen Kittel aus und warf ihn in einen Wäschekorb.

Er wusste nicht, ob es die Kombination aus dem Verlust von Mackie, der späten Stunde oder die Visionen von Lilas Blutungen waren, die ihm einen Schauer über den Rücken jagten, aber er wusste, dass es jetzt nur eine Sache gab, die er tun wollte.

Nach Hause gehen. *Sofort.*

Sie wagte kaum zu atmen, hielt ihre Augen geschlossen, aber ihre Sinne waren zum Zerreißen angespannt, als sie lauschte, wie der Eindringling durch die Wohnung schlich. Sie war aufgewacht – hatte aber zum Glück nicht die Augen geöffnet –, als sie hörte, wie die Dielen knarrten und hatte sofort die Anwesenheit von jemandem neben dem Bett gespürt. Sie wartete auf das Messer oder die Kugel oder die Hände auf ihrem Körper, aber es geschah nichts.

Sie riskierte, ihre Augen einen Millimeter zu öffnen. Sie sah die Gestalt durch die Tür im Wohnbereich verschwinden und ging in Gedanken alles durch, was sich im Schlafzimmer befand, das sie als Waffe benutzen konnte. Ihre Augen blieben an einer kleinen Marmorlöwenkopfskulptur auf Noahs Nachttisch hängen.

Sie lächelte grimmig und rutschte langsam über das Bett, um sie zu packen. Sie setzte sich auf und glitt aus dem Bett, ging zur Tür und warf einen vorsichtigen Blick hindurch, um zu sehen, wo sich der Eindringling befand. Im Küchenbereich. Gut.

Lila schlüpfte leise in den Wohnbereich, ihre nackten Füße machten keinen Laut auf dem Teppich. Als sie den Eindringling erreichte, drehte er sich um und Lila hob die Skulptur. Der Eindringling schlug ihren Arm beiseite, aber Lila ließ los und der Kopf des Marmorlöwen krachte auf die Schulter des Eindringlings. Ein schriller Schrei – feminin – ließ Lila für einen Moment die Konzentration verlieren, dann war der Angreifer auf ihr, die Hände um ihren Hals, würgte sie und drückte sie zu Boden. Lila rammte dem Angreifer die Finger in die Augen und hörte einen Schrei – dieses Mal war sich Lila sicher. Es war eine Frau.

„Geh von mir runter, du verdammte Schlampe", sagte sie und trat der Angreiferin in die Leiste und diese rollte sich von ihr. Jede einzelne Emotion, die Lila damals empfunden hatte, wenn sie sich auf der Straße verteidigen musste, kam zu ihr zurück, und sie schoss um die Angreiferin herum, riss eine Schublade auf und zog das größte Messer heraus, das sie finden konnte, und hielt es vor sich.

„Komm zu mir, Bastard", knurrte sie und Wut tobte durch sie, als sie die Angreiferin herausforderte, es noch einmal zu versuchen.

Stattdessen schluchzte diese und rollte sich am Boden zusammen. Lila starrte ungläubig auf die schwarz gekleidete Gestalt, drehte das Licht an und riss die Maske vom sehr blonden Kopf der Angreiferin. Die junge Frau schaute sie nicht an.

„Es tut mir leid, okay-y-y-y", sagte sie mit bebender Stimme, als sie schluchzte. „Ich wollte dich nur sehen."

Lila ließ ihren Arm sinken, aber nicht das Messer. „Wer bist du?"

Die Frau schaute schließlich auf, und Lila sah, dass sie jung war, etwa in Lilas Alter und sehr hübsch – wenn sie nicht gerade weinte und mit Tränen bedeckt war.

„Bist du Lauren?"

Noah hatte ihr schon vor Monaten von seiner Exfreundin erzählt, als Lila noch in der Reha war. Das Mädchen nickte.

„Es tut mir leid", sagte sie wieder und rappelte sich auf. Lila machte einen Schritt zurück und hielt die Klinge vor sich. Lauren hielt ihre Hände hoch.

„Ich schwöre, ich habe nie die Absicht gehabt, dich zu verletzen ... Es tut mir leid, aber du hast mir gerade auf die Schulter geschlagen."

„Du bist in mein Haus eingebrochen."

Lauren nickte und schaute sie neugierig an. „Wer bist du?"

Lila atmete tief durch. „Lila Tierney. Ich bin ... jetzt mit Noah zusammen." Fast unbewusst bewegte sich ihre Hand zu ihrem Bauch, schützend, und Laurens Augen folgten der Bewegung.

„Oh."

„Ja."

Laurens Augen füllten sich wieder mit Tränen. „Noah's?"

Lila nickte. „Schau mal, Lauren, könntest du einfach ... gehen? Oder mir sagen, was du willst? Wenn du jetzt gehst, werde ich Noah – oder der Polizei – nicht sagen, was hier vorgefallen ist."

Lauren nickte, senkte aber schüchtern den Kopf. „Nur ein paar Fragen, bevor ich gehe, und ich werde dich nicht mehr belästigen."

Lila seufzte. „Was willst du wissen?"

Lauren studierte sie. „Wo hast du Noah kennengelernt?"

Lila zögerte. „Bei der Arbeit. Seiner Arbeit."

„Du bist Ärztin?"

„Nein."

„Eine Patientin?"

Lila zögerte. „Nicht mehr. Schau, Lauren, es tut mir leid, aber du musst jetzt wirklich gehen."

„Das werde ich auch, nur ... liebst du ihn?"

Lilas Miene wurde weich. „Sehr."

„Und er liebt dich?"

„Das sagt er."

Lauren lächelte traurig. „Er hat nie gesagt, dass er mich liebt."

„Es tut mir leid", sagte Lila tonlos. Lauren nickte und ging zur Haustür.

„Mir auch. Tut mir leid, wenn ich dich verletzt habe, ich habe nicht gewusst, dass du schwanger bist. Viel Glück mit allem."

„Auf Wiedersehen Lauren."

LILA SCHLOSS die Tür hinter der Frau, lehnte sich an die Wand und schüttelte den Kopf. „Die Welt ist voller Irrer, kleine Matty", sagte sie zu ihrem dicken Bauch. Sie gewöhnte sich an diesen Namen – wenn es ein Junge war, müsste er vielleicht Matthew heißen, dachte sie jetzt, als sie die Tür verriegelte und sich dieses Mal daran erinnerte, den Alarm einzuschalten. Sie verriegelte die Balkonfenster – wie zum Teufel war Lauren hier hoch gekommen? Verrückt.

Sie schlich zurück ins Bett, konnte aber nicht schlafen, stattdessen starrte sie an die Decke. Das ganze Adrenalin hatte ihren Körper jetzt verlassen, und der Schock des Angriffs begann zu verfliegen.

„Gott", flüsterte sie sich selbst zu. *Werde ich jemals wieder sicher sein?* Jedes Mal, wenn sie das Gefühl hatte in Frieden leben zu können, passierte etwas, das ihr Gleichgewicht erschütterte. Schließlich verfiel sie in einen unruhigen Schlaf, voller Alpträume, von einer unbekannten Bedrohung verfolgt zu werden.

LILA LEGTE die Pfannkuchen auf einen Teller und unterdrückte ein Gähnen, während sie Noah und Charlie zuhörte. Noah war ein paar Stunden nachdem Lauren verschwunden war, wieder nach Hause gekommen und ein Blick in sein Gesicht sagte ihr, dass Mackie es nicht geschafft hatte. Sie hatte ihre Arme ausgestreckt, und er hatte sich hineinfallen lassen und sie festgehalten. Sie hielten sich gegenseitig fest, bis sie beide wieder einschliefen und als Charlie klingelte, stöhnten beide.

Charlie grinste beide an, musterte ihre eilig angezogenen Kleider und die wirren Haare. „Soll ich euch eine Stunde geben? Ich kann wiederkommen."

Noah und Lila winkten seinen Vorschlag ab. „Du bist Familie", sagte Noah und Lila warf ihm ein dankbares Lächeln zu. Ihre beiden Lieblingsmänner der Welt kamen gut miteinander aus und das machte sie unglaublich glücklich.

Aber jetzt mussten sie es natürlich verderben, indem sie über Riley sprachen. Sie fragte sich, ob sie ihnen sagen sollte, dass sie in jener Nacht mit Riley geschlafen hatte. *Gott, bin ich eine Schlampe?* Sie schüttelte den Kopf. Die zwei Männer in diesem Raum, Riley, Richard und ein paar Jungs, als sie jünger war. Nach modernen Maßstäben war sie praktisch eine Anfängerin.

„Also, das Beste ist, normale Vorsichtsmaßnahmen zu treffen, Türen zu verriegeln, Alarme einzuschalten, nachts nicht alleine rauszugehen."

Lila drehte sich um und starrte Charlie an, der grinste. „Ich dachte mir, dass mir das deine Aufmerksamkeit bringen würde."

Lila deutete mit dem Pfannkuchen auf beide Männer. „Ihr zwei wisst, dass ich im Zimmer bin, ja?"

Noah schnaubte vor Lachen. „Lila Belle, es ist deine Sicherheit, um die wir uns Sorgen machen, das ist alles."

Lila kehrte zum Herd zurück und verbarg ihre Schuldgefühle. Sie hatte Lauren versprochen, dass sie nichts sagen würde ... ah, vergiss es, die Frau war in ihr Haus eingebrochen.

„Nun, in diesem Fall möchtest du vielleicht deiner Exfreundin sagen, dass sie nicht mitten in der Nacht hier einbrechen soll." Sie stellte einen Teller mit Pfannkuchen auf die Frühstücksbar. Noah blinzelte.

„Bitte was?"

Lila setzte sich hin und sah beide Männer an. „Lauren. Sie ist gestern Abend an der Seite unseres Gebäudes hochgeklettert und über den Balkon hereingekommen. Ich musste mit ihr am Boden kämpfen."

Noah starrte sie an. „Was zur Hölle? Warum hast du nichts gesagt? Ich werde sie umbringen ..." Er stand auf, aber Lila packte seine Hand.

„Setz dich. Runter. Sofort. Es war keine große Sache", sagte sie und starrte ihn bestimmt an. Noah setzte sich.

„*Da weiß man, wer die Hosen anhat*", murmelte Charlie, aber Lila warf ihm einen mörderischen Blick zu. Noah schaute zwischen den beiden hin und her, rieb sich dann über das Gesicht und versuchte, wach genug zu werden, um klar denken zu können.

„Lass mich das klarstellen. Lauren ist letzte Nacht in dieses Haus eingebrochen?"

„Ja."

„Und du hast was, gekämpft?"

„Sie hat herumgeschnüffelt, ich habe mich auf sie gestürzt, sie hat mich gewürgt, und ich habe ihr in ihre Ladyeier getreten."

Charlie spuckte seinen Kaffee aus und verschluckte sich vor Lachen.

„Das ist nicht lustig", schnappte Noah und sah den lachenden Mann böse an. „Um Gottes willen, Lila."

Ihre Miene wurde weich. „Es ist in Ordnung, Babe. Wir haben uns beruhigt und über alles gesprochen. Sie ist etwas merkwürdig, hat aber keinen Schaden angerichtet. Also fast. Vielleicht habe ich ihr mit dem Kopf deines Löwen die Schulter gebrochen."

„Das wird immer besser." Charlie schaute auf Noahs versteinertes Gesicht und hielt wieder den Mund.

„Du musst mir so etwas erzählen. Wo zum Teufel waren die Leute von der Sicherheit?"

„Um fair zu sein, sie haben nicht mit Spider Woman gerechnet."

Noah seufzte. „Wir werden umziehen. Wenn jemand hier so leicht hineinkommt ..."

„Auf keinen Fall, ich liebe dieses Haus."

Noah schüttelte den Kopf. „Wir werden später darüber sprechen."

Charlie räusperte sich. „Das ist mein Stichwort." Er stand auf, Lila umarmte ihn und schmollte.

„Du musst wirklich gehen?"

„Ich fürchte ja, Kleine." Er umarmte sie fest. „Ich werde euch beide bald wiedersehen."

„Sicher, dass wir dich nicht zum Flughafen bringen können?" Noah schüttelte Charlie die Hand.

„Danke, aber nein, es ist einfacher mit dem Taxi."

„Er hasst Abschiede", sagte Lila und rollte mit den Augen. „Er weint. Du solltest es sehen, es ist wie in *Tatsächlich Liebe*."

„Ja, ja, ja", Charlie winkte ihre Neckereien ab. „Passt auf euch auf."

ALS CHARLIE WEG WAR, war Lila klar, dass Noah noch einmal auf das Thema Lauren zu sprechen kommen würde, also kam sie ihm zuvor. „Also, du hättest Lauren vielleicht von dem Kind erzählen sollen."

Noah seufzte. „Ich verstehe nicht, warum sie das etwas angeht. Wir haben uns bereits vor Monaten getrennt."

„Trotzdem bekommt ihr Exfreund, von dem sie noch nicht allzu lang getrennt ist, ein Baby. Das muss wehtun."

„Stört es dich?"

Lila dachte nach. „Ich glaube nicht. Es tut mir nur leid für sie."

„Das muss es nicht. Sie ist eine Viper, trau dem unschuldigen kleinen Mädchen nicht."

„Oh, das tue ich nicht. Schau, können wir nicht aufhören, über sie zu sprechen?"

Noah lächelte und schlang seine Arme um sie. „Gute Idee. Gott sei Dank ist Wochenende. Was wollen wir unternehmen?"

Sie lachte über sein suggestives Grinsen. „Nun, abgesehen davon könnten wir sehen, ob dein Vater und deine Stiefmutter uns daheim besuchen wollen?"

Ihre Stimme zitterte am Ende nervös, aber Noah grinste breit. „Wirklich? Du bist bereit dafür?"

Lila küsste ihn und nickte aufgeregt. „Ich bin bereit."

45

MANHATTAN

Tinsley Chang jubelte, als Charlie am Abend in die Bar kam. „Endlich", sagte sie und umarmte ihn: „Mensch, ich will alles hören."

Charlie gluckste, aber als er seine Stimme senkte, schaute er sich in der belebten Bar um. „Irgendein Zeichen von Riley?"

Sie schüttelte den Kopf, ihr Lächeln verblasste. „Nein, Mann, es tut mir leid." Sie schaute zu Mikey, der hinter der Bar war. „Ich mache Feierabend, brauchst du noch irgendetwas?"

Mikey winkte ab. „Geh und lass mich allein hier, du undankbares Weib."

Tinsley lachte und schleppte Charlie dann auf die Straße. „Wir gehen zu mir. Ich kaufe ein paar Bier und wir können Pizza bestellen und dann reden wir, Sherman."

„SCHWANGER."

„Ja."

„Lila ist schwanger."

„Wie ich schon sagte."

„Sechs *Monate* schwanger."

Charlie seufzte. Sie wiederholte es immer wieder, aber Tinsley sah ihn immer noch an, als wäre er verrückt geworden. „Ich weiß nicht, was ich dir noch sagen soll, Tin."

„Von dem heißen Arzt?"

„Du denkst, er ist heiß?"

„Ist der Himmel blau?"

Charlie war ein wenig irritiert und verbarg es nicht gut. Tinsley stupste ihn an. „Du bist immer noch mein Favorit, Chuckles. Also, sie ist glücklich?"

„Ich denke schon. Sie macht sich Gedanken darüber, was sie den Carnegies erzählen soll. Apropos ... Wie geht es deinem Liebhaber, Harry?"

„Der ist auf der anderen Seite der Welt", sagte Tinsley sachlich. „Wir haben ein paar Mal geredet. Meistens darüber, wie großartig Melbourne ist." Sie lächelte leise. „Verursacht irgendwie Heimweh."

„Nach Australien oder Carnegie?"

Tinsley überlegte. „Harry und ich hatten eine tolle Zeit, aber ich denke, das mit uns war nie etwas für länger. Ich mag nichts Langfristiges."

Charlie lachte. „Das weiß ich."

Sie seufzte und zog ihre Beine unter sich. „Du warst meine längste ... Dingens."

Charlie grinste. „Danke."

„Sei nicht gemein." Aber sie kicherte. „Aber im Ernst, ich mache in letzter Zeit einfach mein eigenes Ding. Diese Riley-Sache macht mir aber zu schaffen. Woods war bei mir."

Charlie schaute scharf nach oben. „Und?" Woods war Rileys Bruder. Die beiden hatten eine antagonistische Beziehung und Charlie war mit dem Kerl nie warm geworden. Prätentiös, arrogant – das Gegenteil des lockeren, sympathischen Riley.

„Wollte wissen, ob ich Riley gesehen hatte. Ich dachte, du hättest mit der Familie gesprochen?"

„Noch nicht, erst wenn wir sicher wissen, dass Riley ein Verdächtiger ist. Gott", Charlie fuhr sich mit der Hand durch die Haare. „Es macht mich verrückt, es nicht zu wissen und ..."

Er verstummte, als sein Handy brummte. „Gib mir eine Sekunde, ja?"

Tinsley beobachtete sein Gesicht, als er abnahm. Es wechselte von Ärger zu Sorge.

„Ja, ja natürlich, ich werde gleich da sein."

Er schaltete sein Telefon aus und wandte sich an sie. „Es war Cora Carnegie. Sie wurde mitten in einem Drogendeal erwischt."

„Oh, nein, armes Kind."

Charlie seufzte und stand auf. „Es tut mir leid, Tins, ich muss gehen."

„Natürlich." Sie brachte ihn zur Tür, aber als er ging, hielt sie ihn zurück. „Hör mal, wenn Cora ... heute Abend nicht nach Hause gehen will, bring sie hierher. Es wird ihr etwas Raum geben, nachzu-denken und sich auszuruhen ... weißt du."

Charlie lächelte sie an. „Du bist ein Goldschatz." Er zögerte, dann küsste er sie, voll auf den Mund, kurz und schnell, dann joggte er den Flur hinunter zur Treppe.

Tinsley schloss langsam ihre Tür, ihre Emotionen waren in Aufruhr. Sie wollte sich so bald nach Harry nicht auf jemand neuen einlassen und vor allem, wenn es die Freundschaft riskieren würde, die sie und Charlie aufgebaut hatten, aber ... *dieser Kuss. Verdammt ...*

Tinsley schüttelte den Kopf. Sie war immer noch von den Neuig-keiten über Lila und das Baby entsetzt. Tinsley grinste in sich hinein und wünschte sich, sie könnte mit Lila sprechen. Charlie hatte gesagt, Lila wolle Kontakt zu ihr aufnehmen, aber sie müsse zuerst mit den Carnegies sprechen, alles erklären. Tinsley beneidete ihre Freundin nicht um dieses Gespräch.

Sie beneidete sie kein bisschen darum.

46

SEATTLE

Lauren quietschte überrascht, als Noah ihren Oberarm ergriff und sie in das nächste Kaffeehaus schob.

„Setz dich und halt den Mund", schnappte er, als er die Kellnerin herbeirief und schwarzen Kaffee bestellte.

„Ich trinke keinen Kaffee", sagte Lauren und versuchte ihre Nervosität zu verbergen. Noah sah so wütend aus wie nie zuvor, und es brauchte kein Genie, um herauszufinden, warum. Gedankenlos berührte sie ihre Schulter, die noch schwer geprellt war, wo Lila sie vor ein paar Nächten getroffen hatte.

„Der ist nicht für dich", erwiderte Noah, gab dann nach und bestellte einen Kamillentee für sie.

Lauren versuchte es mit einem augenzwinkernden Lächeln. „Du hast dich erinnert."

Noahs Miene war steinern. „Du hast Glück, dass du nicht in einer Polizeizelle sitzt. Was verdammt nochmal hast du dir dabei gedacht, mitten in der Nacht in unser Haus einzubrechen?"

Lauren verzog das Gesicht wütend. „Verdammte Schlampe, ich wusste, dass sie mich verraten würde."

„Du sagst kein Wort über Lila, verstehst du?" Noahs Stimme war leise und gefährlich und Lauren wandte ihren Blick von der Wut in seinen Augen ab.

„Ich habe nur ... wollte sehen, wer mich ersetzt hat. Und, verdammt, Noah, du hättest mir sagen sollen, dass sie schwanger ist." Tränen traten in ihre Augen und sie wischte sie theatralisch weg.

Die Kellnerin kam mit ihren Getränken, ihre Augen huschten zwischen den beiden hin und her, offensichtlich neugierig, worüber sie stritten. Noah schenkte ihr ein frostiges Lächeln und bedankte sich bei ihr, und die Kellnerin ging enttäuscht weg.

„Ich schulde dir verdammt noch mal gar nichts, Lauren. Wir haben uns schon Monate, bevor ich Lila überhaupt kennengelernt habe, getrennt."

„Genau", zischte sie. „Und doch ist sie schon schwanger? Du Bastard, du weißt, wie sehr ich ein Baby wollte."

Noah seufzte. „Aber ich wollte keine Kinder mit dir haben, Lauren. Himmel, ich wollte sie mit niemandem, bis ich Lila traf. Es tut mir leid, wenn das grausam klingt, aber wir beide waren nicht dazu bestimmt, ein glückliches Ende zu haben. Wir wollen verschiedene Dinge."

Lauren war für einen langen Moment ruhig und als sie seinen Blick traf, war ihre Miene trotzig. „Ich könnte ihr jederzeit sagen, dass du mich noch gebumst hast, lange nachdem du sie kennengelernt hast."

Noah war nicht beunruhigt. „Sie würde wissen, dass das nicht stimmt."

„Sie besitzt wohl übernatürliche Kräfte?"

Noah schenkte ihr ein humorloses Lächeln. „Und wann würdest du sagen, dass dieses sogenannte ‚Bumsen' stattgefunden hat?"

Lauren lächelte. „In der Zeit zwischen eurem ersten Sex und bevor sie schwanger wurde."

Noah grinste. „Hier in Seattle, oder? Bin ich zu deiner Wohnung gekommen, nachdem ich mit ihr zusammen gewesen war?"

Lauren geriet ins Wanken. „Noah ..."

„Das Ding ist, Lauren", sagte Noah jetzt, „wenn nicht irgendjemand die Zeitreise in einem sehr schnellen Düsenflugzeug erfunden hat, wäre das physisch unmöglich. Es ist nicht nur so, dass ich in *New York* war, es gab darüber hinaus keine Zeit zwischen dem ersten Mal, an dem Lila und ich intim gewesen waren, und dem Zeitpunkt, als sie schwanger wurde."

Laurens Augen wurden groß und ihr Lächeln böse. „Wow, das ist schnelle Arbeit. Ich muss es ihr lassen, das ist schnelle Goldgräberarbeit."

Noahs Augen verdunkelten sich. „Lila braucht kein Geld. Verurteile sie nicht nach *deinen* Maßstäben, Lauren."

Lauren wurde rot, hob aber ihr Kinn. „Das muss ich nicht. Beim ersten Date geschwängert zu werden, spricht für sich."

„Ich war schon in sie verliebt", sagte Noah leise und so gefühlvoll, dass Lauren laut keuchte.

Noah seufzte, griff in seine Tasche und holte Geld heraus, um den Kaffee zu bezahlen. „Ich habe gesagt, was ich zu sagen hatte, Lauren. Halt dich fern von Lila, halt dich fern von mir."

Lauren verengte ihre Augen. „Und was ist, wenn ich es nicht tue?"

Noah lächelte kalt. „Dann wird dein lieber Papa herausfinden, was für ein Psycho seine geliebte Tochter ist und deine Treuhandfonds werden sich in Nichts auflösen. Glaub mir, es würde nicht viel brauchen, ihn zu überzeugen."

„Das würdest du nicht tun", zischte sie ihn mit lodernden Augen an.

„Wenn du jemals wieder in die Nähe von mir und Lila kommst, habe ich seine Nummer in der Kurzwahlliste. Denk daran."

Und er war weg. Lauren war plötzlich bewusst, dass andere Leute im Kaffeehaus sie anstarrten. Sie hob ihr Kinn, stand auf, warf etwas Geld für ihren Tee auf den Tisch – sie war verdammt, wenn sie Noah für sie bezahlen ließ – und stapfte hinaus.

Gottverdammte blöde Schlampe. Sie hätte wissen müssen, dass Lila Tierney Noah von dem Einbruch erzählen würde. Nun, sie würde für diese kleine Indiskretion bezahlen ... weil Lauren wusste, wer Lila Tierney war und bald würde es auch der Rest der Welt wissen.

47

MANHATTAN

Charlie kam am nächsten Morgen vorbei. „Wie geht es ihr?"
Tinsley winkte ihn in die Küche. „Sie schläft noch",
sagte sie, „und ich glaube nicht, dass sie sich darüber freut,
hier zu sein."

Charlie sah verwirrt aus. „Aber sie sagte, sie wolle nicht nach
Hause gehen."

Tinsley rollte die Augen und lächelte ihn an. „Du hast keine
Ahnung, Charles." Sie steckte ihren Kopf durch die Tür, um zu überprüfen, ob Cora nicht dahinter stand und wandte sich dann wieder
zu ihm um. „Sie wollte mit *dir* nach Hause gehen, Charlie."

Die Erkenntnis dämmerte und er stöhnte. „Oh Gott."

„Genau. Bei deiner Exfreundin zu hausen ist nicht gerade das,
was sie geplant hat. Trotzdem ging sie direkt ins Bett und war auch
nicht sehr gesprächig. Wird sie angeklagt?"

Charlie schüttelte den Kopf. „Sie war zur falschen Zeit am
falschen Ort, sie hatte Gott sei Dank nicht einmal etwas genommen."

Tinsley wurde bei der Sanftheit in Charlies Stimme leicht eifersüchtig und wandte sich schnell ab, um es zu verbergen.

„Ich kann dir nicht sagen, wie dankbar ich bin, dass du ihr angeboten hast, dass sie hier bleiben kann", sagte Charlie leise, und strei-

chelte über ihren Rücken. „Es wäre keine gute Idee gewesen, wenn sie mit zu mir nach Hause gekommen wäre."

Tinsley schaute ihn an und er lächelte. „Cora ist nicht diejenige, die mich interessiert", flüsterte er und neigte seinen Kopf, um sie zu küssen. Tinsley schloss die Augen und erwiderte den Kuss und schlang ihre Arme um seinen Hals. Gott, sie hatte diesen Mann, seine Männlichkeit, seine Kraft vermisst. Harry war eine wunderbare Abwechslung gewesen und eine, die sie nie vergessen würde, aber ... Charlie Sherman ... verdammt ...

Sie löste sich bedauernd von ihm. „Wir können das jetzt nicht tun, Charlie, nicht mit ..." Sie deutete mit ihrem Kopf in Richtung der Schlafzimmertür, wo Cora schlief, als sie beide hörten, wie die Haustür zuschlug.

„Scheiße."

Tinsley ging ins Schlafzimmer und es war leer. „Sie hat uns gesehen."

Charlie seufzte. „Sieht so aus. Gottverdammt." Er ging zum Fenster. „Sie steigt gerade in ein Taxi."

„Du hast nicht die Verantwortung für sie, Charlie. Und wir müssen uns nicht schämen, dass wir zusammen sein wollen."

Charlie sah sie an, seine Gedanken überschlugen sich. Tinsley seufzte.

„Schau ... geh zur Arbeit, stell sicher, dass sie sicher nach Hause gekommen ist. Das ist alles, was wir jetzt tun können."

„Musst du später arbeiten?"

„Nur bis acht."

„Ich komme und hole dich ab und wir werden zusammen zu Abend essen. Okay?"

Sie lächelte und ging zu ihm. „Sehr okay." Sie küssten sich wieder kurz und dann war Charlie weg.

CHARLIE RIEF sie gegen 17 Uhr an. „Hey Tins, schau, es tut mir leid, ich habe eine Spur von Riley in Queens – ich muss ihr folgen. Kommst du sicher nach Hause?"

Enttäuscht sagte Tinsley ihm, dass sie das würde, und als ihre Schicht in der Bar vorbei war, packte sie ihre Tasche und ging hinaus in die Nacht. Sie lief schwungvoll, die kühle Nachtluft erfrischte sie nach der verschwitzten Atmosphäre der Bar. In ihrer Wohnung nahm sie die Treppe zwei Stufen auf einmal und blieb dann abrupt stehen. Woods Kinsayle stand vor ihrer Wohnung. Tinsley dachte kurz darüber nach, sich umzudrehen und wieder wegzugehen, aber dann sah Woods sie. Er sah erschöpft und gestresst aus.

„Hey Woods", sagte sie mit einem Lächeln auf ihrem Gesicht. Sie mochte den Mann nicht, war der Meinung, er habe Riley entsetzlich behandelt.

„Tinsley, hey, schau mal, es tut mir leid. Ich bin vorbeigelaufen und hatte plötzlich Lust mit dir zu reden und zu sehen, ob du etwas gehört hast."

Tinsley hatte Mitleid mit ihm. „Schau mal, Woods, komm herein, wir trinken was und reden. Klingt das gut?"

Sie sah, wie seine Schultern vor Erleichterung nach unten sanken. „Klingt großartig."

Als sie mit einem kaltem Bier auf ihrer Couch saßen, sah Tinsley ihn an. „Woods, ich weiß wirklich nicht, was ich dir sonst noch sagen kann, außer vielleicht, dass Rileys Abwesenheit nicht so gut für ihn aussieht."

Woods schüttelte den Kopf. „Ich weiß. Aber, Tinsley, wirklich – kannst du dir vorstellen, dass Riley jemanden verletzt, geschweige denn Lila, die er liebte?"

Tinsley war da anderer Meinung. „Nein, das kann ich nicht, aber das bedeutet nicht, dass er es in einem Moment des Wahnsinns nicht getan hat."

Woods seufzte frustriert. „Aber schau dir doch an, wie der Angriff ausgeführt wurde, mit welcher Brutalität. Wenn Riley einen Moment des Wahnsinns gehabt hätte, warum hätte er dann nicht seine Waffe benutzt? Warum ist er weggelaufen? Wäre eine Mord-/Selbstmordsituation nicht leichter zu glauben gewesen? Riley erschießt Lila, erkennt, was er getan hat und tötet sich dann selbst?"

„Ich bin keine Psychologin", sagte sie sanft und Woods nickte.

„Ich weiß, ich weiß, mir gehen einfach all diese Szenarien durch meinen Kopf. Was sagt Charlie?"

Tinsley rutschte nervös hin und her. „Ich glaube, er will nicht glauben, dass es Riley war. Gleichzeitig versucht er verzweifelt, Lila zu schützen."

„Das ist auch richtig so ... Gott, aber er darf unseren Eltern nicht sagen, dass Riley nicht nur vermisst wird, sondern auch ein mutmaßlicher Möchtegernmörder ist."

Sie legte ihre Hand auf seine Schulter. „Ich weiß. Es tut mir leid, Woods, wirklich."

Er blieb noch eine Weile, dann ging er wieder. Tinsley seufzte. Gott, was für ein Durcheinander das alles war.

Sie spielte mit dem Gedanken, sich etwas zu essen zu bestellen, schlief dann aber auf der Couch vor dem Fernseher ein. bevor sie sich entscheiden konnte, was sie bestellen wollte.

SIE ERWACHTE RUCKARTIG und schrie fast auf. Es war dunkel, der Fernseher war ausgeschaltet worden und an der Seite der Couch, wo sie lag, stand eine Gestalt, die ganz in schwarz gekleidet war. Sie sah, wie sich das Licht auf der Klinge des Messers, das er hielt, reflektierte. Sie reagierte sofort, trat auf den Eindringling ein, erwischte ihn am Knie und hörte ein Grunzen. Männlich.

Riley. Und er war hier, um sie zu töten ...

Nein, nein, nein. Als er nach vorn sprang, um sie zu packen, duckte sie sich unter seinen Arm hindurch und hastete zur Tür, umklammerte die Türklinke, bevor sie die Messerklinge in ihrem Rücken spürte.

Nicht tief. Sie schrie und schlug hinter sich, als er versuchte, sie erneut zu treffen. Sie öffnete die Tür und traf ihn damit, versuchte sich aus seiner Reichweite zu bringen, während sie um Hilfe schrie.

Keiner kam. Das Messer sank in ihre Seite und sie stolperte von ihm weg und fiel fast die Treppe hinunter, die auf die Straße hinausführte.

Sie weinte halb vor Angst, schrie und verfluchte die Feiglinge, die einer Frau in Not nicht halfen. Der Angreifer packte ihren Arm und brachte sie zu Boden. Tinsley kämpfte mit aller Kraft, die sie noch übrig hatte, und rollte ihren Körper zusammen, als er erneut mit dem Messer ausholte.

Plötzlich kam eine Gruppe junger Männer, die schrien, und der Mann mit dem Messer verschwand. Tinsley konnte es nicht glauben. Sie lag blutend auf dem Bürgersteig, als sich ein paar Jungs niederknieten, um sich um sie zu kümmern. Sie halfen ihr auf die Beine, als sie sagte, sie sei okay.

„Sieht so aus, als ob er dich ein paar Mal erwischt hat", sagte einer von ihnen, nicht älter als zwanzig Jahre, der jetzt sein Hemd auszog und es auf die schlimmsten Wunden drückte.

Wenige Minuten später waren Sanitäter und Polizisten vor Ort und Tinsley, die sich in einer Art Dämmerzustand befand, wurde in die Notaufnahme gebracht. Verschiedene Stimmen redeten eine Zeitlang auf sie ein, aber als sie sahen, dass sie unter Schock stand, ließ man sie bald in Ruhe. Ihre Wunden waren nicht schwer, aber ihr tat alles weh und sie war blutüberströmt.

Was zum Teufel war passiert? Ihr Gehirn arbeitete viel zu langsam, und das Morphium, das die Ärzte ihr für die Schmerzen gegeben hatten, machte es nicht besser.

Erst als sie Charlies tiefe Stimme hörte, laut und wütend und verängstigt, traf sie die Erkenntnis.

Jemand hatte versucht, sie zu töten.

Sie atmete schwer und als Charlie ins Blickfeld geriet, brach Tinsley schließlich zusammen. Charlie nahm sie in die Arme, als sie schluchzte und er ihr immer wieder sagte, dass es okay sei, und sie sich jetzt in Sicherheit befand.

48

SEATTLE

Noah beobachtete liebevoll, wie Lila einen Stapel Pfannkuchen und Speck verputzte. Als sie kaute, grinste sie ihn an und er lachte. „Wie kommt es, dass du nicht so groß wie ein Haus bist?"

Lila schluckte ihr Essen. „Ob du es glaubst oder nicht, es sind nur die letzten paar Tage, in denen ich so hungrig war."

Er nahm ihre Hand, als sie im Restaurant saßen. „Du bist aufgeregt, das Geschlecht unseres Kindes zu erfahren?"

Es war ihre letzte Untersuchung und letzte Nacht hatte Lila ihm gesagt, dass sie es satt habe, darauf zu warten, ob ihr kleiner Matty ein Mädchen oder ein Junge sein würde. Noah hatte nicht viel Überzeugungsarbeit gebraucht, um dem zuzustimmen.

„Ich würde mir wünschen, dass wir uns ein Einfamilienhaus ansehen", sagte er und nickte.

„Das wäre gut ... Ich möchte die Hütte auf der Insel behalten. Sie ist so ein guter gemütlicher Ort für die Wochenenden."

„Ich stimme zu, aber ich denke, wir brauchen hier etwas Passenderes als eine Eigentumswohnung."

„Mit einem Garten und einem weißen Zaun?", kicherte Lila und er grinste.

„Aber ganz sicher mit einem weißen Zaun."

Lila rührte ihre heiße Milch um. „Noah, würdest du sehr dagegen sein, wenn es nicht in einer dieser Gated Communities wäre? Ich weiß, dass wir zusammen wahrscheinlich eine ganze Stadt für uns selbst kaufen könnten, aber ich möchte, dass unsere Kinder mit den Kindern einer normalen Vorstadtstraße zusammen aufwachsen, mit dem Fahrrad fahren und Fingerziehen spielen."

Noah brach in Lachen aus. „Weißt du überhaupt, was Fingerziehen ist?"

Lila grinste. „Keine Ahnung, aber du verstehst schon, was ich meine."

Noah nickte gespielt ernst. „Ja, du willst, dass unsere Kinder in den 1950er Jahren aufwachsen."

Sie bespritzte ihn mit Milch. „Ich dachte mehr an die 1980er Jahre, E.T. im Korb an der Vorderseite, Opa."

Noah schüttelte lächelnd den Kopf. „Ich bewundere dich, Miss Tierney. Komm, es ist Zeit."

HAND IN HAND warteten sie darauf, dass die Gynäkologin den Scan startete. Lila zuckte zusammen. Einmal als die Ärztin einen Blick auf ihre noch lebhaften Narben warf, die jetzt, da ihr Bauch geschwollen war, noch deutlicher hervortraten, dann als die Ärztin das kalte Gel auf ihrer Haut verteilte.

Lila war plötzlich nervös ... sie wollte so sehr ein Mädchen, dass sie Angst hatte, dass sie es nicht so sehr lieben würde, wenn es ein Junge wäre. Sie schaute Noah an, der sie anlächelte, und sie fühlte sich besser. Ein kleiner Junge – ein kleiner Noah. Natürlich würde sie ihn lieben, *Gott,* sie würde ihn lieben ...

„Okay, los geht's ...", sagte die Ärztin, blickte auf den Bildschirm und drückte den Sensor auf Lilas Bauch. Sie bewegte ihn eine Weile, sagte aber nichts. Lila blickte auf ihr Gesicht.

„Können Sie sehen, was für ein Geschlecht es ist?"

Sie fühlte, wie Noah ihre Hand drückte, und als sie ihn ansah, lag da etwas in seinen Augen, bei dem es ihr kalt wurde. Sie blickte wieder zu der Ärztin und plötzlich war ihre Kehle wie zugeschnürt.

„Dr. Stevens?" Noahs Stimme war tonlos. „Was ist los?"

Die Ärztin legte den Sensor beiseite und wandte sich an sie. Sie schien Schwierigkeiten zu haben, die Worte herauszubekommen.

„Noah, Lila, ich weiß nicht, wie ich es sagen soll ..."

Lila stöhnte, als sie ahnte, was die Frau sagen wollte. „Nein ... Nein ... bitte, nein ..."

„Es tut mir so leid, aber ich kann keinen Herzschlag oder irgendwelche Lebenszeichen finden."

Noah gab ein Geräusch von sich, das sie an ein herzzerreißendes Stöhnen erinnerte, als Lila wütend den Kopf schüttelte.

„Nein, das geht nicht, ich habe sie gespürt, ich habe gespürt, wie sie mich getreten hat ..."

„Wann hast du das zuletzt gespürt?"

Lilas Tränen flossen jetzt unaufhörlich. „Gestern, gestern, hat mich mein Baby getreten ... oh Gott, oh Gott ..."

Noah schlang seine Arme um sie, sein Gesicht verzerrt vor Schmerz und Trauer. „Lila ..."

„Prüfen Sie es noch einmal", schrie Lila, „Prüfen Sie noch einmal. Vielleicht schläft sie."

„Lila, Liebling, es gibt keinen Herzschlag", sagte Noah mit gebrochener Stimme und Lila brach zusammen.

„Ich gebe euch zwei einen Moment", sagte die Ärztin – eine Freundin und Kollegin von Noah, die genauso am Boden zerstört aussah wie sie, und sie verließ den Raum und schloss die Tür hinter sich.

„Wie? Wie kann das sein?", fragte Lila verzweifelt und klammerte sich an Noah, der den Kopf schüttelte.

„Ich weiß es nicht, Schatz, manchmal geschieht so etwas einfach."

Sie klammerten sich dann aneinander, Lila schluchzend, Noahs eigenes Gesicht nass vor Tränen. Schließlich beruhigte sich Lila und schloss die Augen. „Ich wollte sie so sehr, weißt du? Ich war so aufgeregt, dein Baby zu bekommen, Noah. Ich weiß, dass wir noch andere haben können, aber ..."

„Es ist okay", sagte er müde, „es ist okay, um unser Kind zu trauern, Schatz."

Es klopfte an der Tür und die Ärztin kam zurück. „Es tut mir so leid für sie beide, Es ist selten, aber späte Fehlgeburten können passieren. Haben Sie in letzter Zeit ein Trauma erlebt?"

Lila lachte hohl. „Wo fange ich an?"

Noah fluchte leise und entschuldigte sich dann bei beiden. „Lauren. Jesus H. Christus."

Die Ärztin sah verwirrt aus. Lila, den Kopf in den Händen, erzählte ihr von Laurens Einbruch und ihrem anschließenden Kampf. Dr. Stevens Augen waren groß und sie schüttelte den Kopf.

„Sie sollten die Polizei rufen und das melden. Offensichtlich werden wir die volle Todesursache erst nach der Autopsie erfahren", sagte sie und nahm Lilas Hand, Mitleid in ihren warmen braunen Augen. „Lila ... Es tut mir leid, Ihren Schmerz noch zu verstärken, aber wir müssen jetzt eine Entscheidung treffen. Aufgrund der Lage müssen wir Ihnen entweder Medikamente geben, die sofort die Geburt einleiten, oder darauf warten, dass Ihr Körper das Baby auf natürliche Weise abstößt. Das dauert etwa zwei Wochen, aber Lila, es ist riskant, das abzuwarten und eine Infektion zu riskieren."

„Ich muss es gebären." Lilas Stimme war leise.

„Leider. Ein Kaiserschnitt ist zu riskant, vor allem in Ihrem Fall. Es tut mir so leid. Ich gebe ihnen und Noah etwas Zeit, um zu besprechen, was Sie tun wollen."

AM ENDE WAREN sie sich alle einig, es hinter sich zu bringen, das Schlimmste zu überstehen. Lila brachte um vier Uhr morgens ihre tote Tochter zur Welt. Danach ließ man sie mit ihr allein, damit sie sich verabschieden konnte. Lila konnte ihre Augen nicht von dem kleinen perfekten Gesicht abwenden; Matilda Tierney Applebaum war ein schönes Baby – mit geschlossenen Augen sah sie aus, als würde sie schlafen.

„Ich schaue sie immer wieder an und alles in mir hofft, dass sie nur einen Atemzug macht, hier bei uns lebt, auch wenn es nur für einen Moment ist. Einfach kurz einmal unsere Stimmen hört." Lilas Stimme brach, und sie verfiel in ein erschöpftes, herzzerreißendes Schluchzen. Noah weinte mit ihr und seine Tränen tropften auf die winzige Stirn ihrer Tochter.

„Wir lieben dich, Bohne", sagte Noah und küsste die kalte Haut seines Kindes und dann Lilas Schläfe. Sie blieben dort stundenlang, die drei, als Familie, bis die Ärzte kamen, um Matty wegzubringen.

49

MANHATTAN

Tinsley wachte in Charlies Bett auf. Im Krankenhaus hatte Charlie, nachdem sie genäht worden war und sich weigerte, über Nacht zu bleiben, ihre Einwände abgewunken und sie mit zu sich genommen. Dort hatte er sie zu jedem Detail des Angriffs befragt, bis sie vor Erschöpfung fast umfiel. Er entschuldigte sich und legte sie in sein frisch bezogenes Bett. Sie hatte seine Hand gepackt, als er sich umdrehte, um ihr etwas Privatsphäre zu geben, und sagte nur: „Bleib."

Nun wachte sie auf, seine starken Arme um sich, atmete seinen würzigen Duft ein und hörte auf seine Atmung. *Sicher.*

Ihre Wunden taten jetzt weh, ihre Muskeln schmerzen, aber Gott, sie war glücklich, *erstaunt,* dass sie noch am Leben war. Nun blieb nur noch Verwirrung; wer zum Teufel würde sie töten *wollen?*

Sie erkannte das Ausmaß der Verwirrung, die Lila gespürt haben muss – und angesichts der Schmerzen, die Tinsley empfunden hatte, konnte sie sich die Schmerzen, die Lila erlebt hatte, als man ihr immer wieder in den Bauch gestochen hatte, kaum ausmalen. Sie fühlte sich ihrer abwesenden Freundin seltsam nah und sehnte sich verzweifelt danach, Lila zu sehen, mit ihr zu sprechen, nach weiblicher Wärme und Verständnis.

Tinsley studierte Charlies Gesicht, während er schlief, sah die tiefen Sorgenfalten, die sich sogar in Ruhe auf seiner Stirn eingebrannt hatten. „Charlie", flüsterte sie und drückte dann ihre Lippen auf seine. Charlie öffnete die Augen und lächelte sie an. Sie wollte ihm in dem Moment sagen, dass sie zu Lila wollte, aber als er sie anlächelte und ihren Kuss erwiderte, zählte nichts anderes auf der Welt, nichts existierte außer ihnen, hier, jetzt.

Tinsley zog ihn auf sich und schlang ihre langen Beine um seine Taille. Eine Sekunde lang sah er erstaunt aus, dann fragte er vorsichtig. „Bist du sicher?"

Sie nickte. „Ich brauche dich, Charlie ..." Und mit einem Stöhnen vergrub er sein Gesicht an ihrem Hals und sie fingen an, sich zu lieben, langsam und sanft zuerst. Als sie sich ineinander verloren, schlang Charlie sich ihre Beine um seine Taille und stieß seinen Schwanz tief in sie hinein. Tinsley keuchte, eine Mischung aus süßer Lust und Schmerz durchfuhr sie, als sie sich mit ihm bewegte, ihre Blicke ineinander verhakt und sie gab sich dem wilden Tier in ihr hin und sie fickten lange und hart, mit einer Intensität, die zu keiner Sekunde nachließ, bis sie beide stöhnten und außer Atem waren und erschütternde Höhepunkte durch sie hindurchfegten. Charlie stöhnte, als sein Schwanz dickes, cremiges Sperma tief in ihre weiche Muschi pumpte und Tinsley das Gefühl seines Gewichts auf ihr genoss.

Er ließ sie mit seinem Mund kommen, immer wieder, bis sie erschöpft war und weinte, dann zog er sie in seine Arme und hielt sie so zärtlich, dass sie all die Spannung, die sich in den letzten 24 Stunden in ihr aufgebaut hatte, losließ.

TINSLEY WAR ERSCHROCKEN. „Wirklich?" Sie saßen in seiner Küche und sie hatte ihm gerade von ihrem Wunsch erzählt, Lila zu sehen. Charlie hatte mit den Achseln gezuckt und genickt. „Okay."

Jetzt grinste er sie an. „Natürlich habe ich dasselbe gedacht und ich weiß, dass sie dich vermisst. Auch möchte ich, dass du weit weg bist von deiner Wohnung, der Bar und wo auch sonst Riley nach dir suchen könnte. Ich habe also ganz egoistische Gründe."

Tinsley nippte an ihrem Kaffee. „Ich muss zuerst mit Mikey sprechen."

Charlie räusperte sich und grinste, wurde dann leicht rot. „Habe ich schon. Es tut mir leid, wenn das vorschnell war."

Tinsley seufzte. „Es sei dir verziehen. Wie lange hast du für mich frei bekommen?"

Charlie lehnte sich hinüber, um ihr ein blondes Haar von der Wange zu streichen. „Solange du brauchst. Das sagt zumindest Mikey."

Tinsley war erleichtert. „Und Lila? Wird sie damit einverstanden sein?"

Charlie nickte zögernd. „Ich habe sie noch nicht angerufen, aber ich denke schon. Vor allem jetzt", fügte er mit einem wissenden Grinsen hinzu und Tinsley kicherte. „Schau", sagte er und schaute auf seine Uhr, „wie wäre es damit? Du gehst unter die Dusche und ich rufe sie an, dann gehen wir zusammen zu dir, um zu packen, und schnappen uns heute Nachmittag einen Flug?"

Tinsley runzelte die Stirn. „Was ist mit deiner Arbeit?"

„Mach dir keine Sorgen, ich habe noch etwas Urlaub übrig."

NACHDEM SIE GEDUSCHT HATTE, überprüfte sie ihre Wunden im Spiegel – ein langer Schnitt von ihrem Schulterblatt über den Rücken, etwa drei oder vier Zentimeter lang, kleine Schnitte in einem Muster über ihrer linken Brust, eine tiefere Wunde im weichen Fleisch ihrer Hüfte. *Gott, ich hatte so viel Glück.* Als sie sich anzog, nahm sie ein paar Aspirin mit dem eher abgestandenen Glas Wasser am Bett.

Als sie fertig war, ging sie zurück in die Küche – und blieb stehen. Charlie starrte in die Ferne, ein nicht identifizierbarer Blick auf sein Gesicht, sein Telefon auf dem Tisch vor ihm.

Eine Sekunde lang ging ihr jedes schreckliche Szenario durch den Kopf. Hatte Riley Lila gefunden?

„Was ist los?"

Charlie schüttelte den Kopf. „Es ist Lila. Sie hat das Baby verloren."

50

SAN JUAN ISLAND

Noah streichelte Lilas weiche Haare, während sie zusammen auf dem Bett lagen, einander ansahen und leise redeten. Sie wollte auf die Insel zurückkehren und nicht in die Wohnung, wo das Baby gestorben war. Der Pathologe war schnell, geduldig und freundlich gewesen. Die Plazenta hatte sich während des Kampfes mit Lauren teilweise gelöst und das Baby hatte nicht mehr die Nährstoffe bekommen, die es brauchte, um zu überleben.

Lila reagierte nur mit einem knappen Nicken, aber Noah war für ein paar Sekunden hinausgegangen und versuchte, seine Wut angesichts von Lilas absoluter Trauer unter Kontrolle zu bekommen.

Sie hatten einen kleinen Begräbnisgottesdienst; Lila wollte eine jüdische Beerdigung für Matty und so organisierte Noah einen kleinen Gottesdienst in der konfessionslosen Kapelle. Es war für beide ein Tag unglaublicher Schmerzen gewesen.

Jetzt lagen sie zusammen und versuchten, einen Teil dieses Schmerzes zu lindern, indem sie einfach zusammen waren. Charlie hatte mit Noah gesprochen und Noah hatte ihm und Tinsley dankbar gesagt, dass sie kommen sollten. Auch Lila hatte gesagt, sie wolle nicht zu den Frauen werden, die sich grämen und Zeit verschwenden, sich zu wünschen, dass die Dinge anders sein könnten.

„Da wir gerade davon reden", sagte Noah jetzt, „ich denke darüber nach, meine Praxis im Krankenhaus aufzugeben. Ich habe alles getan, was ich in meinem Bereich erreichen kann ... Ich möchte in die Forschung gehen, vielleicht lehren. Und das ist etwas, was ich überall tun kann, Lila. Was möchtest du?"

Lila seufzte. „Ich möchte wieder zur Schule gehen, mein Studium beenden und sehen, was danach kommt."

Noah lächelte leicht. „Möchtest du noch den weißen Zaun?"

Ein schmerzvoller Ausdruck flog über ihr Gesicht, aber sie nickte. „Ja. Mit dir. Nichts anderes ist wichtig, Noah, nicht für mich, außer dir jetzt. Aber ich werde keine Spielverderberin sein oder", und sie lächelte zum ersten Mal seit Tagen – „eine Frau, die sich aushalten lässt. Ich habe beschlossen, dass ich Richards Geld nicht behalten möchte. Ich wollte es sowieso nie. Wenn die Carnegie es nicht zurücknehmen, dann sage ich ihnen, dass ich es für wohltätige Zwecke ausgebe – eine von Richards Charités, die er unterstützt hat, oder ein paar von ihnen, ich weiß es nicht. Ich bin schweife ab, ich weiß."

Noah küsste sie sanft. „Mach nur. Und ich stimme dir zu ... warum an etwas festhalten, das sich nie richtig angefühlt hat? Es ist nicht so, als ob wir es uns nicht leisten können."

„Ich muss selbst Geld verdienen", sagte Lila fest und dann sackten ihre Schultern nach unten. „Aber mir ist bewusst, dass ich nie mithalten kann."

„Es ist kein Wettbewerb und es ist nur Geld. Ich würde jeden Cent verschenken, solange ich dich habe."

„Romantisch, aber völlig unpraktisch, deshalb liebe ich dich." Sie legte ihre Hand an seine Wange.

„Wenn wir verheiratet sind, wird es sowieso legal deines sein", sagte er und verstummte dann.

„Ich bin froh, dass Charlie und Tinsley heute kommen."

„Ich auch, Baby."

. . .

Als ihre Gäste ankamen, war es für beide eine Erleichterung. Tinsley und Lila hielten sich lange umarmt. Lila war entsetzt, als sie hörte, was ihrer Freundin zugestoßen war. Tinsley und Charlie waren sich näher denn je, wie Lila bemerkte. Mindestens eine gute Sache war passiert und Lila war froh darüber. „Ich habe euch im vorderen Schlafzimmer untergebracht, ich hoffe, das ist okay", sagte sie so nonchalant, dass die anderen drei sie fragend ansahen und dann kicherten. Gott fühlte es sich gut an zu lachen.

„Subtil wie ein Vorschlaghammer, wie immer", murmelte Charlie, als Tinsley lachte. Noah sah Lila an.

„Mama Bär", sagte er und erstarrte als ihm klar wurde, was er gesagt hatte. Lila lächelte ihn trotz des Schmerzes an.

„Immer Mama Bär", sagte sie leise. „Jetzt, kommt, Leute, lasst uns essen."

Nach dem Mittagessen summte Noahs Telefon und er verzog das Gesicht. „Sieht so aus, als müsste in die Stadt zur Arbeit. Kommt ihr klar?" Er ließ die Frage im Raum hängen und schaute Lila an.

Sie nickte. „Natürlich, Liebling."

Er küsste sie auf den Kopf. „Wir sehen uns später. Charlie, kann ich dich eine Sekunde sprechen?"

Charlie folgte ihm zu seinem Auto. Noah atmete tief durch und fixierte ihn mit einem festen Blick.

„Du hast eine geladene Waffe?"

Charlie lächelte grimmig. „Darauf kannst du Gift nehmen. Keine Sorge ... nichts wird unseren Mädchen geschehen."

Noah schüttelte ihm die Hand. „Es gibt eine im Haus, falls du sie brauchen solltest – Lila weiß, wo die Panikknöpfe und Alarme sind."

„Mach dir keine Sorgen, Kumpel, ich habe alles unter Kontrolle."

„Ich weiß, ich vertraue dir."

51

SEATTLE

In der Stadt fuhr Noah nicht ins Krankenhaus, sondern in die Innenstadt ins Geschäftsviertel und dort in die Tiefgarage eines der Bürohochhäuser. Joanne wartete auf ihn. „Ich kann dich leichter durch die Sicherheit bringen", sagte sie, als er sie fragte, was sie tue.

Noah hielt an. „Man wird dich feuern."

Sie lachte. „Verflucht nein, nicht, nachdem er hört, was du zu sagen hast." Sie legte eine Hand auf seinen Arm. „Es tut mir so leid, Noah, wegen dem Baby. Ich finde keine Worte."

„Ich auch nicht, Joanne, aber danke. Ist sie hier?" Joanne zeigte den Sicherheitsleuten ihren Ausweis.

„Und völlig ahnungslos wie eh und je. Ich freue mich darauf." Die Sicherheitskräfte winkten sie durch und sie betraten das Foyer des Shannon Media Gebäudes.

Noah lächelte grimmig, als sie in den Aufzug stiegen. „Glaub mir, ich auch."

Derek Shannon hatte sein Unternehmen in vierzig Jahren überaus harter Arbeit aufgebaut, zum Nachteil zweier Ehen und, wie er glaubte, seiner Vaterschaft. Lauren hatte Talent, aber nicht das Talent oder den Hunger, den er hatte oder der für sein Personal erforderlich war. Aber er war zu nett, um etwas dagegen zu tun, und verließ sich mehr und mehr auf Joanne, die das Unternehmen so effizient führte, dass Lauren nur mehr eine Galionsfigur war. Seltsamerweise hatte es gut geklappt. Lauren freut sich über die Kunden, Joanne freut sich, aus dem Rampenlicht zu sein. Aber in letzter Zeit war Lauren mürrisch und launisch geworden und wurde das, was Derek schon immer gefürchtet hatte – zu verwöhnt.

Derek Shannon konnte genau den Tag heraufbeschwören, an dem es geschehen war. Es war der Tag gewesen, an dem Noah Applebaum beschlossen hatte, Laurens Prinzessinnendasein sattzuhaben und sich von ihr zu trennen. Nicht, dass Derek Noah die Schuld gab, er hatte den intelligenten jungen Mann sehr gemocht und gehofft, dass er etwas Einfluss auf Lauren haben würde. Aber als Lauren entdeckt hatte, dass Noah aus altem Geldadel stammte – vergessen Sie es. Lauren wollte eine Vorzeigefrau sein und wollte nie arbeiten müssen. Derek bewunderte Noah tatsächlich dafür, dass er nein zu Lauren sagte und die Beziehung beendete, aber das war auch das Problem – Lauren war nie verlassen worden. Das Ende von Beziehungen war immer von ihr ausgegangen. Und es wurmte sie.

GERADE JETZT, als er mit seinen Vorstandsmitgliedern sprach, schaute er immer wieder auf seine Tochter, die sichtlich gelangweilt aus dem Fenster starrte. Derek seufzte innerlich und schaute dann auf, als Joanne mit Noah Applebaum den Raum betrat. Dereks Gesicht leuchtete auf.

„Noah! Wie wunderbar, dich zu sehen", sagte er, ging zu ihm und schüttelte kräftig seine Hand. Lauren war halb von ihrem Sitz aufgesprungen, sah schockiert und beunruhigt aus, aber Joanne hatte sich mit dem Rücken gegen die einzige Tür gestellt und starrte sie an. Ihr Blick, voller Ekel, sagte, *Versuch es, Miststück, und ich werde dich zu Boden schlagen.* Lauren zuckte unter den Augen der viel älteren Frau zusammen.

Noah sah zu Lauren und wandte sich dann wieder zu Derek, der verwirrt aussah. „Derek, es tut mir leid, in dein Treffen einzudringen, aber es gibt einen Grund, warum ich komme. Du musst wissen, was für ein Mensch deine Tochter ist."

„Noah, bitte", begann Lauren, aber Noah hob eine Hand und sie schloss den Mund. „Derek, vor ein paar Tagen, ist deine Tochter in den frühen Morgenstunden in mein Haus eingedrungen und hat meine Freundin angegriffen. Meine sechs Monate schwangere Freundin. Lila verteidigte sich und Lauren griff sie an."

„Lauren, was zur –"

„Vor zwei Tagen verlor Lila das Kind wegen des Angriffs. Unsere Tochter starb im Mutterleib. Lila musste ein totes Baby zur Welt bringen, und gestern haben wir es begraben."

Aus Laurens Gesicht wich alle Farbe und alle Anwesenden stöhnten. Joanne sah krank aus und Derek schien in sich zu schrumpfen, stolperte und musste sich am Tisch festklammern. Er sah seine Tochter an.

„Papa –"

„Lauren, stimmt das? Bist du in Noahs Haus eingebrochen und hast seine Freundin angegriffen?"

„Sie hat mich zuerst angegriffen!"

Noah schnitt ihr das Wort ab. „Du bist mitten in der Nacht in unser Haus eingebrochen! Ich sollte dir sagen, Derek, dass meine Freundin Lila Tierney ist."

„Dieser Name ist mir bekannt", sagte Derek schwach und Noah nickte, sein Gesicht war hart.

„Sie wurde letztes Jahr brutal mit dem Messer angegriffen, und sie wäre beinahe gestorben. Zu dieser Zeit war sie mit Richard Carnegie verlobt."

„Oh mein Gott ..."

Lauren, die den Ausdruck in den Augen ihres Vaters sah, fing an zu flehen. „Ich wollte nur sehen, wer sie war, warum Noah sich so schnell in eine neue Beziehung gestürzt hat. Sie griff mich an, sie hat mich mit etwas geschlagen, schau!" Sie zerrte ihre Bluse herunter, um ihnen die große Prellung an ihrer Schulter zu zeigen.

„Du bist mitten in der Nacht in das Haus einer Überlebenden eines versuchten Mordanschlags eingebrochen, nur um sie zu sehen?" Dereks Stimme war jetzt leise, wütend. „Und du fragst dich, warum sie dich zuerst angegriffen hat? Und als du sie angegriffen hast, war sie schwanger?"

„Nein, nein, nein, ich schwöre, nachdem ich gesehen habe, dass sie schwanger war, habe ich mich zurückgezogen."

NOAH SCHLOSS DIE AUGEN. Er würde nie, nie eine Frau schlagen, aber Lauren machte es ihm schwer, ruhig und fokussiert zu bleiben.

„Aber du hast versucht, sie zu erwürgen", sagte Noah wütend. Alle anderen, die um den Tisch saßen, Joanne an der Tür, hatten ihre Aufmerksamkeit auf die drei Personen im Zentrum des Dramas gerichtet. Lauren atmete tief durch.

„Papa", sagte sie und trat auf ihren Vater zu, aber er zog sich zurück und starrte sie entsetzt an.

„Wen habe ich da großgezogen?" Seine Stimme war ein Flüstern. „Was für eine Person bist du, Lauren? Du hast immer alles bekommen. Alles. Mit mehr Chancen, als die meisten Menschen sich jemals erhoffen können. Und schließlich hat deine Rücksichtslosigkeit ein Leben gekostet."

Lauren fing an zu weinen, aber es war Derek, für den Noah sich schlecht fühlte, aber dann dachte er an Lila und Matty und seine Entschlossenheit verhärtete sich. Derek legte eine Hand auf seinen Arm.

„Was soll ich tun, Noah? Ich werde versuchen, dies wiedergutzumachen, ich schwöre es dir."

Noah holte tief Luft. „Niemand kann das tun, Derek, nicht wenn unser Kind in einem Grab liegt und nicht in den Armen seiner Mutter. Aber es muss Konsequenzen geben."

Derek nickte. „Ich verstehe. Willst du, dass ich zur Polizei gehe oder das im Haus kläre?"

„Ich überlasse das dir, Derek, ich habe gesagt, was ich zu sagen hatte." Er trat näher an den Mann heran und beugte sich zu ihm und murmelte: „Halte Joanne raus, sie hat das Richtige getan."

Derek nickte fest und blickte seine Stellvertreterin an. „Du kannst dich auf mich verlassen, Noah."

Noah nickte ihm zu, dann den anderen, ignorierte Lauren und ging zur Tür.

„Ich werde das wiedergutmachen, Noah."

Noah nickte wieder und verließ den Raum, gefolgt von Joanne. Im Flur umarmten sie sich, brauchten keine Worte, dann fuhr Noah mit dem Aufzug hinunter zum Foyer. Bevor er sein Auto vom Parkplatz holte, ging er hinaus an die frische Luft, die Seitengasse des Gebäudes entlang und übergab sich so oft, bis nichts mehr kam.

52

SAN JUAN ISLAND

„Es ist wunderschön hier", sagte Tinsley, ihr Arm in Lilas eingehakt, als sie durch den State Park gingen. Lila wies auf alle Orte hin, an denen sie früher spazieren gegangen war, als sie hier ankam, vor allem, um die Schwertwale von der Küste aus zu beobachten. Sie fanden eine Bank und setzten sich. Lila schaute ihre Freundin an.

„Wie geht es dir? Ich meine, nach dem Angriff. Du scheinst dich überraschend gut zu halten."

Tinsley seufzte. „Ich bin mehr als alles andere wütend. Wer zur Hölle könnte das gewesen sein? Einfach so in meine Wohnung einbrechen? Und meine verdammten Nachbarn ..." Sie knirschte mit den Zähnen und schüttelte den Kopf und Lila nahm ihre Hand.

„Tins, du kannst so lange bei uns bleiben, wie du willst."

Tinsley grinste erneut. „Lila Tierney, wenn dies zu deinem Plan gehört, all deine Freunde nach Washington zu bringen ... dann gebe ich zu, dass es verlockend ist, weil es so schön ist."

„Alle meine Freunde außer einem. Ich kann einfach nicht glauben, dass Riley der Verdächtige ist. Riley ... er sieht aus wie ein riesiger Teddybär; er *ist* ein riesiger Teddybär. Ich kann es einfach nicht glauben, aber Charlie ist überzeugt."

Tinsleys Lächeln verblasste. „Ich weiß. Ein Teil von mir will Charlie anschreien, sei nicht so verdammt lächerlich! Aber bis wir Riley finden ...“

Lila wandte den Blick ab und Tinsley konnte Tränen in ihren Augen glitzern sehen. „Lila ...“

„In meinem Kopf“, unterbrach Lila sie, „finden wir Riley, er ist ein bisschen verwirrt, aber okay, und er sagt uns, dass er herausgefunden hat, wer es war, er aber versucht hat, ihn zum Schweigen zu bringen. Dann gehen er und Charlie den Bastard fangen und ...“

„Wir alle leben glücklich bis an unser Lebensende. Es tut mir leid, Kleine, du weißt es besser als die meisten. Das wird nicht passieren.“

SPÄTER, zu Hause, waren Lila und Noah allein. Tinsley und Charlie waren gegangen, um etwas aus der Stadt zu holen – gaben dem Paar etwas Platz, wie Lila vermutete.

„Wie geht es meinem Mädchen?“ Noah strich mit seinen Lippen über ihre. Sie lehnte sich in seine Umarmung.

„Ich wünschte, ich könnte sagen gut, Noah, aber ich denke, das dauert noch ein bisschen.“

„Ja.“ Seine Lippen lagen jetzt auf ihrer Schläfe. Gott, sie wollte, dass er sie ins Bett brachte, um alles zu vergessen, aber der Arzt hatte sie für ein paar Wochen vor penetrativem Sex gewarnt. Sie schaute Noah in die Augen und wusste, dass er dasselbe dachte.

„Wie wäre es mit einem schönen heißen Bad?“, murmelte sie an seinen Lippen. Noah führte sie an der Hand ins Badezimmer und sie zogen sich langsam aus, als sich die Badewanne füllte, und küssten jedes Stück zum Vorschein kommender Haut, bevor sie in die Wanne kletterten. Lila setzte sich rittlings auf ihn, schlang ihre Arme um seinen Hals und studierte sein Gesicht, als hätte sie es noch nie zuvor gesehen.

„Ich liebe dich, Noah Applebaum.“

Er lächelte, seine großen Hände streichelten langsam ihren Rücken und legten sich um ihre schweren Brüste. Er senkte seinen

Kopf, um jede ihrer Brustwarzen in seinen Mund zu nehmen und seine Zunge schnellte über die Brustwarzen. Er schob seine Hand sanft zwischen ihre Beine. „Tut es weh, wenn ich das tue?"

Er streichelte ihre Klitoris sanft und sie schüttelte den Kopf.

„Nein, das fühlt sich so gut an." Sie griff nach unten, um seinen Schwanz zu streicheln, der schon groß war und pochte, als sie ihre Hände darum legte und ihr Finger sanft die Spitze neckte. Sie spürte ihn beben und genoss es, Noahs Stöhnen zu hören. Sie küssten sich langsam, schmeckten sich gegenseitig, ihre Zungen tanzten miteinander, ihr Atem vermischte sich.

Es war eine langsame, zärtliche, schöne Entspannung, sich gegenseitig zum Orgasmus zu bringen. Lilas Rücken bog sich durch und ihr Kopf fiel zurück, als sie kam. Noah stöhnte ihren Namen, während ihre Hände ihn streichelten und verwöhnten, bis er heißen, weißen Samen auf ihren Bauch schoss.

Danach lehnte sie sich an seine Brust und er hatte seine großen Hände über ihren Bauch gelegt, der noch geschwollen, aber merklich schlanker war. Lila seufzte.

„Eines Tages hoffe ich, dass mein Bauch wieder mit deinem Baby anschwellen wird. Viele von ihnen. Jungen und Mädchen und die Jungen sind so schön wie ihr Papa, und die Mädchen sind alle so brillant wie du."

Noah küsste ihre Schläfe. „Also müssen die Jungs nicht brillant sein?"

„Nein, sie sind Jungs; sie müssen nur hübsch sein." Beide lachten und freuten sich, dass sie angesichts der jüngsten Schrecken noch albern sein konnten.

„Ich wollte es dir sagen", sagte Lila, „ich habe einen schönen Blumenstrauß von einer Freundin von dir bekommen ... Joanne, nicht wahr?"

Noah war überrascht. „Das war nett von ihr."

„Ich möchte sie kennenlernen ... und da ich gerade davon spreche, Menschen zu treffen, denke ich, dass es an der Zeit ist, dass ich deine Eltern kennenlerne."

„Papa und Stiefmutter, aber ja, gern."

„Magst du Molly nicht?"

„Ich liebe Molly und ich garantiere dir, dass sie dich auch lieben wird, aber sie hat mir immer vorsichtig erklärt, dass sie meine Mutter nicht ersetzt, obwohl sie mich liebt, als wäre ich ihr Sohn."

Lila fühlte eine Wehmut. „Das ist wirklich süß. Ich wünschte, ich hätte meine Mutter gekannt, aber leider habe ich das nicht."

Noahs Arme legten sich fester um sie. „Molly wird dich bemuttern, dass verspreche ich dir. Und ich werde versuchen, bald etwas zu arrangieren. Sollten wir Charlie und Tinsley einbeziehen?"

„Es könnte das Gespräch leichter machen", sagte Lila und versuchte, ein Grinsen zu verbergen.

„Du willst Tinsley nur als Schutzschild."

„Verdammt richtig. Weißt du, an wen ich gedacht habe? Cora und Delphine."

Noah seufzte. „Ich weiß. Wir müssen sie wirklich besuchen, sie einweihen."

„Ja, ich denke, wir haben Glück gehabt, dass nichts davon herausgekommen ist, und ich habe nicht angerufen, um es zu erklären. Das konnte ich nicht ertragen."

ABER NATÜRLICH KAM es schließlich raus – und das auf die schlimmste Art und Weise. Lila und Tinsley waren im örtlichen Bauernmarkt einkaufen, als Lila plötzlich bemerkte, dass Leute anhielten, um sie anzustarren. Sie runzelte die Stirn, sagte aber nichts, bis sie in ihr Auto stiegen. Sie fragte Tinsley, ob sie es bemerkt habe.

„Ja, eigentlich den ganzen Morgen schon, auch als wir Kaffee getrunken haben", gab Tinsley zu. Lila schüttelte den Kopf.

„Ich verstehe es nicht – habe ich Farbe im Gesicht oder so?"

Tinsley lachte. „Mädchen, kennst du mich nicht besser? Ich hätte es dir gesagt."

Sie lachten darüber auf der Heimfahrt, aber erst als sie das Mittagessen vorbereiteten und Lila den Fernseher in der Küche anstellte, erfuhren sie die schreckliche Wahrheit.

Lila, ihre Messerstiche, Richard Carnegie, sein Mord und ihre anschließende Schwangerschaft durch ihren eigenen Arzt. Überall in den Nachrichten. Und die Schlagzeile? Lila war eine Goldgräberin, die einen Exgeliebten dazu trieb, sie niederzustechen, gerade als sie im Begriff war, den Milliardär Carnegie zu verzaubern. Ihr anschließendes Verschwinden und ihre Schwangerschaft durch ihren Arzt – natürlich ein weiterer reicher Mann und der Verlust dieses Babys – *was würde Lila jetzt tun, da ihr das Geld wieder den Händen entglitt?*

Tinsley war wütend – aber Lila war schlecht. Sie hatte so gehofft, dass all dies nicht öffentlich bekannt werden würde.

Als Noah ein paar Stunden später wütend nach Hause kam, sah sie ihn nur ruhig an und sagte einen Namen.

„Die Carnegies."

53

UPPER EAST SIDE, MANHATTAN

Delphine sah sie kühl an. „Du siehst ... gut aus."

Lila wusste, dass dem nicht so war – in Wirklichkeit sah sie beschissen aus, war von Seattle hergeflogen, nachdem sie Delphine gebeten hatte, sie zu treffen. Ihr Haar war zu einem unordentliches Knoten im Nacken zusammengefasst, ihre Kleider waren abgetragen.

„Delphine ... Es tut mir so leid, dass du es so herausfinden musstet. Ich wollte dich treffen, aber die Ereignisse haben sich überschlagen."

„Du hattest sechs Monate."

Lila zucke zusammen, nickte aber. „Das stimmt. Aber ich war ein Feigling. Ich wusste nicht, wie ich der Mutter meines ermordeten Exverlobten sagen sollte, dass ich bereits mit dem Baby eines anderen Mannes schwanger war. Hättest du das fertiggebracht?"

Delphine schaute weg. Lila atmete tief durch.

„Delphine ... Richard und ich ... wir hätten nicht einmal verlobt sein oder weiterhin ein Paar sein sollen, bevor ich angegriffen wurde. Wir wussten es beide. Wir liebten uns, aber als Freunde. Wir wussten einfach nicht, wie wir aus der Achterbahn aussteigen sollten."

Delphine studierte sie. „Als du ihn das letzte Mal gesehen hast –"

„Wir haben die Beziehung beendet. Wir haben uns im Guten getrennt, ich möchte, dass du das weißt."

„Hast du vor oder nach diesem Gespräch mit dem guten Arzt geschlafen, Lila?" Delphines Stimme war Eis und Lila wusste, dass sie die Antwort bereits kannte.

„Vorher. Und es tut mir leid, Delphine, aber ich bereue nichts. Ich habe mich in Noah verliebt, lange bevor ich mit ihm geschlafen habe. Er ist alles für mich und unser Kind, obwohl sie nicht überlebt hat, sie ist immer noch real für mich. Ich fühle mich immer noch wie eine Mutter."

Delphines Gesicht wurde weich. „Es tut mir wirklich leid um das Kind, Lila. Aber ich dachte, wir würden uns nahestehen, dachte, dass du mir genug vertraut hast, um zu wissen, dass du zu mir hättest kommen können. Als wir Richard verloren, war es eine Qual, aber wenn als du auch gegangen bist ... ist ein Teil von mir gestorben."

Ihre Worte brachen den Damm, den Lila um ihre Gefühle herum aufgebaut hatte, und sie schluchzte. „Ich will das nicht tun", sagte sie, „ich will nicht weinen und du sollst nicht denken, dass ich weine, damit du nett zu mir bist. Was ich getan habe ... Ich kann es nicht zurücknehmen, ich will es nicht zurücknehmen. Aber wenn ich etwas von dem Schmerz wegnehmen könnte, den du gefühlt hast ... Ich weiß, dass es zu spät ist. Ich liebe dich, Delphine, ich liebte Richard, ich liebe Cora und Harry und Richard Sr. Aber ich kann nicht mehr Teil deiner Familie sein."

Delphines Mund zitterte und sie bedeckte ihn schnell mit ihrer Hand, schaute weg und atmete tief durch, um ihre Nerven zu beruhigen.

„Sag das nicht", flüsterte sie schließlich. „Bitte verbanne uns nicht aus deinem Leben. Nicht dauerhaft. Wenn du mehr Zeit brauchst, in Ordnung, aber bitte, wenn du stärker bist, komm zu uns zurück. Wenn nicht als unsere Tochter, dann als unsere Freundin."

Lila versuchte, sich selbst unter Kontrolle zu bekommen und schloss die Augen. *Bitte lass mich gehen.* Aber ein Teil von ihr wollte das nicht wirklich. Sie waren ihre Familie gewesen. Lila hatte einfach das Gefühl, dass sie es nicht verdient hatte, sowohl die Carnegies als auch ihr neues Leben zu haben – es war zu viel.

„Hallo." Eine kleine Stimme ertönte hinter ihr. Lila drehte sich um. Cora, rothaarig und dünn wie ein Vogel, stand hinter ihr. Ihre Augen waren stumpf, ihre Züge verkniffen, aber sie blickte Lila nicht mit Hass, sondern mit Trauer an. Lila konnte nicht anders, als ihre Arme auszustrecken und Cora warf sich hinein und umarmte sie fest.

Delphine beobachtete sie für einen Moment und stand dann auf. Für einen langen Moment legte sie ihre Hand auf Lilas Schulter, schaute sie an, nickte dann und verließ den Raum.

54

MANHATTAN

Noah saß Charlie gegenüber und betrachtete den Rest des Büros, während sie ihre Arbeit machten. Charlie telefonierte, aber er beendete den Anruf.

„Sorry, Mann, eine weitere schlechte Spur. Hätte nicht gedacht, dass wir nichts von Riley hören würden, und ich meine rein gar nichts."

„Du hast mit diesem Bruder gesprochen, mit dem du nicht auf Augenhöhe bist?"

Charlie rollte die Augen. „Mehrmals. Hör mal, macht sich Lila wegen dieser Nachrichtengeschichte verrückt? Denn ich garantiere, dass sich bis nächste Woche niemand daran erinnern wird."

„Nur, dass die Carnegies verletzt werden, aber sie ist jetzt bei ihnen."

„Jede Wette, von wem diese Geschichte stammt?"

Noah lachte humorlos. „Oh ja ... Lauren Shannon. Sie ist immer noch sehr sauer auf mich. Ich hätte es wirklich kommen sehen müssen."

„Nun, zumindest wissen wir etwas. Ich bin es ein wenig leid, immer im Dunkeln zu tappen."

„Ich auch. Es macht mich nervös, hier zu sein, dass Lila in der Stadt ist. Dir geht es wahrscheinlich so mit Tinsley."

Charlie nickte. „Mann, das, was Männer den Frauen antun."

„Die Dinge, die wir tun."

Cora ließ Lila endlich los. Sie lehnte sich zurück und wischte sich die Augen. „Lila, es tut mir so leid wegen allem. Als ich diese Geschichte hörte, wusste ich, warum du gegangen bist, und ich habe dir keinen Vorwurf gemacht. Ich habe gehört, was du zu Mama gesagt hast, und du hast Recht. Du und Richard waren nicht dazu bestimmt, für immer glücklich zu sein."

Lila war etwas verlegen. „Cora ... Ich dachte, du würdest diejenige sein, die am wütendsten auf mich ist. Du hast gerade deinen Bruder begraben und jetzt erfährst du, dass ich bei der Beerdigung bereits mit dem Baby eines anderen Mannes schwanger war. Ich kann mir diesen Teil nicht verzeihen, auch wenn ich es nicht bereue, schwanger gewesen zu sein."

Cora starrte sie mit großen blauen Augen an und kämpfte darum, die Worte zu finden, die sie dann sagte. „Wir alle haben schlechte Dinge getan, Lila, wir alle. I... *oh Gott* ..."

Sie brach wieder in Tränen aus und Lila, die sich jetzt wirklich um die junge Frau sorgte, umarmte sie fest.

„Cora, was ist los? Was versuchst du mir zu sagen?"

Cora sagte etwas Unverständliches durch ihre Tränen hindurch. Lila streichelte ihr die Haare aus dem Gesicht. „Cora, atme tief durch. Genau so und jetzt noch einmal. Und dann sag mir, was los ist."

Cora zitterte heftig. „Er war *es*, verstehst du. Ich habe mich in ihn verliebt und dachte ... in dieser Nacht ... Ich dachte, er wollte mich, aber dann nahm er mich zu ihr und dann sah ich, wie sie ihn geküsst hat."

Lila schüttelte den Kopf. „Cora, deine Worte ergeben keinen Sinn."

Cora schüttelte den Kopf heftig. „Ich habe jemanden bezahlt. Einen Typ, den ich kenne, kein guter Kerl. Ich habe ihn bezahlt, um sie abzuschrecken ... Ich habe ihn bezahlt, um sie loszuwerden, aber

ich wusste nicht, dass er durchdrehen würde ... Ich hatte so viel Angst
..."

Lilas Blut gefror in ihren Adern. „Cora ... du willst mir nicht sagen
..."

„Ich war diejenige, der diesen Mann geschickt hat, um Tinsley zu
verletzen. Oh Gott, Lila, ich war so verliebt in Charlie und es war
nicht fair und ich war total eifersüchtig und ..."

Lilas Kopf war in ihren Händen und sie wollte nichts mehr hören.
„Nein ... nein ..."

„Ich habe ihn geschickt, um Tinsley zu verletzen, Lila ... *Ich habe
versucht, Tinsley zu töten ...*"

55

BLEIB BEI MIR

EINE ALPHA-MILLIARDÄRSROMANZE

Manhattan

Noah schaute auf Lila herab, die sich an ihn gekuschelt hatte, während sie in ihrem Hotel fernsahen. Sie war still gewesen, seit sie bei den Carnegies gewesen war – obwohl sie sagte, dass es gut gegangen war – und jetzt war Noah besorgt. Er nahm die Fernbedienung und schaltete den Fernseher aus. Lila reagierte kaum.

„Okay", sagte er, „dir geht etwas durch den Kopf. Erzähl mir davon."

Lila zögerte und seufzte dann. „Ich dachte daran, wie die Liebe – oder zumindest das, was wir vielleicht für Liebe halten – verdorben worden ist. Beschmutzt."

Noah lächelte. „Das ist ziemlich tiefgehend für diese späte Stunde. Was stört dich wirklich?"

Lila rieb sich die Augen. „Nur zwischen uns?"

„Natürlich."

Sie schaute ihn einen langen Moment an. „Cora hat einen Mann angeheuert, um Tinsley zu töten."

Noah spürte wie ihm das Blut aus dem Gesicht wich und er stöhnte. „Oh, *verdammt.*"

„Ja." Lila schlang ihren Arm um seine Taille, suchte nach Trost. „Das Gute daran ist, dass sie deswegen verstört ist. Sie ist froh, dass der Kerl es nicht geschafft hat."

„Wegen Charlie?"

Lila nickte. „Verstehst du, was ich meine? Die Leute tun verrückte Dinge für die Liebe. Oder Lust." Sie schluckte hart und sah ihn an. „Noah, ich habe etwas, was ich dir sagen möchte, und Gott, es ist nicht einfach. Das habe ich noch nie jemandem gesagt, nicht einmal Charlie."

Er runzelte die Stirn. „Was ist es, Liebling?"

„Ich habe mit Riley geschlafen. Vor etwa fünfzehn Monaten. Richard und ich hatten eine schwere Phase, er hatte mich betrogen und ich hatte versucht, meine Augen davor zu verschließen, aber eines Nachts waren Riley und ich spät in der Bar, nachdem ich schon geschlossen hatte, und ich hatte einfach genug. Es war nur das eine Mal, aber ..."

„Aber was?" Noah hielt seine Stimme ruhig. Er verurteilte Lila – oder Riley – nicht für das, was sie getan hatten, aber er war immer noch seltsam eifersüchtig.

„Er sagte mir, dass er in mich verliebt sei, dass er mich bitten würde, Richard nicht zu heiraten, wenn er jemand anderes wäre. Er war nicht ... Ich meine, er kam mir nicht besessen vor, nur wie ein trauriger Kerl, der verliebt ist. Er tat mir leid, ich fühlte mich schuldig."

Noah schlang seine Arme um sie. „Wir alle machen Fehler mit den Herzen anderer Menschen, wir alle. Das macht uns nicht zu schlechten Menschen."

Lila löste sich von ihm, damit sie ihn ansehen konnte. „Genau. Deshalb fällt es mir schwer zu denken, dass Riley hinter all dem steckt. Es ergibt einfach keinen Sinn."

Noah war für einen Moment ruhig und ließ sie nachdenken. „Aber die Fotos an der Wand seiner Wohnung."

„Jemand hätte sie dort anbringen können ... Nein, ich weiß, es ist lächerlich. Vielleicht war es seine Art, mit seiner Verliebtheit umzugehen."

Noah war skeptisch. „Liebling, wenn du ein wenig verliebt bist, hast du vielleicht ein Foto. Nicht Tausende."

„ich würde gern wissen, wo zur Hölle er sie her hat. Nein, vergiss das. Wir haben nicht über Riley und mich gesprochen, hier geht es darum .... sage ich Charlie und Tinsley, was Cora getan hat?"

Noah stieß seinen Atem zwischen seinen Zähnen heraus. „Das ist schwer ..."

„Nicht wahr. Was würdest du tun?"

Noah überlegte. „Vielleicht kannst du Cora dazu überreden, unter vier Augen mit Tinsley zu sprechen. Tinsley verdient es, die Wahrheit zu wissen – Charlie ... nun, das liegt an Tinsley."

Lila nickte langsam. „Das ist eine gute Idee, ja, das ist eine gute Idee. Ich rufe Cora morgen an." Noah sah, wie sich ihre Schultern entspannten und ein kleines Lächeln um ihre Lippen spielte. „Danke, Baby, du weißt immer, was zu tun ist."

Sie kroch zurück in seine Arme und drückte ihre Lippen auf seine. „Warum habe ich trotz allem das Gefühl, dass die Dinge in Ordnung kommen werden? Ich denke, das liegt an dir, Noah Applebaum. Wenn ich bei dir bin, fühle ich mich sicher, geliebt."

„Du bist beides, Lila Belle." Dann grinste er. „Ich habe dich nie gefragt, ob dein zweiter Vorname wirklich Belle ist?"

Lila kicherte. „Nein, so hat Delphine mich genannt. Cora ist Cora Belle und irgendwie hat sich das auch für mich eingebürgert. Ich mochte es."

„Was *ist* dein zweiter Vorname?"

„Ich habe keinen. Ich weiß nicht einmal, was mein richtiger Name ist, oder ob meine Mutter mir einen Namen gegeben hat. Anscheinend, und ich weiß, das ist seltsam, haben sie mich Lily genannt bis ich drei war und in das Kinderheim gekommen bin. Es war Charlie, der mich Lila nannte und mir den Mädchennamen seiner Mutter gab." Sie lächelte bei der Erinnerung und Noah streichelte ihr Gesicht.

„Vielleicht kann ich dir eines Tages meinen Namen geben – wenn

du willst", lächelte er, aber seine Augen waren wachsam. Lila
küsste ihn.

„Nichts würde mich glücklicher machen." Sie drückte ihre
Lippen auf seinen Hals. Noah vergrub sein Gesicht in ihren Haaren.

„Dann, wenn du vollständig geheilt bist, gehen wir zusammen
weg. Irgendwohin, wo niemand uns findet und ich werde dir einen
richtigen Antrag machen."

Sie blickte ihn mit leuchtenden Augen an. „Ich kann es kaum
erwarten, mein Liebling. Ich kann es kaum erwarten."

Am nächsten Morgen fuhr Lila mit dem Mietwagen, den Noah
für sie arrangiert hatte, nach Westchester. Sie hatte seinen Vorschlag,
von einem Leibwächter gefahren zu werden, ausgebuht. „Der mit
Höchstgeschwindigkeit über den Highway rast?"

Er hatte kein Gegenargument und sie küsste ihn dankbar. „Ich
rufe dich an, wenn ich dort ankomme, versprochen."

Richard Senior war es, der sie an der Tür begrüßte. Da er nie ein
sehr überschwänglicher Mann gewesen war, war Lila schockiert, als
er sie in eine Bären-Umarmung zog. „Wir haben dich hier vermisst,
Lila Belle."

Seine warme Stimme trieb ihr die Tränen in die Augen und alles,
an was sie in dem Moment denken konnte, war, wie sehr sie alle
verletzt hatte, indem sie einfach verschwunden war.

Richard sagte ihr, dass Cora in ihrem Zimmer sei und mit einem
Lächeln auf sie warte, dann ging er zurück in sein Büro.

Cora saß auf ihrem Bett, ihre großen Augen weit vor Nervosität
und Lila konnte nicht anders, als Mitleid mit der jungen Frau zu
haben. Cora war zerbrechlich, verletzlich ... aber, brachte Lila sich
barsch in Erinnerung, das war keine Entschuldigung für das, was
Cora getan hatte. Und es war auch keine Kleinigkeit gewesen ...

„Cora, Liebling, ich habe viel darüber nachgedacht, was du mir
gesagt hast."

Cora runzelte die Stirn. „Was habe ich dir gesagt?"

Ein kleiner Wehmutstropfen fiel in Lilas Magen und sie seufzte.
„Cora, ich glaube, du weißt es."

„Keine Ahnung, wovon du sprichst."

So sollte das also laufen? Lila schüttelte den Kopf. „Doch, das tust du, Cora, und so zu tun, als wüsstest du es nicht, hilft nicht dabei, es ungeschehen zu machen."

Cora reckte ihre Nase in die Luft. „Du wirst mir wirklich sagen müssen, wovon du sprichst."

Lila hatte genug. „Cora, was du getan hast, war verabscheuungswürdig." Genug Mitleid gehabt, dachte Lila, und sie sah, wie Coras Gesicht sich rötete.

„Lila ..."

„Nein, Cora, nein. Wir tun das nicht. Du hast mich mit hineingezogen, indem du es mir erzählt hast, und jetzt musst du aufstehen und dich den Konsequenzen stellen. Ich denke, du solltest mit Tinsley sprechen, ihr sagen, was geschehen ist, warum du getan hast, was du getan hast."

Cora lachte, ein falscher hoher Ton. „Ich kenne die Frau kaum, warum sollte ich mit ihr sprechen?"

Lilys Stimmung verdüsterte sich. „Du hast versucht, jemanden zu töten, Cora, nur weil sie mit einem Mann zusammen ist, den du magst – glaubst du nicht, dass das ein guter Grund ist?"

Cora wich Lilas Blick aus. „Ich verstehe nicht, warum du mir das sagst. Es müssen die Hormone in dir sein. Ich weiß, dass du dich nach dem Baby und allem immer noch seltsam fühlen musst."

Das war ein Schlag unter die Gürtellinie. „Cora, willst du wirklich, dass ich es Tinsley sage? Charlie? Deinen Eltern?"

Cora sah sie an, ihr blauer Blick war eisig. Ihr Mund verzerrte sich zu einem grausamen Lächeln. „Und wem würden sie wohl glauben, Lila?"

Lilas Temperament flammte auf und sie ballte ihre Fäuste und grub ihre Nägel in ihre Handfläche. „Fein. Mal sehen, oder?"

Sie stolperte aus dem Zimmer und die Treppe hinunter. Sie schlug die Haustür auf ihrem Weg nach draußen hinter sich zu und erst als sie mitten in der Einfahrt stand, stieß sie ein frustriertes Heulen aus. Warum konnte das nicht einfach sein? Sie hatte sich ausgemalt, Cora zu Tinsley zu bringen, ein tränenreiches Geständnis, eine sofortige Vergebung von Seiten Tinsleys. Und alle leben glücklich bis an ihr Lebensende. Sie schüttelte den Kopf. Du verdammte Närrin, Tierney.

Sie fuhr zurück in die Stadt und zu ihrem Hotel und wurde von Noahs Sicherheitsteam begrüßt. In der Suite warf sie ihre Tasche beiseite und warf sich auf die Couch. Gott. Was sollte sie tun? Wem gehörte ihre Loyalität?

Sie schnappte sich ein Kissen, verbarg ihr Gesicht darin und schrie ein lautes: „Verdammt!", tief in den weichen Stoff.

Nein. Wenn Cora sich so stur stellte, dann gab es nur eine Sache, die sie tun konnte. Tinsley zu sagen, was sie wusste. Dann lag es an Tinsley, welche Maßnahmen sie ergreifen würde, und Lila konnte sich selbst aus dem Geschehen herausnehmen.

Sie rief Tinsley in der Bar an und bat sie, sie später zu treffen, dann ging sie unter die Dusche, in der Hoffnung, dass das kühle Wasser ihr heißes Temperament abkühlen würde. So viel Gewalt, dachte sie, als sie mit der Seife ihren Körper schrubbte, so viel verdammte Gewalt. Sie blickte auf die immer noch sichtbaren Narben auf ihrem Bauch. Ihr Körper war schnell wieder in seine Vorschwangerschaftsform zurückgekommen, und nun konnte sie ihre Rippen unter der straffen Haut spüren. Zu dünn. Sie hatte kaum gegessen, seit Matty tot zur Welt gekommen war, und sie wusste, dass Noah hin- und hergerissen war, einerseits darauf bestand, dass sie aß und auf sich achtgab, und sie andererseits aber nicht unter Druck setzen wollte. Gott. Sie stellte das Wasser ab und lehnte ihre Stirn gegen die kühlen Fliesen. Sie wollte bald mit ihm weg, irgendwo hingehen, wo es nur sie beide gab und dann ein neues Leben aufbauen.

Als sie sich angezogen hatte, schaute sie missmutig in den Kühlschrank, als die Gegensprechanlage brummte. „Hey Kleine, ich bin es."

Charlie überreichte ihr einen Blumenstrauß. „Kitschig, ich weiß, aber was soll's?"

Sie grinste und küsste ihn. „Sie sind wunderschön, danke, Charlie. Du arbeitest nicht?"

Er zuckte mit den Achseln. „Doch, irgendwie schon, aber ich wollte dich sehen."

„Weil?"

Er grinste schief. „Brauche ich einen Grund?"

Lila entspannte sich und umarmte ihn. „Natürlich nicht. Nur scheint es jedes Mal in letzter Zeit einen Grund gegeben zu haben. Es ist gut, dass du nur mit deiner besten Freundin abhängen willst."

„Stimmt. Wo ist der gute Doc?"

„Hat ein Meeting. Er denkt darüber nach, das Krankenhaus zu verlassen und sich woanders niederzulassen, seine eigene Praxis zu eröffnen, also trifft er sich mit einigen Insidern, holt sich Rat."

Charlie verzog sein Gesicht. „Gott, ein Geschäftstreffen."

Lila nickte und grinste. „Deshalb bist du Polizist und ich bin eine Künstlerin. Nicht, dass man es merken würde, ich habe viel zu lange ,ausgeruht'."

„Ist es an der Zeit wieder damit anzufangen?"

„Gott, ja, ich treibe seit ein paar Jahren einfach so vor mich hin. So viel zu meiner Überzeugung, Frauen sollten unabhängig sein. Erst Richard, jetzt Noah – beide haben mich finanziell unterstützt, ob es mir gefällt oder nicht." Sie seufzte. „Ich muss etwas tun, Charlie. Vielleicht könnte ich zurückgehen und mich zur Kunstlehrerin weiterbilden." Sie sah plötzlich aufgeregt aus. „Gott, warum habe ich vorher nicht daran gedacht?"

Charlie beobachtete sie mit einem kleinen Lächeln auf seinem Gesicht. „Mach du ruhig Pläne. Du wohnst in Seattle?"

Sie nickte. „Ja. Noah ist dort, und ich will auch dort sein. Nur eines fehlt, und das bist du."

„Ja." Charlies Lächeln verblasste. „Nun, wenn es hier schlecht läuft, komme ich nach Hause."

Lila studierte ihn. Er sah müde und ausgezehrt aus. „Bist du okay?"

Er nickte. „Mir geht nur viel im Kopf herum. Sie werden mich nächste Woche mit jemandem zusammenbringen, der neu ist, und ich weiß nicht, was ich von dem Kerl halten soll. Oder dem Job. Oder New York."

„Was ist mit Tinsley?"

„Sie ist das einzig Gute."

Lila lächelte. „Ich bin froh." Sie kaute auf ihrer Lippe und seufzte dann. „Charlie, ich habe dir etwas zu sagen und ich möchte nicht, dass du in die Luft gehst und ausrastest. Darum bitte ich dich als Freund, nicht als Polizist."

„Schieß los, Kleine."

„Es geht um den Angriff auf Tinsley. Ich weiß, wer es war."

Charlie setzte sich auf und sein Gesicht wurde hart. „Was zur Hölle?"

„Es war Cora", beeilte Lila sich hinzuzufügen und sah den Zorn in seinen Augen. „Sie hat es mir vor ein paar Tagen gestanden. Ich wusste nicht, was ich tun sollte, also habe ich mit Noah darüber gesprochen und bin gestern zu Cora gegangen, um sie dazu zu bringen, selbst zu Tinsley zu gehen."

„Und?"

„Sie bestreitet, dass sie mir jemals etwas gestanden hat. Du hättest sie sehen sollen, Charlie. Sie war eiskalt. Ich habe sie noch nie so gesehen."

Charlie ließ den Kopf zurückfallen und starrte an die Decke. „Du hättest zu mir kommen sollen", sagte er mit einer leisen, wütenden Stimme und Lila wurde rot.

„Ich weiß, es tut mir leid. Aber ich war gefangen zwischen ..."

„Cora hat versucht, Tinsley töten zu lassen. *Erstechen, Lila.* Klingt das vertraut?"

Das Blut wich aus Lilas Gesicht. „Nein ... auf keinen Fall, Charlie. Cora und ich haben uns vor der Hochzeit so nah gestanden, sie hat sich darüber gefreut."

„Hat sie das? Oder ist sie nur eine bessere Schauspielerin, als wir ihr zutrauen? Sie war immer nervös, auf Messers Schneide – sorry, das war eine schlechte Metapher. Aber, Lila, wirklich ... sie stand Richard sehr nahe. Ist es nicht möglich, dass sie eifersüchtig wurde aus Angst, ihren Bruder zu verlieren? Wenn sie wusste, an wen sie sich wenden musste, um einen Mörder anzuheuern – warum nicht

Cora? Vielleicht war es derselbe Kerl, der dich erstochen hat. Gott, Lila ...“

Er stand auf, zog sein Handy aus der Tasche und Lila wusste, dass er jetzt handeln würde.

„Was wirst du tun?“

Charlie schaute sie mit dem Telefon am Ohr an, sein Gesicht starr und grimmig. „Ich werde Cora Carnegie wegen des Verdachts des versuchten Mordes festnehmen“, sagte er, „in *zwei* Anklagepunkten“.

Lila legte ihren Kopf in die Hände und hoffte, dass sie das Richtige getan hatte.

56

HAWAII-INSELN

E inen Monat später ...

LILA RÄKELTE sich wohlig auf der Sonnenliege auf der Terrasse ihrer
Villa. In der Ferne konnte sie den roten Glanz der aufragenden
Vulkane auf den anderen Inseln sehen. Sie waren für einen Tag hier
gewesen, in einer Villa, die sie von einem von Noahs Freunden
gemietet hatten, und sie waren am Strand entlanggelaufen, im klaren
Wasser geschwommen und hatten sich auf das gute Essen gestürzt,
das sie in der Stadt gekauft hatten; frisches Obst, Käse, Brot und
Wein.

Lila schaute auf, als Noah auf die Terrasse kam, eine neue Flasche
Champagner in der Hand. Er trug graue Mergelshorts und sonst
nichts, und sie freute sich über seinen festen Körper, die breiten
Schultern, den festen Bauch und die starken, muskulösen Arme.
Verdammt, es war zu lange her ...

Noah grinste, als er ihre unverhohlene Lust sah ... und ließ einen

Eiswürfel auf ihren nackten Bauch fallen. Sie schrie vor Lachen. „Du hast den Moment ruiniert, Doofus", murmelte sie. Noah nahm den Eiswürfel mit seinem Mund auf und fuhr dann damit um den weichen Hügel ihres Bauches. Lila seufzte glücklich. Noah grinste, löste den Knoten ihres Bikini-Oberteils, befreit ihre Brüste, die schon leicht gebräunt waren – ihre Olivenhaut saugte die Sonne geradezu auf. Sie sah lächelnd zu, wie er die Brustwarze in den Mund nahm und sie keuchte, als die Reste des Eiswürfels ihre empfindliche Knospe berührten.

„Noah ..."

Seine Hand glitt zur Innenseite ihres Oberschenkels, streichelte und knetete das weiche Fleisch dort, bis seine Finger unter die Baumwolle ihrer Shorts krochen und begannen, ihr Geschlecht zu streicheln. Lila stöhnte leise, ihre Finger krallten sich in seine kurzen dunklen Locken. Noah begann ihre andere Brustwarze zu necken, als sein langer Zeigefinger in sie glitt und begann, die Stelle zu suchen, die sie stöhnen und schreien ließ.

Er hob den Kopf und grinste, küsste ihren Mund. Er zog ihre Shorts über ihre langen Beine und stand dann auf, um seine eigenen Shorts nach unten zu schieben. Sein Schwanz, so groß und dick, stand stolz gegen seinen Bauch und er legte die Hand darum, als er wieder zu ihr kam. Sie streckte ihre Arme aus und er kam zu ihr, beide seufzten bei dem Gefühl von Haut an Haut.

„Ich liebe dich, Noah Applebaum", flüsterte sie, als sie ihre Beine um seine Taille schlang, und er lächelte, als er in sie glitt und stöhnte leise als ihre nasse, weiche Muschi ihn umhüllte, als er sie füllte.

„Gott, Lila ..."

Sie bewegten sich zusammen, konzentrierten sich ganz aufeinander und genossen jede Empfindung, als sie sich zum ersten Mal seit Wochen wieder liebten. Sie liebten sich und lachten, ließen sich gegenseitig kommen bis weit in die Nacht hinein, dann lagen sie endlich erschöpft und befriedigt nebeneinander, ihre Gliedmaßen ineinander verschlungen, und beobachteten die ferne Lichtshow der Vulkane.

„Dieser Ort ist unwirklich", sagte Lila und ihr Kopf ruhte auf seiner Brust. „Dein Freund ist sehr großzügig, dir dieses Haus zu überlassen."

„Das ist er", stimmte Noah zu und seine Hände streichelten sanft ihre nackte Haut. „Wenn wir nach Seattle zurückkommen, sollten wir uns mit Jakob und Quilla verabreden – ihr habt viel gemeinsam. Eine *Menge*."

„Haben sie Kinder?"

„Zwillinge, adoptiert. Mädchen, ich glaube Maika und Nell sind ihre Namen."

Sie lagen lange Zeit schweigend da, dann seufzte Lila. „Glaubst du, dass wir viele Kinder haben werden?"

„Wir haben bereits eines. Nur weil sie nicht mehr hier ist ... Ich fühle mich trotzdem noch wie ein Vater."

Sie lächelte ihn an. „Ich weiß, ich fühle mich wie eine Mutter. Du meinst, wir werden mehr haben?"

Er drückte seine Lippen auf ihre Stirn. „Ich denke und ich hoffe es. Wir haben aber Zeit, Baby. Lass uns einfach erst einmal das Leben genießen."

„Abgemacht." Sie kuschelte sich näher an ihn und verfolgte mit dem Finger eine Linie auf seiner Brust. „Noah?"

„Ja?"

„Ich denke darüber nach, wieder zur Schule zu gehen, mich zur Lehrerin umzuschulen."

Noah blickte sie überrascht an. „Wirklich?"

„Ja. Ich habe seit Jahren nichts Neues gemalt und kann nicht ewig von deinem guten Willen leben."

Noah zischte frustriert. „Baby ... Ich wünschte, du würdest aufhören, dir darüber Gedanken zu machen. Es ist nur Geld. Was mir gehört, gehört dir. Ich dachte, du hättest das inzwischen erkannt."

„Du hast leicht reden. Du bist nicht derjenige, der als Goldgräber bezeichnet wird. Außerdem bin ich realistisch – auch beim Unterrichten werde ich nie mit deinem Reichtum mithalten, aber ich kann zumindest dazu beitragen. Das brauche ich."

Noah seufzte, war offensichtlich nicht zufrieden. „Fein."

Sie liebkoste sein Kinn. „Sei nicht verärgert, Apfelhintern."

Er lachte leise und küsste sie sanft. „Ich bin nicht verärgert, nur ... Ich möchte mich um dich kümmern."

„Und das tust du. Ständig. Aber Geld gehört nicht dazu, du kümmerst dich auf eine viel wichtigere Weise um mich."

„Das ist kitschig."

Sie lachte. „Wenn du meinst."

Sie hielten sich eine Weile schweigend umschlungen, bevor Lila sich von ihm löste. „Wohin gehst du?", murmelte Noah, als sie aufstand. Sie grinste.

„Ich muss nur pinkeln, bin gleich wieder da."

Sie tappte barfuß und nackt durch die dunkle Villa zum Badezimmer. Gott, hier könnte sie glücklich für immer leben, nur sie beide. Sie hatte leichte Kopfschmerzen und sie lehnte ihre heiße Stirn gegen die kühlen Fliesen, als sie die Toilette benutzte.

Hier könnte sie das Chaos in New York vergessen. Cora war verhaftet und auf Kaution freigelassen worden, und die DA erwog die gegen sie erhobenen Vorwürfe. Sie habe gestanden, jemanden eingestellt zu haben, um Tinsley zu töten – Cora behauptet seelisch zusammengebrochen zu sein, getrieben von Eifersucht. Tinsley war bis ins Mark schockiert, dass Cora hinter dem Angriff steckte und hatte es nicht gut aufgenommen, dass Lila es wusste und es ihr nicht gleich erzählt hatte. Überhaupt nicht gut und in den letzten Wochen, bevor sie auf die Insel gekommen waren, hatte sich die Beziehung zwischen Lila und Tinsley abgekühlt.

Cora bestritt jedoch vehement, hinter Lilas versuchtem Mord zu stecken. Lila glaubte ihr irgendwie, aber Charlie war so überzeugt, dass sie endlich die Antworten gefunden hatten, nach denen sie suchten, dass sie ihre Überzeugungen für sich behielt. Charlie war kein irrationaler Mann, dachte sie, wenn er so überzeugt war, musste es einen Grund geben.

Lila hatte auf Charlies Empfehlung hin die Carnegies nicht kontaktiert und es brachte sie um, nicht zu wissen, wie Delphine und

Richard Sr. es aufnahmen. So lange waren sie jetzt schon ihre Familie und jetzt ... sie konnte sich nicht mehr vorstellen, wie ihre Beziehung noch funktionieren sollte. Dieser Teil ihres Lebens war vorbei und wenn Cora wirklich für die schreckliche Messerstecherei verantwortlich war, die Lila irgendwie überlebt hatte, dann war das Gute daran, dass sie endlich darüber hinwegkommen und mit ihrem Leben weitermachen konnte.

Mit Noah. Sie wusch sich die Hände und lächelte in sich hinein. Gott, sie liebte diesen Mann. Jedes Mal, wenn sie ihn sah, war es wie beim ersten Mal. Ihr Herz raste, ihr Atem stockte in ihrer Kehle. Wenn er seine Hände auf sie legte – Gott, seine Hände – vibrierte ihre Haut vor Verlangen und der Puls zwischen ihren Beinen fing an zu pochen.

Während sie darüber nachdachte, ging sie zurück auf die Terrasse, und fand ihn schlafend vor. Sie grinste und setzte sich auf ihn, ihre Hände glitten zwischen seine Beine, wo sie seine Hoden in die Hand nahm und seinen Schwanz streichelte, bis er steif wurde.

Sie kicherte, als er vorgab zu schlafen, während sich ein breites Lächeln auf seinem Gesicht ausbreitete und sich seine Augen öffneten, als sie ihre Schamlippen auseinanderzog und ihn in ihre glatte Muschi einführte.

„Nun, hallo nochmal", murmelte er und seine Hände wanderten über ihren nackten Rücken, als sie ihn sanft ritt. Seine Lippen fanden ihre, seine Zunge neckte sie. „Gott, du schmeckst so gut, Lila."

Sie lächelte, ihre Lippen krümmten sich an seinen. „Ich freue mich, dass du so denkst." Sie schlug ihre Hüften hart gegen ihn, nahm ihn tief in sich auf und er stöhnte. Seine Finger klammerten sich an das weiche Fleisch ihrer Taille und hielten sie auf seinem Schwanz aufgespießt. Er blickte sie an, seine klaren grünen Augen amüsiert, liebevoll und intensiv.

„Ich liebe dich, Miss Lila Tierney, mehr als alles andere auf dieser gottverlassenen Welt."

„Ich freue mich, das zu hören."

Er grinste breit. „Nun, da mein Schwanz tief in deiner schönen Muschi ist, denke ich, dass dies der richtige Zeitpunkt ist, um dich zu fragen: Lila Tierney, würdest du mir die Ehre erweisen, mich zu heiraten?"

Lila stieß hart auf seinen Schwanz, als er nach unten griff, um ihre Klitoris zu reiben, und sie stöhnte lustvoll. „Ja ... Ja, Gott, ja Noah ... Ich werde dich heiraten, solange du mir versprichst, weiterzumachen mit ... *dem* ... Ja ... *ja* ..."

57

MANHATTAN

Tinsley rollte sich im Bett herum und seufzte. Der Schlaf wollte wieder einmal nicht kommen und neben ihr war das Bett leer. Charlie arbeitete an einem Fall, der ihn die meisten Nächte nach Brooklyn führte – zumindest war das die offizielle Geschichte. Tinsley wusste, dass er jeden Ort absuchte, an dem Riley sein könnte. Nun, da Cora wegen der versuchten Morde im Visier stand, war Charlie still und ruhelos geworden und wollte seinen Partner und Freund finden. Tinsley wusste, dass es daran lag, dass er sich schuldig fühlte, von Rileys Schuld überzeugt gewesen zu sein und keiner anderen Theorie als ,Riley hat versucht, Lila zu töten' geglaubt hatte.

Gott, was für ein Durcheinander. Als Lila ihr erzählt hatte, dass Cora Tinsleys Angriff gestanden hatte, hatte sie der Schock dazu gebracht auf ihre Freundin loszugehen und ihr vorzuwerfen, dass sie Cora bevorzugt hatte. Lila hatte sich ihre Vorwürfe stoisch angehört.

„Ich weiß, dass es den Eindruck macht", hatte sie leise gesagt, nachdem Tinsley sie angefahren hatte, „aber es ist nicht die Wahrheit. Ich liebe dich so sehr und ich wollte sicher sein. Ich wollte, dass Cora selbst zu dir kommt, aber sie hat sich auch gegen mich gewandt."

Dieser letzte Satz ging Tinsley nicht mehr aus dem Kopf. Sie hat sich auch gegen mich gewandt ... *Jesus*, wenn Tinsley dachte, sie hätte es in den letzten Monaten schwer gehabt, war es nichts im Vergleich zu dem, was Lila ertragen hatte. Tinsley erinnerte sich an die Schmerzen, als das Messer sie getroffen hatte, und ihre Schnitte waren nicht einmal ernst gewesen. Man stelle sich nur einmal vor, dass jemand immer wieder auf einen einsticht – tief in den Bauch, *immer wieder* ... Tinsley schauderte. Sie konnte es sich nicht vorstellen.

Sie stieg aus dem Bett, um sich etwas Wasser zu holen. Eine Zigarrenschachtel stand halb offen auf der Küchentheke. Tinsley konnte nicht widerstehen. Sie trank ihr Wasser und öffnete den Deckel der Schachtel. Sie sah sofort das Foto von Charlie und Lila – Gott, wie süß, dachte sie. Sie waren Teenager. Charlie musste ungefähr neunzehn, zwanzig, Lila ein wenig jünger gewesen sein, vielleicht gerade einmal Teenagern. Charlie hatte seinen kräftigen Arm um ihren Hals gelegt und beide lachten, während sie spielten.

Tinsley durchsuchte mit Schuldgefühlen den Rest der Kiste. Eintrittskarten zu Filmen – einige wirklich alt, wie sie bemerkte – Tickets von den Staten Island Fähren, von den Washington State Fähren, Museumsbroschüren, Konzerttickets. Ein Leben, dachte sie, ein ganzes Leben in Erinnerungen dokumentiert. Sie hätte nie gedacht, dass Charlie so sentimental sein könnte.

Sie fand den Brief unten und erkannte Lilas Handschrift sofort. Der Umschlag war ein schweres, teures Papier und Tinsley öffnete ihn. Sie zögerte, bevor sie das Papier herauszog und auffaltete.

Mein liebster, *ältester Freund,*

. . .

ICH KANN GAR NICHT SAGEN, wie leid es mir tut, dass ich einfach so gegangen bin – bitte sei dir bewusst, dass ich dies nicht tun würde, wenn es nicht absolut notwendig wäre.

Charlie, du bist mein Bruder, mein Freund, mein Führer und zu wissen, dass ich dich nicht sehen kann, zumindest nicht in naher Zukunft, bringt mich fast um. Ich muss das tun, Charlie, und bitte, bitte, suche nicht nach mir. Bitte. Ich muss jetzt wirklich allein sein.

Wenn du kannst oder willst, gib diesen anderen Brief bitte an die Carnegies und sag ihnen, dass es mir so leidtut, dies so bald nach Richards Tod zu tun.

Es tut mir leid, Charlie. Ich werde dich vermissen und ich liebe dich,
Lila.

TINSLEY SPÜRTE, wie ihr Tränen in den Augen brannten. Gott, was für ein verdammter Mist das Ganze war. Sie war nicht überrascht, dass Charlie diesen Brief behalten hatte – die Verbindung zwischen ihnen und die Liebe, die Lila für ihn empfand, war aus jeder Zeile herauszuhören.

„Hast du Spaß?"

Tinsley keuchte, wirbelte herum und ließ den Brief auf den Boden fallen. Charlie, dessen Gesicht halb im Schatten verborgen war, wartete. Sie hob den Brief auf und steckte ihn wieder in die Box.

„Charlie, es tut mir so leid, dafür gibt es keine Entschuldigung."

Es entstand eine lange Stille, dann trat er nach vorn ins Licht und sie konnte seine Miene nicht deuten. „Mach dir keine Sorgen."

Sie beobachtete, wie er die Kiste nahm und in eine Schublade schob, bevor er sich aufrichtete. Die Spannung, die in der Luft lag, war zum Schneiden dick.

„Charlie." Sie ging zu ihm und versuchte, ihre Hand auf seine Brust zu legen, aber er wich ihr aus.

„Ich sagte, mach dir keine Sorgen. Ich gehe mich duschen, ich stinke."

Er ging weg. „Ich könnte mich dir anschließen", rief sie hoffnungsvoll, aber als er nicht antwortete, fühlte sie sich noch schlimmer. Sie dachte darüber nach, ihm zu folgen, aber stattdessen ging sie zurück ins Bett und wartete.

Er trocknete seine Haare grob, bevor er zurück in ihr Schlafzimmer ging. Ihr Schlafzimmer. *Huh.* Sie hatten hier weniger als zwei Wochen zusammen gelebt und Tinsley konnte sich nicht daran gewöhnen, dass sie mit einem Kerl zusammenwohnte. Es sah ihr einfach nicht ähnlich und jetzt fragte sie sich, ob es das Risiko wert gewesen wäre. Genau hier brauchte sie ihren eigenen Raum, brauchte einen Ort, wo sie sich absolut entspannen konnte. Sie hasste Konfrontation, aber wenn es mit der Person war, mit der man ein Bett teilte ...

Charlie stieg ins Bett und zog sie in seine Arme. Er roch nach Duschgel und frischer Wäsche. Tinsley kuschelte sich dankbar an ihn, spürte seine Erektion gegen ihren Oberschenkel und schlang ein Bein um ihn.

„Verzeihst du mir?"

Er küsste sie fest. „Da gibt es nichts zu verzeihen." Er nahm sie, stieß tief in sie hinein und drückte sie nach unten auf das Bett, als er sie fickte. Tinsley, deren Hände von ihm festgehalten wurden, starrte ihn an, als er sich bewegte. Irgendetwas stimmte nicht, etwas war zerbrochen, erkannte sie traurig.

Sie kam nicht, obwohl sie so tat, und als er danach im Badezimmer war, versuchte sie herauszufinden, warum. Erst später, als er leise neben ihr schnarchte, erkannte sie, was es war. Er hatte sie nicht angeschaut, während sie sich geliebt hatten.

Am nächsten Tag kam sie nach Hause, und seine Sachen waren verschwunden, eine Notiz lag auf dem Tisch.

Ich kann das nicht. Es tut mir leid. Tinsley las die Notiz noch mal und zerknüllte sie dann in ihrer Hand.

Sie fühlte sich seltsam erleichtert.

58

SEATTLE

Mr. Halston Applebaum möchte die Verlobung seines Sohnes, Dr. Noah Alexander Applebaum aus King County, Seattle, Washington State, mit Miss Lila Tierney aus San Juan Island, Washington State, bekannt geben.

LILA NICKTE ZUSTIMMEND. „Schön. Kurz und süß."

Noah grinste. „Nur mein Vater würde heute darauf bestehen, eine Verlobungsanzeige aufzugeben."

„Meh", zuckte Lila mit den Achseln. „Tut ja nicht weh. Ich bin einfach nur froh, dass er mich mag, das ist alles."

Nach der Rückkehr von der Insel hatten Noah und Lila sich mit seinem Vater und seiner Stiefmutter getroffen und einige seiner Freunde besucht. Besonders gefielen ihr Jakob und Quilla Mallory, und sie und Quilla hatten sich seitdem ein paar Mal auf eigene Faust getroffen. Sie mochte die andere Frau sehr, sie war frech, lustig und schön und mehr als alles andere eine Kämpferin. Quilla war von einem rachsüchtigen Exkollegen Jakobs vergewaltigt und mit dem Messer angegriffen worden und trug immer noch die Narben dieses

Angriffs. Ihre beiden kleinen Söhne, erzählte sie Lila, machten das alles wieder wett.

„Auch wenn sie anstrengend sind", grinste sie. Lila bewunderte die beiden Jungen, ihr spitzbübisches Grinsen und ihre wilden Persönlichkeiten wurden von ihrer Mutter unterstützt – sehr zum Leidwesen Jakobs.

„Man könnte meinen, sie würde am Ende des Tages ihre Ruhe genießen wollen, aber nein", grinste er liebevoll zu seiner Frau hin, „ich komme nach Hause und da sind sie, alle drei, schreien und singen mich an."

Lila konnte sich die Szene bildlich vorstellen und verspürte eine Wehmut. Wären sie und Matty so verbunden gewesen wie Quilla und ihre Jungs? Sie hoffte es.

Quilla stieß sie an, ahnte was in ihr vor sich ging. „Ich weiß, was du denkst", sagte sie, „und ja, ich denke, du und Matty hättet viel Spaß miteinander gehabt."

Lila lächelte sie mit Tränen in den Augen an. „Danke. Ich vermisse sie. Ich weiß, das klingt seltsam, aber ich tue es."

„Natürlich tust du das."

Lila seufzte. „Ich denke immer, vielleicht hat mich das Messer so sehr verletzt, dass ich das Kind nie ganz austragen kann."

Quilla schaute sie mitfühlend an. „Ich kann dir darauf keine Antwort geben, ich weiß nur, dass es mir meine Gebärmutter zerstört hat. Daher ..."

„Gott, das tut mir leid."

„Muss es nicht. Es ist nur eines dieser Dinge. Wir haben nicht darum gebeten, oder? Wir müssen das Beste aus der Tatsache machen, dass wir überlebt haben, Lila. Wir *haben* überlebt."

LILA DACHTE SPÄTER NOCH an Quillas Worte, als sie und Noah allein waren. „Quilla erzählte mir, dass die Kunststiftung, die sie leitet, darüber nachdenkt, sich zu vergrößern, um Überlebenden von Gewalt zu helfen, wieder auf die Beine zu kommen. Sie fragte mich, ob ich daran interessiert wäre, einige Gruppen zu leiten und etwas zu tun. Ich bin mir nicht sicher, was ... vielleicht Kunsttherapie?"

Sie war begeistert von der Idee und Noah grinste. „Schau nur, wie aufgeregt du bist. Du siehst aus wie ein Kind, das ein neues Spielzeug bekommen hat."

„Was auch immer, Opa." Dann kicherte sie ihm ins Gesicht. Noah zog sie an einer ihrer Locken.

„Also, ich denke, wir sollten unsere Verlobung irgendwie feiern?"

Lila warf ihm einen Blick zu. „Ich habe dir gesagt, ich möchte keine Ringe. Hochzeit ja, Verlobung ..."

„Du hast einen Verlobungsring von Richard getragen."

Lila schluckte. „Noah ... diesmal ist es anders. Richard hat ununterbrochen auf mich eingeredet, dass ich einen tragen soll. Am Ende habe ich einfach nachgegeben. Du kennst mich besser als *er es je* getan hat. Du bekommst mich."

Noah setzte sich wieder auf seinen Stuhl und grinste. „Schön gesagt, Tierney."

Lila wollte protestieren, ließ es dann aber. „Danke." Sie gähnte und kroch auf seinen Schoß. „Wenn du mich heute Abend willst, musst du schnell sein."

Noah brach in Lachen aus. „Mein Gott, ist die Romantik schon weg?" Er kitzelte sie, bis sie ihn bat, aufzuhören. Sie liebten sich langsam und träge und schliefen dann fest umschlungen ein.

Das Telefon weckte sie um vier Uhr morgens. Noah suchte nach seinem Handy und sah darauf. „Für dich", sagte er etwas süffisant und Lila stöhnte und machte sich nicht einmal die Mühe, ihre Augen zu öffnen, als sie auf dem Nachttisch nach ihrem Handy tastete.

„Ja?" Ihre Stimme war gedämpft, aber dann schoss ihr Kopf nach oben, und sie riss die Augen auf. „Charlie? Ist alles in Ordnung?"

Noah beobachtete sie jetzt mit gerunzelter Stirn. Lila sah ihn an und sagte dann ins Telefon. „Okay. Okay. Lass es mich wissen. Ja, du auch."

Sie beendete den Anruf und sah Noah für eine lange Minute an, ihre Augen voller Verwirrung und Traurigkeit. „Was? Was ist los, Lila?"

Ungläubig schüttelte sie den Kopf. „Es ist alles vorbei", sagte sie mit fassungsloser Stimme. „Rileys Leiche wurde gefunden."

59

MANHATTAN

Woods Kinsayle war weiß im Gesicht und zitterte, als er neben Charlie im Polizeiwagen saß. Charlie hatte darauf bestanden, den Kinsayles die Nachricht selbst zu überbringen, und Woods hatte sich freiwillig gemeldet, um bei der Identifizierung der Leiche zu helfen.

Charlie schaute ihn jetzt an. „Woods ... Ich muss dich warnen. Wir haben ihn aus dem East River gezogen – und es sieht so aus, als wäre er schon seit einiger Zeit dort drin gewesen. Es gibt ... Gott, Woods, bist du sicher?"

„Ich werde wissen, ob es mein Bruder ist", sagte Woods steif. „Ich werde es wissen."

Charlie seufzte. Die Leiche war von Kindern entdeckt worden, die zweifellos die Geschichte erzählten, wie sie den ekligen Toten aus dem Wasser gezogen hatten. Sie müssten nicht viel übertreiben. Riley – *wenn* er es war – war aufgebläht, Stücke von ihm fehlten und er war nackt. Was sie sagen konnten, war, dass sich ein Einschussloch in dem befand, was von seinem Schädel übrig war, in der Schläfe. Fisch hatte ihn angefressen, die Elemente hatten ihr übriges getan und es gab nicht mehr viel zu identifizieren.

In der Leichenhalle würgte Woods, als er die Überreste sah.

Charlie machte ihm keinen Vorwurf. Es war schwer zu glauben, dass dies einst Riley gewesen war – der lebenslustige Riley Kinsayle, mit dem Charme und der Freundlichkeit, die Frauen an ihm so mochten. Riley Kinsayle, der von Lila besessen gewesen sein mochte oder auch nicht.

„Er ist es", sagte Woods schließlich, seine Augen auf den aufgeblähten Kopf fixiert. Er zeigte auf etwas. „Hinter diesem Ohr hatte er ein kleines ‚K' tätowiert. Wenn es da ist, dann ist er es."

Der Leichenbeschauer sah Charlie an, der einmal nickte, und der Leichenbeschauer, die Hände in Handschuhen, hob sanft das Ohr. Ein Teil davon zerfiel in seinen Händen und Woods wirbelte herum und übergab sich in die nächste Mülltonne. Der Leichenbeschauer – der so etwas bereits gesehen hatte – schaute auf und nickte. „Ein ‚K' hinter dem linken Ohr – bestätigt."

„Verdammt." Charlie zischte das Wort, und Woods schluchzte erstickt, drückte die Tür auf und hastete aus dem Raum. Charlie bedankte sich bei dem Leichenbeschauer und lief ihm hinterher.

Woods war draußen und sog tief die Luft in seine Lungen, krampfhaft bemüht, sich nicht wieder übergeben zu müssen. Charlie stand an seiner Seite und wartete.

„Ich wusste es", sagte Woods schließlich und wischte sich über den Mund. „Ich wusste, dass er tot war. Ich konnte es spüren."

Charlie versuchte, die Skepsis aus seiner Stimme zu verdrängen. „Ja?"

Woods nickte. „Okay, also wir sind meistens nicht gut miteinander ausgekommen, aber er war mein Bruder, weißt du?"

Charlie nickte und blieb ruhig. Wenn Woods dachte, er könnte die Welt überzeugen, dass er und Riley sich nahe gestanden hatten ...

„Ich weiß, was du denkst", sagte Woods plötzlich und heftig. „Ja, ich habe ihm aufs Maul geschlagen. Ja, ich habe ihn in den Hintern getreten. So waren wir nun mal."

Charlie konnte sich nicht bremsen. „Nein, Woods, so warst *du*."

Die Miene des anderen Mannes wurde hinterhältig. „Hast du mal daran gedacht, dass Riley sich selbst umgebracht haben könnte, als er herausfand, dass der Typ, dem er jeden Tag mit seinem Leben vertraute, versuchte, ihn einzusperren? Dass du sein Vertrauen verraten hast, als du in seine Wohnung eingebrochen bist und in seinen persönlichen Sachen gestöbert hast? Dass deine Annahme, er hätte Lila kaltblütig erstochen, der Tropfen gewesen sein könnte, der das Fass zum Überlaufen gebracht hat?"

Charlie sah ihn fest an. „Riley hatte keine Neigung zum Selbstmord. Und eine Wand mit Fotos zu schmücken, von denen das Motiv nicht wusste, dass sie gemacht werden, sind keine persönlichen Sachen, Woods, das ist Stalking. Es ist Besessenheit. Lila hatte keine Ahnung."

Woods lachte. „Gott, du armes Arschloch. Du glaubst nicht, dass Lila wusste, was Riley für sie empfand? Sie haben gefickt, um Gottes willen."

Charlie wurde sehr still. „Du weißt nicht, wovon du redest."

Woods' Lächeln war hinterhältig. „Deine kostbare kleine Lila hat meinen Bruder auf den Boden der Bar gebumst. Das hat er mir selbst gesagt. Schau, du kannst das Mädchen aus der Gosse holen, aber ..."

Charlie schlug Woods mit der Faust auf den Kiefer und der andere Mann ging zu Boden. Er versuchte sich zu verteidigen, aber Charlie schlug mit den Fäusten auf ihn ein, unerbittlich, bis Woods blutete und zwei Männer aus der Leichenhalle Charlie von ihm wegzogen.

Sein Chef schüttelte nur den Kopf. „Es tut mir leid, Charlie. Abzeichen und Pistole. Ich würde mich nicht wundern, wenn Woods Anklage erhebt. Er hatte um Himmels willen gerade seinen Bruder identifiziert. Also ich kann mit unseren Vorgesetzten sprechen, ihnen sagen, dass du wegen Riley verstört warst ... Hörst du mir zu, Sherman?"

Charlie starrte aus dem Fenster auf den weißen Himmel über Manhattan. Er richtete seine Aufmerksamkeit auf seinen Chef und starrte ihn mit starrer Miene an. „Mach dir keine Sorgen", sagte er ruhig. Er stand auf, legte seine Pistole und sein Abzeichen auf den Schreibtisch. „Ich kündige."

Sein Chef seufzte. „Sherman, sei kein Idiot."

„Das bin ich nicht. Wahrlich, das bin ich nicht. Ich habe eine Weile darüber nachgedacht. Jetzt ist Riley weg und Tinsley und ich haben uns getrennt, da ist nichts mehr für mich übrig. Meine Familie ist in Seattle. Lila ist in Seattle und ich möchte bei meiner Familie sein."

Sein Chef starrte ihn an. „Nun, du kannst nicht gehen, bis wir etwas über Woods Zustand erfahren oder ob Anklage erhoben wird."

„Das ist in Ordnung. Du weißt, wo du mich finden kannst."

CHARLIE GING auf die Straße und atmete tief durch. Ja, das war es, was er wollte. Er hatte genug von dieser Stadt, zu viele verdammte Menschen. Es war höchste Zeit.

Er zückte sein Handy und wählte. Als Lila antwortete, lächelte er. „Hey Kleine, weißt du was? Ich komme nach Hause."

60

SEATTLE

L ila hörte Quilla nur zur Hälfte zu, als sie ihr die Büros der QCM Foundation zeigte. Sie konnte nicht aufhören an Riley, sein fröhliches Gesicht und sein Lächeln zu denken. Sein Körper in der Nacht, in der sie sich geliebt hatten. Er war genau das gewesen, was sie in jener Nacht gebraucht hatte, und jetzt war er tot. Vielleicht wegen ihr, weil sie ihn benutzt hatte. Nein, nein, diese Nacht war so gewesen ... sie hatte ihn gewollt und er hatte sie gewollt. Das war es, ganz natürlich, ganz instinktiv.

Aber die Männer in ihrem Leben starben alle. Gott.

„Lila?" Quillas schönes Gesicht war besorgt. „Bist du okay?"

Wenn es irgendjemand verstehen würde, wäre es diese Frau, aber Lila konnte sich nicht dazu bringen, darüber zu sprechen. Scham. Sie schämte sich. Sie versuchte Quilla anzulächeln. „Nein, entschuldige, ein bisschen Kopfschmerzen. Wo waren wir?"

„Hier interviewen wir die Personen, die sich bei dem Fonds bewerben. Es ist sehr informell, aber weil wir nicht einfach Geld verteilen können, ist es ziemlich streng. Ich gestehe, es ist meistens Bauchgefühl. Wenn jemand kunstbegeistert ist, kann man das sagen. Wenn sie Pastellkreide unter ihren Fingernägeln lieben oder Farbe auf ihrer Wange haben, wenn sie über einen bestimmten Farbton sprechen, weiß man, dass diese Person echt ist. Wenn sie hinter Ruhm her sind oder uns nur beeindrucken wollen, tut mir leid, da ist die Tür."

Lila überlegte. „Das gefällt mir. Das College ist toll, aber es hängt so viel von Ergebnissen ab, die Künstler auf Noten zu reduzieren, anstatt zu schauen, wer sie wirklich sind."

Quilla lächelte. „Du hast es verstanden."

Lila nickte. „Das habe ich. Was ich nicht verstehe, ist, was du von mir willst."

„Komm mit mir", lächelte Quilla. Sie führte Lila hinunter in ein kleines Büro. Eine junge blonde Frau sprach gerade mit einer kleinen Gruppe von Frauen.

„Das ist Nan, sie ist Lehrerin und hat mitgeholfen, diese Gruppe zu gründen. Diese Gruppe richtet sich an Überlebende häuslicher Gewalt. Sie können hierherkommen, in diese Büros und unten haben wir Studios, die sie nutzen können, wann immer sie sich ausdrücken möchten. Wir haben auch einige Zimmer mit Kinderbetten und Einrichtungen, so dass sie bleiben können, wenn sie wollen. Es ist ein sicherer Ort. Nan leitet diesen Workshop zweimal pro Woche, wo sie ihre Arbeit besprechen und sich Kritik holen können."

Lila schaute durch das Fenster, um den Frauen beim Reden und Lachen zuzusehen. „Was für eine tolle Idee."

„Wir sind sehr stolz. Jetzt lass uns einen Kaffee trinken und ich werde dir erzählen, was ich im Sinn habe."

IN DER GERÄUMIGEN, sauberen Cafeteria auf der obersten Etage saßen sie in bequemen Stühlen mit dampfenden Tassen heißer Schokolade. Quilla nippte an ihrer.

„Was ich im Sinn habe, ist eine neue Gruppe für Überlebende wie dich und mich. Frauen – oder Männer, aber wir müssen möglicherweise getrennte Gruppen machen, um zu vermeiden, dass Menschen, die Gewaltverbrechen überlebt haben, sich aufregen. Vergewaltigung, Schmuggel, versuchter Mord, schwere körperliche und geistige Schäden. Ich bin ein großer Fan der Kunsttherapie."

„Ich auch", sagte Lila jetzt aufgeregt. „Wow. Wow."

Quilla grinste. „Das ist die richtige Einstellung. Was sagst du? Willst du das für uns übernehmen?"

Lila nickte begeistert. „Hallo, ja doch. Gott, Quilla, ich kann dir nicht genug danken."

„Kein Grund zum Dank, ich weiß, dass du perfekt dafür bist."

Lila lachte. „Du hast sehr viel Vertrauen in meine Fähigkeiten."

Quilla zuckte mit den Achseln und kicherte. „Noah hat deine Lobeshymnen schon gesungen, noch bevor er wieder mit dir zusammengekommen ist."

Lila wurde rot vor Freude. „Hat er das?"

„Oh ja. Ich breche wahrscheinlich eine Art Bruderkodex hier, aber es gab viele Nächte, in denen er davon erzählt hat, wie er die vollkommenste Frau der Welt getroffen hatte und wie er wünschte, du wärest nicht auf einmal verschwunden."

„Das gab es?"

„Lila Tierney, wirst du emotional?"

„Nein", protestierte Lila, aber ihre Augen hatten sich mit Tränen gefüllt und sie blinzelte sie schnell weg. Quilla lachte.

„Nun, er war ziemlich verliebt, Lila. Dieser Mann ist verrückt nach dir."

Lila nahm sich ein Taschentuch aus ihrer Tasche. „Und ich nach ihm. Wir heiraten, weißt du."

„Ich weiß, und ich freue mich so für euch."

„Du kommst zur Hochzeit?"

„Versuche erst gar nicht mich davon abzuhalten. Obwohl ich dich warnen muss, ich bin furchtbar, wenn ich betrunken bin."

Lila lachte. „Hervorragend, dann sind wir schon zu zweit."

Nachdem sie sich von Quilla verabschiedet hatte – die sie anfing richtig gern zu haben – ging sie in ein Kaffeehaus ganz in der Nähe. Obwohl sie es hasste, es zuzugeben, gab ihr die Tatsache, dass Cora praktisch unter Hausarrest stand und der arme Riley tot war, zumindest die Freiheit zu wissen, dass jeder, der eventuell versucht hatte, sie zu töten, außer Gefecht war. Sie musste sich nicht mit Noahs Sicherheitsteam umgeben, das ihr überallhin folgte und die Umgebung im Auge behielt. Sie konnte einfach auf der Welt sein, tun, was sie wollte, gehen, wohin auch immer sie wollte, ohne sich abzumelden.

Sie bestellte einen Tee und setzte sich an einen Tisch am Fenster. Es war Spätherbst und schon kalt. Überall tauchten erste Weihnachtsdekorationen auf. Lila liebte diese Zeit des Jahres und zum ersten Mal seit Monaten fühlte sie sich zufrieden, sicher, glücklich. Sie heiratete einen wunderbaren Mann und jetzt mit diesem Job ... sie rief Noah an, zu aufgeregt, um zu warten.

„Hey Liebling."

„Hey – warum hast du ein Echo?"

„Ich habe die Freisprecheinrichtung an, also kein schmutziges Gerede."

„Ich liebe dein riesiges, pochendes ..."

„Ich habe *wirklich* die Freisprecheinrichtung an, Babe", sagte Noah, wobei im Hintergrund einige Menschen lachten und Lila kicherte.

„Herz, wollte ich sagen, aber das klingt immer noch seltsam."

„Ja, ja, das tut es. Lila, ich habe meine Hände in einem Patienten, also ..." Aber er lachte auch.

„Okay, sorry, ich wollte nur anrufen, um dir zu sagen, dass ich einen Job habe, und ich möchte dich später zum Abendessen ausführen, wenn du von der Arbeit kommst."

„Abgemacht, Baby. Wohin gehen wir?"

Lila dachte schnell nach. „Das Maison Rouge?"

„Klingt perfekt. Ich komme zuerst nach Hause und dann gehen wir zusammen."

„Ich buche einen Tisch."

„Wunderbar. Wir sehen uns später, ich liebe dich."

„Liebe dich auch", sagte Lila und unterdrückte ein weiteres Lachen, „und deinen riesigen Schwanz."

„Oh lieber Gott, Frau", jaulte Noah, während im Hintergrund alles jubelte und verabschiedete sich.

Lila legte ihr Handy weg und lachte über sich selbst. Sie liebte, dass sie so frech und albern mit ihm sein konnte, wie sie mochte und es ihm egal war. Selbst vor seinen Kollegen und Untergebenen hatte er einen Sinn für Humor und völligen Mangel an Arroganz, weil er der Beste in seinem Job war, so dass er nicht das Bedürfnis verspürte, jemand anderen zu beeindrucken.

„Ich liebe dich so sehr Noah Applebaum", sagte sie zu sich selbst, als sie ihren Tee austrank und ihre Sachen nahm. Sie ging hinaus in die kalte, frostige Luft und winkte ein Taxi heran, um nach Hause zu fahren.

61

MANHATTAN

Tinsley hatte das Gefühl, einem völlig Fremden gegenüber zu sitzen. Charlie sah ... seltsam aus. Fast schon fröhlich, was für ihn und sein klassisch versteinertes Gesicht sehr merkwürdig war. Sie grinste ihn an. Sie hatte erwartet, dass dieses Treffen – das erste, seit er sie verlassen hatte – umständlich sein würde, doch in der Tat war es fast jovial.

„Was ist los mit dir? Du siehst merkwürdig aus. Warum macht dein Gesicht diese Dinge?"

Charlie grinste. „Was für Dinge?"

„Dieses seltsame Lächeln. Du machst mir Angst."

Charlie zuckte gutmütig mit den Schultern. „Ich gehe nach Hause, Tins. Ich bin ein Westküstenjunge, ich gehöre dorthin."

„Freut sich Lila?"

„Ich denke schon. Sie ist sieht sich Wohnungen für mich an und ich bleibe bei ihr und Noah, bis ich etwas gefunden habe."

Tinsley nahm einen Schluck von ihrem Bier. „Das war es also?"

Er nahm ihre Hand. „Nicht für immer, hoffe ich."

Sie lächelte, zog ihre Hand aber weg. „Das hoffe ich auch nicht. Wann gehst du?"

„Samstag."

Sie nickte und dachte, wie schnell sich das Leben änderte. „Nun, ich hoffe, du findest deinen Frieden dort, Charlie."

„Du auch, Kleine. Hast du irgendwelche Pläne?"

Tinsley lachte leise. „Keinen einzigen."

„Willst du irgendwann nach Seattle kommen?"

„Natürlich. Ich werde natürlich zur Hochzeit da sein, wann immer das sein wird."

Charlie lächelte und lehnte sich zurück. „Ich bin froh, dass ihr zwei euch wieder vertragen habt. Sie wusste wirklich nicht, was sie in Bezug auf Cora machen sollte."

Tinsley nickte. „Ich weiß. Apropos Cora, gibt es irgendwelche Neuigkeiten?"

„Das Letzte, was ich gehört habe, war, dass die D.A. darauf drängte, den versuchten Mord an Lila fallen zu lassen, aber deinem Fall weiterhin nachgehen will."

„Gott, was für ein verdammtes Durcheinander", murmelte sie. „Cora ist ein verwirrtes Kind, das eine angemessene psychische Behandlung braucht und aus ihrem Elfenbeinturm herauskommen muss. Ich will nicht, dass sie im Gefängnis landet."

Charlie zuckte mit den Schultern. „Tut mir leid, da habe ich kein Mitleid."

„Du bist eiskalt."

„In diesem Fall ja."

Tinsley blies ihre Backen auf. „Also schön. Aber ich könnte mit jemandem sprechen. Ich denke wirklich ..."

„Halt dich raus, Tinsley", sagte Charlie vehement. „Das Mädchen hat versucht, dich töten zu lassen. Ende der Geschichte. Also geht sie ins Gefängnis."

Tinsley merkte, dass ihre Handflächen schwitzten und ihre Brust eng war. „Okay, wenn es dich glücklich macht." Sie mochte den bösartigen Glanz nicht, den sie plötzlich in seinen Augen sah, und ihr wurde plötzlich bewusst, dass es nicht *ihr* Wohlergehen war, um das es ihm ging.

„Du denkst immer noch, sie hätte etwas mit dem Angriff auf Lila zu tun?"

„Ich denke, sie ist mehr als fähig dazu."

DER REST des Abends verging schnell und Charlie, der lange Abschiede hasste, ging früh. Tinsley war wieder erleichtert – sie hatte dieses Gefühl schon seit einer Weile, wenn er in der Nähe war, als ob etwas nicht stimmte, als ob etwas aus dem Gleichgewicht war. Gott. Sie hoffte, dass Charlie nicht zu sehr in Lila und Noahs Leben eindrang. Sie ging zurück in die Bar und half Mikey alles sauber zu machen, auch wenn es ihr freier Abend war.

Mikey sah sie amüsiert an. „Sicher, dass du das tun willst?"

„Ich muss mich mit etwas beschäftigen, oder ich fange an, verrückte Verschwörungstheorien über meinen Ex aufzustellen."

„Welcher?"

Sie grinste leicht. „Der launische."

Mikey rollte die Augen. Er hatte Charlie nie wirklich gemocht. „Kein großer Verlust, wenn du mich fragst. Irgendetwas stimmt mit dem Kerl nicht. Ich weiß, Lila hat immer gesagt, er sei ein Teddybär ... nun, mir kommt er weniger wie ein Teddy, sondern mehr wie ein Bär vor."

Tinsley versuchte ihrem Partner einen missbilligenden Blick zuzuwerfen. „Er ist okay, nur ..."

„Ein Arsch?"

Tinsley lachte. „Oh komm schon, er hat sich immer um Lila gekümmert."

„Das muss man ihm lassen, aber ich habe mir immer gedacht ..." Er hielt inne, als er Tinsleys entsetztes Gesicht sah. Sie starrte auf den Fernseher über der Bar.

„Mikey, stell den Ton an. Stell sofort den Ton an ... oh Gott ... oh Gott ..."

62

SEATTLE

Lila war unter der Dusche, als Noah nach Hause kam, und er grinste, als er seine Kleider auszog und zu ihr in die Kabine trat. Sie erschrak leicht, als er sie berührte und umdrehte, Shampoo überall auf ihrem Gesicht. Er lachte, wischte es weg und küsste sie. „Du, Miss Tierney, bist ein sehr, sehr böses Mädchen."

Mit einer schnellen Bewegung drehte er sie um und stieß sie gegen die kühlen Fliesen. Lila kicherte, wusste, was als nächstes kam, und als sie ihre Beine spreizte, stieß er in sie. Als sich sein Schwanz tief in ihre Muschi bohrte, stöhnte Lila und lehnte ihren Kopf zurück an seine Schulter, während er sie fickte und seine Hände sie gegen die Fliesen drückten. Seine Zähne knabberten an ihrem Ohrläppchen, als er sie nahm, und er löste eine Hand, damit er sie an ihre Klitoris legen und sie streicheln konnte.

Lila stöhnte und keuchte, ihr Körper versteifte sich und sie kam. Augenblicke später folgte er ihr, stöhnte und murmelte ihren Namen immer wieder, während er sein Sperma tief in sie pumpte.

ALS SIE SICH ANZOGEN, grinste er. Lila erwiderte sein Grinsen. „Was?"

„Ich liebe die Tatsache, dass du mit meinem Samen tief in dir zum Abendessen gehst."

Sie lachte, halb geschockt. „Nun ... Ja. Es stimmt mich irgendwie sexy, zu wissen, dass ich ein bisschen von dir mit mir trage."

„Eigentlich ziemlich viel ..."

„Sei nicht unverschämt", kicherte sie jetzt wütend und warf ein Handtuch nach ihm. „Gott, wie hast du deinen Job bekommen, obwohl du so ein Kasper bist?"

Noah band sich die Krawatte um den Hals. „Daran bist du schuld. Früher war ich so ernst ..."

„Ja, richtig. Wie sehe ich aus?"

Sie trug ein weißes Seidenkleid, das sich an ihre Kurven schmiegte und Ausschnitte an der Taille hatte, die ihre cremige Olivenhaut zeigten. Sie hatte ihre Haare auf einer Seite zu einem lockeren Pferdeschwanz zusammengenommen und nur ein leichtes Make-up aufgelegt. Noahs offensichtliche Bewunderung ließ sie sich noch schöner fühlen.

„Werden wir es zum Abendessen schaffen?", fragte sie mit erhobener Augenbraue. Noah grinste.

„Wir sollten jetzt besser gehen, oder wir werden es definitiv nicht."

IM RESTAURANT ERZÄHLTE sie ihm alles über die Quilla Chen Mallory Foundation und die Rolle, die Quilla ihr zugedacht hatte. Noah war beeindruckt.

„Ich muss sagen", sagte er, „das klingt erstaunlich."

Lila nickte. „Nicht wahr? Und obwohl ich mich nicht durch das definieren lassen möchte, was mir widerfahren ist, finde ich das trotzdem sehr positiv. Ich kann es kaum erwarten, anzufangen."

Sie plauderten eine Weile darüber, dann griff Noah in seine Tasche. „Nun, bevor du mir einen Vortrag hältst, das ist kein Verlobungsring. Er ist nicht groß oder pompös, sondern etwas, um dich und mich zu feiern. Ich hatte die Idee vor einiger Zeit, aber es dauerte einige Zeit, um ihn zu entwerfen und anzufertigen, also ..."

Er öffnete den kleinen Kasten und darin lag ein kleiner, zarter Silberring mit drei ineinandergreifenden eingravierten Kreisen. Es war wunderschön und Lilas Brust wurde eng.

„Oh Noah, er ist perfekt ...“ Sie berührte die drei winzigen Ringe mit der Fingerspitze.

„Du, ich und Matty“, sagte Noah mit erstickter Stimme. Lila bedeckte ihren Mund, Tränen liefen über ihre Wangen.

„Noah ...“ Sie lehnte sich über den Tisch, um ihn zu küssen. „Danke. Vielen Dank.“

Er lächelte, offensichtlich ebenso bewegt von ihrer Reaktion wie über sein Geschenk. „Möchtest du ihn anprobieren?“

Lächelnd schüttelte sie den Kopf und er sah verletzt aus, aber sie legte ihre Hand auf seine. „Ich möchte ihn als meinen Hochzeitsring tragen ... wenn das für dich in Ordnung ist.“

Seine Erleichterung – und seine Freude – war spürbar. „Natürlich ... Gott, natürlich, daran habe ich nie gedacht.“

Beide lachten, ihre Finger verschlangen sich ineinander. Lila sah dann wieder auf den Ring und grinste. „Ich nehme an, ich sollte ihn anprobieren, du weißt schon, nur um zu sehen ob er passt.“

Noah lachte. „Oh, absolut.“ Er schob ihn auf ihren Ringfinger. „Wow.“

„Wow, genau. Was für ein unglaublicher Mann, Noah Applebaum. Wie zum Teufel konnte ich so viel Glück haben, dich zu treffen?“

Als sie die Frage stellte, dachten beide daran zurück. Lila lachte leise. „Wenn es bedeutet, dass ich dich sonst nicht kennengelernt hätte, würde ich den Angriff mit dem Messer gerne immer wieder auf mich nehmen.“

Noah zuckte zusammen. „Sag das nicht.“

„Du weißt, was ich meine. Mein Leben begann, als ich dich traf, Noah.“

Ihr Essen wurde kalt und andere Gäste warfen immer wieder amüsierte Blicke in ihre Richtung, aber keiner von ihnen kümmerte sich darum. Heute Abend ging es um sie.

· · ·

EINE VIERTELSTUNDE vor Mitternacht half Noah ihr in ihren Mantel. Sie legte ihre Hände auf seine Brust und blickte ihn mit weichen Augen an. „Noah, ich möchte, dass du weißt ...“

Noah drückte seine Lippen auf ihre. „Was, Lila?“

„Ich möchte, dass du weißt ..., dass ich sehr unanständige Dinge mit dir tun werde, wenn wir nach Hause kommen.“

Noah kicherte. „Dann lass uns schnell gehen.“

Die Nacht in Seattle war kalt und kleine Dampfwölkchen standen vor ihren Mündern, als sie atmeten. Lila zog ihren Mantel enger um sich und Noah grinste sie an.

Dann brach die Hölle los. Vor Lilas Füße stolperte eine Frau, lange schmutzige blonde Strähnen über ihrem Gesicht. Etwas glänzte in ihrer Hand und dann gab es einen lauten Knall. Schreie.

Noah schwankte zurück und als Lila sich umdrehte, um ihn anzuschauen, weiteten sich ihre Augen entsetzt, als sich Blut auf der Vorderseite seines Hemdes ausbreitete. Er blickte verwirrt zu ihr, streckte die Arme aus und brach dann zusammen.

Alles, was Lila hören konnte, war der hektische Schlag ihres Herzens. Es war ihr egal, ob die nächste Kugel sie treffen würde, alles, woran sie denken konnte, war Noah, dessen große Gestalt auf dem Bürgersteig lag. Sie fiel neben ihm auf die Knie, und konnte nicht mehr klar denken, als sie seinen Namen immer und immer wieder schrie ...

Doch er antwortete nicht.

TINSLEY RISS ihren Koffer vom Gepäckroller und lief praktisch durch den Flughafen SeaTac. Sie winkte sich ein Taxi heran und gab den Namen des Krankenhauses an die Fahrerin, die einen Blick auf ihr gehetztes Gesicht warf und jedes Tempolimit in der Stadt brach, um sie dorthin zu bringen.

Am Empfang log sie und sagte, sie sei Lilas Cousine und sie schickten sie in den Wartebereich der Notaufnahme.

Lila war blass, sichtlich erschüttert und ihr weißes Kleid blutüberströmt. Sie saß mit einer anderen Frau, die Tinsley nicht kannte, und einem großen, hübschen Mann zusammen, der mit Charlie sprach. Als Charlie sie sah, kam er zu ihr.

„Wie geht es ihm?", flüsterte Tinsley und Charlie schüttelte den Kopf.

„Es wird noch ein paar Stunden dauern, bis wir es wissen. Er wurde nur einmal in die Brust geschossen, aber sieht schlecht aus."

Tinsley schaute um Charlie herum, um Lila zu sehen, die mit gesenktem Kopf dasaß. „Wie geht es Lila?"

„Sie steht unter Schock. Sie hat kein Wort gesagt."

Tinsley schaute Charlies verschlossenes Gesicht an und duckte sich dann um ihn herum, um zu ihrer Freundin zu gehen. „Lila?"

Lila schaute auf und der rohe Schmerz in ihren Augen war fast mehr, als Tinsley ertragen konnte. Sie runzelte die Stirn, als versuche sie, sich daran zu erinnern, wer Tinsley war und Tinsley kauerte sich vor sie hin.

„Liebling, ich bin hier für alles, was du brauchst." Sie nahm Lilas Hände und lächelte die Frau neben ihr an. „Hey, ich bin Tinsley."

Die andere Frau lächelte, berührte ihren Arm. „Quilla Mallory. Es ist ..." Sie brach ab und schaute weg, und Tinsley nickte.

„Ja, ich weiß." Sie stand auf und nahm auf der gegenüberliegenden Seite von Lila Platz. Charlie hatte Recht, Lila war fast katatonisch. Sie hatte eine kleine schwarze Samtbox in der Hand, die sie immer wieder drehte und drehte. Sie beugte ihren Kopf und Tinsley hörte, wie sie immer wieder etwas flüsterte.

Bitte bitte bitte ...

Tinsley tat das Herz weh, als sie ihre Freundin so sah. *So viel Schmerz, so viel Verlust. Nicht Noah. Bitte lass ihn leben.* Sie merkte, wie sie das Mantra ihrer Freundin wiederholte. Sie sah Quilla über den Kopf ihrer Freundin hinweg an und die andere Frau sah genauso fertig aus wie sie. Sie müssen Freunde von Noah sein, dachte sie.

Als ob sie ihre Gedanken lesen würde, sagte Quilla: „Das ist mein Mann Jakob. Wir sind alte Freunde von Noah."

Tinsley nickte dem anderen Mann zu, der mit leiser Stimme

sprach. „Es war Lauren, Noahs Ex. Sie wurde verhaftet, hat sich nicht einmal gewehrt. Sie sagte, sie hatte beide töten wollen, aber sie hat es nur geschafft einen Schuss abzufeuern, bevor ein Passant sie anging."

„Gott", sagte Tinsley, bevor sie sich aufhalten konnte, „was zur Hölle ist mit den Leuten los?"

Sie lehnte ihren Kopf an Lilas, fühlte, wie ihre Freundin sich versteifte, doch dann schob Lila ihre Hand in ihre.

„Warum können sie uns nicht einfach in Ruhe lassen?" Ihre Stimme war grimmig, gebrochen. „Alles, was wir wollen, ist glücklich zu sein, zusammen zu sein. Was ist daran so schlimm?"

„Ich weiß, Schatz."

Die Schwere von Lilas Verzweiflung waren erschütternd. Tinsley spürte, wie Tränen kamen und stand auf, wollte nicht, dass Lila sie sah. Sie ging zu Charlie, der aus dem Fenster starrte. Es war frühmorgens, aber die Stadt war noch dunkel. Charlie drehte sich nicht zu ihr um, sondern starrte nur vor sich hin. Es dauerte einen Moment, bis Tinsley erkannte, dass er auf Lilas Reflexion im Glas starrte. Sie verspürte Mitleid mit ihm und berührte seinen Arm. Er erschrak und wandte sich ihr zu um, seine Augen ausdruckslos und kalt.

„Charlie, ich bin hier für alles, was ihr zwei braucht ..."

Er wies mit dem Kopf in Richtung Korridor und sie folgte ihm nach draußen. Er schloss die Tür, bevor er sich ihr zuwandte. „Uns geht es gut. Es geht ihr gut, ich bin jetzt hier."

Tinsley taten diese Worte weh. „Sie ist auch meine Freundin, Charlie."

„Wir brauchen dich hier nicht. Danke, dass du gekommen bist, aber es geht uns gut."

Tinsleys Hände ballten sich zu Fäusten und ihr Temperament schnellte hoch. „Warum bist du so? Lila braucht im Moment jeden Freund, den sie hat."

Charlie hatte seinen Blick abgewandt. „Du solltest gehen."

„Ich gehe nirgendwohin", zischte sie. Sie atmete tief durch und versuchte, sich zu beruhigen. Wut und Verwirrung wichen jetzt etwas anderem, etwas Greifbarerem. Angst. Hatte Charlie den Verstand verloren? Tinsley musterte den Mann, mit dem sie so intim gewesen war, und sah dort nichts, was sie kannte. Stand er nur unter Schock? Nein ... es war etwas anderes.

„Charlie, ich bin hier für Lila und glaube es oder nicht, ich brauche deine Erlaubnis nicht, bei meiner Freundin zu bleiben." Sie versuchte, sich an ihm vorbeizuschieben, um zurück in den Wartebereich zu gehen, aber er packte ihr Handgelenk. Hart. Sie zuckte zusammen und zog die Hand weg, als sie hörte, wie jemand Lilas Namen sagte. Sie drehte sich um und sah einen älteren Herrn, dessen Gesicht schmerzvoll verzogen war, auf sie zueilen. Noahs Vater. Der sanft aussehenden Frau zu seiner Rechten liefen Tränen über die Wangen.

„Charles", sagte Mr. Applebaum zu Charlie, „wir sind so schnell wie möglich gekommen."

„Wir sind von Portland aus gefahren", sagte die Frau, vermutlich Frau Applebaum.

Charlie begrüßte sie herzlich, sehr zu Tinsleys Schock. Er schickte sie ins Wartezimmer und sie hörte wie sie tröstend auf Lila einredeten. Charlie stand vor der Tür und sah sie eisig an.

„Geh zurück nach New York, Tinsley, es geht uns hier gut."

Tinsley behauptete sich. „Auf gar keinen Fall, Sherman. Ich bin hier für Lila, nicht für dich."

Er trat auf sie zu und lächelte. Es erreichte seine Augen nicht. „Sei keine blöde Kuh. Verschwinde von hier." Und er war weg, verschwand im Wartezimmer und schloss die Tür fest hinter sich.

Tinsley konnte kaum glauben, was geschehen war. Sie stolperte blind hinaus in die eisige Morgenluft. Sie stand dort für eine Weile und erkannte dann, dass sie ihren Koffer oben gelassen hatte. Gott, sie wollte jetzt nicht in diesen Raum zurückkehren ... zum ersten Mal hatte sie Angst vor Charlie Sherman.

Sie saß auf einer kleinen Mauer vor dem Eingang und versuchte, das Zittern zu stoppen, das ihren Körper schüttelte. „Was zum Teufel ist los?", flüsterte sie leise und sprang dann auf, als eine Stimme hinter ihr sagte: „Entschuldigung, bist du Tinsley Chang?"

Ein junger Mann stand hinter ihr – ihren Koffer an seiner Seite.

Sie nickte und lächelte unbeholfen, der Mann übergab ihr den Koffer und verschwand wieder im Krankenhaus.

Sie war verbannt worden. Sie nahm den Koffer und ging dorthin, wo die Taxis warteten, aber bevor sie einstieg, schaute sie in den vierten Stock, wo sich das Wartezimmer befand.

Charlie Sherman schaute sie an – und direkt durch sie hindurch, als gäbe es sie nicht.

LILA SASS AN NOAHS BETT, ihre Hand in seiner, und beobachtete, wie die Maschinen für ihn atmeten. Die Operation war nun schon ein paar Stunden her, aber er sah so still aus, so blass, dass sie nicht glauben konnte, dass er tatsächlich noch am Leben war.

Der Chirurg war um kurz nach zehn Uhr zu ihr gekommen und hatte ihr gesagt, dass sie Noah stabilisiert hätten, aber die Kugel hatte einen Lungenflügel zerstört und sein Herz durchbohrt. „Ich will Ihnen keine falsche Hoffnung machen", hatte er gesagt.

Hoffnung. Das schien jetzt wie eine lächerliche Vorstellung und Lila stand kurz vor dem Zusammenbruch. Richard, Matty, Riley ... jetzt Noah. Sie legte ihren Kopf auf das Bett und schluchzte leise, ihre Finger mit Noahs verschlungen. Sie weinte ihre ganze Verzweiflung aus sich heraus und schlief schließlich neben ihm ein.

Da streichelte jemand über ihre Haare, und ihr Kopf schoss hastig in die Höhe – war er wach? Ihr Herz sank vor Enttäuschung, als sie sah, dass Noah noch bewusstlos war. Charlie saß neben ihr, sein Arm um ihre Schultern. Sie setzte sich auf und er zog sie in eine Umarmung. Lila, ausgelaugt und erschöpft, war nicht danach von jemandem gehalten zu werden – von jemand anderem als Noah – und zog sich nach einer Sekunde zurück.

„Wie lange bist du schon hier?" Sie rieb ihr Gesicht.

„Lang genug", sagte Charlie. „Irgendeine Änderung?"

„Nein." Lila seufzte und streichelte Noahs Hand. „Hey", sagte sie an Charlie gewandt. „Wohin ist Tinsley verschwunden? In der einen Minute war sie noch da und in der nächsten weg."

Charlie lächelte kühl. „Sie ist irgendwo in der Stadt, ich weiß es nicht. Ich hatte das Gefühl, dass zu viele Leute um dich waren, also habe ich sie zurück ins Hotel geschickt."

Lila seufzte. „Du brauchtest das nicht zu tun, Charlie, sie hätte bleiben können."

„Zu viele Menschen."

Lila ließ sich nicht beirren, aber Charlies Haltung irritierte sie. Seit sie ihn hysterisch angerufen hatte, nachdem Noah angeschossen worden war, hatte er übernommen, ohne ihre Zustimmung mit den Ärzten und Noahs Eltern gesprochen, als ob er sie seit Jahren kenne. Es sollte sie nicht irritieren, sie wusste, er tat nur das Beste, aber seine Einstellung, dass sie die Dinge nicht selbst handhaben konnte, war ärgerlich.

Es war nicht nur das ... seine ganze Art war die eines tröstenden Ehemannes – nicht die eines Freundes. Er lehnte jede positive Nachricht über Noahs Zustand ab – nicht, dass es viele gab – und er schien sie auf das Schlimmste vorzubereiten, als ob es eine selbstverständliche Sache wäre, dass Noah sterben würde.

Lila schüttelte Charlies Hand auf ihrer Schulter ab. „Bitte, Charlie, ich will jetzt nur allein sein."

„Ich bin mir nicht sicher, ob das eine gute Idee ist."

„Ich habe dich nicht nach deiner Meinung gefragt", fauchte sie. Charlie starrte sie an, und sie schaute weg. „Bitte, Charlie, ich will mit Noah allein sein."

Charlie sagte nichts mehr, als die Tür zu Noahs Zimmer hinter ihm zuschlug. Lila seufzte. *Vergiss ihn, Noah ist das, was wichtig ist.* Sie rückte ihren Stuhl näher an sein Bett und streichelte sein Gesicht. Schon immer sehr schlank, schien er über Nacht noch mehr Gewicht verloren zu haben, seine Wangen waren hohl, seine Haut sah gespannt aus.

Er war immer noch der schönste Anblick der Welt für Lila, und sie stand auf und beugte sich über ihn, küsste ihn, wo sie konnte. „Ich liebe dich so sehr", flüsterte sie, „bitte komm zu mir nach Hause."

Ihr war, als würden seine Finger ihre Hand leicht drücken, aber es war so gering, dass sie wusste, dass sie es sich einbildete. Es klopfte leicht an der Tür und Quilla Mallory steckte ihren Kopf herein. Lila fühlte sich erleichtert und freute sich, ihre Freundin zu sehen. Quilla kam leise herein. „Wie geht es ihm?"

Ihre schönen dunklen Augen waren voller Trauer und Mitgefühl. „Unverändert", sagte Lila, „was ich im Moment als gut ansehe. Sein Körper muss heilen, ruhen. Ich würde lieber schlafen und ... nun, wir wissen beide, wie es ist, nicht wahr?"

„Ja", nickte Quilla. „Darf ich eine Weile bei dir bleiben?"

Lila nickte lächelnd. „Gern." Sie brauchte die sanfte Anwesenheit ihrer Freundin hier. Nicht nur das, sie wusste, dass Quilla wirklich verstand, was es für den Leidenden und seine Angehörigen bedeutete, ein Opfer der Gewalt zu sein.

Quilla setzte sich auf den Stuhl, auf dem vorher Charlie gesessen hatte und legte ihre Hand sanft auf Lilas Rücken. „Ich möchte, dass du weißt, dass du damit nicht allein bist. Was auch immer du benötigst, frag mich bitte."

Lila spürte Tränen in ihren Augen. „Danke, Quilla."

„Ich hoffe, du hast nichts dagegen. Ich habe mit den Mitarbeitern gesprochen und sie werden ein Zustellbett herbringen, damit du schlafen kannst. Du musst dich auch ausruhen."

Siehst du, Charlie? So kümmert man sich um jemanden. „Das werde ich, versprochen, und ich danke dir, Quilla."

Quilla lächelte sie an und nickte zu Noah. „Ich glaube, er sieht ein wenig besser aus, nicht wahr?"

Lila war dankbar für den Versuch ihrer Freundin, Noah besser erscheinen zu lassen, aber beide wussten, dass sein Leben in der Schwebe hing.

Lila dachte an Lauren, daran, was sie Lila – ihr Kind und jetzt vielleicht ihre Liebe – gestohlen hatte, aus welchem Grund? War sie anders als Cora und ihre Eifersucht auf Tinsley? Nein.

So viel Hass, so viel verdammte Arroganz, dachte sie wütend. *Wer zur Hölle glauben diese Leute, wer sie sind?*

Sie sagte das zu Quilla und ihre Freundin nickte. „Ich weiß. Es ist verkehrt und ekelhaft und leider allzu weit verbreitet." Quilla seufzte.

„Gregor Fisk hat beschlossen, dass er über mich entscheiden kann, wen ich ficken durfte und wann ich sterben würde. Aber ich habe überlebt, knapp, aber ich bin immer noch hier. Du bist immer noch hier, Lila, und Noah wird gesund werden."

Lila sah sie mit hoffnungsvollen Augen an. „Versprichst du mir das?"

Quilla lächelte. „Lila, das ist ein Mann, der einen Halbmarathon laufen kann und dabei nicht einmal ins Schwitzen kommt. Himmel, auch wenn er einen Marathon läuft, sagt er nur ‚Hm, das war schwer' und joggt zum Wasserstand."

Lila lachte leise. „Du hast Recht." Sie blickte wieder zu Noah. „Er wird in Ordnung kommen. Er wird zu mir zurückkommen."

TINSLEY BUCHTE sich für ein paar Tage im Motel ein. Wegen der Prominenz von Noahs Familie berichteten die lokalen Nachrichten über seinen Zustand in jeder Mitteilung – kritisch, aber stabil.

Gott. Tinsley war selbst achtundvierzig Stunden danach immer noch wütend darüber, wie Charlie sie behandelt hatte. Wütend und verwirrt. Hatte sich ihre Beziehung so sehr verschlechtert oder lag es daran, dass Charlie gestresst war?

Sei nicht so eine blöde Kuh.

Jedes Mal, wenn sie daran dachte und an den Ausdruck auf Charlies Gesicht, hielt sie inne und atmete scharf ein. Es war so bösartig, so widerwärtig und so voller Wut. Wann waren sie soweit gekommen?

Der Brief. Alles begann, als ich diesen Brief in dieser Nacht gelesen habe. Es war der Katalysator, da war sie sich sicher, aber wenn sie an den Inhalt zurückdachte, konnte sie nicht erkennen, warum er deshalb so außer sich geraten konnte. Es war ein einfacher Abschiedsbrief einer guten Freundin.

Bitte versuch nicht, mich zu finden.

Nun, Charlie hatte das ignoriert und … Tinsley setzte sich auf. Charlie hatte Lilas Plädoyer für Privatsphäre ignoriert. Er hatte sie aufgesucht. *Und?,* fragte Tinsley sich, *Er war ein Polizist, er hatte Verbindungen und er machte sich wahrscheinlich Sorgen um sie.* Doch ... hätte er sie finden können? Er hatte kaum das Geld, um jemanden zu engagieren, um es für ihn zu tun, außer wenn er sie beobachtet hatte. Eine wahnsinnige Theorie begann sich in Tinsleys Kopf zu bilden und sie schloss ihre Augen und versuchte, sich durch das Chaos zu sortieren.

Warum war Charlie über den Brief verärgert? Weil sich herausstellte, dass Lila ihn gebeten hatte, ihr fern zu bleiben. Na und? Er war ein Freund, der sich um einen anderen Freund sorgte. Charlie hatte Richard nicht gemocht. Vielleicht wusste er, dass Rich Lila betrogen hatte – Lila mag sich ihrem ältesten Freund anvertraut haben. Allerdings wusste sie, dass Lila das nicht getan hatte ...

Jesus, Chang, welche verrückte Theorie versuchst du hier aufzustellen? Tinsley stand auf und ging unter die Dusche. Sie würde heute wieder ins Krankenhaus gehen und ob Charlie Sherman es nun gefiel oder nicht, sie würde nach Lila sehen.

WIE QUILLA IHR GESAGT HATTE, hatte das Personal ein Behelfsbett für Lila zum Schlafen aufgestellt und sie kroch dankbar hinein, als sie ihre Augen kaum noch offenhalten konnte. Es war noch Nachmittag und es kamen unterschiedliche Geräusche aus den anderen Teilen des Krankenhauses, aber sie fiel bald in einen tiefen, aber unruhigen Schlaf, zerrissen von Alpträumen ...

SIE WAREN WIEDER auf der Insel und liebten sich träge im riesigen Kingsize-Bett. Noah küsste sie, als er seinen riesigen Schwanz in sie hineintrieb. Lila keuchte, stöhnte vor Lust und als sie kam, explodierten tausend Sterne hinter ihren Lidern.

Aber dann wurde es dunkler, als Noah, der seinen Kopf drehte, jemandem hinter sich etwas zu sagen schien. Bist du so weit? Sie gehört dir ...

Was? Noah zog sich aus ihr heraus und stellte sich an die Seite des

Bettes, und dann stand eine Gestalt vor ihr ... sie konnte das Gesicht nicht erkennen. Sie sah Noah an, der lächelte. Es ist okay, Baby, das ist es, was ich will. Die Gestalt hatte ein Messer und als Lila anfing zu schreien, hob er es über seinen Kopf und ließ es dann nach unten sausen ...

LILA SCHAUDERTE und öffnete die Augen halb. „Sch, sch, es ist okay Baby, schlaf weiter." Jemand streichelte ihr die Haare, ihr Gesicht und sie war so hundemüde, dass sie sich nicht die Mühe machte, das Geschehen zu verarbeiten. Sie gab der Dunkelheit wieder nach.

TINSLEY GING DEN FLUR HINUNTER, ihr Herz pochte heftig gegen ihre Rippen. Trotz ihrer aufgesetzten Tapferkeit war sie nervös – Charlie war bestimmt hier und wenn er sie wie beim ersten Mal behandelte ... sie wusste nicht, ob sie ihr Temperament zügeln konnte. Sie fand Noahs Zimmer, indem sie ihre Lüge wiederholte, Lilas Cousine zu sein, und als sie sich der Tür näherte, konnte sie sehen, dass die Beleuchtung gedämpft war. Die Tür stand einen Spaltbreit offen und sie schaute hinein, sah, dass Noah noch bewusstlos und an die Maschinen angeschlossen war. Sie biss sich auf die Lippe. Sie wusste, dass es lächerlich gewesen war, auf eine Art wundersame Genesung zu hoffen. Sie trat ein wenig in den Raum und blieb stehen.

Am Ende des Zimmers schlief Lila auf einem Klappbett und Charlie kauerte neben ihr. Er streichelte ihr Gesicht und Tinsley konnte ihre Augen nicht von der zärtlichen Art und Weise lösen, auf die er ihre Freundin berührte. Gott ...

„Lila?" Charlies Stimme war ein Flüstern. „Kannst du mich hören, Baby?"

Lila reagierte nicht und zu ihrem Entsetzen beobachtete Tinsley, wie Charlie seine Hand sanft auf Lilas Körper entlangwandern ließ und um ihre Brust legte. Er ließ seine Hand unter ihren Pullover gleiten und streichelte ihren Bauch. Tinsley konnte es nicht glauben. Charlie beugte sich nach vorn und küsste Lila auf den Mund.

„Es tut mir so leid, Baby ... Ich werde dir deinen Schmerz nehmen ..." Seine Stimme war ein Flüstern. Tinsley konnte ein Quietschen des Grauens nicht unterdrücken, das ihr entwich, und als sein Kopf in die Höhe schoss, rannte sie weg.

Sie stolperte den Flur hinunter zum nächsten Ausgang und stürzte fast die Treppe hinunter. Gott, was war das für ein Scheiß? Sie schwankte zwei Korridore entlang und blieb dann schwer atmend stehen.

Über ihr flog krachend eine Tür auf. Tinsley schaute nach oben – sie war im Schatten verborgen, aber sie konnte Charlie, sein Gesicht, eine Maske der Wut, sehen, der die Treppe hastig hinunterkam. Sie rannte, runter, runter, runter, hörte ihn hinter sich, ihre Brust war wie zugeschnürt und kleine Schluchzer entwichen ihr, als das Entsetzen sie übermannte. Sie stürzte in die Rezeption ... Menschen.

Gott. Als sie mit Erleichterung in die Arme eines Wachmanns fiel, drehte sie sich um und erwartete, Charlie hinter sich zu sehen.

Nichts. Niemand. Die hektischen Fragen des Wachmanns ignorierend, schaute sie sich um – war er aus einer anderen Tür herausgekommen? Wartete er draußen auf sie? Oh Gott ...

Schließlich beruhigte sie sich weit genug, um dem Wachmann zu sagen, dass jemand sie verfolgt hatte, aber sie konnte sehen, dass er ihr nicht glaubte. Sie schaffte es, ihn zu überreden, bei ihr zu bleiben, bis sie ein Taxi hatte, und auf der Rückfahrt zum Motel ließ sie den Taxifahrer an einem Geldautomaten anhalten, damit sie etwas Bargeld abheben konnte. Sie musste das Motel wechseln, erkannte sie jetzt, heute Abend und vielleicht jede Nacht, solange sie in Seattle war.

Weil sie nicht die Absicht hatte, Lila an Charlie auszuliefern. Ihre verrückten Verschwörungstheorien schienen jetzt nicht mehr so verrückt zu sein. Wenn sie mehr denn je von einer Sache überzeugt war, dann war es das.

Charlie war in Lila verliebt und Tinsley glaubte nicht, dass es irgendetwas gab, was ihn davon abhalten könnte, sich von ihr zu nehmen, was er wollte.

Auch wenn es ihr Leben war.

Lila duschte im Krankenhaus – schnell, wollte sie keinen Moment verpassen, falls Noah aufwachte und als sie wieder ins Zimmer kam, wartete Charlie auf sie.

„Hey Schönheit."

Sie lächelte ihn schief an. In den letzten zwei Tagen hatte er sie nicht für einen Moment allein gelassen und so sehr sie seine Hilfe schätzte, sie wollte mit Noah zusammen sein, wollte diesen Moment der Wiedervereinigung, wenn er – nicht falls, wie sie sich ständig ermahnte – aufwachte.

„Er sieht besser aus", sagte Charlie ihre Stimmung auffangend. Sie nickte und warf ihre Waschtasche beiseite – eilig von Quilla in der Apotheke des Krankenhauses für sie zusammengestellt. Sie kämmte ihre nassen Haare aus und ließ ihre Augen keine Sekunde von ihrem Mann, der so still im Bett lag. Sie fühlte sich seltsam, fast so, als ob der andere Mann im Zimmer, der Mann, den sie seit ihrer Geburt kannte, ihr fremd war. Ein unerwünschter Eindringling. Sie dachte, sie solle sich schuldig fühlen, aber sie tat es nicht.

„Charlie, es ist schön von dir, dass du jeden Tag herkommst, aber es besteht keine Notwendigkeit. Ich bin okay. Es können Tage, Wochen oder ...", ihre Stimme brach und Charlie kam zu ihr, um sie in den Arm zu nehmen, aber sie wich ihm aus und lächelte, um die Abfuhr etwas abzumildern. „Es tut mir leid. Ich will einfach nicht berührt werden. Das verstehst du, oder?"

„Natürlich."

Sie ging an Noahs Bett und nahm seine Hand. „Ich sagte, vielleicht solltest du nach Hause gehen, zurückkommen, um dir eine Wohnung zu suchen. Wenn Noah nach Hause kommt, möchte ich, dass wir alleine sind. Das verstehst du doch auch, oder?"

Charlie nickte, lächelte, aber es erreichte seine Augen nicht und sie konnte seine Miene nicht lesen. Verletzt? Wut? „Lila, keine Sorge. Es wird alles gut werden."

Sie wusste nicht wirklich, was er damit meinte, aber sie hatte nicht die Zeit und Nerven, es herauszufinden. *Geh weg, geh weg.* „Ich frage mich, wann Tinsley wieder zu Besuch kommen wird?"

Sie drehte sich um, sah Charlie an und sah zu ihrem Entsetzen, wie sich sein Gesicht wütend verzog. „Charlie, was zum Teufel ist zwischen euch beiden los?"

Charlie seufzte. „Baby, sie ist keine Freundin von dir, glaub mir. Als wir in New York waren, war sie besessen von der Tatsache, dass wir damals ... intim gewesen sind. Ich wünschte, ich hätte es ihr nie gesagt."

Lila rutschte unruhig hin und her. „Charlie – das war eine Nacht, vor hundert Jahren. Warum hast du es ihr gesagt?"

Er zuckte mit den Achseln. „Wir haben uns unterhalten, weißt du? Wann wir unsere Jungfräulichkeit verloren haben, und an wen. Ich dachte nicht, dass sie es so heftig aufnehmen würde."

„Ich glaube es nicht", entgegnete Lila. „Tinsley ist nicht der eifersüchtige Typ."

„Du kennst sie nicht so gut, wie du denkst."

Lila seufzte. „Ich möchte nicht mit dir streiten, Charlie. Ich will nur bei Noah sein. Allein."

Er verließ den Raum und sie fühlte sich erleichtert. Sie brauchte jetzt nichts von Charlie und Tinsley zu hören. Verdammt, sie fühlte sich allein. Quilla hatte ihr gesagt, sie solle anrufen, wenn sie eine Pause brauche, und sie hatte ernsthaft darüber nachgedacht. Sie hatte die letzten vier Tage von Snacks aus der Maschine gelebt und ihr Magen fühlte sich schwer und voll an von dem Junk-Food. Sie streichelte Noahs Haare. „Wirst du für eine Weile okay sein, mein Liebling? Ich brauche warmes Essen in mir, damit ich mich richtig um dich kümmern kann."

IN DER CAFETERIA saß sie allein in einer Ecke und wollte mit niemandem sprechen. Die Gemüsesuppe sorgte dafür, dass sie sich viel besser fühlte, wacher und sie aß etwas Obst, packte ein paar davon in ihre Tasche, zusammen mit ein paar Flaschen Wasser. Bevor sie wieder zu Noah ging, trat sie nach draußen, um frische Luft einzuatmen. Sie saß an der Wand vor dem Krankenhaus. Es war kalt, aber das störte sie nicht. Die Krankenhauszimmer waren ihr immer

zu warm. Sie schloss die Augen und ließ die frische Luft um sie
herum wirbeln. Es war fast Weihnachten, dachte sie, und wieder
einmal war ihr Leben in Aufruhr. Gott, Noah, bitte kämpfe dagegen,
bitte komm zu mir zurück.

Lila wusste, dass sie es nicht überleben würde, wenn Noah starb.
Auf keinen Fall. Er war ihr Seelenverwandter, ihr Grund zu lächeln.
Sie konnte sich ein Leben ohne ihn nicht vorstellen. Es war
undenkbar.

Sie öffnete ihre Augen und nahm eine Bewegung wahr. Auf der
anderen Seite vom Parkplatz, in dem Dickicht von Bäumen und jetzt,
als sie hinsah, bewegte sich etwas darin. Jemand. Wer auch immer es
war, blieb stehen und sie fühlte sich plötzlich, als ob derjenige sie
direkt ansah und sie beobachtete. Paranoia. Sie stand auf und ging
schnell zurück ins Krankenhaus. Du machst dich wegen nichts
verrückt, sagte sie sich, als sie den Knopf für den Aufzug drückte und
es sich dann anders überlegte. Sie nahm die Treppen – vier Tage im
Sitzen und ihre Muskeln waren kurz davor, zu verkümmern. Sie
spürte das leichte Brennen ihrer Muskeln, als sie die Tür zu Noahs
Flur öffnete und abrupt stehenblieb. Ärzte, Krankenschwestern
stürmten in sein Zimmer, ein lauter Alarm ertönte.

Code Blau ... Code Blau ...

TINSLEY SCHNAPPTE sich ihre Tasche und warf sie in den Mietwagen.
Sie dachte sich, wenn sie ständig woanders wohnen würde, dann
wäre es billiger und einfacher. Das Motel, in dem sie war, war billig,
aber sauber und sie bereute es, gehen zu müssen, aber es war einfach
sicherer. Sie würde es nicht zulassen, dass Charlie Sherman kam und
sie ruhig stellte. Jetzt war sie mehr denn je davon überzeugt, dass
Charlie die Wurzel von allem war, und sie meinte all das, was im
letzten Jahr und darüber hinaus passiert war.

Sie wusste, dass es für die Polizisten verrückt klingen würde,
wenn sie zu ihnen ginge, und sie konnte es nicht riskieren, mit Lila
darüber zu sprechen – Charlie war ihr ältester Freund. *Scheiße*,
dachte sie jetzt, als sie fuhr, *was zum Teufel soll ich tun?*

Die Antwort kam, als sie im nächsten Motel auspackte. Ihr Handy brummte und sie war erstaunt, als sie sah, wer es war.

„Harrison Carnegie?"

Harry lachte. „Genau der. Hey Tins, wie läuft es?"

Er klang bemerkenswert lässig, dachte sie, aber sie kannte ihn besser. „Harry ... wegen Cora ..."

„Es tut mir so leid, Tins", sagte Harry sofort, „ich hätte vor Wochen schon anrufen sollen. Im Namen meiner ganzen Familie, wollte ich sagen ... es gibt keine Entschuldigung für das, was Cora getan hat und ich bin so, so glücklich, dass es ..., dass du ..." Er schwankte und sie lächelte, freute sich, eine freundliche Stimme zu hören.

„Harry, es ist okay ... wirklich. Das ist Vergangenheit ... Schau, ich weiß, dass die D.A. Cora belasten will, aber wenn ich nach New York zurückkomme, gehe ich zur Polizei und bitte sie, die Anklage fallen zu lassen."

„Das musst du nicht tun, Tinsley, sie weiß, dass sie Unrecht getan hat."

Tinsley lächelte in das Telefon. Gott, es war gut, seine Stimme zu hören. „Ich will es wirklich. Unter der Bedingung, dass sie richtige psychiatrische Hilfe erhält."

Harry lachte leise. „Ich denke, Mama hat schon dafür gesorgt. Wo bist du?"

„Huh?"

„Du hast gesagt ‚wenn ich zurückkomme'?"

Tinsley zögerte einen Moment. „Seattle. Hast du schon von Noah Applebaum gehört?"

„Ja, es ist ja in allen Nachrichten. Wie geht es Lila?"

„Ich wünschte, ich wüsste es."

Jetzt war es an Harry, verwirrt zu sein. „Was?"

Da sprudelte sie alles heraus, wie Charlie sie behandelt hatte, ihr Verdacht. Harry hörte ihr schweigend zu und als sie schwieg, erkannte sie plötzlich, wie verrückt sie klingen musste. „Harry?"

„In welchem Motel bist du?"

Sie sagte es ihm. „Warum?"

„Ich komme nach Seattle. Ich will dich nicht allein dort haben."
Sie wollte das gern ablehnen ... aber sie konnte es nicht.

HALSTON UND MOLLY APPLEBAUM, gefolgt von Quilla und Jakob Mallory, fanden Lila auf dem Flur vor Noahs Zimmer. Tränen flossen über ihr Gesicht, aber sie lächelte. „Er ist wach."

ALS SIE ZURÜCKKAM und den Code blau hörte, war es so schlimm gewesen, wie es klang. Noah hatte den Alarm ausgelöst, und während des Kampfes, ihn zurück zu holen, war es ihr nicht erlaubt gewesen den Raum zu betreten und sie hörte, wie sie kämpften, um ihn am Leben zu erhalten, und während sie es taten, hatte Noah seine Augen geöffnet und laut geflucht.

Als Lila das hörte, hatte sie unter Tränen gelacht und er hatte sie gehört. „Lila Tierney, holt sie hier rein."

Die Ärzte schüttelten ungläubig den Kopf, aber Lila achtete nicht auf, flog nur in Noahs ausgestreckten Armen.

Sie küsste ihn unter Tränen, die ihre Wangen herunterrollten, und lachte. „Nur du konntest einen so dramatischen Eintritt in das Land der Lebenden machen."

Als sie allein waren, sprachen sie darüber, was geschehen war. Der Arzt untersuchte ihn. „Du hast dich besser stabilisiert als es ein Kerl, der noch vor ein paar Stunden knapp dem Tod entkommen ist, tun sollte, Superman, aber lass es ruhig angehen. Keine heißen Gaunereien."

„Komm schon, Will", grinste Noah den Arzt an – einen Freund und Kollegen. „Hast du meine Verlobte gesehen?"

Lila wurde rot und steckte ihm die Zunge raus. Als der Arzt weg war, winkte Noah sie wieder zu sich und schlang seine Arme um sie, wobei er leicht zusammenzuckte.

„Bleib ruhig liegen", ärgerte sich Lila. „Das Letzte, was wir brauchen, ist, dass du deine Nähte aufreißt."

„Ja, Mama."

„Oh Gott, ich muss deine Eltern anrufen", sagte sie und wollte aufstehen, aber er zog sie zurück.

„Gleich. Im Moment brauche ich eine Minute allein mit dir."

Sie legte ihre Hand an seine Wange und lächelte, als sie ihn küsste. „Das ist alles, was ich jetzt will", sagte sie leise, „alles, was ich jemals will."

BEIM ANBLICK von Harrys Gesicht brach Tinsley zusammen und weinte, und sobald er seine Arme um sie schlang, tat sie genau das. Harry hielt sie einfach an sich gedrückt, seine Lippen an ihrer Schläfe, während die Leute, die vorbeiliefen, sie neugierig anschauten.

Er fuhr ihren Mietwagen zu einem Restaurant außerhalb der Stadt, das er kannte, und sie frühstückten gemeinsam. Harry bat sie sanft, alles noch einmal zu erzählen. Er hielt die ganze Zeit, während sie sprach, ihre Hand und sein Daumen streichelte rhythmisch über ihre Haut. Tinsley fühlte sich zum ersten Mal seit Monaten sicher. „Monate", sagte sie mit einem schiefen Grinsen. „Ich bin seitdem - naja, du weißt schon, nervös."

Harry nickte düster. „Noch einmal, ich ..."

„Entschuldigen dich nicht mehr", sagte sie, „Du bist jetzt hier und ich war noch nie so froh in meinem Leben, jemanden zu sehen."

Harry lächelte. „Als ich zurück nach Oz ging, konnte ich nicht aufhören, an dich zu denken. Ich weiß, dass wir gesagt haben, keine Bindung, keine Verpflichtung, und das habe ich respektiert. Also habe ich nicht angerufen, dich nicht oft kontaktiert. Aber ich habe nie aufgehört, an dich zu denken. Ich habe gehört, dass du wieder mit Charlie Sherman zusammen bist."

Tinsley sah ihm in die Augen. „Das ist nicht irgendein verrücktes Ex-Freund-Ding, das ich abziehe, Harry, ich schwöre bei Gott, das ist es nicht. Ich war erleichtert, als er ging. Er hatte sich urplötzlich irgendwie verändert."

Harry hob die Hände hoch. „Hey, hey. Ich glaube dir jedes Wort. Ich habe den Kerl nie gemocht." Er trank seinen Kaffee aus und signalisierte der Kellnerin, dass er noch einen haben wollte und dankte ihr mit einem Lächeln.

„Tins, lass uns offen darüber sprechen. Was ist deine verrückteste, wildeste Theorie über all das?"

Also erzählte sie ihm alles, was sie vermutete, jedes Detail und Harry hörte ihr zu. Als sie fertig war, waren seine Augen auf sie gerichtet. „Das Erste, was wir tun werden, ist, deine Sachen zu holen. Du kommst zu mir in das Four Seasons. Ich beantrage zusätzliche Sicherheit."

Tinsley protestierte nicht. „Danke, Harry, ich meine es ernst."

„Nicht der Rede wert, es ist das Mindeste, was ich tun kann. Dann werden wir Lauren Shannon besuchen."

Tinsleys Augenbrauen schossen in die Höhe. „Warum?"

Harry sah grimmig aus. „Falls deine Theorie stimmt, denke ich, dass sie nicht die Einzige war, die an der Schießerei auf Noah Applebaum beteiligt war."

Halston legte seinen Arm um Lilas Schultern. „Lila, ich bin sicher, du bist der Grund, warum mein Junge so hart gekämpft hat, wieder gesund zu werden."

Lila wurde rot, aber Noah grinste. „Darauf kannst du wetten, dass sie es ist."

Hals Lächeln verblasste. „Nun, was werden wir wegen Lauren unternehmen? Ich gehe davon aus, dass du sie anzeigen wirst."

„Ja, das werden wir", war Lilas harte Antwort. „Ich möchte, dass diese Person für immer eingesperrt wird." Sie ballte ihre Hände zu Fäusten und Molly umarmte sie.

„Meine Tochter wird für das bezahlen, was sie getan hat." Sie drehten sich alle um. Lila hatte Derek Shannon noch nie getroffen, aber der Ausdruck von Trauer und Schuld auf seinem Gesicht sagte alles. Derek sah Noah an.

„Noah, ich bin so glücklich, dich lebend zu sehen. Ich möchte einen Moment mit dir sprechen, ich verspreche, ich werde nicht lange bleiben."

Noah lächelte halb. „Natürlich." Er warf einen scharfen Blick auf seinen Vater, der im Begriff war zu protestieren. Derek stellte sich allen vor und setzte sich dann an Noahs Bett.

„Lauren wird den Rest ihres Lebens im Gefängnis verbringen. Sie wird sich für ihre Verteidigung auf die Wohltätigkeitsorganisation des Landkreises verlassen müssen, weil sie in meinen Augen keine Verteidigung verdient hat. Ich bin hergekommen, um mich in ihrem Namen zu entschuldigen und dir zu sagen, dass ich nicht mehr mit ihr in Kontakt stehe. Sie ist dieses Mal zu weit gegangen."

Lila konnte nicht umhin, ein zynisches Lachen auszustoßen. „Ja, denn das Töten eines ungeborenen Kindes war nicht *genug*." Sie verließ den Raum, empört, nachdem sie genug gehört hatte. Molly und Quilla folgten ihr und brachten sie in die Cafeteria. Molly scheuchte sie zu einem Stuhl, während Quilla ein Tablett mit Essen brachte. „Essen", befahl sie Lila, „und dann wird Jakob dich zu uns bringen und du wirst schlafen. Wir werden alle bei Noah sitzen."

Lila musste zugeben, dass es verlockend war, obwohl sie es verabscheute, Noah zu verlassen, jetzt wo er wach war. Sie war sich jedoch bewusst, dass sie grauenhaft aussah. Quilla und Molly plauderten leicht mit ihr, als sie das Essen dankbar verschlang, wohl wissend, dass sie sie von dem ablenkten, was im Obergeschoss vor sich ging.

SPÄTER KÜSSTE sie Noah zum Abschied und ging mit Jakob. Er fuhr sie zurück zu seinem und Quillas Haus auf Bainbridge Island. „Gott, dieser Ort ist wunderschön", sagte Lila in dem atemberaubenden Haus, das ganz in weiß gehalten war. Jakob, der, wie sie bald bemerkt hatte, nicht annähernd so streng war, wie er aussah, grinste sie an.

„Alles Quilla Arbeit", sagte er stolz, „möchtest du einen Drink?"

„Gern, etwas Kaltes wäre schön."

„Eistee?"

„Perfekt." Sie folgte ihm in eine riesige Küche – aus dem heimeligen Durcheinander schloss sie, dass es das Herz ihres Hauses war. Vor den französischen Fenstern sah sie einen großen Garten, in dem ein großes blondes Mädchen mit zwei kleinen Jungen spielte.

Jakob steckte seinen Kopf aus der Tür. „Hey Jungs, wir sind wieder da."

„Papa!" Als die beiden Jungen ihn begrüßten, nahm er sie in seine Arme und küsste sie. Lila grinste, als sie vor Freude schrien. „Kommt und sagt Hallo zu unserer Freundin Lila."

Die beiden Jungs waren überhaupt nicht schüchtern, kletterten auf Lilas Schoß und studierten sie genau. Sie waren wunderschön, und sie konnte nicht anders, als sie zu umarmen. Das blonde Mädchen grinste sie fröhlich an.

„Hey, ich bin Hayley, die Tante dieser beiden Monster. Nun, eigentlich, technisch gesehen, ich bin ihre Cousine. Es ist kompliziert. Es ist schön, dich zu sehen, Quilla spricht die ganze Zeit über dich."

Lila entspannte sich in ihrer Gesellschaft, genoss den Tee und spielte mit den Jungs. Gott, es fühlte sich gut an, etwas Normales zu tun, aber sie musste zugeben, dass es ihr wehtat, die beiden Jungen spielen zu sehen, obwohl sie die Gesellschaft ihres Vaters und der Cousine genoss, sehnte sie sich nach der kleinen Matty. Sie hatte nie gedacht, dass sie eine Mutter werden würde, bis sie tatsächlich schwanger geworden war und jetzt konnte sie sich nicht vorstellen, keine zu sein.

Hayley zeigte ihr das Gästezimmer, als Lila zu gähnen begann und Lila versank dankbar in einen traumlosen Schlaf.

Als sie aufwachte, war es dunkel und sie sah, dass jemand, möglicherweise Hayley, ein paar Kleider und neue Unterwäsche ans Ende des Bettes gelegt hatte. Im angrenzenden Badezimmer fand sie Toilettenartikel und eine neue Zahnbürste. Sie lächelte. Die Umsichtigkeit und Freundlichkeit dieser Menschen war unbegrenzt. Noah wusste, wie man seine Freunde auswählt. Ihre Gedanken wanderten zu Charlie und ihr Magen zog sich zusammen. Würden es zwischen ihnen jemals wieder so werden, wie es gewesen war? Sie hoffte es, aber ein kleiner Teil von ihr vermutete, dass das Leben ohne ihn, mit diesen Freunden, mit Noah, vielleicht nicht so schlimm war. Vielleicht waren sie lange genug in das Leben des anderen verschlungen gewesen.

Geduscht und bekleidet mit Jeans und einem Pullover, der perfekt zu ihr passte, ging sie nach unten, und sah, dass Quilla kochte. Ihre Freundin winkte ihr zur Begrüßung mit einem Holzlöffel zu. „Hey, wie hast du geschlafen?"

„Wunderbar, danke, und vielen Dank für die Sachen und die anderen Dinge, es war sehr freundlich und ich weiß es zu schätzen."

Quilla grinste und ihr schönes Gesicht leuchtete auf. „Noah hat mich rausgeworfen und sagte, ich solle nach Hause gehen und dich füttern. Sein Vater und seine Stiefmutter sind bei ihm, aber ich denke, er hofft auf etwas Ruhe, um etwas Schlaf zu bekommen. Er sah erschöpft aus, als ich ging, aber unglaublich gut."

Lila setzte sich an den riesigen Küchentisch und beobachtete, wie Quilla in einer riesigen Pfanne Chili zubereitete. Quilla zerkleinerte etwas Knoblauch und gab ihn mit gehackten Zwiebeln in die Pfanne. „Ich dachte, ich mach eine Tonne Wohlfühlessen", sagte sie, „ich habe Jakob und die Jungs rausgeschickt, um Eis für das Dessert zu holen, damit wir Mädels plaudern können, wenn wir wollen."

„Die Jungs sind liebenswert", grinste Lila, „und ich weiß, dass sie adoptiert sind, aber sie sehen so sehr aus wie Jakob."

Quilla lachte. „Ich weiß. Als wir ins Kinderheim gingen, um uns die anzuschauen, sah ich die beiden und sagte: ,*Das* sind unsere Kinder'. Jakob stimmte zu, und das war es. Nun, nicht ganz, aber du weißt, was ich meine."

Lila lächelte. „Das tue ich. Ich habe meine ganze Kindheit in einem Heim verbracht. Ich hätte es geliebt, wenn Leute wie du und Jakob mich mitgenommen hätten."

„Wir könnten dich jetzt immer noch annehmen", scherzte Quilla und Lila mochte es, dass sie nicht ,oh du Arme' sagte. Lila hatte diese Einsamkeit nie gespürt ... wegen Charlie, dachte sie, und sie fühlte sich plötzlich schlecht für die Art und Weise, wie sie ihn in letzter Zeit behandelt hatte.

Sie würde ihn anrufen, beschloss sie, jetzt, wo Noah außer Gefahr war, und würde versuchen, ihre Freundschaft wieder auf Kurs zu bringen, wenn auch mit neuen Grenzen. Entschlossen half sie Quilla bei der Vorbereitung des Abendessens und sie plauderten leicht, bis Jakob und die Jungen zurückkehrten.

Tinsley und Harry waren in seiner Hotelsuite und planten ihren Besuch in dem Gefängnis, in dem Lauren Shannon festgehalten wurde. „Spielen wir guter Cop und schlechter Cop?", fragte sie Harry, der grinste.

„Nein, wir bieten ihr nur das an, was sie am meisten liebt – Geld. Geld, um den bestmöglichen Anwalt zu bekommen."

„Sicherlich hat ihr Vater ihr das bereits gegeben?"

Harry schüttelte den Kopf. „Ich habe nachgeforscht. Papa Shannon hat sie verleugnet. Sie ist auf den Staat angewiesen."

„Woah", Tinsleys riss die Augen auf, „das ist kalt."

Harry zuckte mit den Schultern. „Nach dem, was ich herausgefunden habe, ist es längst überfällig. Ich gebe dem Mann keine Schuld. Selbst familiäre Liebe hat ihre Grenzen, wenn sich jemand so verhält."

Tinsley nickte. „Wie können wir verhindern, dass sie mit unserem Geld die besten Anwälte einstellt und davonkommt?"

Harry grinste böse. „Ganz einfach. Indem wir sie selbst einstellen, aber sie muss das ja nicht wissen, nicht wahr?"

„Harry ... das alles kostet Geld und ich weiß, wie großzügig du bist, aber wirklich, das hier ist nicht dein Kampf."

„Ist es nicht? Nur weil Noah Applebaum nicht meine Familie ist, führt all dies zurück zu Lilas Angriff und Richards Mord. Es ist mein Kampf. Und jeder, der versucht, dich zu verletzen, kommt sofort auf meine Abschussliste."

Sie lächelte und berührte seine Wange. Er legte seine Hand auf ihre, hielt sie an seiner Haut, seine Augen auf sie gerichtet. „Erinnere mich noch einmal daran, wie ich so dumm gewesen sein konnte, ohne dich nach Australien zurückzukehren?"

Tinsley wurde rot vor Freude. „Es war nicht der richtige Zeitpunkt für uns."

Er nickte und sie schauten sich für einen langen Moment schweigend an. „Und jetzt?", fragte er dann leise und ohne auf eine Antwort zu warten, lehnte er sich nach vorne und legte seine Lippen auf ihre.

Tinsley schob ihre Hände automatisch in sein kurzes Haar. Als sie sich küssten, zog Harry sie auf seinen Schoß, sein Mund hungrig auf ihrem, und seine Hände griffen ihr T-Shirt und zogen es über ihren Kopf.

Als sie nackt waren, ließen sie sich auf den Boden fallen und Tinsley rutschte an ihm nach unten, um ihn in ihren Mund zu nehmen, und ließ ihre Lippen über den breiten Schaft seines pulsierenden Schwanzes gleiten. Die seidige Haut fühlte sich so gut auf ihrer Zunge an, als sie die blauen Adern entlangwanderte, und sie schmeckte seinen salzigen Lusttropfen. Harry stöhnte, als sie ihn neckte, und bald zog er sie nach oben, damit er in sie stoßen konnte. Tinsley setzte sich auf ihn, seine Hände auf ihren Brüsten, während sie sich zusammen bewegten, sowohl lächelnd als auch liebevoll. Das war so anders als der ernsthafte Sex, den sie und Charlie gehabt hatten, und obwohl es gut war, war das ein Liebesspiel und nicht nur Sex. Sie und Harry waren erst Freunde gewesen, dann Liebhaber und die Kombination machte ihr Gefühl komplett.

Danach bestellten sie den Zimmerservice, aßen vor dem Fernseher und plauderten locker über Australien. „Glaubst du, dass du jemals zurückgehen wirst? Langfristig, meine ich.", fragte Harry sie, als sie ihm einen Apfelkuchen vor den Mund hielt.

„Hättest du mich das vor ein paar Monaten gefragt, hätte ich nein gesagt. Aber jetzt? Ich kann es mir vorstellen." Sie hoffte, dass sie nicht zu rot wurde, aber Harry grinste sie an.

„Das ist sehr gut zu wissen, Frau Chang. Das ist sehr gut zu wissen." Und er küsste sie wieder und sie machten da weiter, wo sie aufgehört hatten.

Noah wartete auf den Arzt – seinen Kollegen Doug Halpern –, der nach ihm schauen wollte. Doug war ein Cardio-Gott, einer der besten der Welt. Er nickte Noah jetzt zu. „Wenn alle meine Patienten in einem so guten körperlichen Zustand wären wie du, Applebaum, wäre mein Leben einfacher. Versteh mich nicht falsch, du hast noch einen langen Weg vor dir, aber deine Wunden heilen, dein Herzrhythmus zeigt keine Probleme und selbst mit nur einem Lungenflügel, wirst du in der Lage sein, ziemlich normal zu funktionieren.

Vielleicht nicht mehr allzu viele Marathons, aber auch das ist noch im Bereich des Möglichen."

Noah grinste. „Du kennst mich, Doug, ich bekomme Ameisen im Hintern, wenn ich nicht trainiere."

„Stimmt, er ist komisch, wenn es darum geht, ich stehe mehr auf Faultier", sagte Lila, die das Zimmer betrat und beide anlächelte. Sie studierte Noah. „Du siehst gut aus, Baby."

Sie ging zu ihm, um seine Wange zu küssen und sich neben ihn zu setzen. Doug nickte ihnen zu.

„Nun, seid vorsichtig, ihr zwei. Setz sein Herz nicht zu sehr unter Stress, indem du zu gut aussehen, Lila."

„Junge, flirtest du mit meiner Verlobten?", lachte Noah und Lila wurde rot.

Doug grinste. „Aber ja doch. Das ist der Vorteil, dass ich dein verdammtes Leben gerettet habe."

Noah nickte. „Fair genug."

„Wenn ihr zwei aufgehört habt, mich zu einem Objekt zu degradieren ...", sagte Lila, lachte aber mit ihnen. Es fühlte sich so gut an, wieder entspannt zu sein, zu wissen, dass sie nach allem in Ordnung kommen würden. Doug ließ sie allein und Lila kuschelte sich an Noahs Seite.

„Hey Liebling."

„Du siehst erfrischt aus", bemerkte er und küsste sie. „Das ist gut, ich war besorgt."

„Du hast dich um mich gesorgt?" Lila rollte die Augen. „Quilla und Jakob haben mich verwöhnt. Ich muss dich wirklich bezüglich der Wahl deiner Freunde loben, ich bewundere sie und ihre Kinder. Sie sind so niedlich."

„Machen sie dich melancholisch?"

„Oh ja, aber erst musst du wieder fit werden, bevor wir das überhaupt noch einmal in Betracht ziehen."

Sie küsste sein Kinn und strich über die Haare an seinen Schläfen. „Gott sei Dank bist du okay."

„Wir haben zusammen neun Leben", nickte er und wickelte sich eine ihre Haarsträhnen – frisch gewaschen an diesem Morgen – um seinen Finger.

Sie studierte ihn. „Hast du eine Ahnung, was als nächstes kommt? Ich meine, wir sind die letzten 18 Monate durch die Hölle gegangen, aber ich habe das Gefühl, es wird noch mehr kommen. Bin ich pessimistisch?"

Noah überlegte. „Nein ... und ich denke, es ist, weil wir immer noch nicht sicher wissen, wer das Ganze getan hat. Wer war es, der dich angegriffen hat – oder jemanden angeheuert hat, um es zu tun. Wir konnten – und du konntest – damit noch nicht abschließen."

„Ich denke, du hast Recht, aber es könnte sein, dass wir es nie erfahren werden." Sie seufzte. „Ist es falsch, dass ich dich irgendwo einsperren will, wo du in Sicherheit bist und niemand an dich herankommt?"

„Nein, ich möchte dasselbe mit dir tun."

„Es nervt."

„Ja."

Sie kuschelte sich näher an ihn und achtete darauf, keinen der Schläuche und Drähte zu berühren, die aus ihm herausragten. „Ein Tag nach dem anderen."

„Ein Tag nach dem anderen", stimmte er zu und hielt sie fest.

Tinsley war noch keine zwei Schritte im Gefängnis, als sie bereits beschloss, es nie wieder tun zu wollen. Das Gefühl der Hoffnungslosigkeit war greifbar. Sie ließ ihre Hand in Harrys gleiten und spürte, wie er sie beruhigend drückte. Der Name Carnegie hatte ihnen das Interview mit Lauren Shannon ermöglicht, sie hatten das Geld im Voraus geschickt. Wie erwartet war Lauren sofort darauf eingegangen und Tinsley fühlte sich nicht schuldig wegen der Art, wie sie sie täuschten.

Laurens Haare waren zu einem Pferdeschwanz zusammengenommen und sie stellte kaum Augenkontakt mit den beiden her, als sie in den Interviewraum geführt wurde. Sie richtete ihre Augen abweisend auf Tinsley und Tinsley starrte zurück.

Harry führte das Gespräche und er kam direkt auf den Punkt.

„Lauren, hat dir jemand gesagt, oder dich bezahlt, Noah Applebaum zu erschießen?"

Lauren grinste. „Sie glauben nicht, dass eine Frau einen solchen Plan aufstellen und auch umsetzen könnte?"

„Oh, das tue ich ... Ich glaube es einfach nicht in diesem Fall. Also, sag mir, hat dich jemand eingestellt? Oder vielleicht ist ‚ermutigt' das bessere Wort?"

Lauren schaute aus dem Fenster. „Ich habe einen Anwalt angerufen, einen Freund meines Vaters, und habe ihm gesagt, dass du das Geld besorgst, um mir eine gute Vertretung zu besorgen. Er sagte mir nein."

„Nicht mein Problem. Beantworte die Frage."

Lauren lächelte. „Vielleicht. Möglicherweise war jemand, der ein ureigenes Interesse daran hat, Noah tot zu sehen ... ermutigend. Vielleicht hat derjenige die Waffe für mich organisiert."

Tinsley wurde zornig. „War es Charlie Sherman?"

Harry räusperte sich – eine Warnung und Tinsley verstand den Hinweis – sie lenkte die Zeugin.

Laurens Augen funkelten – sie genoss das Spiel. „Er hat mir seinen Namen nicht genannt."

Ein Fortschritt. Harry blickte zu Tinsley. „Lauren, kannst du diesen Mann beschreiben?"

„Ich habe ihn nie getroffen. Er rief mich an."

Tinsley gab ein Würgegeräusch von sich. „Mistkerl."

Lauren lachte leise. „Sie sehen also ... Ich kann das nicht einmal als Verteidigung nutzen. Wer wird mir das glauben? Ein Mann sagte mir, ich solle es tun."

Auch Harry war frustriert. „Gibt es irgendetwas, einfach irgendetwas, das seine Stimme hervorgehoben hat, wie er sprach, Akzent?"

Sie schüttelte den Kopf. „Ich hatte den Eindruck, dass er seine Stimme verstellte." „Verdammt", zischte Tinsley und blickte Lauren an. „Sagen Sie uns einfach, was er gesagt hat, seine genauen Worte."

„Er fragte mich, ob ich wieder bei Noah sein wollte, und sagte mir, er könne mir helfen. Er sagte, er würde zweihundert Riesen zahlen, wenn ich Noah erschießen würde, aber ich musste es in der Öffentlichkeit und vor seiner Freundin tun."

„Hat der Mann dich gebeten, auch Lila zu erschießen?"

Lauren schüttelte den Kopf. „Nein, das habe ich den Polizisten bereits gesagt, als ich verhaftet wurde. Er war sehr spezifisch – ich sollte nur Noah töten."

„Hat er einen Grund dafür genannt?"

„Ja." Sie lächelte boshaft. „Er sagte mir, dass er derjenige sein wollte, der Lila tötete – sagte, er habe es vorher schon einmal versucht, aber beim nächsten Mal würde er sich Zeit nehmen und sicherstellen, dass sie auch starb."

Tinsley wurde schlecht und sie fühlte, wie Harry seinen Arm um ihre Taille legte. „Gibt es noch etwas, was Sie uns sagen können?", fragte sie Lauren, die düster kicherte.

„Ja. Ich möchte nicht in Lila Tierneys Haut stecken, wenn er sie erwischt."

„Sie hat uns nichts gesagt", stöhnte Tinsley, als sie wieder ins Auto stiegen und Harry sah sie erstaunt an.

„Machst du Witze? Sie hat uns so viel erzählt."

„Was denn?"

„Zum einen ... Lilas Angreifer ist immer noch da draußen. Zum anderen – wir wissen jetzt, dass es nicht Riley gewesen sein kann – was bedeutet, dass Riley wahrscheinlich umgebracht und reingelegt wurde. Und noch was – wenn der Mörder in der Lage war, Lauren zu manipulieren, wie können wir dann davon ausgehen, dass er das nicht auch mit anderen gemacht hat. Es gibt noch eine weitere Person, der wir einen Besuch abstatten müssen, bevor wir zu Lila und Noah gehen."

„Wem?"

Harry lächelte grimmig. „Die eine Person, die wir kennen, die leicht manipuliert werden kann – zumal sie in den Mann verliebt war, den wir verdächtigen. Meine Schwester. Wir werden Cora besuchen."

. . .

DAS TAXI HIELT vor dem Eingang des Krankenhauses und Lila bedankte sich beim Fahrer und gab ihm ein großzügiges Trinkgeld. „Könnten Sie etwa um zehn Uhr dreißig wiederkommen?"

Der Fahrer lächelte. „Natürlich, bis später, Miss."

Lila ging zum Eingang des Krankenhauses. Sie hatte die Nacht zu Hause verbracht. Hatte alles für Noahs Heimkehr vorbereitet. Nun war er aus dem Bett und saß in einem Stuhl, die Ärzte hatten ihm gesagt, dass er in nur zwei Wochen zur Erholung nach Hause entlassen werden könnte. Lila konnte es nicht ganz glauben. Sie grinste in sich hinein und beschleunigte ihre Schritte.

„Lila."

Sie blieb wie angewurzelt stehen und wirbelte herum. Charlie lächelte sie an. „Tut mir leid."

„Charlie ... *Gott*." Sie legte eine Hand auf ihre Brust, um ihr heftig pochendes Herz zu beruhigen. „Wo warst du? Ich habe versucht, dich anzurufen."

„Ich weiß, Kleine, es tut mir leid, ich hatte einiges zu erledigen. Ich habe eine Wohnung gefunden."

„Gut. Ich will Noah gerade besuchen."

„Wie geht es ihm?"

Sie lächelte. „Es geht ihm wirklich gut. Komm herein und sag Hallo."

Charlie schaute zu dem gut beleuchteten Krankenhaus hinauf. „Heute nicht. Ich will mich nicht aufdrängen. Ich komme ein andermal."

„Sicher?"

Er nickte. „Ich möchte, dass wir uns bald zusammensetzen und reden. Sehr bald. Ich denke, wir müssen einige Dinge klären."

Lila nickte. „Das denke ich auch. Ruf mich morgen an, okay? Und wir werden reden."

„Versprochen." Und er war weg. Lila sah ihm hinterher und runzelte die Stirn. Sie bildete sich das nicht nur ein – ihre Freundschaft hatte sich drastisch verändert. Zwischen ihnen herrschte eine merkwürdige Stimmung.

Morgen. Morgen würden sie sehen, ob sie etwas aus dem Sumpf

der jüngsten Ereignisse herausziehen und ihre Freundschaft retten konnten.

Tinsley hatte beschlossen, in Seattle zu bleiben, während Harry seine Schwester in New York besuchte. Harry hatte es verstanden. Was auch immer sie getan hatte, Cora hatte dennoch einen grausamen Angriff auf Tinsley in Gang gesetzt.

„Ich glaube nicht, dass es eine gute Idee ist, wenn wir im selben Raum sind", hatte sie ihm gesagt und er stimmte zu. Das würde nicht gut gehen.

Harry hatte ihr gesagt, dass er direkt nach Seattle zurückfliegen würde, nachdem er mit Cora gesprochen hatte, und so schloss sich Tinsley in seinem Hotel ein, bestellte sinnlos den Zimmerservice, sah fern, um ihre Gedanken von dem abzulenken, was immer Harry herausfinden mochte. Es funktionierte nicht und sie griff schließlich zu Notizblock und Stift, erstellte Diagramme und Flussdiagramme und schrieb alles auf. Es dauerte nicht lange, bis sie die Fäden verknüpfte und jetzt fragte sie sich, warum es ihr nicht schon vor Monaten aufgefallen war. Doch wenn sie Recht hatte, bedeutete es, dass sie selbst den Mörder gefickt hatte – natürlich unwissentlich – und dass ihre ganze Beziehung eine Lüge gewesen war. Wenn Charlie so gefährlich besessen von Lila war, wie sie annahmen ...

„Er wird nie aufhören." Gott, sie musste Lila jetzt warnen. Sie würde riskieren, dass Lila ihr nicht glaubte, doch selbst wenn sie es schaffte, einen winzigen Funken des Zweifels in ihrem Kopf zu entzünden, könnte es sie schützen. Tinsley überlegte, was als nächstes zu tun war. Harry hatte sie gebeten, im Zimmer zu bleiben, in Sicherheit zu bleiben, aber wenn Lila noch in Gefahr war ...

Sie konnte ein Taxi direkt ins Krankenhaus nehmen und dort mit Lila sprechen. Es würde sicher sein, nicht wahr? Wahrscheinlich sicherer, als zu ihr nach Hause zu gehen ...

Mit dem Gedanken packte sie ihre Handtasche und eilte aus der Tür.

Für sie gab es keinen Moment mehr zu verlieren.

. . .

Es DAUERTE NICHT LANGE, bis Harry Cora, die in Tränen ausgebrochen war, ein Geständnis abrang. „Es war nicht so, er hat mich nicht gebeten, sie zu töten, sondern nur gesagt ... solange sie auf der Bildfläche sein würde, könnten wir nie zusammen sein."

„Verdammtes Arschloch", tobte Harry. Seine Mutter Delphine saß auf Coras anderer Seite und sah am Boden zerstört aus, hielt sich aber zurück.

„Glaubst du, dass Lila in Gefahr ist?"

Harry nickte. „Sehr – und ich glaube nicht, dass wir noch länger warten können, es ihr zu sagen. Ich muss zurück nach Seattle. So schnell wie möglich."

Lila und Noah lachten zusammen, als Tinsley sanft an die Tür klopfte. Lilas Augen weiteten sich, als sie ihre Freundin sah, und sie sprang auf und zog sie in eine Umarmung.

„Wo zum Teufel warst du?"

Tinsley sah, dass ihre Freundin weinte, und sie umarmte sie fest. „Ich muss mit dir reden, allein", flüsterte sie. „Triff mich unten auf der Treppe, der Ausgang ist nebenan."

Sie zog sich von Lilas neugierigem Blick zurück und küsste Noah. „Ich bin so froh, dass du so gut aussiehst."

„Danke Tins ... was ist los?"

„Nichts, worüber du dir Sorgen machen solltest. Es tut mir leid, ich habe nur ein paar Minuten, ich muss Harry am Flughafen abholen."

„Harry ... Carnegie?" Lila war schockiert, aber Tinsley lächelte.

„Genau der. Er würde gerne zu dir kommen, wenn du nichts dagegen hast."

Sie blieb weitere fünf Minuten und nickte dann, damit Lila ihr folgen würde. „Gib mir fünf Minuten, dann komm runter."

„Warum all die Heimlichkeiten?"

„Ich möchte sicherstellen, dass ich nicht verfolgt wurde."

Lila starrte sie an. „Du erschreckst mich."

Tinsley versuchte zu lächeln. „Das will ich nicht. Denk daran, fünf Minuten."

Und sie verschwand im Treppenhaus. Lila schüttelte den Kopf – was zum Teufel war los?

Noah stellte dieselbe Frage und sie schüttelte den Kopf. „Ich weiß es nicht, ich weiß es wirklich nicht."

Fünf Minuten später steckte sie ihr Handy in ihre Tasche. „Ich bin gleich wieder da." Sie küsste ihn, aber er hielt ihre Hand fest.

„Lila ... Ich mache mir Sorgen."

„Lass mich einfach herausfinden, was mit Tinsley los ist. Ruh dich etwas aus, ich liebe dich."

Er sah nicht glücklich aus. „Komm bald wieder. Ich liebe dich auch."

Lila lächelte, ging zum Flur und drückte die Tür auf. Der Gang war nur schlecht beleuchtet und sie ging vorsichtig nach unten, passte auf, dass sie nicht stolperte.

„Tins?"

Keine Antwort. Lilas Herz begann etwas schneller zu schlagen. Sie blickte ins Dunkel, als sie den letzten Treppenabsatz hinabstieg. „Tins."

Ihr Fuß traf auf etwas Weiches und sie hörte ein Stöhnen. Lila schnappte sich ihr Handy aus der Tasche und schaltete das Licht ein. Tinsley lag auf ihrem Rücken, ihr Gesicht war so schmerzverzerrt, dass Lila keuchte. Tinsley war blutüberströmt und der Griff eines Messers ragte aus ihrem Bauch.

„Oh Gott, nein, nein, nein ..." Lila fiel auf die Knie und Tinsley blickte sie mit weiten Augen an.

„Lila ... Nein ... er ist ..."

Eine Hand, die in einem Handschuh steckte, legte sich über Lilas Gesicht und als sie sich wehrte, schlug ihr Angreifer sie mit dem Kopf gegen die Wand und brach dann auf dem Boden zusammen. Kurz bevor ihr schwarz vor Augen wurde, sah sie, wie der Angreifer das Messer aus Tinsleys Körper riss und erneut auf sie einstach, während Tinsley mit immer schwächer werdender Stimme rief: „*Nein, nein, bitte, nein ... Charlie, bitte nein ...*"

· · ·

NOAH GERIET IN PANIK. Sollte Lila nicht schon wieder hier sein? Er stemmte sich aus dem Bett, dankbar, dass keine Drähte und Schläuche mehr an ihm befestigt waren, und ging zur Tür. Alles war ruhig im Flur, aber die Krankenschwester in der Station schaute auf und lächelte.

„Sieh mal an, wer aus dem Bett ist."

Er versuchte zu lächeln. „Haben Sie Lila gesehen?"

Die Krankenschwester schüttelte den Kopf. „Nein. Warum?"

Noah schüttelte nur den Kopf. „Sie sollte eigentlich schon wieder hier sein –"

Er wirbelte herum, als sich die Tür zum Treppenhaus öffnete und ein atemloser, panischer junger Mann fast durch die Tür fiel. „Bitte, ich brauche Hilfe ... da unten ist ein Mädchen ... Ich glaube, sie wurde erstochen."

„Nein, nein, nein ..." Das Adrenalin jagte durch Noah und er lief auf die Tür zu, als die Krankenschwester alarmiert um Hilfe rief und Noah anschrie, stehenzubleiben.

„Noah, dir geht es noch nicht wieder so gut ... bleib stehen ..."

Er hörte nicht zu. Er klammerte sich am Geländer fest und stieg die Treppe hinunter, so schnell er konnte, verzweifelt, zu ihr zu gelangen ... nicht wieder, bitte, nicht wieder ...

Die Lichter gingen an und er hörte Menschen hinter sich schreien. Als er unten war, sah er sie.

Tinsley. Sie lag in einer Blutlache auf dem Boden, ihre Kleidung rot getränkt. Noahs Herz pochte heftig in seiner Brust, als er zu ihr stürzte. „Tinsley, oh mein Gott ..."

Tinsley öffnete ihre Augen und schaute ihn an. „Noah ..." Er konnte sie kaum hören. „Noah, er hat Lila ....Charlie hat Lila ..."

Noahs Welt hörte auf sich zu drehen. „Hat Charlie dir das angetan?"

Sie nickte und schnappte nach Luft. „Es tut mir leid, Noah ... Es tut mir leid ..." Als die Sanitäter herbeieilten, um ihr zu helfen, um ihm zu helfen, fiel Tinsleys Kopf zurück und ihr letzter Atemzug entwich seufzend ihrer Lunge.

Ein Sanitäter suchte nach ihrem Puls und begann Wiederbelebungsmaßnahmen durchzuführen, aber Noah wusste, dass es zu spät war. Es war so viel Blut. Tinsley war tot.

Und Lila war weg ...

Sie hatte beobachtet, wie er ihre Freundin erstochen hatte und jetzt, als sie anfing, das Bewusstsein wiederzuerlangen, fragte sie sich, warum sie nicht auch tot war.

Charlie. Sie öffnete ihre Augen. Sie lag auf dem Rücken auf dem Rücksitz eines fahrenden Autos, ihre Hände und Füße festgebunden. Sie drehte ihren Kopf, sah ihn hinter dem Lenkrad sitzen, sein Gesicht versteinert und grimmig. Es war Charlie. Es war Charlie. Es brauchte kein Genie, um eins und eins zusammenzuzählen. Charlies Meinung nach gehörte Lila zu ihm. Er hatte ihre Hochzeit gestoppt, indem er sie erstochen hatte, hatte Riley eine Falle gestellt – hatte er gewusst, dass sie und Riley miteinander geschlafen hatten? – und ihn wahrscheinlich umgebracht, hatte außerdem Richards Ermordung arrangiert. Hatte er Lauren genötigt, Noah zu erschießen?

Gott. Du hättest mich in dieser Umkleidekabine fertig machen sollen, dachte sie wütend, dann hätten wenigstens die anderen gerettet werden können. Du Bastard. Du feiges Arschloch.

Jetzt, wo sie darüber nachdachte, war es so offensichtlich. Er hatte sie an diesem Tag angerufen ...

CHARLIE SHERMAN LÄCHELTE GRIMMIG *in sich hinein. Sie war in der Brautboutique. Es war so einfach ... er hatte es vor einiger Zeit geplant, als sie ihm von dem Ort erzählt hatte. Die Sicherheitsvorkehrungen waren minimal – ja, sie hatten nachts einen Alarm, aber tagsüber ... Den Notausgang konnte er in Sekunden öffnen ... war es wirklich so einfach?*

Er konnte es kaum erwarten. Er hatte jahrelang von diesem Tag geträumt, seit dieser Nacht, in der sie ihm ihre Jungfräulichkeit geschenkt hatte. Gott das Gefühl ihrer Haut, ihre seidige, enge Muschi, als er in sie gestoßen hatte. Sie war so betrunken gewesen, dass alle Hemmungen wie weggeblasen waren und sie es so sehr genossen hatte wie er. Dann ... Nichts. „Lass uns diese eine Nacht in besonderer Erinnerung behalten, ich will unsere Freundschaft nicht wegen des Sex ruinieren."

Schlampe. Natürlich hatte er ihr zugestimmt, wie sonst hätte er sie in der Nähe halten können, und er hatte gewartet und beobachtet, wie ihre Schönheit, ihre Wärme, ihr Humor die Männer in Scharen angezogen hatten. Seine Lila war keine Hure, sie wählte ihre Liebhaber sorgfältig aus. Und dann hatte sie den Milliardär kennengelernt und alles war in die Brüche gegangen. Scheiß Richard Carnegie. Als er herausfand, dass Carnegie Lila betrogen hatte, war er sich sicher, dass sie die Beziehung beenden würde. Sie wusste sogar von dem Betrug und blieb bei ihm und versprach dann, den Hurensohn zu heiraten.

Aber es war die Nacht, ein paar Tage vor der Hochzeit, als er wusste, was er zu tun hatte. Er war losgegangen, um sie in der Bar zu treffen, etwas später als normal. Die Tür war verschlossen, aber er war hintenherum gegangen und wie er geahnt hatte, war die Hintertür offen gewesen. Er war in die Bar gegangen – und hatte sie gesehen. Lila und Riley. Fickend, direkt auf dem Boden. Er hatte sie schweigend beobachtet – nun, er hatte sie beobachtet, ihr Gesicht, als sie kam, während Rileys Gesicht in ihrem Geschlecht vergraben war.

Schlampe.

Das Eindringen durch die Hintertür der Brautboutique war einfach gewesen. Ein schneller Blick in die anderen Umkleidekabinen und dann war er da. Sie zog den Vorhang zurück und er stieß das Messer in ihren weichen Bauch. So einfach, so schön. Sie hatte kaum Zeit nach Luft zu schnappen; er stach schnell auf sie ein, brutal, Blut spritzte und sprudelte dann aus ihren Wunden.

Danach flüchtete er, aber das Adrenalin im Inneren tobte, was für ein Rausch, was für ein Nervenkitzel ...

CHARLIE BLICKTE zu Lila zurück und lächelte. „Du bist wach. Gut." Seine Stimme war fast zärtlich.

Lilas Augen waren voller Tränen. „Du hast Tinsley ermordet."

Charlie zuckte mit den Schultern. „Sie war mir im Weg."

„Früher war sie deine Freundin ... Ich dachte, du liebst sie."

Charlie lachte. „Für eine kluge Frau, Lila, kannst du ganz schön dumm sein. Die einzige Frau, die ich je geliebt habe, bist du."

Es war erschreckend, es ihn laut aussprechen zu hören. „Du warst derjenige, der mich niedergestochen hat."

Charlie brachte das Auto zum Stehen und drehte sich zu ihr um. „Ja."

„Warum?"

„Richard."

Sie schüttelte den Kopf. „Was ist mit ihm?"

„Riley. Und dann Noah. Und jeder andere Mann, den du gefickt hast. Jeder von ihnen hat mir etwas weggenommen. Und der einzige Weg, der mir einfiel, dieses Unrecht zu korrigieren, ist, dich zu ermorden."

Sie starrte ihn an und erkannte das Monster vor sich nicht. „Du wirst mich töten."

„Ja, Lila, natürlich."

Sie fühlte sich seltsam erleichtert. „Und du wirst niemand anderem wehtun?"

Er lächelte, eine merkwürdige Grimasse. „Nein, Lila. Ich werde es nicht können, denn du und ich werden zusammen sterben. Sobald ich dich erstochen habe, schneide ich mir die Kehle durch. Ich möchte nicht in einer Welt ohne dich leben."

Sie schloss die Augen. „Du bist wahnsinnig."

„Und du wirst heute sterben. Jetzt bleib still liegen und sei ruhig, und es wird bald vorbei sein." Charlie startete das Auto wieder und fuhr auf die Autobahn.

HARRY CARNEGIE STARRTE UNGLÄUBIG die Polizei an. „Nein. Nein, sie kann nicht ... *oh Gott ...*" Er bedeckte seinen Mund, als ob er sich übergeben müsste. Tinsley tot? Nein, sie mussten sich irren.

Als er zum Flughafen kam und sie nicht dort gewesen war, rief er in der Suite an und einer seiner Sicherheitsleute teilte ihm mit, Tinsley habe darauf bestanden, ins Krankenhaus zu gehen. Er hatte sich daraufhin ein Taxi genommen und wurde von einer Menge Polizisten mit schockierten Gesichtern empfangen. Er hörte ein Flüstern. Jemand war im Krankenhaus ermordet worden. Seine Brust hatte

sich zugeschnürt, aber er hatte die Bedenken beiseite geschoben. Er
hatte an der Rezeption nach Noahs Zimmer gefragt, als sie einen
Polizisten herbeiriefen und er in ein privates Zimmer gebracht
worden war.

Dort hatte ihm der zuständige Detektiv sanft mitgeteilt, dass eine
Miss Tinsley Chang in einem Treppenhaus erstochen worden sei und
dass eine Miss Tierney entführt worden sei.

Tinsley war tot.

Harry wandte sich von den anderen Männern ab, so dass sie die
Trauer in seinem Gesicht nicht sehen konnten. Ich habe dich gerade
wiedergefunden, Baby. Warum hast du nicht gewartet, bis ich wieder
hier bin? „Kann ich Mr. Applebaum jetzt sehen, bitte?"

„Natürlich ... er wollte es Ihnen selbst sagen, aber wir dachten, ihr
zwei steht euch vielleicht zu nahe ..."

Harry lachte humorlos. „Wir haben uns noch nie getroffen." Und
doch bestand eine Verbindung aus Blut zwischen ihnen.

Noah Applebaum sah gespenstisch aus. Als Harry sein Kranken-
zimmer betrat, drehte sich Noah um und sah ihn an. Die beiden
Männer starrten sich für einen langen Moment an, dann bewegte
sich Noah auf wackeligen Beinen auf ihn zu. Diese beiden Männer,
die sich nie getroffen hatten, umarmten sich fest.

„Es tut mir so leid, Harry, es tut mir so leid."

„Mir auch, Noah. Es gibt noch Hoffnung, oder?"

Noah zog sich aus der Umarmung und versuchte zu lächeln.
„Ganz bestimmt, Lila ist eine Kämpferin. Wenn ich nicht in diesem
verdammten Krankenhaus wäre, würde ich diesen Hurensohn jagen,
aber sie beobachten mich mit Adleraugen."

Harry nickte. Er studierte Noahs Bewegung. „Geht es dir gut?
Kannst du gehen?"

Noah lächelte halb und wusste, dass etwas anderes kam. „Ja,
warum?"

„Ich kann jeden ablenken, der abgelenkt werden muss."

„Sie haben mir meine Kleider genommen, damit ich mich nicht
rausschleichen kann."

Harry musterte ihn. „Okay, also bin ich etwa 10 Zentimeter kleiner, aber wir sind ähnlich gebaut."

Noah grinste. „Sicher?"

Harry nickte. „Wenn ich an deiner Stelle wäre?"

„Darauf könntest du wetten, Kumpel. Du könntest mitkommen, wenn du willst."

„Ich will Tinsley nicht verlassen", sagte Harry schlicht, als er anfing sich auszuziehen. Noah nickte verständnisvoll.

„Mensch, wenn das vorbei ist und Lila in Sicherheit ist ..."

„Geh", sagte Harry und winkte ab. „Wir haben danach noch viel Zeit, uns zu unterhalten. Hast du eine Ahnung, wohin er sie bringen würde?"

Noah schüttelte den Kopf. „Aber ich kenne ihre Geschichte und ich weiß, wie solche Menschen ticken. Wenn er sie töten will, wird er es an einem Ort tun wollen, der eine Bedeutung hat. Ich beginne dort, wo sie sich zum ersten Mal getroffen haben – im alten Kinderheim in Puget Ridge."

Harry nickte. „Gut. Dann gebe ich dir einen Stunde Vorsprung, bevor ich zur Polizei gehe. Rückendeckung, verstehst du?"

Noah schüttelte Harry dankbar die Hand. „Ich schulde dir etwas."

Harry ergriff seine Hand fest. „Wenn du kannst, töte den Arsch. Bitte. Für Lila. Für Tinsley. Für meinen Bruder."

NOAH ENTKAM LEICHTER als erwartet aus dem Krankenhaus. Alle waren gerade mit Tinsleys Mord beschäftigt. Als er sich überlegte, wohin Charlie sie bringen würde, musste er an die Zeiten zurückdenken, in denen er und Lila über ihre Kindheit gesprochen hatten. Das war in den frühen Tagen, als sie in der Reha war, bevor sie sich überhaupt geküsst hatten, vor diesem traumhaften Tag, an dem sie sich geliebt – und Matty gezeugt hatten. Gott, er wollte die Chance, Babys mit Lila zu machen, ein Haus zu bauen, eine Familie mit ihr zu gründen. Sie war sein Herz und jetzt wurde ihm das Herz herausgerissen und es war eine Million Mal schmerzhafter als die Kugel, die Lauren auf ihn abgefeuert hatte.

Trotz seiner Verwüstung, seiner Zusicherungen an Harry, schrie Noahs Körper ihn an. Seine Brust brannte, seine eine verbleibende Lunge arbeitete auf Hochtouren. Trotz seiner großen Worte und seines ruhigen Äußeren befand sich Noah in der schlimmsten Qual seines Lebens – körperlich und emotional, aber Adrenalin strömte durch ihn und das Bedürfnis, zu Lila zu gelangen, war allmächtig.

Sei einfach am Leben, Schatz, bitte. Kämpfe, Lila, kämpfe ... Ich komme und hole dich.

CHARLIE PARKTE das Auto hinter dem alten Kinderheim und zog Lila vom Rücksitz. Er hatte ihren Mund zugeklebt, damit sie nicht schreien konnte. Nachdem er sie hochgehoben und auf den Boden eines leeren Raumes gelegt hatte, nahm er das Band ab.

„Schrei so laut du willst, niemand wird kommen, bevor ich dich töte. Es hat keinen Sinn, es gibt jetzt keine Hoffnung mehr, Lila."

Er schnappte sich seinen Rucksack und zog eine Pistole und ein Messer heraus. Das Messer war mit Blut befleckt. „Ups", sagte er und grinste dreckig. Ich wische besser Tinsley davon ab, bevor ich es bei dir verwende."

Lilas wurde wütend. „Du hast unschuldige Menschen getötet und mein ganzes Leben lang habe ich dich vor Leuten verteidigt, die behaupteten, dass du kein guter Mensch bist, dass du schlecht und gemein und beängstigend bist. Ich habe dich verteidigt!" Sie fing jetzt an zu weinen. „Ich liebte dich, Charlie, nicht als Liebhaber, sondern als Freund, als Bruder. Du warst mein wichtigster Mensch."

Sie schluchzte und zu ihrem Erstaunen nahm er sie in den Arm und hielt sie fest. „Das ist alles, was ich jemals sein wollte, Lila. Ich wollte dir gehören. Dir allein."

„Du hast mich niedergestochen", flüsterte sie und er nickte.

„Ich habe es getan. Und ich werde es noch einmal tun, Lila, das verstehst du doch jetzt, oder?"

Lila atmete durch, und als sie sich von ihm löste und seinem Blick begegnete, lächelte sie. „Ich weiß. Ich weiß, Baby, es muss so sein."

Charlies Lächeln breitete sich über sein Gesicht aus. „Genau." Er wischte ihr die Tränen von den Wangen.

Du verdammter verlogener Psycho ... „Charlie, wenn wir heute sterben werden ... dann sollten wir uns sicherlich feiern, bevor du mich aufschneidest."

Er runzelte die Stirn. „Was meinst du?"

Sie lächelte und lehnte sich nach vorne und strich ihre Lippen über seine. *Würde er darauf hereinfallen?* Ihr Herz tobte wie wahnsinnig. Sie schaute ihn verführerisch an. „Fick mich, Charlie ... lass uns ein Hochgefühl haben, bevor wir gehen. Fick mich gut und dann verspreche ich, ich werde mich nicht wehren."

Er starrte sie an und sie konnte nicht sagen, ob er darauf eingehen würde, aber dann griff er zum Messer. Sie hielt ihren Atem an, dann durchschnitt er das Band um ihre Füße und um ihre Hände. Er riss ihr Kleid auf und legte die Spitze des Messers an ihren Bauch.

„Ich schwöre, wenn du versuchst mich zum Narren zu halten, Lila, werde ich so oft auf dich einstechen, dass sie sich nicht die Mühe machen werden, zu zählen ... und dann werde ich dasselbe mit deinem verdammten Doktor tun."

Langsam legte sich Lila zurück und spreizte ihre Beine. „Fick mich, Charlie ... bitte ...“

Mit einem Knurren zog er den Reißverschluss seiner Jeans nach unten und schob ihre Beine weiter auseinander. Sie griff sie nach seinem Gesicht. „Küss mich, Baby."

Er presste seinen Mund auf ihren und Lila erwiderte seinen Kuss ... und biss dann hart auf seine Zunge. Charlie schrie und wich zurück, und Lila stieß ihren Fuß fest in seine Genitalien, trat ihm dann ins Gesicht und rollte ihn aus dem Weg. Sie streckte die Hand aus und griff nach seiner Waffe, aber er packte ihr Bein und zerrte sie zurück.

„Du verdammte kleine Schlampe! Ich habe dich gewarnt, ich habe dich gewarnt."

Gott, er war stark, aber Lila, mit all der Angst und Wut, die durch sie tobte, schaffte es, ihn wieder abzuschütteln, als er mit seinem

Messer ausholte. Die Spitze der Klinge drang in die weiche Haut ihres Bauches und sie schrie.

„Du wirst immer wieder nach mir schreien, bevor ich fertig bin, du Hure", sagte Charlie, der wieder die Oberhand bekam, als er ihre Handgelenke ergriff, aber sie drehte sich von ihm weg und rannte durch das alte, heruntergekommene Haus. Die Hintertür stand offen und sie lief darauf zu, hätte es auch geschafft, aber sie sah das Loch in den Dielen nicht und ihr Fuß verschwand darin und ihr Knöchel knackte laut. Lila schrie so laut sie konnte, weil sie sich nicht bewegen konnte und Charlie, der das glänzende Messer in der Hand hielt, auf sie zukam.

Die Schmerzen in ihrem Knöchel verursachten ihr Schwindel, aber als Charlie neben ihr auf die Knie fiel, versuchte sie sich zu bewegen. Charlie lachte nur und zu ihrem Entsetzen drückte er sein Gesicht auf den Schnitt auf ihren Bauch und leckte mit seiner Zunge über das Blut.

„Schmeckt deine Muschi so süß wie dein Blut, Lila?"

„Fick dich, Charlie."

„Gern ..." Er griff unter ihr Kleid und riss ihr zartes Höschen mit einer heftigen Bewegung von ihr. Lila presste ihre Beine zusammen, aber er grinste nur und seine Hand grub sich zwischen dazwischen. Lila schrie so laut, wie sie konnte, mehr aus Verzweiflung als aus Hoffnung.

Die Tür, die Haustür, wurde eingetreten und etwas warf sich auf Charlie und beide stürzten zu Boden.

Noah. „Oh mein Gott", flüsterte Lila, während ihr Geliebter mit Charlie kämpfte und rang. Charlie schlug ihm hart gegen die Brust, gegen die Wunde und Noah krümmte sich zusammen. Lila rappelte sich auf und warf sich auf Charlie, um Noah zu helfen, während Noah sein Gleichgewicht wiedererlangte. Noah brüllte, als Charlie Lila an der Kehle packte und das Messer hob, um sie zu töten. Noah packte Charlie am Hinterkopf und zerrte ihn weg. Lila suchte nach dem Messer, das Charlie fallen gelassen hatte, und zielte damit auf den Mann, als er sich von Noah entfernte und sich auf sie stürzen wollte. Lila und Charlie stürzten zu Boden und für eine Sekunde sah es nicht gut aus.

Das Messer in Charlies Hand stieß schnell auf sie herab – genau in dem Moment, als Charlies Kehle explodierte und Lila mit Blut bedeckte. Das Messer fiel aus seiner Hand und er stürzte zu Boden, seine Augen traten ihm aus dem Kopf und starrten Lila direkt an.

Noah senkte die Waffe – die Waffe, die Charlie vergessen hatte – und ließ sie zu Boden fallen. Er kam sofort zu Lila und sie klammerten sich aneinander.

„Jetzt ist es vorbei, meine liebste Lila. Es ist alles vorbei."

Und ausnahmsweise war sie froh, diese Worte zu hören …

EPILOG

Lila und Noah stiegen aus dem Flugzeug und nahmen eine Limousine zurück in ihr Penthouse. Der Flug von Australien war lang gewesen, aber sie hatten den Luxus der Business Class genossen und es geschafft, den größten Teil des Weges zu schlafen.

Tinsleys Beerdigung war traurig und schön gewesen. Ihre Familie hatte ihre Erinnerungen an die schöne junge Frau aufleben lassen, und Lila, Noah und Harry als Teil ihrer Familie umarmt.

Nun, als sie zusammen in ihrem Bett lagen, glaubten Lila und Noah endlich, dass sie in Ordnung kommen würden. Noah erholte sich noch und Lilas gebrochener Knöchel war bandagiert, aber sie beide heilten. Noah streichelte ihr Gesicht und sah sie an.

„Du bist die Liebe meines Lebens, Lila Tierney."

„Und du bist meine Liebe, du wunderbarer, wundervoller Mann."

Noah lächelte, als sie kicherte. „Was?"

„Ich musste gerade daran denken, dass ich mich immer gefragt habe, was als nächstes kommt, aus Angst vor dem Schlimmsten. Jetzt denke ich darüber nach, was als nächstes passiert, da ich weiß, dass es nur etwas Gutes sein kann."

Noah lachte auch. „In diesem Fall", sagte er und rollte sich auf sie, sein Schwanz schon hart an ihrem Oberschenkel, „habe ich nur eine Frage, Miss Tierney."

Sie keuchte, als er langsam in sie eindrang und dabei lächelte. „Und die wäre, Dr. Applebaum?"

Noah küsste sie zärtlich und grinste, während sie sich zusammen bewegten. „Nun, Miss Tierney ... Was kommt denn als nächstes?"

ENDE.

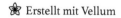 Erstellt mit Vellum

CPSIA information can be obtained
at www.ICGtesting.com
Printed in the USA
BVHW041708100321
602201BV00006B/174

9 781648 089473